DANIELLE STEEL

Américaine née à New York, Danielle Steel a passé son enfance et son adolescence en France, et parle couramment le français. Revenue à New York pour y poursuivre ses études, elle a ensuite travaillé dans la publicité et les relations publiques, avant de se tourner vers l'écriture.
Mère de famille nombreuse, Danielle Steel consacre beaucoup de temps à ses enfants, travaillant le soir et la nuit. Elle est présidente de l'Association américaine des bibliothèques, et porte-parole de plusieurs associations caritatives, dont le Comité de prévention de l'enfance maltraitée. Elle a crée en 1998 à la mémoire de son fils la Fondation Nick Traina, qui a pour vocation de venir en aide aux jeunes en difficulté.
Ses romans restituent avec réalisme des expériences humaines fortes, et sont le fruit d'un long travail de documentation ; son inspiration la conduit souvent à mener de front la rédaction de plusieurs livres. Avec près de cinquante titres publiés, best-sellers mondiaux traduits dans près de trente langues, elle est l'un des auteurs les plus lus au monde.

FORCES IRRÉSISTIBLES

DU MÊME AUTEUR
CHEZ *POCKET*

LA MAISON DES JOURS HEUREUX
UN SI GRAND AMOUR
JOYAUX
NAISSANCES
DISPARU
LE CADEAU
L'ACCIDENT
PLEIN CIEL
CINQ JOURS À PARIS
LA FOUDRE
MALVEILLANCE
HONNEUR ET COURAGE
LE RANCH
LE FANTÔME
UN RAYON DE LUMIÈRE
LE KLONE ET MOI
UN SI LONG CHEMIN
DOUBLE REFLET
DOUCE AMÈRE
MAINTENANT ET POUR TOUJOURS

DANIELLE STEEL

FORCES IRRÉSISTIBLES

PRESSES DE LA CITÉ

Titre original :
Irresistible Forces
Traduit par Zoé Delcourt

ISBN : 2-266-11965-6

À mes merveilleux, merveilleux enfants,
Beatrix, Trevor, Todd, Nick, Samantha,
Victoria, Vanessa, Maxx et Zara.

Et avec des remerciements tout particuliers à Tom,
Pour le « red herring » et la « green shoe »,
Et pour nos forces irrésistibles à nous.

Avec tout mon amour,

d. s.

1

Le soleil brillait de tous ses feux sur New York, et la température avait dépassé la barre fatidique des quarante degrés bien avant midi ; on aurait pu faire frire un œuf sur le trottoir. Des enfants chahutaient, des adultes et des adolescents étaient assis sur les perrons et devant les portes des maisons, appuyés contre les murs sous des auvents en lambeaux. Les deux bouches d'incendie au coin de la 125e Rue et de la Deuxième Avenue avaient été ouvertes, et des gamins hurlant d'excitation traversaient en courant l'eau qui en jaillissait. Un vrai ruisseau qui arrivait à hauteur des chevilles coulait dans le caniveau. A quatre heures de l'après-midi, on eût dit que la moitié du voisinage était dehors sous le soleil, à discuter et à regarder jouer les enfants.

Brusquement, à quatre heures dix, des coups de feu retentirent au milieu des rires et des cris des enfants. Ce n'était pas rare dans cette partie de la ville, mais tout le monde se tut ; les gens qui, un instant plus tôt, bavardaient avec insouciance s'immobilisèrent, attendant ce qui allait suivre. Ils reculèrent sous les portes cochères, se plaquèrent contre les murs, et deux mères bravèrent les geysers d'eau pour aller récupérer leurs enfants. Mais avant qu'elles aient pu regagner la sécurité de leur porche, une autre rafale retentit, plus près cette fois, et trois jeunes gens fendirent en courant la foule assemblée autour des bouches d'incendie. Ils bousculèrent les enfants sur leur passage et frappèrent une jeune femme si fort qu'elle tomba de tout son long. Derrière eux, on entendit des cris, et deux policiers apparurent soudain au coin de la rue, poursuivant à toute vitesse les trois adolescents, revolvers à la main. Les balles volaient dans la foule.

Tout alla si vite que personne n'eut le temps de s'écarter pour les laisser passer et se mettre à l'abri. Au loin, on entendait déjà des sirènes. Couvrant l'appel strident des véhicules de police qui approchaient, une autre série de coups de feu retentit, et cette fois l'un des jeunes gens s'effondra sur le sol, l'épaule en sang. Au même instant, un de ses compagnons fit volte-face et abattit un officier de police d'un tir en pleine tête ; et tout à coup une petite fille cria et s'affala dans le torrent d'eau bouillonnant qui s'échappait toujours de la bouche d'incendie. Tout le monde alentour hurlait et courait en tous sens, tandis que la mère de la fillette, horrifiée, quittait le porche sous lequel elle s'était réfugiée pour courir vers sa fille.

Quelques instants plus tard, la course-poursuite s'achevait. Deux des jeunes gens étaient allongés face contre terre et menottés par un groupe de policiers, un officier était mort, et des ambulanciers s'occupaient du troisième suspect, celui qui avait été blessé à l'épaule. Mais à quelques mètres de là seulement, une enfant gisait, agonisante. La balle avait traversé sa poitrine et elle saignait abondamment. Sa mère, agenouillée près d'elle, trempée par l'eau qui jaillissait toujours de la bouche d'incendie, sanglotait hystériquement en serrant sa fillette inconsciente dans ses bras ; les ambulanciers durent la lui prendre de force. Moins d'une minute plus tard, l'enfant était dans l'ambulance, sa mère près d'elle, toujours en larmes et hébétée. C'était une scène à laquelle tous avaient déjà assisté des dizaines — sinon des centaines — de fois par le passé, une scène qui ne signifiait quelque chose que lorsqu'on connaissait l'un des protagonistes du drame, auteur du crime ou victime. Celui qui se faisait arrêter, ou celui qui était blessé ou tué.

Il y avait un gros embouteillage au coin de la 125e Rue. L'ambulance essayait de s'en extraire, sirène hurlante et gyrophare en action. Dans la rue, les badauds demeuraient immobiles, abasourdis par ce qui s'était produit. Une seconde ambulance emporta le suspect blessé. Des voitures bleu et blanc arrivaient de toutes parts, à mesure que leurs occupants apprenaient par radio qu'un des leurs avait été touché. Les gens du quartier savaient ce qui se passerait dès que les policiers sauraient que leur collègue était mort. Les esprits s'échaufferaient, et de vieux ressentiments referaient surface. Par une canicule pareille, n'importe quoi pouvait se produire... On était à Harlem, en août, les temps étaient durs, et un flic avait été assassiné.

Dans l'ambulance qui roulait à vive allure vers le centre-ville, Henrietta Washington serrait la main de son enfant et regardait, terrassée par la terreur, les ambulanciers lutter pour lui sauver la vie. Pour l'instant, hélas, ils ne semblaient pas réussir. La fillette était grise, immobile, et son sang maculait tout : le sol, les draps, ses bras, le brancard, le visage de sa mère, sa robe et ses mains. Un vrai massacre. Et pour quoi ? Elle n'était qu'une victime anonyme dans la guerre sans fin que se livraient la police et les « méchants ». Membres des gangs et trafiquants de drogue contre brigade des stups. Elle était un pion dans un jeu dont elle ignorait tout, un sacrifice minuscule entre des guerriers voués à s'entre-détruire. Pour eux, Dinella Washington ne représentait rien. Elle ne comptait que pour ses amis et ses voisins, ses sœurs, sa mère. Dinella était l'aînée de quatre enfants qu'Henrietta avait eus entre seize et vingt ans ; mais en dépit de leur pauvreté, de la vie difficile qu'elles menaient, du quartier sordide au sein duquel elles luttaient pour survivre, sa mère l'aimait.

— Est-ce qu'elle va mourir ? demanda Henrietta d'une voix étranglée, ses yeux immenses plongés dans ceux d'un infirmier.

Il n'en savait rien, et se contenta de serrer brièvement sa main entre les siennes.

— Nous faisons ce que nous pouvons, madame.

Henrietta Washington avait vingt et un ans. C'était un numéro, une statistique — mais c'était aussi bien plus que tout cela. Henrietta était une femme, une fille, une mère. Elle voulait ce qu'il y avait de mieux pour ses enfants. Elle voulait trouver un emploi, travailler et épouser un jour un type bien, qui les aimerait, ses enfants et elle. Quelqu'un qui s'occuperait d'elles. Hélas, elle n'avait encore jamais rencontré d'homme comme ça. Pour le moment, elle n'avait que ses enfants, et ne pouvait leur offrir que son amour.

Elle avait un petit ami qui l'emmenait dîner dehors de temps en temps. Il avait de son côté trois enfants à nourrir, cela faisait six mois qu'il ne trouvait pas de travail, et lorsqu'ils sortaient ensemble, il buvait trop. Pour l'un comme pour l'autre, il n'y avait pas de solution facile, seulement les allocations, un petit boulot de temps à autre, une vie au jour le jour. Ils n'avaient jamais terminé le lycée, et ils vivaient dans une zone en guerre. La vie qu'ils menaient, là où ils la menaient, était une véritable sentence de mort pour leurs enfants.

L'ambulance s'arrêta dans un crissement de pneus devant l'hôpital, et les infirmiers sortirent en courant, portant Dinella sur le brancard. Elle avait une perfusion dans le bras, un masque à oxygène sur le visage, et Henrietta ne savait qu'une chose : elle respirait encore, bien qu'à peine. Elle courut à sa suite jusqu'à la salle des urgences, dans sa robe tachée de sang, mais elle ne put pas s'approcher de sa petite fille. Une dizaine d'infirmières et de médecins entouraient l'enfant et s'engageaient au pas de course dans le couloir menant au service de traumatologie. Henrietta les suivit. Elle aurait voulu demander à quelqu'un ce qui se passait, ce qu'ils allaient faire. Elle voulait savoir si Dinella s'en sortirait. Mille questions se bousculaient dans sa tête, tandis que quelqu'un lui mettait un formulaire et un stylo sous le nez.

— Signez ça ! lui dit l'infirmière sans attendre.

— Qu'est-ce que c'est ? voulut savoir Henrietta, paniquée.

— Nous devons opérer. Vite, signez !

Henrietta s'exécuta, et la seconde d'après, elle était seule au milieu du couloir, tandis que d'autres brancards la dépassaient, et que des médecins et des infirmières se hâtaient vers des salles d'opération et des patients inconnus. Elle se sentait complètement perdue et terrifiée, et elle se mit à sangloter, submergée par la panique.

Une infirmière portant une espèce de pyjama vert s'approcha d'elle et posa un bras sur ses épaules. Elle la guida jusqu'à une chaise, l'assit, et s'accroupit à côté d'elle pour la rassurer d'une voix douce.

— Ils vont faire tout leur possible pour votre fille, dit-elle.

Mais elle avait déjà entendu ses collègues dire que l'enfant était dans un état critique et avait peu de chances de s'en sortir.

— Qu'est-ce qu'ils vont lui faire ?

— Ils vont essayer de réparer la blessure et d'arrêter l'hémorragie. Elle a perdu beaucoup de sang avant son arrivée ici.

C'était un euphémisme de taille. Il n'y avait qu'à regarder la robe d'Henrietta pour comprendre combien la situation était grave : elle était couverte de sang.

— Ils lui ont tiré dessus... Ils lui ont tiré dessus, comme ça...

Elle ne savait même pas si c'étaient les policiers ou les hommes qu'ils poursuivaient qui étaient responsables. Cela n'avait plus d'importance à présent. Si Dinella mourait, qui se soucierait de savoir si c'étaient les gentils ou les méchants qui l'avaient tuée ?

Pendant que les deux femmes demeuraient là, main dans la main, l'infirmière entendit qu'on appelait le Dr Steven Whitman. Il était le numéro deux du service de traumatologie, et l'un des plus grands spécialistes de New York, et elle le dit à Henrietta.

— Si quelqu'un peut sauver la petite, c'est bien lui. Il est le meilleur. Vous avez de la chance qu'il soit de service.

Mais Henrietta n'avait pas l'impression d'avoir de la chance. Jamais dans sa vie elle n'avait eu l'impression d'avoir de la chance. Son père était mort quand elle était enfant, abattu dans une bataille de rue exactement comme celle-ci. Sa mère les avait amenés à New York, ses frères et sœurs et elle, mais cela n'avait rien changé. Ils avaient simplement déplacé leurs problèmes géographiquement. En fait, leur vie à New York était même pire. Ils avaient déménagé dans l'espoir que leur mère décrocherait un meilleur travail, mais elle n'y était pas parvenue. A Harlem, ils vivaient dans la misère, sans espoir d'amélioration.

L'infirmière proposa à Henrietta de l'eau ou une tasse de café, mais la jeune femme secoua la tête et demeura immobile sur sa chaise, toujours en larmes et tremblante, tandis qu'une grosse horloge égrenait les minutes. Il était cinq heures moins cinq.

A cinq heures pile, le Dr Whitman entra au pas de course dans la salle d'opération, où l'interne qui avait pris Dinella en charge en attendant son arrivée le mit rapidement au courant de la situation. Steven Whitman était grand, avec un regard pénétrant, des cheveux sombres coupés court et des yeux qui évoquaient deux éclats d'obsidienne. Ses traits étaient crispés. C'était sa seconde blessure par balle de l'après-midi ; son premier patient, un jeune garçon de quinze ans qui avait réussi à abattre trois membres d'un gang rival avant de tomber à son tour, était mort à quatorze heures. Steve avait fait tout ce qui était en son pouvoir pour le sauver, mais n'y était pas parvenu. Au moins, Dinella Washington avait une chance. Peut-être. A en croire l'interne, cependant, celle-ci était bien mince. Un de ses poumons avait été perforé, et la balle avait effleuré son cœur avant de ressortir, causant de gros dommages. Malgré tout, Steve Whitman n'était pas prêt à abandonner tout espoir. Pas encore.

Il donna des ordres à ses assistants pendant une heure, en luttant pour maintenir la fillette en vie ; et quand ils sentirent qu'ils commençaient à la perdre, il lui fit lui-même un massage cardiaque pendant plus de dix minutes. Il se battit comme un tigre pour la garder en vie. Mais ils partaient bien défavorisés. Les dégâts étaient trop grands, l'enfant trop petite, les chances trop minces, les forces du mal plus puissantes encore que son talent ou son scalpel. Dinella Washington mourut à dix-huit heures et une minute, et Steven Whitman poussa un long soupir. Sans un mot, il s'éloigna de la table d'opération et arracha son masque chirurgical d'un geste furieux. Il avait horreur des journées comme celle-ci, il détestait perdre un patient, surtout une enfant qui n'était qu'une victime innocente. Il avait même souffert en perdant ce jeune garçon qui, pourtant, avait tiré sur trois personnes avant d'être lui-même abattu. Tout cela lui faisait horreur, le rendait malade. C'était si inutile, un tel gâchis ! La destruction gratuite de vies humaines.

Et pourtant, lorsqu'il gagnait — comme c'était souvent le cas —, tout semblait en valoir la peine, les longues heures de travail, les jours sans fin qui s'achevaient par des nuits plus interminables encore. Peu lui importait de rester tard ou de travailler dur, du moment qu'il sortait vainqueur.

Il jeta ses gants chirurgicaux, se lava longuement les mains, ôta sa coiffe et se regarda dans le miroir. Il lut sur ses traits la fatigue accumulée au cours des soixante et onze heures qu'il venait de passer à travailler. Il essayait de ne pas travailler plus de quarante-huit heures d'affilée, mais y parvenait rarement. Difficile d'installer une pointeuse dans un service de traumatologie ! Il savait ce qui l'attendait à présent. Il allait devoir annoncer la nouvelle à la mère de l'enfant. Un muscle tressauta dans sa mâchoire quand il s'éloigna du bloc et se dirigea vers la zone d'attente où il savait trouver la mère. Il avait l'impression d'être l'ange de la mort se dirigeant vers elle, et il savait que jamais elle n'oublierait son visage, cet instant qui la hanterait jusqu'à la fin de ses jours. Il se souvenait du prénom de l'enfant, comme il s'en souvenait toujours pendant quelque temps, et savait que lui aussi serait hanté. Il se souviendrait du cas, des circonstances, de l'issue du drame, et il regretterait que les choses ne se soient pas passées autrement. Aussi peu qu'il connût ses patients, ils lui importaient plus que tout.

— Madame Washington ? s'enquit-il une fois qu'une infirmière du bureau d'accueil lui eut indiqué la jeune femme.

Cette dernière hocha la tête en fixant sur lui un regard apeuré.

— Je suis le Dr Whitman.

Il faisait cela depuis bien longtemps — trop longtemps, songeait-il parfois. Cela devenait presque trop familier. Il savait qu'il devait lui révéler la vérité le plus vite possible, afin de ne pas entretenir un vain espoir.

— J'ai de mauvaises nouvelles en ce qui concerne votre fille.

Henrietta retint sa respiration. Déjà, elle avait lu la vérité dans les yeux du médecin, avant même qu'il ne parle.

— Elle est morte il y a cinq minutes.

En prononçant ces mots, il lui effleura le bras avec douceur, mais elle n'avait pas conscience de son contact, ni même de sa compassion. Seuls ses mots importaient. Elle est morte... *Elle est morte...*

— Nous avons fait tout ce que nous pouvions, mais la balle avait fait trop de dégâts au poumon comme au cœur.

Il se sentait à la fois idiot et cruel de lui fournir de tels détails. Quelle différence cela faisait-il pour cette femme, que la balle ait eu telle ou telle conséquence ? La seule chose qui importait, c'était que cette balle avait tué son enfant. Une autre victime dans la guerre sans espoir qui faisait rage autour d'eux. Une autre statistique.

— Je suis tellement désolé...

Elle s'accrochait à lui à présent, les yeux fous, luttant pour respirer après le choc qu'il venait de lui infliger. C'était comme s'il lui avait donné un coup de poing en pleine poitrine.

— Asseyez-vous une minute.

Quand elle l'avait vu s'approcher, elle s'était levée pour entendre ce qu'il avait à lui annoncer, mais elle semblait à présent sur le point de s'évanouir. Ses yeux roulèrent dans leurs orbites, et il l'aida à s'asseoir avant de faire signe à une infirmière d'apporter un verre d'eau.

L'infirmière s'exécuta aussitôt, mais la mère de la fillette assassinée ne put boire. Emettant de petits sons étranglés, elle suffoquait tout en s'efforçant d'assimiler ce qu'il lui avait dit, et Steven Whitman avait l'impression d'être un tueur. Il aurait aimé être un sauveur, comme cela arrivait parfois. Il y avait des femmes, des mères et des maris qui se jetaient à son cou avec soulagement et gratitude. Mais pas cette fois. Il avait tellement horreur de perdre un patient ! Et bien trop souvent, les dés étaient pipés contre lui.

Il resta aussi longtemps qu'il le put auprès d'Henrietta Washington, puis il la laissa aux mains des infirmières. On l'appelait de nouveau, cette fois pour s'occuper d'une adolescente de quatorze ans tombée d'une fenêtre du deuxième étage. Il passa quatre heures au bloc, et n'en sortit qu'à vingt-deux heures trente, espérant l'avoir sauvée ; enfin, pour la première fois depuis des heures, il put se rendre dans son bureau. C'était la partie la plus calme de la nuit pour lui — généralement, les cas graves commençaient à affluer en traumatologie à partir de minuit. Il prit une tasse de café froid sur son bureau et deux gâteaux secs ramollis. Il n'avait pas eu le temps de manger quoi que ce soit depuis le petit déjeuner. Il avait été de garde officiellement pendant quarante-huit heures, puis avait embrayé sur quarante-huit heures supplémentaires en remplacement d'un collègue dont l'épouse était en train d'accoucher. Cela faisait bien longtemps qu'il aurait dû être rentré chez lui, mais il n'avait pas eu une seconde de pause. Il y avait une pile de papiers à signer sur son bureau. Dès qu'il aurait terminé, il pourrait partir : un autre médecin était déjà arrivé pour prendre sa place. Poussant un long soupir, il tendit le bras vers le téléphone. Il savait que Meredith ne serait pas couchée ; peut-être même la trouverait-il encore à son bureau. Elle était débordée depuis quelques semaines.

Elle décrocha dès la première sonnerie. Sa voix était calme et posée, à l'image d'elle-même. Steve et elle se complétaient bien ; elle répondait à son intensité volcanique par une douceur sereine bien à elle. Meredith gardait toujours la tête froide, même dans les pires moments de crise. Elle était calme, totalement différente de son mari.

— Allô ?

Elle se doutait que c'était lui, mais était en train de travailler sur un énorme contrat, et n'aurait pas été étonnée de recevoir un coup de téléphone d'un de ses collègues. Meredith Smith Whitman était associée dans une des banques d'investissement les plus en vue de Wall Street, et hautement respectée dans sa branche. Le monde de la haute finance était toute sa vie, elle s'y consacrait corps et âme, comme Steve à son service d'urgences. Tous deux aimaient ce qu'ils faisaient d'une passion exclusive.

— Hello, c'est moi.

Il semblait fatigué et triste, mais soulagé de la trouver.

— Tu as l'air abattu, observa-t-elle avec une compassion mêlée d'inquiétude.

— Je le suis, reconnut-il en souriant faiblement. Bah, ce n'était rien qu'une journée de boulot comme les autres. Ou trois, pour être plus précis.

On était vendredi soir, et il ne l'avait pas vue depuis mercredi matin. Cela faisait des années qu'ils vivaient ainsi. Meredith n'avait que trop l'habitude des gardes de deux ou trois jours consécutifs de Steve, des urgences qui le rappelaient à l'hôpital quelques heures à peine après son retour à la maison. Mais tous deux respectaient le travail de l'autre. Quand ils s'étaient rencontrés et mariés, Steve était interne et Meredith finissait ses études supérieures. Depuis, quatorze années s'étaient écoulées ; pourtant, Steve avait parfois l'impression de s'être marié la veille. Il était toujours aussi follement amoureux de sa femme qu'au début, et leur couple fonctionnait bien pour toutes sortes de raisons. Ils n'avaient certainement pas le temps de se lasser l'un de l'autre — en fait, ils n'avaient pas de temps du tout. Avec leurs deux carrières aussi prenantes l'une que l'autre, ils n'avaient jamais eu le loisir ni l'envie d'avoir des enfants, même s'ils en parlaient de temps à autre. C'était une idée que ni l'un ni l'autre n'avait encore complètement éliminée.

— Alors, ce gros contrat, quoi de neuf ? demanda Steve.

Durant les deux derniers mois, elle avait travaillé d'arrache-pied sur le prospectus d'émission devant accompagner l'introduction en Bourse d'une compagnie de haute technologie de la Silicon Valley. La banque de Meredith avait été choisie pour mener à bien cette introduction en Bourse : c'était elle qui devait vendre les actions aux investisseurs intéressés. Il s'agissait d'un contrat brûlant pour Meredith et il la fascinait, bien qu'il ne fût pas aussi prestigieux que certaines offres d'obligations qu'elle avait eu à traiter par le passé. En fait, Meredith s'intéressait davantage aux compagnies de la Silicon Valley et aux possibilités qu'elles représentaient qu'aux contrats plus traditionnels qui pouvaient lui être confiés à Boston ou New York.

— Ça commence à prendre tournure, dit-elle d'une voix un peu fatiguée.

La veille, elle était restée au bureau jusqu'à minuit, ce qui lui arrivait fréquemment lorsque Steven travaillait. Il savait que, dans le mois à venir, elle serait chargée de diriger la tournée promotionnelle préalable à l'introduction en Bourse, pour présenter la compagnie aux investisseurs potentiels et les encourager à acheter des actions, ce qui signifiait qu'elle serait absente durant deux semaines environ. Il espérait qu'ils pourraient passer un peu de temps ensemble avant son départ, et avait l'intention de prendre une journée pour passer au moins le week-end de la fête du travail[1] avec elle.

— J'ai presque terminé le *red herring*, dit-elle.

Il connaissait le jargon, et savait que c'était là le terme utilisé pour qualifier le prospectus d'émission, ainsi appelé à cause des mises en garde imposées par la commission des affaires boursières et imprimées en rouge dans la marge du document.

— Quand rentres-tu à la maison, mon amour ? demanda-t-elle en étouffant un bâillement.

Elle-même venait tout juste d'arriver chez eux.

— Dès que j'aurai terminé de signer les papiers qui sont sur mon bureau. Tu as déjà dîné ?

Il s'intéressait bien davantage à elle qu'aux formulaires qu'il avait à signer.

— Plus ou moins. Une âme charitable m'a donné un sandwich il y a quelques heures, au bureau.

— Je ferai une omelette en rentrant. A moins que tu ne veuilles que je passe acheter quelque chose chez le traiteur ?

En dépit de ses horaires de travail déments, c'était généralement Steve qui faisait la cuisine pour eux deux, et il aimait se vanter d'être meilleur cuisinier qu'elle. D'ailleurs, il était évident qu'il prenait plus de plaisir qu'elle à faire à manger ; Meredith n'avait rien d'une femme d'intérieur et ne s'en cachait pas. Elle préférait avaler un sandwich ou une salade à son bureau plutôt que rentrer chez elle pour mettre les petits plats dans les grands.

— Une omelette, ce sera parfait, affirma-t-elle en souriant.

Il lui manquait toujours lorsqu'ils ne se voyaient pas ainsi pendant plusieurs jours, même quand elle était très occupée. Leur relation était sereine et leur attirance l'un pour l'autre n'avait jamais diminué au cours de leurs quatorze années de mariage. Ils étaient

1. Le premier lundi de septembre, aux Etats-Unis. *(N.d.T.)*

toujours passionnément dévoués l'un à l'autre, en dépit de leurs carrières exigeantes et de leurs existences mouvementées.

— Que s'est-il passé, aujourd'hui ?

Quand la journée avait été particulièrement dure pour Steve, elle l'entendait toujours dans sa voix. Ils se connaissaient bien mieux que la plupart des gens, chacun attachait beaucoup d'importance aux victoires et aux défaites de l'autre.

— J'ai perdu deux enfants, répondit-il, de nouveau sombre.

Il ne pouvait s'empêcher de penser à la jeune femme noire qui avait perdu sa fille quelques heures plus tôt. Comme il aurait aimé que les choses tournent différemment ! Mais il était médecin, pas magicien.

— Un ado de quinze ans blessé au cours d'une fusillade contre un gang rival. Il a réussi à en toucher trois avant qu'ils ne l'abattent, mais il en est mort. Et une petite fille. Une innocente qui s'est retrouvée entre trois jeunes et les flics, à Harlem. Une balle en pleine poitrine. Nous l'avons opérée, mais nous n'avons pu la sauver. J'ai dû annoncer la nouvelle à sa mère, qui était désespérée. Et après ça, j'ai opéré une adolescente de quatorze ans tombée d'une fenêtre du deuxième étage. Elle était dans un sale état, mais je crois qu'elle va s'en sortir.

Meredith aurait détesté devoir faire le métier de Steven, voir constamment souffrir ses patients, affronter le désespoir, les pertes, les cœurs brisés. Elle ne savait que trop bien combien lui-même en souffrait.

— Tu as eu une journée horrible, mon pauvre amour... Je suis désolée. Tu devrais rentrer vite à la maison et te détendre. Tu en as bien besoin.

— Oui, j'ai besoin de faire une pause. Je serai à la maison dans vingt minutes environ. Ne va pas te coucher avant que j'arrive !

Elle sourit.

— Pas de risque. J'ai un attaché-case plein à craquer qui m'attend.

— Tu as intérêt à le cacher quelque part quand j'arriverai, ma chérie. Ce soir, je veux que tu ne penses qu'à moi.

Il mourait d'envie de la voir. Quand il rentrait retrouver Meredith, il avait l'impression de changer de planète, de laisser loin derrière lui son travail et ses responsabilités professionnelles. Son épouse était pour lui un refuge, une bouffée d'air frais, de santé et de « normalité », un havre de paix, loin de la brutalité et de la violence qu'il devait affronter chaque jour. Il avait tellement hâte d'être près d'elle ! Il n'avait aucune envie de rentrer chez lui et de la trouver endormie ou en train de travailler.

— Je te promets de t'accorder toute mon attention, docteur. Dépêche-toi de rentrer ! conclut-elle en riant.

Il sourit en l'imaginant, sensuelle et ravissante, toujours merveilleuse.

— Sers-toi un verre de vin, Merrie, j'arrive dans quelques minutes.

Il se montrait toujours optimiste dans ses prévisions, mais cela ne la surprenait plus.

En l'occurrence, il pénétra dans leur appartement près de quarante minutes plus tard. L'interne en chef avait demandé à lui parler un instant avant son départ, au sujet d'une vieille dame de quatre-vingt-douze ans qui s'était cassé la hanche et le bassin. Par ailleurs, l'adolescente tombée par la fenêtre présentait des complications. Mais Steve savait mieux que quiconque qu'il était temps pour lui de rentrer. Il avait depuis longtemps dépassé le stade de l'épuisement. Aussitôt après avoir terminé de signer les papiers posés sur son bureau, il avait pris congé pour le week-end. Il n'aurait pas à revenir dans le service avant lundi ; il n'avait plus qu'une envie, s'en aller au plus vite. Il avait atteint le point de saturation. Quand il passa la porte pour héler un taxi, il était si épuisé qu'il n'arrivait plus à réfléchir normalement.

Il poussa la porte de l'appartement. De la musique douce s'échappait de la chaîne hi-fi ; le parfum de Meredith flottait dans l'air. Il eut l'impression de pénétrer au paradis après trois jours en enfer. Il vivait pour ces instants passés avec Meredith, même s'il adorait son travail, tout comme elle le sien.

— Merrie ? appela-t-il.

Mais il n'obtint pas de réponse. Il la trouva sous la douche, longue et mince, blonde, incroyablement belle et gracieuse. A l'université, elle avait été mannequin pour se faire un peu d'argent de poche. Tous deux avaient fait leurs études grâce à des bourses ; ils étaient tous deux enfants uniques, et avaient tous deux perdu leurs parents quand ils étaient à l'université. Ceux de Meredith avaient péri dans un accident de voiture dans le sud de la France, au cours des premières vraies vacances qu'ils s'étaient octroyées en plus de vingt ans ; ceux de Steve étaient morts d'un cancer, à six mois d'intervalle. Aussi Steve et Meredith étaient-ils tout l'un pour l'autre, et ce depuis des années.

En le voyant, elle esquissa un large sourire, arrêta l'eau et attrapa une serviette. Ses cheveux mi-longs gouttaient sur ses seins, et une lueur chaude et sensuelle brillait dans ses yeux verts. Elle était aussi heureuse de le voir que lui ; il l'embrassa et l'attira à lui, dégoulinante d'eau. Peu importait à Steven qu'elle fût trempée, il avait seulement envie de la serrer contre lui.

— Mon Dieu... Tu me fais un tel effet... murmura-t-il. Quand je rentre à la maison, je me demande toujours pourquoi je vais travailler.

— Pour sauver des vies, bien sûr, répondit-elle en passant ses bras autour du cou de son mari pour mieux le sentir contre elle.

Dans ses bras, il se sentait rafraîchi, vivant de nouveau. C'était meilleur qu'une nuit de sommeil. Il l'embrassa, et en dépit des soixante-seize heures éprouvantes qu'il venait de passer à l'hôpital, une vague de désir l'envahit aussitôt. Elle avait cet effet-là sur lui depuis leur première rencontre.

— Que veux-tu en premier ? demanda-t-il avec un sourire enjôleur. L'omelette, ou moi ?

Elle lui jeta un regard empreint d'une consternation feinte.

— Choix difficile. Je commençais à avoir faim.

— Moi aussi, reconnut-il dans un sourire. On pourrait commencer par l'omelette, puis je prendrai une douche rapide, et ensuite nous pourrons fêter nos retrouvailles ! Je commençais à craindre qu'ils ne me laissent jamais partir. Dieu merci, je suis libre tout le week-end. Je n'arrive pas à croire que nous avons enfin deux jours à passer ensemble !

Comme il prononçait ces mots, le visage de Meredith se rembrunit.

— Je crains que tu n'aies oublié que je pars dimanche pour la Californie, observa-t-elle, embarrassée.

Elle avait horreur de devoir s'absenter quand il était en congé : il était si rare qu'ils puissent passer deux jours entiers ensemble... En tant que numéro deux du service de traumatologie, il travaillait souvent le week-end. Et lorsqu'il était de congé durant la semaine, elle de son côté devait aller au bureau.

— Il faut que je retourne là-bas pour rencontrer Callan Dow une dernière fois avant la tournée promotionnelle. Nous arrivons à la toute fin du projet, et je voudrais revoir le prospectus d'émission avec lui.

Elle accordait toujours une attention particulière aux détails.

— Je sais, ne t'inquiète pas. J'avais oublié.

Il s'efforça de dissimuler sa déception tandis qu'il

la regardait enrouler une serviette autour de ses cheveux. Il s'éloigna pour aller préparer l'omelette promise.

Lorsqu'elle le rejoignit, cinq minutes plus tard, elle portait une robe de chambre en cachemire blanc. Ses cheveux étaient encore mouillés, ses pieds nus, et il voyait par l'entrebâillement du peignoir qu'elle ne portait rien dessous.

— Attention : en cas d'exhibitionnisme, je risque de faire brûler l'omelette, la prévint-il.

D'une main, il versa les œufs battus dans la poêle tout en se servant, de l'autre, un verre de vin blanc. Meredith ne dit rien, mais remarqua qu'il avait l'air éreinté. Des cernes ombraient ses yeux, et son expression trahissait son manque de sommeil.

— Ça fait du bien d'être à la maison, dit-il en lui adressant un sourire où se mêlaient épuisement et admiration non dissimulée. Tu m'as manqué, Merrie.

— Toi aussi, tu m'as manqué, avoua-t-elle.

Elle l'entoura de ses bras et l'embrassa. Puis elle s'assit sur un haut tabouret de cuir devant le comptoir de la cuisine. Leur appartement était décoré dans un style très new-yorkais, très raffiné, qui correspondait davantage à la personnalité de Meredith qu'à celle de Steve. C'était une femme extrêmement distinguée, qui donnait une impression de compétence et de réussite. Steve, lui, avait l'apparence un peu hirsute et négligée des médecins surmenés. Il n'avait pu aller chez le coiffeur depuis des semaines, et ne s'était pas rasé ces deux derniers jours. Il ne faisait pas ses quarante-deux ans, et quand on le voyait dans sa blouse d'hôpital, il était difficile de deviner à quoi il ressemblait habillé. Il portait des chaussettes de sport dépareillées, et des espèces de sabots qu'il trouvait commodes lorsqu'il travaillait. On avait du mal à l'imaginer en blazer, pantalon de flanelle grise et cravate ; pourtant, les tenues élégantes lui seyaient à merveille. Ce qui ne l'empêchait pas, la plupart du temps, lorsqu'il ne travaillait pas, de porter de vieux jeans délavés et des tee-shirts. Il était généralement bien trop épuisé pour réfléchir à sa tenue vestimentaire.

— Alors, que ferons-nous demain, à part dormir, faire l'amour et rester au lit jusqu'au dîner ? s'enquit-il avec un sourire taquin.

Il posa l'omelette sur une assiette, qu'il déposa devant Meredith sur le comptoir en granit. La cuisine était entièrement décorée dans des tons de beige et de gris, et semblait tout droit sortie d'un magazine.

— Ce programme me convient tout à fait, à part que je dois passer au bureau chercher certains papiers. Puis rentrer à la maison et les lire. Ils concernent la réunion en Californie, expliqua-t-elle d'un air de regret.

— Tu ne pourrais pas les lire dans l'avion ? demanda-t-il, déçu, en s'attablant devant sa moitié d'omelette.

— Il me faudrait aller jusqu'à Tokyo et revenir pour avoir le temps de tout lire ! Mais je te promets que je ne ferai pas de zèle.

— Voilà qui ne m'a guère l'air encourageant, observa-t-il avec un sourire.

Il remplit leurs verres de vin. C'était merveilleux de ne plus être de service. Il n'était plus responsable de quiconque, sinon de sa femme. Il n'avait qu'une hâte : se retrouver au lit avec elle, faire l'amour, puis s'endormir jusqu'au lendemain midi.

— Parle-moi de ton travail, dit-il. Comment se présente cette introduction en Bourse ?

Il savait combien ce projet était important pour Meredith. Une lueur d'excitation brillait dans ses yeux verts lorsqu'elle répondit :

— Ça va être fantastique. J'ai tellement hâte d'entamer la tournée promotionnelle !

Elle faisait référence à la tournée commerciale prévue pour essayer de vendre les actions aux investisseurs potentiels.

— Ça va être un gros coup, je le sens. J'ai parlé à Dow ce matin, et il était excité comme un gamin sur le point de tirer un penalty pour son équipe. C'est un type bien, je crois qu'il te plairait. Il a monté sa boîte à partir de rien, et il est très fier, avec raison, de la voir cotée en Bourse. C'est comme un rêve devenu réalité, pour lui. Et pour moi, c'est passionnant de lui montrer comment tout cela fonctionne.

Tout en parlant, elle s'était penchée vers lui, dévoilant un sein rond et laiteux dans l'échancrure de son peignoir. Steve le désigna avec sa fourchette en fronçant les sourcils d'un air faussement sévère.

— Ne lui en montre pas plus que nécessaire, l'admonesta-t-il.

Meredith éclata de rire.

— Notre relation est purement professionnelle, le rassura-t-elle.

— Pour toi, peut-être. J'espère seulement que ce type est petit, gros et moche, et que sa petite amie est une bombe sexuelle. Si tu veux mon avis, te laisser partir seule avec un homme, c'est comme agiter un poisson devant un marsouin... Une sacrée tentation, mon amour.

Il l'enveloppa d'un regard admiratif. Il était impossible de ne pas remarquer combien elle était belle, et il était certain que les hommes avec qui elle travaillait en avaient parfaitement conscience. De surcroît, elle était brillante et de très agréable compagnie. Elle avait réussi non seulement à le garder pour elle depuis quatorze ans, mais en plus à maintenir entre eux une passion brûlante... Même épuisé, il avait toujours envie d'elle.

— Crois-moi, la seule chose qui intéresse ces types-là, c'est leur boulot, le rassura-t-elle, et Callan Dow est exactement comme les autres. Sa société, c'est son bébé, son rêve. L'amour de sa vie. Si je ressemblais à E.T., il n'y prêterait pas attention. Par ailleurs, ajouta-t-elle en souriant à son mari, je t'aime. Même si c'était le sosie de Tom Cruise, je m'en moquerais, c'est de toi que je suis amoureuse.

— Bien, dit Steve d'un air satisfait avant de lui décocher un coup d'œil inquiet. Au fait, puisque tu en parles, est-ce le cas ?

— Que veux-tu dire ?

— Est-il le sosie de Tom Cruise ?

— Bien sûr que non ! Je dirais plutôt qu'il ressemble à Gary Cooper ou Clark Gable... le taquina-t-elle.

— Très drôle.

C'était pourtant vrai, mais Meredith n'insista pas : pour elle, il s'agissait d'un détail sans importance.

— Il a plutôt intérêt à ressembler à Peter Lorre, continua Steve, sans quoi ils devront trouver quelqu'un d'autre à envoyer en tournée promotionnelle avec lui. En plus, deux semaines, c'est trop long, je vais me sentir épouvantablement seul. Je déteste quand tu pars aussi longtemps.

— Moi aussi, répondit Meredith. Dix villes à parcourir en deux semaines, on ne peut pas vraiment appeler ça des vacances.

— Tu adores ça, tu le sais très bien.

Steven finit son vin, puis posa sur son épouse un regard admiratif. Elle semblait détendue, et était à la fois belle et infiniment sexy. Il sentait qu'il avait bien besoin de se doucher et de se raser : il devait avoir piètre allure. Quand il était à l'hôpital, il n'avait pas le temps de songer à son apparence. Cela n'avait d'importance que lorsqu'il retrouvait Meredith — et encore lui arrivait-il de ne pas avoir la force de faire des efforts vestimentaires, même avec elle.

— Parfois j'adore les tournées promotionnelles, c'est vrai, reconnut Meredith. Mais pas toujours.

Quand tout se passe bien, elles sont passionnantes, mais aussi épuisantes. Tout dépend de la compagnie concernée. Cela dit, avec celle-ci, les actions vont monter en flèche, c'est certain.

La société de Callan Dow fabriquait du matériel de diagnostic médical de pointe. Dow avait mis au point lui-même certains des appareils en question. Meredith avait expliqué à Steve que le père de Callan était chirurgien dans une petite ville et avait souhaité voir son fils suivre sa trace, alors que Callan, lui, avait toujours été fasciné par les affaires et la haute technologie. Aussi avait-il créé une compagnie de matériel médical. Steven avait eu l'occasion d'utiliser les produits qu'il fabriquait et avait été impressionné, mais la finance en revanche ne l'intéressait guère. C'était Meredith qui s'occupait de leur budget. N'était-ce pas ce qu'elle faisait le mieux ? Alors que lui n'y connaissait rien...

Elle mit leurs assiettes dans le lave-vaisselle pendant que Steve allait prendre sa douche. Quelques minutes plus tard, elle éteignit les lumières et le retrouva dans leur chambre. Il était bien plus de minuit, et tous deux étaient épuisés, mais quand Steve se glissa près d'elle dans le lit et la prit dans ses bras, ils oublièrent aussitôt leur fatigue, envahis d'un désir qu'ils savaient mutuel. Meredith embrassa son mari, et soupira de plaisir quand il commença à la caresser avec douceur. Quelques minutes plus tard, hôpital et introduction en Bourse n'existaient plus ; seul comptait le monde privé, merveilleux, qui n'était qu'à eux et où s'épanouissait leur bonheur.

2

Le samedi matin, quand Steve se réveilla, Meredith était déjà partie au bureau. Elle avait espéré pouvoir faire l'aller-retour durant son sommeil, mais lorsqu'elle rentra à l'appartement, vêtue d'un tee-shirt et d'un pantalon blancs, elle le trouva assis dans le salon, une serviette de toilette autour des reins, les cheveux encore humides et le *New York Times* déplié devant lui.

— Tu as l'air beaucoup trop jeune pour être dans la finance, observa-t-il avec un sourire en la voyant.

Elle posa son attaché-case à côté du canapé du salon. Elle semblait heureuse et détendue ; la nuit précédente avait été aussi agréable que d'habitude, plus encore peut-être. Ils avaient toujours eu une vie sexuelle très épanouie, dont ils aimaient profiter lorsqu'ils étaient ensemble, ce qui était hélas toujours trop rare. Parfois elle se demandait si leur emploi du temps surchargé n'entretenait pas leur flamme en les maintenant constamment sur leur faim, bien plus que la plupart des couples mariés depuis quatorze ans.

— Et si nous sortions déjeuner dehors ?

Il faisait encore très chaud, mais il avait envie de prendre un peu l'air, de se promener avec elle.

— Que dirais-tu de la Tavern-on-the-Green ? suggéra-t-il.

— Ce serait sympa, acquiesça-t-elle.

Elle balaya le fugitif sentiment de culpabilité qui l'envahissait. Elle devait absolument lire les documents qu'elle avait rapportés du bureau, mais elle pourrait le faire plus tard. Après trois jours de garde éprouvante, Steve avait besoin de se changer les idées. Il lui fallait oublier l'horreur qu'il côtoyait à l'hôpital, et il désirait l'avoir à ses côtés ; elle n'avait pas le cœur de lui dire qu'elle devait travailler.

Il leur réserva une table au restaurant, et à midi ils sortirent de l'immeuble main dans la main. La chaleur écrasante les prit aussitôt à la gorge. En été, New York pouvait être caniculaire, et l'air était si humide qu'ils avaient du mal à respirer.

Ils prirent un taxi jusqu'au restaurant et discutèrent agréablement durant le déjeuner. Meredith expliqua plus en détail à Steve l'affaire sur laquelle elle travaillait, et il l'écouta avec intérêt. Il aimait l'entendre parler de son métier. C'était sa seule et unique passion, mais il l'admirait pour cela. Elle savait se montrer tenace, résolue et extrêmement concentrée lorsqu'elle travaillait sur quelque chose, ce qui expliquait qu'elle fût si talentueuse dans ce qu'elle faisait — d'autant qu'à sa capacité de travail hors du commun s'ajoutaient un jugement sans faille et une extraordinaire perspicacité. Cela lui valait le respect de tous dans sa firme, même si elle avait parfois l'impression de ne pas bénéficier d'autant de facilités que ses collègues hommes. Elle était l'un des associés de la banque depuis quatre ans maintenant, et, bien souvent, elle faisait l'essentiel du travail, la partie la plus compliquée et créative, mais c'étaient les hommes qui recueillaient la gloire. Cela la hérissait depuis des années, mais c'était la règle dans bien des sociétés de Wall Street, petit monde encore très machiste. Elle avait choisi d'évoluer dans cet univers, de conquérir des sommets jusqu'alors réservés au sexe dit fort, et on le lui reprochait souvent, bien qu'à mots couverts.

Ainsi, par exemple, elle devait partir pour la côte ouest le lendemain en compagnie d'un des associés plus âgés de la banque, qui avait insisté pour l'accompagner. Elle était très irritée par cette attitude ; au début, personne n'avait voulu travailler avec elle sur cette affaire, et maintenant qu'ils sentaient l'importance qu'allait prendre Dow Tech, l'entreprise concernée, ils essayaient d'attraper le train en marche... Elle se rassurait néanmoins en se disant que Callan Dow, lui, savait qu'elle avait soutenu sa cause dès le début.

Tout en buvant leur café, Meredith et Steve abordèrent également certains des problèmes que rencontrait Steve à l'hôpital. Cela faisait cinq ans qu'il était numéro deux du service de traumatologie, et il rêvait de le diriger. Harvey Lucas, le médecin en charge du service, menaçait régulièrement de s'en aller, mais était toujours là. Depuis des années, il parlait de partir à Boston, sans se décider à le faire. Tant qu'il resterait là, Steve aurait les mains liées. Il devrait se contenter d'être son assistant. Malgré tout, ils dirigeaient le meilleur service de traumatologie de la ville, et il n'avait aucune envie de s'en aller. D'autant qu'Harvey était un de ses amis.

Après le déjeuner, Steve et Meredith se promenèrent dans le parc. Ils s'arrêtèrent pour écouter des musiciens de jazz et des orchestres d'avant-garde, regardèrent les enfants jouer au bord des bassins avec des bateaux. Il leur arrivait encore de parler de temps en temps d'avoir un enfant, mais chaque année la perspective semblait plus éloignée. Dernièrement, Steve avait abordé la question plus souvent qu'à l'ordinaire, mais Meredith n'était pas encore prête. Et elle n'était pas sûre de l'être un jour. A trente-sept ans, elle commençait à penser qu'il n'y aurait jamais de place dans leur vie pour des enfants. Leurs carrières les occupaient trop tous les deux. Meredith avait toujours craint que la présence d'un enfant rompe l'harmonie de leur couple, les sépare au lieu de les rapprocher, alors que Steve, lui, était persuadé du contraire. A la seule pensée d'un bébé, Meredith se sentait menacée. Elle ne voulait pas être déchirée entre son enfant et son travail.

La chaleur était toujours mortelle, et ils n'en pouvaient plus lorsqu'ils rentrèrent à l'appartement et se laissèrent tomber côte à côte sur le canapé.

— Et si nous allions voir un film, dans un grand cinéma bien climatisé, ce soir après le dîner ? suggéra Steve.

Il était détendu, heureux, et ne ressemblait plus du tout à l'homme épuisé qui était rentré la veille, après trois jours de garde. Quelques heures avec Meredith et une bonne nuit de sommeil : il ne lui en fallait pas davantage pour recharger ses batteries. Il se sentait déjà mieux, plus vivant.

— Je ne peux pas aller au cinéma, Steve, lui rappela-t-elle à regret. Il faut que je fasse ma valise, et je n'ai pas commencé à lire mes documents.

Ils avaient passé tout l'après-midi dehors ensemble.

— Dommage, dit-il, visiblement déçu mais résigné — elle rapportait toujours du travail à la maison. A quelle heure pars-tu ?

Il s'étira sur le canapé. Il portait un pantalon en toile beige et une chemise bleue, et ses pieds étaient nus dans ses mocassins. Meredith songea qu'il était plus séduisant encore qu'à l'habitude. Il ne lui manquait plus qu'un peu de bronzage, mais il n'avait jamais le temps de se mettre au soleil, si bien que son visage, très pâle et anguleux, faisait paraître ses yeux et ses cheveux noirs plus sombres encore, leur conférant une intensité particulière.

— Mon vol part à midi, il faudra que je quitte la maison vers dix heures.

— Tu parles d'un dimanche, soupira-t-il.

Mais ils n'y pouvaient rien ni l'un ni l'autre. Les

affaires étaient les affaires, et il fallait qu'elle aille voir Callan Dow en Californie. Steve le comprenait parfaitement.

Ce soir-là, il regarda la télévision pendant qu'elle travaillait dans son petit bureau. Celui-ci était plein à craquer de revues et livres médicaux et financiers, complétés de quelques romans. Sur une table, Meredith avait installé son ordinateur. Steve en avait un à lui, mais il s'en servait rarement. A bien des égards, leurs centres d'intérêt étaient très différents, et ce depuis toujours, mais tous deux étaient ouverts au domaine de l'autre, même si Steve avouait souvent en riant qu'il ignorait tout de la finance. Meredith, elle, avait une connaissance plus approfondie de ce qu'il faisait, et s'y intéressait davantage. Lui, de son côté, respectait le fait qu'elle gagnait mieux sa vie que lui. Elle touchait un salaire très élevé, ce à quoi il savait ne pouvoir aspirer dans son métier. Et encore se plaignait-elle de gagner moins que ce qu'elle méritait ! Quoi qu'il en soit, ils disposaient de moyens suffisamment confortables pour mener une existence agréable. Ils vivaient dans leur appartement depuis cinq ans. Meredith l'avait payé comptant lorsqu'elle était devenue associée dans sa firme. Steve aurait bien aimé pouvoir participer à cet achat, mais il n'en avait tout simplement pas les moyens. Leur différence de revenus ne leur avait jamais posé de problème. Contrairement à d'autres couples, ils ne se querellaient jamais pour des questions d'argent ; le fait d'avoir ou non des enfants était leur seul sujet de dispute.

Meredith lut jusqu'à près de minuit, et lorsqu'elle termina enfin, Steve s'était endormi devant la télévision. Elle prépara sa valise avant de le réveiller. Il était plus d'une heure alors, et il dormait profondément lorsqu'elle déposa un baiser sur son front.

— Allons, au lit, mon amour, il est tard, lui chuchota-t-elle à l'oreille. Et je dois me lever tôt demain matin.

Elle savait qu'il avait appelé un ami dans l'après-midi, et avait prévu d'aller jouer au tennis avec lui après son départ pour l'aéroport.

Pas tout à fait éveillé, Steve la suivit comme un zombie jusqu'à la chambre, et quelques secondes plus tard, ils étaient au lit, confortablement blottis dans les bras l'un de l'autre. Cinq minutes plus tard, Steve replongeait dans le sommeil.

Tous deux dormirent profondément jusqu'à six heures du matin, heure à laquelle la sonnerie du téléphone les réveilla en sursaut. C'était l'hôpital ; Harvey Lucas, le chef du service, était en salle d'opération avec l'interne en chef et deux autres médecins, et ils travaillaient sur quatre victimes d'une collision frontale. Ils lui demandaient de venir. Il aurait pu refuser, puisqu'il n'était pas de garde, mais il comprit qu'ils avaient besoin de quelqu'un d'urgence, et il ne voulut pas les laisser tomber. Il ne le faisait jamais. Tout en regardant Meredith, il dit à l'infirmière qui le prévenait qu'il arriverait aussi vite que possible. Deux des victimes étaient des enfants ; l'un souffrait d'une grave blessure à la tête, et un neurochirurgien était déjà en route. Les parents étaient tous deux dans un état critique, et l'on ignorait encore si le second enfant s'en sortirait. Il avait le cou cassé, et les médecins pensaient que sa colonne vertébrale était atteinte. Il était dans le coma depuis qu'on l'avait amené.

— Je suis vraiment désolé de partir avant toi, dit Steve en enfilant rapidement un jean et un tee-shirt blanc et en glissant ses pieds dans ses sabots de travail.

— Pas de problème, affirma-t-elle avec un sourire ensommeillé. Je dois me lever dans pas trop longtemps, de toute façon.

Ils étaient tous deux habitués à ce genre d'imprévus.

— Voilà mon tennis et mon dimanche de repos bien compromis, soupira Steve. Enfin, je devrais pouvoir revenir dans deux ou trois heures.

C'était pure utopie de sa part, ils le savaient tous les deux ; elle serait partie bien avant qu'il ne rentre. Une fois à l'hôpital, il resterait disponible, en profiterait pour jeter un coup d'œil à ses autres patients et ne rentrerait probablement pas avant minuit. Il resterait peut-être même toute la nuit si l'on avait besoin de lui, avant de reprendre son service normal le lendemain. Meredith rentrerait le mardi matin, mais lui n'aurait pas de répit avant le mercredi, et elle ne le verrait que tard ce soir-là.

— Je t'appellerai de Californie.

Elle ne savait même pas dans quel hôtel elle descendait ; Callan Dow avait dit qu'il s'occuperait de tout.

— Fais bien attention que Cary Grant, ou Gary Cooper, ou je ne sais plus qui ne te séduise pas pendant que je m'acharne à sauver des vies.

Steve souriait en prononçant ces mots, mais une lueur d'inquiétude brillait dans ses yeux sombres. Visiblement, Callan Dow le tarabustait.

— Tu n'as pas de soucis à te faire, affirma-t-elle comme il s'asseyait sur le bord du lit pour l'embrasser.

— J'espère bien.

Il caressa avec douceur son sein nu et l'embrassa de nouveau. Lorsqu'ils se séparèrent, il l'enveloppa d'un regard plein de regret.

— J'aurais aimé pouvoir faire l'amour avant que nous repartions tous les deux sur le front.

Mais c'était l'histoire de leur vie, depuis toujours : espoirs différés, projets annulés, reports successifs...

Ils en avaient l'habitude, et s'en accommodaient la plupart du temps.

— N'oublie pas. Je te verrai mercredi soir en rentrant du bureau. J'essaierai de ne pas rester trop tard.

— Le rendez-vous est pris.

Il lui sourit, accrocha son bipeur à sa ceinture et se passa la main dans les cheveux pour les discipliner. Il s'était brossé les dents, mais ne s'était pas rasé. Son travail n'exigeait pas de lui qu'il fût élégant et soigné, et la plupart du temps il ne prenait pas la peine de faire des efforts particuliers.

— Bon voyage, dit-il en lui adressant un dernier petit signe de la main avant de sortir de la chambre.

L'instant d'après, Meredith entendit la porte d'entrée se refermer sur lui. Elle resta un moment allongée à penser à lui. Il était exactement pareil que lorsqu'elle l'avait rencontré quatorze ans plus tôt, jeune interne en chirurgie plein d'ambition. Toute sa vie gravitait autour de son métier, comme la sienne... Une pensée en amenant une autre, elle se mit à songer à la société qui allait être cotée en Bourse, et à tout ce qu'elle avait encore à faire pour s'assurer que tout se passerait au mieux.

Elle alla chercher une pile de papiers qu'elle rapporta dans son lit et lut pendant deux heures avant de se lever pour de bon. Elle était satisfaite : elle se sentait presque prête pour sa réunion en Californie. Il ne lui restait plus que quelques questions à poser, et elle voulait aussi expliquer à Callan Dow ce à quoi il devait s'attendre durant leur tournée promotionnelle. C'était la première fois qu'il mettait une compagnie sur le marché, et il s'en remettait entièrement à elle pour tous les aspects techniques et financiers. D'une certaine manière, cela flattait la jeune femme, qui se sentait importante et compétente. Une légère culpabilité l'envahit. Etait-ce là la raison pour laquelle elle aimait tant son travail ? Parce qu'elle détenait du pouvoir et était indépendante ? Elle se posait parfois la question. En tout cas, le monde de la haute finance la fascinait, et elle s'y sentait bien, dans son élément, et ce depuis le premier jour. Elle était tout aussi passionnée par son métier que Steve par le sien. Même s'ils étaient très différents, ils étaient animés par le même feu sacré, et savaient que ce qu'ils faisaient avait une réelle importance. Steve sauvait des vies ; elle, de son côté, aidait des gens à réaliser leurs rêves, à accomplir ce pour quoi ils avaient lutté et travaillé durant des années, et ce n'était pas négligeable non plus.

Le téléphone sonna alors qu'elle s'habillait ; c'était Steve. Il sortait tout juste du bloc opératoire, où il s'était occupé avec le chirurgien orthopédiste de l'enfant au cou cassé ; ce dernier devrait s'en sortir, en fin de compte. Il avait eu beaucoup de chance. La mère, en revanche, était morte peu de temps après l'arrivée de Steve à l'hôpital, et l'aîné des enfants était encore dans le coma.

— Je vais rester encore quelque temps, annonça-t-il.

Meredith sourit avec tendresse. C'était toujours la même chose : Steve agissait comme si chaque cas était le plus important de sa carrière. Il était aussi passionné par ses patients qu'elle par le prospectus d'émission qu'elle s'apprêtait à mettre au point en Californie.

— Tu vas me manquer, Merrie.

— Toi aussi.

Elle était sincère, ce qui n'empêcha pas Steve d'émettre un petit rire.

— Oh oui, pendant environ dix minutes. Ensuite, tu ne vas pas arrêter de penser à ton *red herring* et à ta tournée promotionnelle. Je te connais bien, tu sais.

— Tu n'as peut-être pas tort...

Ils se connaissaient parfaitement, chacun avait conscience de la passion de l'autre pour son travail, de ses buts, de ses faiblesses, de ses peurs. Ils savaient tout ce qu'ils sacrifiaient à leur carrière — les enfants, pour commencer. Quelle aurait été leur place, quand lui était à l'hôpital trois jours d'affilée et qu'elle-même passait son temps en voyages d'affaires ? Que tirerait un bébé d'une vie comme la leur ? Pas grand-chose, estimait-elle, ce qui expliquait qu'elle eût jusqu'à présent refusé d'en avoir un. Elle était compétente dans son travail, cela, elle en avait la certitude, alors qu'elle était très loin de savoir si elle serait une bonne mère. Peut-être plus tard, disait-elle toujours à Steve. Mais si elle attendait encore longtemps, il serait trop tard, et tous deux en avaient conscience. Elle se demandait souvent si un jour elle regretterait d'avoir toujours reporté cette maternité, mais pour le moment, elle n'arrivait pas à envisager d'avoir un enfant.

Elle remit ses papiers dans son attaché-case, enfila sa veste de tailleur et jeta un coup d'œil à son reflet dans le miroir. Elle était aussi soignée, impeccable, que Steve était débraillé quand il avait quitté l'appartement, à six heures ce matin-là. Quelle importance ? Il n'avait pas besoin de ressembler à une gravure de mode pour opérer un patient entre la vie et la mort ou formuler un diagnostic. On lui demandait seulement d'être là et d'agir au mieux, en mobilisant tout son talent et son savoir. Meredith, elle, devait donner une image de compétence, d'efficacité et de contrôle quoi qu'elle fît, et se vêtir en conséquence.

Elle rassembla ses affaires — attaché-case, ordinateur et téléphone portables, ainsi que la dernière version du prospectus d'émission — et quitta l'appartement pour sauter dans le taxi qui devait la conduire à l'aéroport, où elle retrouverait Paul Black, l'associé qui devait l'accompagner. Au passage, elle jeta un coup d'œil aux gratte-ciel de New York. Elle adorait cette ville et la vie qu'elle y menait. En fait, il n'y avait absolument rien qu'elle eût aimé changer à son existence. Pour elle, celle-ci était parfaite.

3

Dans l'avion, Meredith travailla un moment sur son ordinateur portable et finit de relire les documents qu'elle avait préparés pour Callan Dow. Paul Black, l'associé avec lequel elle voyageait, dormit pendant quasiment tout le trajet, puis ils passèrent la dernière demi-heure de vol à discuter de la réunion du lendemain matin. Il était sûr qu'elle avait parfaitement effectué les travaux préliminaires et que, comme toujours, le client serait impressionné par tout ce qu'elle avait prévu pour lui.

A l'origine, c'était avec Black que Callan Dow avait pris contact, mais Paul avait remis le dossier à Meredith car elle était spécialisée dans le domaine des technologies de pointe. Avec Meredith, on pouvait toujours être certain que le travail serait bien fait. Il le lui dit, d'ailleurs, mais cela ne fit qu'irriter la jeune femme, qui le trouvait condescendant. Elle s'attendait toujours à ce qu'il ponctue ses phrases par « ma chère petite ». Paul Black était l'un des plus anciens associés de la firme, mais Meredith n'avait pas beaucoup d'estime pour lui. Elle trouvait qu'il passait trop de temps à se vanter de ses relations haut placées et à se reposer sur ses lauriers ; elle-même s'abstenait de l'un comme de l'autre. A l'origine, Black avait entendu parler de Callan Dow par l'un des frères de sa femme. Mais après avoir remporté le contrat, il n'avait quasiment plus levé le petit doigt : c'était Meredith qui avait tout fait jusque-là pour rendre possible la cotation en Bourse de Dow Tech.

L'avion atterrit à quinze heures quinze. Callan Dow avait envoyé une voiture avec chauffeur les attendre à l'arrivée, et leur avait réservé des chambres à l'hôtel Rickie's de Palo Alto, proche de ses bureaux. Dès qu'il eut déposé ses affaires, Paul Black laissa Meredith pour aller dîner avec des amis à San Francisco. Où qu'ils aillent, il semblait toujours connaître du monde, mais il n'invitait jamais Meredith à se joindre à lui.

Elle aimait autant rester à l'hôtel, de toute façon, et revoir une fois encore les documents qu'elle présenterait à Dow le lendemain.

A vingt heures, le téléphone sonna. Ce devait être Steve, songea-t-elle ; elle lui avait laissé le numéro de l'hôtel sur sa boîte vocale en arrivant. Le connaissant, il devait encore se trouver à l'hôpital.

— Hello, mon ange ! dit-elle en décrochant, sûre qu'il ne pouvait s'agir de quelqu'un d'autre, puisque son mari était le seul à savoir où la joindre.

— Hello mon ange aussi.

La voix à l'autre bout du fil était grave, bien timbrée, et l'on y devinait un soupçon d'ironie. Mais ce n'était pas celle de Steve, et Meredith sursauta.

— Comment s'est passé le vol ?

— Euh... Bien. Qui est à l'appareil ?

Pour une fois, elle se sentait étrangement prise au dépourvu.

— C'est Callan. Je voulais juste m'assurer que vous étiez bien installée, et que l'hôtel vous plaisait. Merci d'être venue. Je me réjouis de cette réunion.

— Moi aussi, répondit-elle non sans embarras. Pardonnez-moi... Je pensais que c'était mon mari.

— J'avais compris. Tout est prêt ?

— Quasiment. Je veux vous montrer le dernier

avant-projet pour le prospectus d'émission, et voir avec vous quelques petits détails de dernière minute en ce qui concerne la tournée promotionnelle.

— J'ai vraiment hâte d'y être, avoua-t-il.

Cet homme si compétent, si doué, à qui tout réussissait en affaires, semblait aussi enthousiaste qu'un adolescent. Il avait travaillé dur pour monter son entreprise, et cela faisait longtemps qu'il désirait la mettre sur le marché.

— Quand commençons-nous la tournée ?

— Le mardi suivant la fête du travail. Tout est à peu près réglé, à l'exception de quelques petits détails à Minneapolis et Edimbourg. Pour les autres villes, tout est prêt. Je pense vraiment que nous allons avoir une couverture excédentaire. Tout le monde parle déjà tellement de vous !

— Je regrette de ne pas avoir fait ça plus tôt, dit-il de sa voix profonde.

C'était une voix que dans d'autres circonstances elle aurait pu qualifier de sensuelle, mais qui en cet instant paraissait avant tout chaleureuse et amicale. Meredith avait beaucoup apprécié de travailler avec Callan tout l'été.

— Je pense que le moment est idéalement choisi, affirma-t-elle. Plus tôt, vous n'auriez peut-être pas été prêt.

— En tout cas, nous le sommes à présent — même si j'ai encore pas mal de problèmes avec mon directeur financier. Il me reproche de mettre la société sur le marché, il pense que j'aurais dû en garder la propriété.

Il avait presque dit cela sur un ton d'excuse, car il savait combien Meredith avait travaillé pour l'introduction en Bourse. Il avait par ailleurs conscience du peu d'aide qu'elle avait reçu de la part de Charlie, le directeur financier de Dow Tech.

— C'est un point de vue assez dépassé, fit-elle remarquer.

Tous deux se rendaient compte que leurs deux semaines de tournée en compagnie de Charlie risquaient d'être difficiles.

— Il se plaint déjà de ce voyage.

— Ne vous inquiétez pas. Demain, nous le convaincrons. Je laisserai Paul Black lui parler — difficile de faire plus conservateur que lui, et pourtant même lui est enthousiaste !

— Où est-il, en ce moment ? Je pensais que vous seriez en train de dîner tous les deux.

— En fait, il est allé rejoindre des amis à San Francisco. J'étais en train de relire le prospectus d'émission une dernière fois, et je prenais quelques notes supplémentaires pour demain.

— Vous travaillez trop. Etes-vous en train de me dire qu'il vous a laissée toute seule ? Avez-vous dîné ?

— Oui, je me suis fait monter quelque chose dans ma chambre il y a une heure environ, tout va bien. Croyez-moi, j'ai apporté beaucoup de travail avec moi.

Elle faisait toujours cela ; jamais elle ne se déplaçait sans son attaché-case. Steve la taquinait souvent à ce sujet.

— Que diriez-vous d'un petit déjeuner demain, Meredith ? Je pensais que nous pourrions peut-être nous retrouver avant que vous ne veniez au bureau.

— C'est une bonne idée. Sept heures et demie ici, à l'hôtel ? J'ai vu qu'il y avait une salle de restaurant quand nous sommes arrivés. Je laisserai un message pour Paul ce soir, et nous pouvons tous nous donner rendez-vous ici demain matin. Voulez-vous convier votre directeur financier à se joindre à nous ?

— En fait, je préférerais passer un peu de temps avec vous sans lui. Nous le retrouverons au bureau après.

— Parfait. A demain matin, alors.

— Ne travaillez pas toute la nuit, Meredith. Nous aurons largement le temps de tout finaliser demain.

Il semblait presque paternel en disant cela. C'était un homme encore jeune, quoique de quatorze ans l'aîné de Meredith. A cinquante et un ans, il paraissait à peine plus vieux que Steve. Callan Dow était l'archétype du Californien, sain, énergique, bronzé, séduisant. Mais seul l'aspect professionnel de leur relation intéressait Meredith.

— A demain, répéta-t-elle.

Lorsqu'ils eurent raccroché, elle laissa un message à Paul sur sa boîte vocale et lui annonça leur petit déjeuner d'affaires du lendemain. Puis elle prit une douche et alla se coucher. Elle essaya de joindre Steve sur son bipeur, mais il ne répondit pas, et elle en déduisit qu'il était occupé avec des patients. Quand, enfin, il la rappela, il était deux heures du matin en Californie et elle dormait profondément.

— Hello, mon cœur, je te réveille ?

— Bien sûr que non, Paul et moi étions justement en train de faire un poker.

Sa voix était tout ensommeillée, mais Steve était trop fatigué lui-même pour s'en apercevoir.

— C'est vrai ?

— Oui, bien sûr... Tu connais Paul. Un vrai boute-en-train !

— Pardon... Je ne voulais pas te réveiller. Il est cinq heures ici, et je suis au bloc depuis minuit. Je n'ai eu ton message qu'en sortant.

— Comment ça s'est passé ? s'enquit-elle en étouffant un bâillement.

— Nous avons réussi. Pour une fois. Un conducteur ivre a renversé un gamin de sept ans et lui a donné un sacré mal de tête... Il a les deux jambes cassées, et au niveau de sa cage thoracique, c'est la panique, mais Dieu merci il ne devrait pas y avoir de séquelles graves.

L'une des côtes de l'enfant avait perforé ses poumons, mais Steve avait réussi à suturer la blessure.

— Que faisait-il dehors à minuit ?

— Il était assis sur une borne d'incendie. Il fait terriblement chaud, ici.

— Es-tu rentré à la maison, aujourd'hui ?

Elle jeta un coup d'œil au réveil. Il était tard, mais elle était heureuse d'entendre Steve.

— Personne ne m'y attendait... J'ai préféré rester ici. Je compte d'ailleurs dormir à l'hôpital, ça ne sert à rien que je fasse l'aller-retour, puisque de toute façon je dois revenir dans trois heures.

— Tu es le seul être humain que je connaisse qui travaille plus que moi, mon chéri.

— C'est toi qui m'as tout appris sur le sujet. Au fait, de ton côté, comment ça va ? Tu as vu ton client ?

— Pas avant le petit déjeuner, demain. Ou plutôt dans quelques heures... Mais je suis prête. J'ai terminé tout mon travail dans l'avion. J'ai parlé à Dow ce soir, et tout semble au point.

Elle était parfaitement réveillée maintenant et se demandait si elle parviendrait à se rendormir avant le matin. A présent que Steven lui avait parlé de son travail, les idées se bousculaient dans sa tête.

— Je suppose que je devrais te laisser te rendormir, reprit-il. Je voulais juste te dire que je t'aime, et que tu me manques.

— Toi aussi, répondit-elle en souriant dans l'obscurité, le téléphone à la main. Ce ne sera pas long, ne t'inquiète pas. Je serai de retour avant que tu aies pu faire ouf !

— Oui, et moi je serai coincé ici comme un rat dans sa cage... T'arrive-t-il de penser à la vie de fous que nous menons ?

Ils étaient toujours si occupés ! Parfois trop, même si tous deux adoraient ce qu'ils faisaient.

— J'y réfléchissais justement aujourd'hui quand je suis partie de la maison. Je me disais que tout cela serait totalement impossible à gérer si nous avions des enfants. Nous ne pourrions jamais mener la même vie, Steve. Je suppose que c'est pour ça que nous n'en avons jamais eu.

— Nous nous débrouillerions si c'était nécessaire. Les autres y parviennent, même ceux qui sont aussi occupés que nous.

Il semblait mélancolique en disant cela.

— Je te défie de me citer deux personnes dans cette situation. Ou même une, d'ailleurs. Je ne vois personne qui vive comme nous. Tu ne rentres pas à la maison pendant plusieurs jours d'affilée, et moi je suis tout le temps en voyage d'affaires ou au bureau. Quelle vie pour un enfant ! Nous serions obligés de porter des badges indiquant « maman » et « papa » pour qu'il nous reconnaisse quand il nous croiserait, une fois par semaine...

— Je sais, je sais... tu penses que nous ne sommes pas prêts. J'ai seulement peur d'être trop vieux pour le faire quand tu jugeras le moment venu.

— Tu ne seras jamais trop vieux pour « le faire », le taquina-t-elle.

Mais elle savait qu'il était sérieux sur ce sujet, bien plus qu'elle. Elle n'était tout simplement pas prête à envisager d'avoir des enfants, et n'était pas sûre de l'être un jour. Elle ne se voyait pas leur faire une place dans leur existence déjà surchargée. En fait, l'idée la séduisait de moins en moins à mesure que le temps passait, même si cela la contrariait énormément de décevoir son mari. Pour lui, elle le savait, avoir des enfants était très important. D'ailleurs, elle n'avait pas définitivement fait une croix sur cette éventualité. Mais elle n'avait pas de réel désir de maternité.

— Nous devrons avoir une conversation sérieuse à ce sujet un de ces jours, Merrie.

— Pas avant que j'aie mis Dow Tech sur le marché, déclara-t-elle.

Lorsqu'il abordait cette question, elle était systématiquement sur la défensive. Lui savait qu'il y aurait toujours une société à mettre sur le marché, une introduction en Bourse, une compagnie qui aurait besoin d'aide, un contrat à signer, une tournée promotionnelle à effectuer, et que ce serait le plus important pour elle. En quatorze ans, elle n'avait jamais trouvé de moment bien choisi pour réfléchir à cela, et il commençait à se dire que cela continuerait ainsi indéfiniment. Lorsqu'il songeait qu'il n'aurait peut-être jamais d'enfants, il éprouvait un grand sentiment de manque. Il avait toujours eu davantage envie de fonder une famille, car il ressentait plus cruellement qu'elle la perte de la sienne. Meredith, elle, affirmait qu'elle n'avait besoin que de lui.

— Bon, je ferais mieux de te laisser dormir, Merrie, sinon demain tu seras épuisée.

Il savait qu'une longue journée l'attendait. Elle prendrait ensuite l'avion de nuit pour New York, où elle arriverait à six heures du matin, mardi. Telle qu'il la connaissait, elle passerait brièvement chez eux se doucher et se changer, avant de retourner directement au bureau pour huit heures et demie.

— Je t'appellerai demain dès que j'aurai le temps, promit-elle en étouffant un bâillement.

Elle espérait pouvoir dormir encore quelques heures avant de se lever à six heures et demie.

— Ne t'inquiète pas. Je ne bougerai pas d'ici, tu sais où me trouver.

— Merci d'avoir appelé. Bonne nuit... je t'aime.

Ils raccrochèrent, et il fallut une demi-heure à la jeune femme pour se rendormir : elle pensait à son mari, et à son rendez-vous du matin avec Callan Dow.

Elle eut l'impression de n'avoir dormi que quelques minutes lorsque le réveil sonna et la tira du sommeil.

Elle se leva, se doucha et s'habilla avant de remonter ses cheveux en chignon serré — une coiffure qui lui paraissait bien adaptée à une réunion professionnelle. Elle avait apporté un tailleur en lin bleu marine, et lorsqu'elle pénétra dans la salle de restaurant de l'hôtel en tailleur, escarpins à hauts talons et boucles d'oreilles en perles, son attaché-case à la main, à sept heures trente précises, elle était l'image même de l'élégance et du professionnalisme. Bien qu'elle n'en eût pas conscience elle-même, elle fit forte impression sur les clients attablés. Elle ressemblait à un mannequin jouant un rôle de cadre supérieur, et de nombreuses têtes se tournèrent quand elle se dirigea vers la table où l'attendait Paul Black. Ce dernier portait un costume d'été gris anthracite, une chemise blanche et une cravate très classique, et il n'était pas difficile de deviner qu'il travaillait dans une banque d'investissement de Wall Street.

— Comment s'est passé votre dîner, hier soir ? demanda poliment Meredith après s'être assise et avoir commandé un café.

— Très bien. Mais la route a été plus longue que je ne le croyais pour San Francisco, et je suis rentré plus tard que prévu. Vous avez bien fait de rester ici.

Elle ne prit pas la peine de souligner qu'il ne lui avait pas laissé le choix, et changea de sujet pour lui parler du coup de fil de Callan Dow.

— Il est très content de tout ce que nous avons fait pour préparer le voyage.

— Et pour cause. D'après ce que vous m'avez dit, Meredith, cette tournée devrait être particulièrement positive. Je pense qu'ils vont très bien s'en tirer.

— C'est ce que je lui ai dit.

Avant qu'elle ait pu ajouter autre chose, elle vit Callan Dow debout sur le pas de la porte du restaurant, balayant la salle d'un regard circulaire. Il était exactement comme dans son souvenir : grand, bien bâti, séduisant, avec des cheveux blonds, des yeux bleus pétillants et une carrure d'athlète. Il était presque trop beau, et bien qu'il fût originaire de la côte est, il avait vraiment l'air d'un Californien. Il était très bronzé, et portait une chemise bleue, une cravate Hermès bleu et jaune, un costume kaki à la coupe impeccable et des mocassins bien cirés. Il semblait tout droit sorti d'un magazine, et elle songea qu'elle avait eu raison de le comparer à Gary Cooper : la ressemblance était indéniable. Il les aperçut et s'approcha avec un large sourire pour leur serrer la main.

— Cela me fait plaisir de vous voir, tous les deux, affirma-t-il avec aisance en s'asseyant.

Une serveuse s'approcha, et ils commandèrent leur petit déjeuner ; lui prit des œufs brouillés et un bol de fruits frais, Meredith des toasts et du café, et Paul des œufs pochés et du porridge.

Ils discutèrent avec animation de leur projet et de la tournée promotionnelle. Meredith apaisa toutes les peurs qu'il pouvait avoir, répondit à ses questions et lui remit le projet final de prospectus d'émission, qu'il parcourut en buvant sa seconde tasse de café.

— Tout m'a l'air d'être prêt.

— Cela vaut mieux. Nous commencerons notre tournée à Chicago dans exactement deux semaines demain.

Ils avaient choisi cette ville pour débuter leur voyage parce qu'elle revêtait une importance moindre à leurs yeux, ce qui leur permettrait de régler tous les problèmes de dernière minute qu'ils pourraient découvrir dans leur présentation. De là, ils partiraient pour Minneapolis, puis Los Angeles et San Francisco. Callan passerait le week-end chez lui, et elle rentrerait à New York ; puis, le lundi suivant, ils se retrouveraient à Boston, effectueraient leur dernière présentation à

New York, et ils s'envoleraient pour l'Europe : Edimbourg, Genève, Londres et Paris. Après cela, leur tâche serait terminée. Elle espérait que les actions de Dow Tech se vendraient comme des petits pains. Les yeux de Callan brillaient comme ceux d'un enfant pendant qu'ils en discutaient.

De nouveau, au cours de la conversation, il parla des difficultés qu'il rencontrait avec son directeur financier, Charles McIntosh. Ce dernier acceptait mal la mise sur le marché de la société, et cela posait de toute évidence de gros soucis à Callan. Car, comme il désapprouvait la direction prise par ce dernier, McIntosh se montrait aussi peu coopératif que possible.

— J'ai passé des heures et des heures à essayer de lui faire comprendre que nous avions pris la bonne décision. Je sais qu'il pense avoir raison lorsqu'il essaie de me dissuader... C'est un type bien, et je le connais depuis des années. Il est extrêmement loyal, mais aussi incroyablement têtu, expliqua Cal, l'air contrarié.

— Il ferait mieux de se faire à l'idée avant le début de la tournée promotionnelle, fit remarquer Meredith en fronçant les sourcils, soucieuse. S'il critique le projet ou même s'il exprime des réserves, les gens s'inquiéteront. Ils ne comprendront pas que ses objections sont d'ordre personnel, et pourraient mal interpréter sa position.

— Ne vous faites pas de souci, Meredith. S'il faisait cela, ce ne serait pas un problème.

— Pourquoi donc ? s'étonna-t-elle.

— Parce que je le tuerais, répondit Callan avec un petit rire triste. Nous travaillons ensemble depuis des années, et je le connais bien. C'est avant tout un râleur, le genre à toujours nager à contre-courant. Il est très intelligent mais, parfois, il soutient des thèses antédiluviennes.

Callan, lui, allait systématiquement de l'avant pour sa compagnie. Mais il était aussi plus jeune que Charlie.

— Je ne suis pas certaine que Charlie soit votre meilleur atout, observa Meredith avec un sourire.

Elle faisait néanmoins confiance au jugement de Callan, et à sa capacité à diriger ses salariés. Il n'aurait pas fait autant de chemin dans les affaires s'il n'avait su juger son personnel. S'il affirmait pouvoir contrôler son directeur financier, c'était sans doute la vérité.

— Je suis d'accord avec vous, en fait, Meredith, déclara-t-il tandis que Paul Black signait la note, mais c'est un autre problème. Pour le moment, au moins, tout devrait bien se passer avec lui, même si je préfère ne pas faire de projets à trop long terme. Cela fait très longtemps que nous travaillons ensemble, et j'espère qu'il finira par admettre que j'ai pris la bonne décision.

Meredith hocha la tête. Tous trois ne tardèrent pas à quitter le restaurant pour se diriger vers le parking. Une voiture avec chauffeur les attendait pour les conduire aux bureaux de Dow Tech. En chemin, ils bavardèrent à bâtons rompus de la société, de la maison de Callan, toute proche, et de ses trois enfants. Meredith avait oublié qu'il avait des enfants, et fut surprise quand elle l'entendit en parler. Il ressortait clairement de ses paroles qu'ils vivaient avec lui, et elle se demanda où était sa femme, si elle était morte ou s'ils avaient divorcé. Elle trouvait étrange qu'un homme qui réussissait si bien dans le monde des affaires se retrouve seul pour élever ses enfants. Il avait dit que tous trois avaient passé l'été dans sa maison au bord du lac Tahoe, et qu'il venait tout juste de les ramener avec lui pour cette réunion d'affaires ; ils repartiraient passer le week-end là-bas. Il aimait les garder près de lui, expliqua-t-il.

— En règle générale, je prends mon mois d'août

pour être avec eux, déclara-t-il. Mais cet été, je n'arrête pas de faire l'aller-retour.

Pendant que Meredith rédigeait le red herring, il avait eu beaucoup de choses à préparer de son côté, et de toute évidence il avait fait tout ce qu'il avait à faire. Meredith fut encore plus impressionnée en arrivant dans ses bureaux : tout avait été impeccablement préparé, et toutes les informations dont Paul et elle risquaient d'avoir besoin avaient été analysées. Une fois encore, Meredith fut frappée par les connaissances de Callan en matière de technologie, et par la façon dont il gérait son entreprise.

La seule ombre au tableau, dans une journée sans cela parfaite, fut Charles McIntosh. Quoi qu'ils fissent, il semblait avoir mille objections sans fondement à exprimer. De surcroît, il se montrait extrêmement soupçonneux à l'égard de Meredith et Paul, et très mécontent que l'introduction en Bourse fût gérée par une femme. Même s'il ne le formula jamais ainsi, il le fit sentir si clairement que lorsque, enfin, il quitta la salle de réunion, Callan Dow se tourna vers Meredith pour lui présenter des excuses.

— J'ai bien peur que Charlie ne soit misogyne jusqu'à la moelle, Meredith, et il n'y a rien que je puisse faire pour changer ça.

Il avait l'air très embarrassé, et elle prit le parti d'en rire, bien qu'à plusieurs reprises le directeur financier l'eût franchement agacée.

— Ne vous inquiétez pas, j'ai l'habitude, affirma-t-elle sans se départir de son calme. Paul lui ressemble beaucoup.

L'intéressé et McIntosh étaient sortis ensemble afin de terminer leur conversation dans le bureau du directeur financier, laissant Cal et Meredith libres de régler les derniers détails de la tournée promotionnelle. Voyager avec Charlie allait être vraiment pénible, la jeune femme le savait, mais au moins, songeait-elle,

Callan serait là, et en sa présence McIntosh n'oserait pas faire de remarques trop désobligeantes. Il craignait son patron, c'était visible.

— C'est à vous qu'il reviendra de le surveiller durant la tournée promotionnelle, prévint-elle Callan.

— Tout se passera bien, affirma ce dernier avec optimisme. Charlie est tout dévoué à mon entreprise, et veut son bien, même s'il n'est pas d'accord avec ma politique. C'est un type très loyal. La seule chose qu'on puisse lui reprocher, c'est de ne pas voir plus loin que le bout de son nez.

— A vrai dire, je suis même surprise qu'il vous ait laissé vous lancer dans ce projet.

— Il n'a pas eu le choix, dit Cal avec fermeté.

Son ton indiquait clairement qu'il n'aurait pas toléré la moindre résistance de la part de son directeur financier, qui devait de toute évidence en être conscient.

— Je suis vraiment désolé qu'il se montre désagréable avec vous, ajouta-t-il.

— J'ai vu pire. Un peu de misogynie mal placée ne me fait pas peur. Simplement, je ne veux pas qu'il donne aux gens une impression négative.

— Ce ne sera pas le cas, je vous le promets.

Charlie et Paul revinrent bientôt, et ils déjeunèrent tous les quatre dans la salle de réunion, après quoi Charlie proposa à Paul de lui faire visiter les locaux. Il ignora Meredith, ce qui convenait parfaitement à la jeune femme : elle préférait passer le restant de l'après-midi avec Callan à étudier une dernière fois tous les facteurs de risques pour le prospectus d'émission. Lorsque Paul et Charlie revinrent, Meredith et Callan avaient terminé tout ce qu'ils souhaitaient faire, et il était presque dix-sept heures trente.

— A quelle heure est votre avion ? s'enquit Callan d'un air soudain inquiet.

Il n'y avait pas pensé jusqu'alors : ils avaient travaillé sans interruption depuis l'heure du déjeuner.

Cependant, ils avaient fait tout ce qui était prévu, et Meredith était ravie de leur réunion. Il ne restait plus de questions en suspens, et même Charlie McIntosh semblait un peu plus détendu lorsque l'heure de prendre congé arriva. Paul l'avait manifestement conquis.

— Nous prenons l'avion de nuit, expliqua Meredith.

Il leur restait encore plusieurs heures, puisqu'ils ne devaient pas partir pour l'aéroport avant vingt heures trente.

— Nous pourrions aller dîner de bonne heure ? suggéra Callan.

Mais Meredith ne voulait pas abuser de sa gentillesse et de son temps.

— Nous nous débrouillerons parfaitement, assura-t-elle. Paul et moi devons discuter d'une foule de choses. Nous dînerons à l'hôtel avant de partir pour l'aéroport.

— Je préférerais de loin vous emmener dîner tous les deux, insista Callan.

Charlie McIntosh s'était éclipsé, en saluant à peine Meredith. On eût dit qu'il était jaloux d'elle et de son influence sur Callan. Il était clair qu'elle lui posait un problème, et tout le monde s'en rendait compte. Il lui reprochait d'avoir rendu possible la mise sur le marché de l'entreprise. A maintes reprises, il avait répété à Cal qu'une fois qu'ils auraient des actionnaires, il perdrait le contrôle de sa société, ce que Charlie voyait comme un désastre potentiel. Il ne tenait aucun compte de l'énorme afflux de capitaux et de possibilités que leur apporterait la vente d'actions.

Plus que tout, Charlie voyait Meredith comme la source de tous leurs futurs problèmes. Cela faisait longtemps qu'il avait choisi d'oublier que ce n'était pas elle qui avait eu l'idée de rendre la compagnie publique, mais Callan lui-même.

— Vous aimez manger chinois ? demanda Cal à Meredith.

Encore hésitante, elle hocha la tête. Mais alors qu'elle s'apprêtait à décliner une nouvelle fois poliment l'invitation, Paul accepta avec un plaisir visible, si bien que peu après, tous trois quittaient le bureau pour aller dîner dans un restaurant asiatique que Callan connaissait.

Ce fut une soirée très agréable. Après avoir travaillé ensemble depuis le matin, ils se sentaient parfaitement à l'aise les uns avec les autres ; et même Paul, détendu, semblait moins condescendant que d'habitude. Il surprit même ses compagnons en racontant des anecdotes amusantes sur des tournées promotionnelles passées. Lorsque Callan les déposa à leur hôtel, ils avaient l'impression d'être de vieux amis, et Paul et Meredith regrettaient d'avoir à quitter leur client.

— Je vous verrai dans deux semaines, dit Callan avec un large sourire en serrant la main de Meredith dans le hall de l'hôtel avant de prendre congé.

— N'hésitez pas à appeler si vous avez des questions, ou si quelque chose vous inquiète.

— Je crains d'être trop ignorant pour savoir de quoi m'inquiéter, ironisa-t-il.

Tout comme Meredith, il était aussi impeccable à huit heures du soir qu'à sept heures du matin. Ils avaient en commun cette capacité à être élégants sans efforts, et toujours tirés à quatre épingles. En fait, avec leurs cheveux blonds, leurs yeux bleus et leurs styles comparables, ils auraient presque pu passer pour frère et sœur.

Callan fit un dernier petit signe de la main à Paul et Meredith avant d'aller rejoindre la voiture qui l'attendait à l'extérieur. Il leur avait promis de leur renvoyer le chauffeur quelques minutes plus tard afin que ce dernier puisse les conduire à l'aéroport. Lui-même retournait à son bureau, où il avait laissé sa

Ferrari. Meredith l'avait remarquée sur le parking de Dow Tech, ce matin-là, et s'était demandé à qui elle appartenait. Elle était rouge vif, décapotable, et on la voyait de loin.

— C'est un type sympathique, observa Paul, l'air presque surpris, tandis que Meredith et lui remontaient vers leurs chambres pour y prendre leurs bagages. Vous passerez de bons moments avec lui durant la tournée promotionnelle, il a vraiment le sens de l'humour.

— Oui, c'est vrai, reconnut Meredith. Par ailleurs, il sait ce qu'il fait, ce qui nous change agréablement. Et quand il ignore quelque chose, il n'a pas peur de l'admettre.

Même s'il était probable qu'il eût un ego très développé à certains égards, il savait faire preuve d'humilité à bon escient, ce qui était très appréciable — et plus que rare en affaires.

— Je pense que vous vous débrouillerez très bien, Meredith, affirma Paul.

Là-dessus, ils entrèrent dans leurs chambres respectives, après s'être donné rendez-vous une demi-heure plus tard à la réception. Dans l'intervalle, Meredith appela Steve, mais celui-ci n'était pas disponible, et elle se contenta de lui laisser un message.

L'avion décolla à l'heure prévue, et Meredith travailla un moment pendant que Paul dormait à côté d'elle. Enfin, elle rangea ses papiers, éteignit la veilleuse et ferma les yeux ; elle ne se réveilla qu'à six heures du matin, alors que l'avion amorçait sa descente sur l'aéroport Kennedy. Comme Steve l'avait prédit, elle rentra chez elle en taxi, prit une douche rapide, se changea, et à huit heures trente elle était derrière son bureau, en train de rédiger des notes sur la réunion avec Callan Dow et de travailler avec les avocats pour mettre la touche finale au prospectus d'émission.

Steve l'appela à midi, entre deux opérations. Il fut content d'apprendre qu'elle avait fait bon voyage.

— Ça me fait plaisir de te savoir de retour, déclara-t-il d'une voix soulagée. Quand je te sais si loin, tu me manques horriblement.

Malgré tout, Meredith ne put s'empêcher de se demander quelle différence cela faisait de toute façon puisqu'ils se voyaient à peine. Elle avait parfois l'impression de ne pas vivre sur la même planète que son mari. Son monde semblait si éloigné du sien que lorsqu'elle y pensait, il lui arrivait de se sentir étrangement seule. Mais que pouvait-elle y faire ? Rien pour l'instant, en tout cas. Elle était bien trop occupée par la mise sur le marché de Dow Tech.

Cet après-midi-là, elle eut Callan Dow au téléphone. Il était absolument ravi de leur réunion de la veille, et mourait d'impatience de partir en tournée.

— Ce ne sera plus très long, à présent, le rassura-t-elle d'un ton presque maternel.

De fait, ses clients et sa société étaient pour elle les enfants qu'elle n'avait jamais eus. Les seuls bébés qu'elle désirât réellement, pour l'instant. Jamais elle ne l'aurait avoué à Steve, mais elle savait qu'il s'en doutait, de toute façon. Ne savait-il pas tout d'elle ?

Et ce soir-là, alors que la nuit s'emparait de New York et qu'assise derrière son bureau elle finissait son travail sur Dow Tech, elle se mit à penser à son mari. Il se trouvait en ce moment même dans un service de traumatologie, quelque part en ville, et il sauvait une vie, ou rassurait un enfant, ou réconfortait une mère. C'était un métier si noble ! Pourtant, tout au fond d'elle-même, Meredith ne pouvait s'empêcher de trouver son propre travail plus excitant. Elle en aimait tous les aspects sans exception. Une fraction de seconde, elle songea à appeler Steve, mais sachant qu'elle n'arriverait probablement pas à lui parler, elle y renonça. Elle resta au bureau jusqu'à deux heures du matin puis, un sourire satisfait aux lèvres, elle sortit et héla un taxi. Elle adorait la vie qu'elle menait ; c'était la seule qu'elle connaissait — et la seule qu'elle voulût.

4

Durant les deux semaines qui suivirent, Steve et Meredith se virent à peine. Elle restait au bureau chaque soir jusqu'à près de minuit, travaillant avec ses associés pour constituer un syndicat d'investisseurs afin de garantir l'offre de Dow Tech au public. Près de trente firmes spécialisées dans la banque d'investissement devaient composer ce syndicat. Elle passait des heures à parler aux analystes financiers de sa compagnie pour s'assurer qu'ils soutiendraient les actions au début. Et elle passait tout autant de temps à discuter avec les commerciaux, pour s'assurer qu'ils préviendraient les institutions clés dans les villes que Callan et elle devaient visiter, et qu'ils feraient en sorte que les investisseurs potentiels soient présents lors de leurs présentations. Les compagnies d'assurance, les grandes universités, toutes les institutions à la tête de fonds importants devaient être prévenues de leur venue. Et bien sûr, elle avait constamment des réunions avec les avocats de l'entreprise afin de s'assurer d'avoir la réponse à toutes les questions que la commission des opérations boursières pourrait poser à propos de Dow Tech. Elle réfléchissait par ailleurs au nombre total d'actions qui seraient mises sur le marché, et au prix final, même si le prospectus d'émission — qui faisait déjà plus de cent pages — ne devait contenir que des chiffres approximatifs. C'était un travail de titan, qui demandait son attention constante, et quand elle rentrait chez elle à minuit, elle avait l'impression de n'avoir fait que la moitié de ce qu'elle avait à faire.

Callan Dow était extrêmement impressionné par ce qu'elle lui expliquait lorsqu'il l'appelait. En particulier, il était ébloui par la façon dont elle avait quasiment réussi à transformer la partie du prospectus concernant le facteur de risque en exposé positif sur la compagnie. Il était ravi de tout ce qu'elle faisait, et se félicitait de la chance qu'il avait de travailler avec elle.

Une semaine avant le début de la tournée promotionnelle, les avocats de l'entreprise envoyèrent la version définitive du prospectus d'émission à la commission des opérations boursières pour qu'il soit approuvé. Nerveux, Callan fit part de ses craintes à Meredith, mais la jeune femme le rassura aussitôt : c'était, affirma-t-elle, l'une des meilleures introductions en Bourse sur lesquelles elle eût travaillé, et il n'avait aucun souci à se faire.

A la fin de la dernière semaine, tous les détails étaient réglés, et Meredith était satisfaite : ils avaient pensé à tout, elle en était sûre. Le syndicat était organisé, les analystes satisfaits, les commerciaux aussi séduits par Dow Tech que Callan et elle, et même la commission boursière ne leur faisait pas de difficultés. La seule chose qui l'ennuyait, à l'approche du week-end, était de n'avoir quasiment pas pu passer de temps avec Steve. Elle sentait, lorsqu'ils se parlaient au téléphone, qu'il en était contrarié. Mais elle n'y pouvait rien, hélas : elle avait eu tant de points cruciaux à régler durant les deux dernières semaines qu'elle n'avait pas eu le temps de souffler.

— J'ai l'impression d'avoir une femme fantôme, se plaignit-il le jeudi soir lorsqu'il l'appela de l'hôpital.

Il était une heure du matin et elle était encore au bureau. Dieu merci, lui-même venait tout juste de sortir de salle d'opération, et était de garde jusqu'au lendemain midi. Depuis mardi matin, il avait passé le plus clair de son temps à l'hôpital, et durant le week-end, on l'avait appelé quatre fois pour des urgences, si bien qu'il pouvait difficilement lui reprocher son emploi du temps surchargé.

— Je suis désolée, dit-elle d'une voix lasse mais satisfaite.

Elle était ravie que tout se soit si bien passé. Sa société bénéficiait rarement de contrats aussi fructueux.

— Les deux dernières semaines ont été folles, c'est tout. Mais ça en valait la peine. Je ne crois pas que nous ayons jamais été aussi bien préparés que cette fois.

Elle était confiante. Non seulement la santé financière de la compagnie ne faisait aucun doute, mais la qualité de ses produits était reconnue. Même Steven lui avait dit que les instruments fabriqués par Dow Tech étaient exceptionnels. Meredith en avait discuté avec lui dès le début, et il l'avait rassurée à ce sujet.

— Si tu es obligée de travailler ce week-end, Meredith, je te tue, la prévint-il.

Il semblait sincère.

— Je te jure que j'essaierai de tout boucler d'ici demain midi. Après ça, je serai tout à toi jusqu'à lundi.

Elle s'était promis — et lui avait promis — qu'elle lui réserverait entièrement le week-end de la fête du travail. Il le méritait.

— Tu n'es pas de garde, n'est-ce pas, mon amour ?

— Oh non ! Même si la moitié de New York explose ou si un volcan entre en éruption au beau milieu de Central Park, je m'en moque. Je ne suis pas de garde, et j'ai bien l'intention de jeter mon satané bipeur à la poubelle dès demain midi. Je veux passer le week-end au lit avec toi, et je le ferai, dussé-je pour cela t'attacher avec des menottes !

— Pervers, va ! pouffa-t-elle.

Lorsque Steve rentra à l'appartement, le lendemain vers midi, elle l'attendait. C'était une de ces journées chaudes et humides qui caractérisent la fin du mois d'août à New York, et quand il ouvrit la porte, il la trouva en sous-vêtements dans le salon. Lui portait une blouse d'hôpital toute froissée, et une barbe de deux jours ombrait ses joues. Il avait passé une semaine cauchemardesque, mais comme promis il avait quitté le service à midi. Quand il aperçut sa femme, il sourit et jeta son bipeur sur le comptoir de la cuisine.

— Si ce truc sonne dans les trois jours qui viennent, j'étripe quelqu'un, annonça-t-il.

Il alla se chercher une bière et s'assit sur le canapé en détaillant d'un air appréciateur le soutien-gorge et la culotte en satin blanc de Meredith.

— J'espère que tu ne comptes pas emporter ça pour ta tournée promotionnelle, la taquina-t-il. Dans cette tenue, tu vendrais certainement beaucoup d'actions, mais tu risquerais aussi de causer une émeute !

Elle se pencha et l'embrassa. D'une main légère, il caressa sa cuisse veloutée, puis il but une gorgée de bière glacée et reposa sa bouteille sur la table basse en soupirant.

— Mon Dieu, je suis crevé, avoua-t-il. J'ai l'impression que la moitié de New York a passé sa semaine à se tirer dessus, pendant que l'autre moitié tombait dans l'escalier et se cassait quelque chose. Je crois que si je vois encore un corps abîmé, je vais devenir fou.

Mais déjà, il commençait à se détendre un peu, et il décocha un sourire à Meredith.

— Ça fait du bien de te voir. Je commençais à me demander si nous étions toujours mariés. J'ai l'impression d'avoir épousé une hôtesse de l'air : chaque fois que je suis là, tu n'y es pas, et quand toi tu es à la maison, moi je travaille. C'est un peu bizarre, tu ne trouves pas ?

— Oui, je sais, mais je ne pouvais vraiment pas faire autrement, ces deux dernières semaines. A mon retour, tout se calmera, je te le promets.

— Oui, pendant au moins deux minutes... soupira-t-il.

Il semblait beaucoup plus las qu'à l'accoutumée, mais elle se rappela qu'il n'avait dormi que six heures durant les trois derniers jours. Souvent, elle se demandait comment il faisait. Elle, au moins, rentrait à la maison la nuit pour se reposer un peu, avant de retourner au bureau le lendemain matin.

— J'espère que tu n'auras pas d'autre introduction en Bourse pendant au moins six mois, dit-il.

— Je ne suis pas sûre que mes associés seraient ravis, rétorqua-t-elle avec un sourire.

Elle lui prit une gorgée de bière et s'assit à côté de lui. Même avec l'air conditionné fonctionnant au maximum, il faisait encore chaud dans l'appartement. Il avait fait plus de quarante degrés toute la semaine, et à minuit la température dépassait encore les trente-cinq degrés ; à plusieurs reprises, la ville avait souffert de coupures d'électricité, ce qui n'avait pas empêché Meredith et ses associés de travailler comme si de rien n'était. Les hôpitaux, eux, n'étaient pas touchés car ils avaient leurs propres générateurs : ils ne pouvaient se permettre de se passer d'électricité.

— Qu'as-tu envie de faire ce week-end ? demanda Steve en regardant son épouse avec amour, une main posée avec douceur sur ses cheveux blond pâle.

Même épuisé comme il l'était, il ne pouvait ignorer combien elle était jolie et sexy. Il ne la voyait jamais comme une banquière, toujours comme une femme superbe. Ses capacités professionnelles n'entraient pas en ligne de compte, pour lui, tout comme son revenu. Il était fier d'elle, mais ne s'était jamais préoccupé de ce qu'elle gagnait. Quand il l'avait épousée, elle faisait ses études de commerce à l'université de Columbia grâce à une bourse, et n'avait pas un sou vaillant. La chance, la fortune n'étaient venues qu'après, et s'il les appréciait à leur juste valeur, il aurait été tout aussi heureux s'ils avaient partagé un studio quelque part dans l'Upper West Side — ce qu'ils auraient été obligés de faire s'ils avaient dû vivre sur son salaire à lui. Jamais la disparité de leurs revenus n'avait été un problème entre eux. Meredith gagnait beaucoup d'argent et avait fait des investissements très fructueux au fil des ans, mais Steve ne considérait cela que comme un bonus, qui au fond n'avait pas grande importance pour lui.

— J'adorerais aller voir un match de base-ball, avoua la jeune femme en souriant.

Elle s'intéressait beaucoup à ce sport, lorsqu'elle avait le temps, et lui aussi, mais cette fois, il ne se montra guère enthousiaste.

— Avec cette chaleur ? Je t'adore, mais je pense que tu es folle. Que dirais-tu d'un film — une fois que j'aurai passé les vingt-quatre heures à venir au lit avec toi ? Chaque chose en son temps, ma chère.

Il lui adressa un sourire lascif, et elle éclata de rire. Même épuisé, il avait toujours envie d'elle ; il était rarissime qu'il fût trop fatigué pour faire l'amour. Cela n'arrivait que lorsqu'il avait eu une journée particulièrement déprimante, s'il avait perdu un patient, surtout un enfant.

— En fait, je me disais que je ferais bien de me débarrasser de la corvée des valises cet après-midi, comme ça je n'aurai plus à y penser. Pourquoi ne te reposes-tu pas un peu ? Prends une douche, fais une petite sieste, et quand tu te réveilleras, j'aurai terminé.

— Ce n'est pas une mauvaise idée. Je suis mort...

Mais je ne t'obéirai que si tu me promets de ne pas retourner au bureau en cachette pendant que je dormirai.

— Juré. Ils ne s'attendent pas à me voir pendant deux semaines entières, et je te rappelle que je rentre à la maison pour passer du temps avec toi le week-end prochain, une fois la présentation à San Francisco terminée. Callan va passer le week-end avec ses enfants, et moi je prendrai l'avion de nuit vendredi soir. J'arriverai à six heures samedi matin, et je ne repartirai pour Boston que dimanche.

— C'est au moins quelque chose. J'imagine que je devrais être reconnaissant de ce genre de petites faveurs...

— Tu sais, tu pourrais me retrouver à Londres ou à Paris le week-end suivant, une fois que tout sera fini.

Steve parut intéressé et se mit à réfléchir rapidement.

— Quel week-end est-ce ? Dans deux semaines, c'est ça ? (Elle hocha la tête en signe d'approbation.) Zut, je suis de garde. Lucas doit aller à Dallas pour une conférence et c'est moi qui m'occupe du service ce week-end-là.

— Tant pis, ne t'inquiète pas, je rentrerai à la maison. Nous irons à Paris une autre fois.

Elle se pencha pour l'embrasser, puis se dirigea vers leur chambre afin de faire ses bagages. Steve quant à lui alla prendre sa douche, et resta sous le jet brûlant près d'une demi-heure afin de bien se débarrasser du stress et des odeurs d'antiseptique accumulés durant ses longues journées de travail à l'hôpital. Puis il s'allongea sur leur lit, nu et détendu, et il la regarda préparer ses affaires avec des gestes calmes et précis. Cinq minutes plus tard cependant, il dormait profondément. A une ou deux reprises, Meredith s'arrêta pour le contempler, un sourire attendri aux lèvres. En dépit de l'existence de fous qu'ils menaient, des défis permanents qu'il leur fallait relever, ils étaient encore infiniment amoureux l'un de l'autre, et elle savait que c'était en partie grâce à la patience et à la compréhension dont Steve faisait preuve. Beaucoup d'hommes n'auraient pas supporté une épouse accaparée par un travail aussi exigeant, mais lui l'acceptait. Il était heureux qu'elle aime son métier, et s'épanouissait lui-même dans le sien. C'était une combinaison parfaite.

Il était tout juste seize heures lorsque Meredith boucla son dernier sac. Avec un soupir satisfait, elle s'assit pour se détendre un peu en lisant un magazine. Cela ne lui arrivait que très rarement, mais cette fois elle avait fini tout son travail, et même le prospectus d'émission, après des centaines de relectures, était terminé. Son attaché-case était posé à côté de ses sacs de voyage, et elle n'avait rien d'autre à faire durant les deux prochains jours que profiter de son mari. Ce dernier dormait toujours profondément sur le lit lorsqu'elle entendit une espèce de bourdonnement étrange en provenance du salon. Lorsqu'elle entra dans la pièce pour voir ce dont il s'agissait, elle comprit que c'était le bipeur de Steve qui sonnait. Durant un long moment, elle fixa l'engin avec appréhension, comme un animal susceptible de lui sauter à la gorge si elle s'approchait trop ; cependant, elle se sentait coupable de l'ignorer. Tout le monde à l'hôpital savait que Steve était de repos, et s'ils l'appelaient, ce devait être très important. Peut-être quelqu'un risquait-il de mourir sans l'aide de son mari. Lentement, elle s'avança vers le bipeur, toujours posé sur le comptoir de la cuisine, et elle jeta un coup d'œil à l'écran. Une lumière rouge clignotait, et le message URGENT défilait à toute vitesse. Quoi que ce fût, impossible d'ignorer que c'était grave. Elle prit l'appareil, et sans hésiter, se dirigea vers la chambre. D'une main très douce, elle secoua l'épaule de Steve. Il s'éveilla aussitôt, et sourit sans ouvrir les yeux ; puis il tendit la main pour caresser un de ses seins dans son demi-sommeil. Il semblait prêt à tenir les promesses qu'il lui avait faites en arrivant — mais soudain, son sourire se figea. Il venait de reconnaître le bruit caractéristique de son bipeur. Il ouvrit les yeux et posa sur Meredith un regard interrogatif ; sans un mot, elle lui tendit l'objet, et il vit le message.

— Oh, dis-moi que c'est un cauchemar ! gémit-il. Lucas est là, ce week-end, ils n'ont pas besoin de moi...

— Tu devrais les appeler, dit-elle avec douceur en s'asseyant près de lui. Il a peut-être besoin de te consulter à propos de quelque chose d'important.

Steve et son patron travaillaient en étroite collaboration et avaient énormément de respect l'un pour l'autre.

Steve poussa un profond soupir, se redressa et tendit la main vers le téléphone posé sur la table de nuit.

— Ils ont intérêt à ne pas me déranger pour rien, grommela-t-il en composant le numéro.

Il attendit un moment, pestant, à son habitude, contre le délai de réponse. Mais il savait que ce n'était pas la faute du personnel : ils n'étaient pas assez nombreux, et tout le monde était toujours très occupé.

— Dr Whitman à l'appareil, dit-il d'une voix sombre lorsque quelqu'un décrocha enfin. Je viens juste de recevoir un appel d'urgence sur mon bipeur. Dites-moi que c'est une blague, Barbie.

Pendant un long moment, il écouta. Meredith, qui observait son visage avec attention, était incapable de deviner ce qu'on lui disait. Enfin, il ferma les yeux et soupira.

— Merde. Combien ? Et combien en avons-nous récupéré ?

Un grognement lui échappa lorsqu'il entendit la réponse.

— Où allez-vous les mettre ? Dans le garage ? Ils sont fous ! Que sommes-nous censés faire avec deux cents personnes en état critique ? Bon sang, c'est pire que la bataille de Gettysburg ! D'accord, d'accord, j'arrive dans dix minutes.

Il raccrocha et jeta à sa femme un regard résigné. Non seulement la nuit qu'ils devaient passer ensemble était fichue, mais tout le week-end tombait à l'eau. Il serait même probablement de garde toute la semaine.

— Tu devrais allumer la télé. Des fous ont essayé de faire sauter l'Empire State Building à seize heures. Tous les employés étaient encore dans leurs bureaux, sans parler des touristes... Il y a près de cent morts, mille blessés. On va nous envoyer entre deux cents et trois cents personnes dans un état critique. Les autres blessés seront répartis entre les autres hôpitaux de la ville. Nous avons soixante-quinze lits en traumatologie, et le SAMU nous a déjà amené cent blessés ; on en attend encore autant dans l'heure qui vient. Ils font venir des médecins de Long Island et du New Jersey. Notre week-end m'a l'air bien compromis... Je suis désolé, mon amour.

A voir son visage, on eût dit qu'il venait de perdre son meilleur ami — et de fait, beaucoup de gens venaient de perdre leurs meilleurs amis, leurs maris, leurs épouses, leurs enfants. C'était une catastrophe quasiment comparable à celle du *Titanic*. Meredith alluma la télévision : toutes les chaînes avaient interrompu leurs programmes pour diffuser des bulletins spéciaux. Les images montraient un trou béant sur le côté du célèbre immeuble new-yorkais. Il y avait tant de fumée autour, en raison des incendies provoqués par l'explosion, que l'Empire State Building évoquait un volcan en éruption.

Pendant un moment, tous deux demeurèrent immobiles devant le poste. Les caméras balayaient la rue, montrant les innombrables ambulances et camions de pompiers. Des centaines de personnes étaient emmenées hors de l'immeuble. Certaines avaient descendu dans l'obscurité et la fumée des dizaines d'étages à pied ; beaucoup saignaient. De nombreux brancards passaient devant les caméras.

— Comment peut-on faire une chose pareille ? demanda Meredith d'une voix étranglée tandis que Steve enfilait en vitesse son pantalon d'hôpital et glissait ses pieds nus dans ses sabots.

Au moins, il avait pu dormir deux heures, et se sentait de nouveau d'attaque. Dieu seul savait quand il pourrait s'allonger de nouveau.

— Pourrais-je faire quelque chose pour t'aider si je t'accompagne ?

Cela la rendait malade de rester à la maison, inutile. Et ce qu'ils venaient de voir à la télévision lui brisait le cœur.

— Je ne pense pas, ma chérie. Les volontaires ne servent pas à grand-chose dans des cas comme celui-là. La ville va nous envoyer des gens de la défense civile, et Barbie a parlé de faire venir du New Jersey le personnel médical de la Garde nationale. Je t'appellerai dès que j'aurai une seconde.

Après ce que la télévision venait de diffuser, elle savait que cela n'arriverait pas avant longtemps.

Moins de deux minutes plus tard, il était parti, et elle demeura allongée sur leur lit, à regarder avec incrédulité les images d'horreur. Un journaliste interrogeait des dizaines de victimes ; elle changea de chaîne et tomba sur un reportage plus épouvantable encore. Ce que Steve allait trouver en arrivant à l'hôpital était indescriptible — surtout si on ne lui envoyait que les cas critiques. Cela rappelait, en bien pire encore, l'explosion qui avait touché Oklahoma City en 1995.

Durant les vingt-quatre heures qui suivirent, Meredith ne reçut aucune nouvelle de Steve. Craignant de rater un éventuel coup de téléphone, elle resta à l'appartement, mais il n'appela pas. Pour s'occuper, elle relut une énième fois les documents relatifs à son voyage. Enfin, le téléphone sonna vers minuit, le samedi. Cela faisait trente et une heures que Steve avait quitté l'appartement. Il lui dit que depuis son départ, il ne s'était pas assis, n'avait pas dormi, et n'avait mangé que quelques chips et des beignets. Sur les trois cents personnes grièvement blessées qu'on leur avait envoyées, cinquante-deux avaient succombé, et beaucoup d'autres étaient encore dans un état critique. Il y avait des enfants, inévitablement, notamment tout un groupe venu visiter la ville.

— Comment vas-tu ? lui demanda Meredith avec inquiétude.

— Ça va, mon amour. C'est mon boulot... Si j'avais voulu avoir de longs week-ends et des vacances, je me serais spécialisé en dermatologie. Je suis juste désolé de ne pas pouvoir passer avec toi le dernier week-end avant ton départ. Je ne crois pas que je pourrai repasser à la maison, conclut-il sur un ton d'excuse.

— Ne t'inquiète pas pour ça. Je te verrai le week-end prochain.

— Je serai probablement ici toute la semaine. Je te rappellerai plus tard, je dois y retourner maintenant.

Il avait encore beaucoup de gens à opérer, d'autant qu'ils recevaient de nombreuses victimes envoyées par d'autres hôpitaux, incapables de traiter les cas les plus graves. Il savait que pendant quelques jours, il allait vivre dans le chaos.

Quand il rappela Meredith plus tard cette nuit-là, la situation ne s'était guère améliorée. Par la suite, elle n'eut plus de nouvelles avant dimanche en fin de matinée. Lorsqu'il lui téléphona, il semblait épuisé. Il lui expliqua qu'il avait réussi à dormir une heure ou deux la nuit précédente, mais qu'à part cela, il n'avait pas fermé l'œil depuis qu'il avait quitté l'appartement, le vendredi après-midi. Il buvait café sur café pour tenir le coup.

— Il faut que tu te reposes un peu, Steve.

Elle avait toujours peur qu'il ne soit trop épuisé pour prendre certaines décisions importantes ou pour accomplir des gestes suffisamment précis, mais cela ne semblait jamais être le cas. La plupart du temps, il s'efforçait de travailler durant des laps de temps raisonnables, mais lorsqu'il était confronté à des urgences majeures de ce type, il oubliait tout — le temps, la fatigue. Elle savait qu'il resterait à l'hôpital aussi longtemps que nécessaire. Il semblait capable de tenir quoi qu'il arrive, et il prenait même un certain plaisir à repousser les limites de l'épuisement. Une fois que des patients lui étaient confiés, il se consacrait entièrement à eux, il aurait donné sa vie pour eux. C'était pour cette raison qu'il était si efficace. Il avait l'énergie d'un cheval de guerre.

— Je vais m'allonger une heure ou deux, lui promit-il. Je dois retourner en salle d'opération dans quelques heures, mais en attendant, Lucas s'occupe de tout.

Ils formaient une équipe d'exception, et Meredith était certaine qu'ils avaient sauvé de très nombreuses vies depuis l'explosion. Un groupe de fanatiques avait revendiqué l'attentat mais, pour l'instant, aucun des coupables n'avait été appréhendé.

— Je t'appellerai avant que tu partes demain.

Il était difficile de croire qu'on était déjà presque lundi. Meredith avait le sentiment que son voyage était dérisoire en comparaison de ce qui s'était passé, dénué de la moindre importance face à cette tragédie qui avait coûté la vie à tant d'innocents.

— Je te conseille d'arriver à l'aéroport très en

avance, demain, lui dit Steve. Ils vont renforcer la sécurité partout, et l'embarquement risque de prendre plus longtemps que d'habitude.

Il avait raison, et elle décida de partir en avance, même si elle ne devait prendre qu'un vol intérieur pour Chicago.

— Je t'appellerai pendant mon voyage, si j'arrive à te joindre. Ne t'inquiète pas si tu n'as pas le temps de me téléphoner, je sais combien tu es occupé.

Ce dernier mot arracha un petit rire à Steve. Elle était très en deçà de la vérité... On pouvait à peine marcher dans le service de traumatologie tant il y avait de brancards et de lits dans tous les coins. On avait même installé des matelas à même le sol. Tout le personnel était épuisé.

— Dieu merci, la plupart des patients sont sous perfusion et nous n'avons pas à les nourrir, observa-t-il avec ironie.

La Garde nationale avait installé des camions de ravitaillement à l'extérieur de l'hôpital pour nourrir le personnel médical ; la Croix-Rouge leur avait quant à elle envoyé de nombreux volontaires diplômés en premiers secours pour les aider.

— Bon voyage, Merrie. Je suis sûr que tu impressionneras tout le monde, à Chicago !

— Merci, mon amour. Prends bien soin de toi. Ne t'épuise pas trop, si tu peux.

— Mouais... Je pensais aller jouer un peu au tennis demain et peut-être me faire masser... Sois sage... Ne fais pas ta tournée promotionnelle en sous-vêtements, sans quoi Dow va te sauter dessus !

Il n'avait pas oublié la comparaison qu'elle avait faite avec Gary Cooper et ne l'appréciait guère, même s'il avait confiance en elle et savait qu'elle lui avait toujours été fidèle. Il aurait voulu pouvoir passer plus de temps avec elle. Il espérait que tout irait mieux une fois que la crise due à l'attentat et le voyage de Meredith seraient derrière eux.

Il la rappela une dernière fois juste avant qu'elle ne parte pour l'aéroport, le lundi après-midi, mais il était entre deux opérations et ne put lui parler que quelques secondes. Lorsqu'ils eurent raccroché, elle prit ses sacs et son attaché-case et descendit attraper un taxi pour l'aéroport. Une atmosphère tendue y régnait ; comme Steve l'avait prédit la veille, toutes les mesures de sécurité avaient été renforcées, et il fallut plus d'une heure à Meredith pour faire enregistrer ses bagages et obtenir sa carte d'embarquement. Elle avait l'impression de quitter une zone en guerre. Certains des gardes et des policiers qui patrouillaient dans l'aéroport avaient même des mitraillettes au poing.

Elle fut soulagée de pouvoir enfin monter à bord de son avion. Lorsqu'elle en ressortit, à Chicago, elle fut frappée par le calme relatif de l'aéroport O'Hare. Une heure plus tard, elle était à son hôtel. On lui annonça à la réception que Callan Dow n'était pas encore arrivé. Il l'appela une demi-heure après de sa propre chambre ; sa voix était celle d'un enfant sur le point de partir en colonie de vacances, à la fois surexcitée et un peu anxieuse.

— Dites-moi, vous vivez dans une drôle de ville ! s'exclama-t-il sans préambule. J'ai suivi les informations depuis vendredi. Ce qui s'est passé est vraiment abominable !

— Oui. Mon mari travaille dans le plus grand service de traumatologie de New York, et ils ont reçu plus de trois cents victimes grièvement blessées depuis vendredi.

— Il doit être très occupé, observa Callan d'un ton admiratif.

— C'est le moins qu'on puisse dire. Je ne l'ai pas vu depuis l'attentat. Chaque fois que je l'ai eu au téléphone, il avait l'air horrifié. Près de deux cents personnes sont mortes... Mais parlez-moi plutôt de vous. Prêt pour le grand show de demain ?

Ils devaient commencer la journée par un petit déjeuner d'affaires, au cours duquel ils feraient leur présentation devant des représentants d'institutions susceptibles d'investir dans Dow Tech. Après avoir passé quelques diapos, Meredith parlerait quelques minutes et présenterait Callan, qui ferait ensuite un exposé, suivi par son directeur financier, Charles McIntosh. La réunion se terminerait sur une courte séance de questions-réponses. Au déjeuner, ils recommenceraient tout devant un autre groupe d'investisseurs potentiels. Meredith savait que d'ici à la fin de la semaine, Callan serait parfaitement rodé, mais pour l'instant, tout cela était nouveau pour lui et il devait se sentir un peu nerveux. Le grand moment pour lequel ils avaient tous travaillé si dur était arrivé. Meredith, pour sa part, n'était pas inquiète du tout. Elle adorait rencontrer les investisseurs et tout orchestrer avec une précision infinie, et savait que cette tournée promotionnelle serait très réussie, surtout s'ils étaient bien accueillis et s'ils parvenaient à susciter assez d'intérêt pour qu'il y ait davantage de demande d'actions que d'offre. Le but en effet était d'avoir une couverture excédentaire, afin d'assurer le maintien d'un prix élevé une fois les actions sur le marché. Si la demande excédait l'offre, il leur faudrait ajouter une « green shoe », ou option de surallocation, de cinq ou dix pour cent d'actions supplémentaires, ce qui augmenterait le nombre d'actions disponibles mais toujours pas assez pour satisfaire toutes les commandes. Il était en effet recommandé de laisser les investisseurs sur leur faim. Ce serait là une grande victoire pour la compagnie de Callan et ses soumissionnaires. Elle espérait très fort que cela se produirait.

— J'ai honte de l'admettre, avoua Callan, penaud,

mais je crois que je suis un peu nerveux. Je me sens comme un adolescent la veille de sa première sortie avec une fille.

— Ça ne durera pas, rassurez-vous ! répondit-elle en riant. Quand nous arriverons à New York, vous serez un véritable pro, et je vous garantis que vous adorerez ça. C'est comme une drogue.

— Si vous le dites.

Elle lui détailla la liste des personnes qui assisteraient au petit déjeuner et au déjeuner du lendemain. Après le déjeuner, ils prendraient l'avion pour Minneapolis où ils devaient dîner et prendre un petit déjeuner le mercredi matin. Puis ils se rendraient à Los Angeles pour un autre dîner, et y resteraient toute la journée du jeudi. Ensuite, ils monteraient à San Francisco le soir, afin d'être prêts pour le petit déjeuner et le déjeuner de vendredi. Callan et Meredith se sépareraient alors : lui irait voir ses enfants tandis qu'elle rentrerait à New York, où elle espérait pouvoir enfin passer un peu de temps avec Steve. Tous deux seraient épuisés, mais ils ne se seraient pas vus depuis plus d'une semaine et seraient contents de se retrouver. En attendant, néanmoins, elle avait du pain sur la planche.

— Je suis épuisé rien que par le programme, s'exclama Callan, dont la voix satisfaite démentait ce commentaire. J'espère qu'aucun de nos vols ne sera retardé, sans quoi tout serait fichu, ajouta-t-il avec une pointe d'inquiétude.

— Dans chaque ville, j'ai réservé des places dans des charters au cas où nous aurions un problème de ce genre. Nous verrons comment ça se passe. Demain, en tout cas, nous n'avons qu'un court trajet entre ici et Minneapolis.

Elle contrôlait parfaitement la situation, comme toujours. Elle avait pensé à tout. Elle était habituée à préparer des tournées de ce genre dans les moindres détails, et s'était même renseignée auprès de la secrétaire de Callan pour savoir ce qu'il aimait boire : une bouteille de son chardonnay préféré et de quoi se préparer un gin-martini l'attendaient dans sa suite. Il s'en aperçut et fut impressionné. Cette femme était vraiment extraordinaire.

— Je vous conseille de bien vous reposer ce soir, afin d'être frais et dispos pour notre première présentation demain, lui dit-elle.

Elle lui faisait penser à la surveillante générale d'un dortoir de garçons, et il ne put s'empêcher de rire.

— En fait, j'espérais que vous accepteriez de dîner avec moi. Nous ne nous coucherons pas tard... J'ai l'impression que si je reste tout seul dans ma chambre à me ronger les ongles en pensant à demain, je vais devenir fou.

Elle hésita un long moment. Elle avait passé un week-end très calme, chez elle, en l'absence de Steve, et l'idée d'avoir un peu de compagnie pour le dîner ne lui déplaisait pas.

— Je ne suis pas sûre que je devrais vous suivre, mais si vous me promettez que nous ne rentrerons pas trop tard...

De nouveau, il éclata de rire et promit d'aller se coucher juste après le dîner.

— J'ai l'impression de m'entendre quand je parle aux enfants ! Je serai sage, juré. Je remonterai dans ma chambre et boirai des martinis jusqu'à demain matin.

— Il ne manquerait plus que ça ! Je devrais peut-être cacher les bouteilles et vous donner un somnifère... Tout se passera bien, ne vous faites aucun souci. Quand tout cela sera terminé, vous serez très fier de Dow Tech. Nous le serons tous.

— Je vous suis très reconnaissant pour tout ce que vous avez fait pour moi, Meredith. Vous avez été incroyable.

Il semblait sincère en disant cela, et très modeste.

— Pas plus que toutes les autres personnes de la banque, affirma-t-elle. Beaucoup de gens ont participé à ce projet, et les analystes et les opérateurs boursiers m'ont été d'un grand secours, tout comme mes associés.

— Même la commission des opérations boursières nous a relativement bien traités, observa-t-il avec satisfaction.

Le prospectus d'émission était très clair et détaillé, et jusqu'à présent, la commission n'avait soulevé aucun problème.

— Bref, allons dîner et fêter ça. Ce sera probablement le dernier dîner correct que nous aurons cette semaine.

Il avait déjà entendu dire que les repas des tournées promotionnelles étaient traditionnellement infects, et comprenaient souvent poulet caoutchouteux et autres mets raffinés. D'ailleurs, peu lui importait ce qu'ils mangeraient, du moment que les présentations se déroulaient bien. Avec Meredith, il savait être entre de bonnes mains, et il commençait à partager son optimisme.

Ils se donnèrent rendez-vous dans le hall de l'hôtel à dix-neuf heures trente. Entre-temps, Callan réserva une limousine, et celle-ci les attendait pour les amener au restaurant lorsqu'ils se retrouvèrent.

En voyant Callan, aussi élégant et bronzé qu'à l'habitude, Meredith se fit une nouvelle fois la réflexion qu'il ressemblait davantage à un acteur ou à un mannequin qu'à un homme d'affaires. Mais ce qu'elle préférait chez lui, c'était son esprit brillant, rapide, et son sens de l'humour. Chaque fois qu'ils s'étaient vus, elle avait passé un bon moment.

Ils bavardèrent jusqu'au restaurant, où on les installa à une table un peu isolée, près de la fenêtre. Ils commandèrent des steaks et du vin, puis Callan se tourna vers sa compagne avec un sourire et lui posa une question qui la prit un peu au dépourvu.

— Alors, Meredith, parlez-moi un peu de ce Dr Kildare que vous avez épousé. Travailler en traumatologie doit être très prenant, surtout après un désastre comme celui de vendredi. Vous ne devez pas le voir beaucoup.

— C'est vrai, mais je suis moi-même très occupée, répondit-elle en souriant. En fait, nous nous complétons très bien.

— Vous êtes mariés depuis longtemps ?

Meredith ne parlait jamais de sa vie personnelle, et cela avait de toute évidence éveillé la curiosité de Callan.

— Quatorze ans. Nous nous sommes mariés quand j'étais encore étudiante à Columbia.

Un serveur s'approcha avec le vin, et remplit leurs verres.

— Vous avez des enfants ?

— Non.

Elle avait répondu d'un ton très ferme qui le surprit, et il arqua un sourcil interrogateur.

— Voilà un « non » franc et massif, souligna-t-il. J'en déduis que l'idée ne vous séduit guère ?

— Pas pour l'instant. Nous n'avons pas le temps, ni l'un ni l'autre. J'ai toujours pensé que nous aurions des enfants un jour... mais en fait, je ne vois vraiment pas quand. Je commence à me dire que cela n'arrivera peut-être jamais.

— Seriez-vous déçue, si vous n'en aviez pas ?

Il faisait preuve d'une certaine curiosité, mais cela ne dérangeait pas Meredith : elle se sentait à l'aise avec lui. De plus, ils allaient passer les deux semaines suivantes ensemble. Se connaître un peu mieux n'était pas une mauvaise idée.

— Moi, non, répondit-elle en toute franchise. D'une certaine manière, ce serait même un soulagement, quelque chose dont je n'aurais plus à m'inquiéter. Je n'aurais plus à réfléchir au quand et au comment, à me demander si ce serait bien pour les enfants. Mais si nous n'en avions pas, mon mari, lui, serait déçu. Il en parle beaucoup, depuis quelque temps.

— Et vous ? Vous en parlez aussi ? insista Callan.

Elle sourit en lui répondant.

— Moi, je parle de votre mise sur le marché, et du red herring, c'est à peu près tout.

— C'est révélateur, non ? fit-il remarquer.

— En fait, je ne vois pas l'intérêt d'avoir des enfants quand on est à son bureau jusqu'à minuit la plupart du temps, et parfois jusqu'à deux heures du matin. Et Steve, lui, travaille souvent soixante-douze heures d'affilée — sans parler des véritables urgences, comme en ce moment, auquel cas il ne rentre que lorsque tout est terminé. Où caserions-nous des enfants dans un emploi du temps pareil ? Un week-end de temps en temps, une semaine en été ? Ce ne serait pas juste pour eux. Les enfants ont besoin de voir leurs parents plus que ça. Et vous ? Comment faites-vous ? Je me souviens que vous m'avez dit avoir trois enfants.

— Oui. Leur mère vous ressemble à bien des égards. Elle est avocate dans le monde du spectacle. Quand je l'ai rencontrée, elle travaillait à Los Angeles, et moi aussi. Elle n'avait même pas envie de se marier. C'est moi qui l'ai persuadée de m'épouser — qui l'ai « forcée », comme elle l'a dit ensuite. Et quand j'ai déménagé à San Francisco il y a des années pour travailler dans la Silicon Valley, elle a refusé de venir avec moi.

— Et ça s'est terminé comme ça ? demanda Meredith, surprise que l'épouse de Callan se fût montrée aussi intransigeante.

Vivre à San Francisco n'avait pas l'air horrible, et

l'on devait y avoir besoin d'avocats spécialisés dans le monde du spectacle aussi, quoique moins qu'à Los Angeles... Callan sourit avant de lui répondre.

— Non, ça ne s'est pas terminé comme ça. Elle faisait l'aller-retour. Nous menions une existence de dingues. Nous n'étions jamais dans la même ville au même moment, et quand il nous arrivait de nous retrouver, nous étions soit contrariés par quelque chose, soit épuisés. Le plus bizarre, c'est que c'est à ce moment-là que nous avons décidé d'avoir des enfants. Enfin, « décidé » n'est peut-être pas le mot exact. Notre aînée était un accident, et si nous avons eu deux autres enfants, c'est parce que j'ai convaincu ma femme que la laisser fille unique serait injuste pour elle.

— Moi je suis fille unique, observa Meredith d'un air amusé.

— Moi aussi, répondit Callan, ce qui ne la surprit pas vraiment : il avait ce côté intense, ce besoin de réussir envers et contre tout que partagent beaucoup d'enfants uniques. Maintenant, cela ne me pose plus de problème, mais petit, je ne trouvais pas ça très rigolo. Je me disais qu'occupés comme nous l'étions, ma femme et moi, il valait mieux que nos enfants aient des frères et sœurs.

— Je suis surprise qu'elle se soit laissé convaincre.

— Elle était bonne joueuse. Pendant un certain temps, elle a vraiment essayé. Nous voulions tous les deux que ça marche, mais je crois que je n'étais pas réaliste. Elle n'a jamais été très maternelle, et son métier l'intéressait davantage que ses enfants. Elle a engagé une nurse ; dès qu'elle avait accouché, elle retournait à Los Angeles par le premier avion. Elle a fait ça les trois fois. Elle se comportait davantage comme une tante en visite que comme une mère quand elle rentrait à la maison le week-end — ce qui était de plus en plus rare. Elle disait que c'était trop bruyant et qu'elle ne savait plus où elle en était. En vérité, je ne le leur avouerai jamais, mais les enfants la rendaient folle.

Meredith trouvait ce récit triste, et il résumait tout ce qu'elle voulait éviter. Elle se demanda comment les enfants avaient vécu cela, et quel prix ils avaient dû payer, affectivement, pour l'attitude négative de leur mère.

— Où est-elle, maintenant ?

— C'est encore une autre histoire. Durant tout ce temps, j'ignorais que son associé et elle étaient... disons, sentimentalement liés l'un à l'autre. Leur aventure avait commencé longtemps avant notre rencontre, et avait continué. Elle ne me l'a avoué qu'au bout de sept ans de mariage et trois enfants. Elle voulait divorcer. Elle m'a accordé la garde des enfants sans un battement de cils, et un an plus tard, son associé et elle ont fermé leurs bureaux à Los Angeles pour aller s'installer à Londres et y travailler. Notre divorce a été prononcé il y a huit ans, et elle a fini par épouser son amant. Je crois qu'ils sont très heureux. Inutile de préciser qu'ils n'ont pas d'enfants.

— Voit-elle les enfants de temps en temps ?

— Elle vient passer quelques jours en Californie une ou deux fois par an, en général lorsqu'un de ses clients fait un film à Hollywood, et elle en profite pour rendre visite aux enfants. Elle les emmène aussi dans le sud de la France quelques semaines chaque été.

Cette femme semblait bien dépourvue de sentiments, et Meredith ne pouvait s'empêcher d'éprouver de la pitié pour ses enfants.

— La détestent-ils de se comporter ainsi... ou ont-ils seulement le cœur brisé ?

— Ni l'un ni l'autre. Je crois qu'ils l'acceptent telle qu'elle est. Ils n'ont pas de point de comparaison, ils n'ont jamais rien connu d'autre. Et moi, je suis là la plupart du temps. En général, j'essaie de ne pas travailler trop tard, et en cas de problème ils savent qu'ils peuvent toujours m'appeler au bureau. Je ne travaille qu'à cinq minutes de la maison. Les week-ends sont sacrés, et je prends toujours un mois de vacances pour être avec eux l'été au bord du lac Tahoe. Ce système a jusqu'ici plutôt bien fonctionné, même si ce n'est pas exactement ce que j'avais en tête au début. Je m'imaginais que nous formerions une de ces familles parfaites, vous savez, avec une maman, un papa et une ribambelle de petits enfants. En fin de compte, il ne reste que la ribambelle et moi. (Il sourit). Nous passons de bons moments tous ensemble, et ils me maintiennent occupé en permanence, surtout le week-end.

— Je suis surprise que vous ne vous soyez jamais remarié, déclara Meredith avec franchise. Ce ne doit pas être facile d'élever seul trois enfants.

— D'une certaine manière, c'est plus facile, au contraire. Pas besoin de se disputer avec quiconque sur la façon dont vous voulez les élever... Pas de discussions sur ce qui est bien ou mal... Toutes les décisions vous appartiennent. Et pour être honnête, je crois que Charlotte m'a vacciné. Je n'ai jamais éprouvé l'envie de connaître de nouveau ce genre de relation. Je trouve qu'il y a quelque chose d'incroyablement malhonnête et artificiel dans le mariage.

Surtout si votre femme vous trompe avec son associé, songea Meredith. Mais elle se tut. Même s'ils avaient des rapports amicaux, elle n'oubliait jamais que Callan était avant tout son client.

— Vous avez dû beaucoup souffrir quand elle vous a dit la vérité, observa-t-elle avec douceur. Avez-vous été surpris, ou aviez-vous des soupçons ?

— Je ne m'étais jamais douté de rien. Je pensais qu'elle était la femme la plus honnête de la terre. Et elle aussi. En fait, elle était très fière qu'il ait été le seul autre homme dans sa vie durant toutes ces années.

A ses yeux, c'était presque comme si elle avait été fidèle. Inutile de vous dire que je ne voyais pas les choses de la même façon. J'ai longtemps été très amer à ce sujet.

— Et maintenant ? s'enquit Meredith.

Ils finissaient leur premier verre de vin, et le serveur venait de leur apporter leur dîner. Elle appréciait cette conversation, qui lui donnait l'occasion de découvrir une facette de la personnalité de Callan qu'elle ignorait — l'homme privé. L'histoire qu'il venait de lui raconter l'émouvait profondément. Si Steve avait eu une aventure extraconjugale, elle en aurait eu le cœur brisé... Elle savait que son mari ne ferait jamais une chose pareille ; mais l'ex-femme de Callan semblait d'une tout autre nature.

— Etes-vous toujours amer à cause de cette histoire ?

— Amer ? Non, plus maintenant. Parfois, quand j'y pense, il m'arrive encore de m'énerver, mais c'est de plus en plus rare. Simplement, je n'ai plus envie de commettre la même sottise de nouveau. Je vois désormais le mariage comme une arène, une espèce de Colisée ; je n'ai plus envie de me donner en pâture aux lions.

Il utilisait des images fortes, parlantes, et l'on sentait qu'il pensait ce qu'il disait. Il avait été trahi par une femme qu'il aimait et en qui il avait confiance, la mère de ses enfants, et il était clair qu'il ne lui avait jamais pardonné et qu'il ne s'était jamais non plus complètement remis du choc.

— Quel âge ont vos enfants ?

Il retrouva aussitôt son sourire. Ses enfants comptaient énormément pour lui, cela ne faisait aucun doute.

— Mary Ellen a quatorze ans, un âge difficile. Elle me trouvait super jusqu'à l'année dernière à peu près ; selon elle, mon QI est en chute libre depuis. Elle pense que je suis sénile. Julie a douze ans, et elle pense toujours que je suis parfait, même si elle commence à glisser dans la même zone d'alerte. Encore un an, et elle aussi m'estimera irrécupérable. Andrew, lui, a neuf ans. Par miracle, il me trouve toujours génial. J'espère que vous les rencontrerez un jour, Merrie.

Sans le savoir, il avait adopté le même diminutif que Steve, mais cela ne la dérangeait pas.

— Je l'espère aussi. Ils ont l'air sympas.

Malgré tout, elle ne pouvait s'empêcher de se demander s'il n'était pas douloureux pour eux de ne pas avoir de figure maternelle dans leur entourage — en particulier pour les deux filles, qui abordaient la période difficile de l'adolescence. Ce ne devait pas être aisé...

Décidément, songea-t-elle, Cal avait une personnalité intéressante, et elle était heureuse d'en apprendre davantage à son sujet. Elle ne voulait pas lui poser la question, mais elle se demandait s'il avait une petite amie, ou s'il était de ces hommes qui, une fois blessés, se contentent d'une série de compagnes occasionnelles, dont ils se débarrassent lorsqu'elles deviennent encombrantes. Il n'avait pas l'air de souhaiter s'engager, après sa première expérience douloureuse, et d'une certaine manière elle avait de la peine pour lui.

La question qu'il lui posa alors la surprit.

— Pourquoi ne voulez-vous pas d'enfants, Meredith ? Vous passez à côté d'une expérience extraordinaire. Mais les gens sans enfants ne peuvent pas s'en rendre compte, bien sûr.

— Je n'ai jamais eu le temps d'avoir un bébé. Je suis bien trop occupée, et je ne veux pas agir comme l'a fait votre femme : engager une nurse et m'empresser de retourner au bureau. Je pense que les enfants méritent une mère à plein temps et, pour être honnête, je crois que je détesterais ça. J'aime beaucoup trop ce que je fais.

— Vous pensez vraiment que c'est ça, le fond du problème ? N'est-ce pas plutôt votre engagement vis-à-vis de votre mari qui est en cause ?

Cette question la prit au dépourvu, et elle s'empressa de secouer la tête.

— Je crois qu'il est difficile d'être davantage engagé auprès de quelqu'un que nous le sommes, Steve et moi. C'est uniquement une question de carrière.

— C'est ce que m'a affirmé Charlotte quand j'ai commencé à suggérer que nous ayons des enfants. Mais la vérité était tout autre. Elle était amoureuse d'un autre homme, qui n'avait jamais voulu l'épouser. Et je ne crois pas qu'elle était aussi sûre de ses sentiments pour moi qu'elle aurait dû l'être. A mon avis, quand une femme fait vraiment confiance à un homme, elle a envie de porter ses enfants. Peut-être que vous n'êtes pas aussi sûre de votre Dr Kildare que vous le croyez, Meredith. Ou de vos sentiments pour lui.

C'était une théorie choquante, et qui déplaisait profondément à Meredith.

— Je vous assure que dans notre cas, le problème n'est pas là, insista-t-elle. Steve et moi sommes très amoureux l'un de l'autre. Peut-être fais-je simplement partie de ces femmes qui n'éprouvent pas le besoin d'avoir des enfants. Je ne serais sans doute pas une bonne mère ; cela n'a rien à voir avec mon engagement vis-à-vis de mon mari.

— Je n'en suis pas certain, Meredith. Vous vous croyez peut-être très attachée à lui, mais je pense que si votre relation vous satisfaisait entièrement, vous voudriez avoir des enfants de lui.

Contrariée, Meredith fronça les sourcils.

— C'est ridicule, Cal, et vous le savez. Je ne comprends pas que vous puissiez avancer une théorie aussi misogyne. Dites-moi que c'est une plaisanterie !

— Ça n'en est pas une. Personne ne vous force à admettre que j'ai raison, mais réfléchissez-y quand vous serez seule, ce soir. Pour quelle raison ne voulez-vous pas avoir d'enfants avec votre mari ?

— Parce que j'ai passé les douze dernières années à organiser des syndicats, à rédiger des prospectus d'émission et à emmener des clients en tournée promotionnelle. Combien de temps pensez-vous que je pourrais consacrer à des enfants ?

— Autant que vous le souhaiteriez. Vos clients ne remplaceront pas un bébé dans vos bras, Meredith. Les gens ne font que passer dans votre vie — un enfant, c'est pour toujours. Mais peut-être votre couple n'est-il pas destiné à durer aussi longtemps ?

Il lui suffit d'un regard pour comprendre qu'il l'avait choquée et blessée, et avec un sourire affectueux il changea de conversation. Durant les deux heures qui suivirent, ils parlèrent de l'ouverture de Dow Tech aux investisseurs et de la tournée promotionnelle. Cependant, même s'ils n'abordèrent plus le sujet délicat des enfants, il avait réussi à la mettre mal à l'aise. Et lorsqu'elle retourna dans sa chambre d'hôtel, juste après vingt-deux heures, elle songeait encore à ses paroles. Voyons, c'était ridicule ! se rassurait-elle. Elle n'était pas prête à avoir des enfants, pour des raisons parfaitement légitimes ; sa carrière était trop exigeante, trop importante pour elle. Impossible d'avoir un bébé sans diminuer drastiquement sa charge de travail ou même quitter l'entreprise. Même Steve comprenait cela, et elle était surprise que Callan refuse de l'admettre. Ce n'était pas parce qu'il avait trois enfants que tout le monde était fait pour cela ou en avait envie. Sa femme en était un exemple frappant, et Meredith estimait qu'il était pire d'agir comme elle l'avait fait, en abandonnant quasiment ses enfants, que de ne pas en avoir du tout.

Pourquoi n'arrivait-elle pas à faire comprendre à Callan qu'elle était parfaitement heureuse et que le fait qu'elle ne veuille pas d'enfants ne signifiait pas qu'elle n'aimait pas Steve ? Au contraire, elle l'aimait tant qu'elle ne voulait le partager avec personne !

Lorsqu'elle se coucha, elle était toujours contrariée par sa conversation avec Callan, et après avoir passé une demi-heure dans le noir à ressasser ses paroles, elle décida d'appeler Steve, juste pour lui dire qu'elle l'aimait. L'infirmière standardiste du service de traumatologie lui dit qu'elle ignorait où il était ; elle l'avait vu dix minutes plus tôt, mais elle pensait qu'il s'était rendu dans un autre service pour aller chercher des radios. Meredith composa le numéro de son bipeur et laissa les coordonnées de son hôtel ; puis elle attendit qu'il la rappelle. Vingt minutes plus tard, cependant, il n'avait toujours pas téléphoné, et elle se demanda s'il était retourné au bloc. Lentement, elle se sentit glisser vers le sommeil, hantée par une impression désagréable, douloureuse. Elle savait tout au fond d'elle-même qu'elle était très amoureuse de son mari, et peu lui importait qu'on ne la crût pas, du moment que Steve le savait, lui. Le fait qu'elle ne veuille pas d'enfants n'avait aucun rapport, cela signifiait simplement qu'elle avait d'autres priorités dans la vie. Mais, dans son sommeil, elle se tourna et se retourna toute la nuit, hantée par des rêves dans lesquels Steve lui hurlait dessus, entouré d'une armée d'enfants qui criaient et pleuraient en s'accrochant à elle comme de petits démons.

5

La tournée organisée par Meredith pour Callan se déroula dans des conditions idéales. Ils connurent un énorme succès à Chicago : le discours de Callan passa très bien, et même son directeur financier se comporta admirablement. Leurs interlocuteurs leur posèrent des questions intelligentes et pertinentes, et les réponses que Callan leur donna parurent les satisfaire pleinement. Leur passage à Minneapolis fut plus réussi encore.

Lorsqu'ils arrivèrent à Los Angeles, Callan et Meredith étaient tous deux euphoriques, et avaient déjà quasiment rempli leur carnet de commandes. Il était certain désormais qu'il y aurait une green shoe : ils auraient bien plus d'investisseurs que nécessaire.

Meredith était de si bonne humeur et avait passé de si bons moments avec Callan qu'elle lui avait presque pardonné les remarques qu'il avait faites à Chicago à propos de son couple. Elle avait décrété que le point de vue de l'homme d'affaires s'expliquait par son expérience désastreuse du mariage. Ils n'avaient d'ailleurs plus jamais abordé la question, et une camaraderie très agréable s'était installée entre eux au fil de leurs voyages de ville en ville. Elle avait eu Steve au téléphone à deux reprises : il avait enfin réussi à passer une nuit chez eux, et les choses s'étaient considérablement calmées dans le service de traumatologie. Elle avait hâte de le revoir.

A Los Angeles, ils firent trois présentations (un dîner, un petit déjeuner et un déjeuner) et réussirent à rencontrer en privé deux investisseurs très importants. Tout se déroulait au mieux, et après un second dîner à Los Angeles, le jeudi soir, ils s'envolèrent pour San Francisco. Ils atterrirent à vingt-deux heures quinze ; une voiture avec chauffeur les attendait pour conduire Meredith au Fairmont Hotel. Cal rentrait chez lui voir ses enfants et la retrouverait le lendemain matin pour le petit déjeuner de présentation prévu au Fairmont. Les trois derniers jours avaient été longs, bien que fructueux pour tous les deux.

— Tout ira bien ? demanda Callan avec sollicitude.

Ils changeaient constamment de rôle ; elle s'occupait de lui durant les réunions et les présentations, et pendant leurs voyages, il se comportait vis-à-vis d'elle comme un grand frère.

— Je me sens coupable de vous abandonner ainsi à l'aéroport.

Après trois jours passés constamment ensemble, ils se sentaient désormais comme deux vieux amis.

— Je crois que je peux me débrouiller, répondit-elle en souriant. Rentrez chez vous et profitez de vos enfants. Moi, je vais aller à l'hôtel, prendre un bon bain chaud et me détendre. Rendez-vous demain matin.

— Je serai là à sept heures trente, promit-il.

La présentation était prévue à huit heures. Il y en aurait une autre à l'heure du déjeuner, après quoi ils rencontreraient deux investisseurs privés supplémentaires — des universités. Meredith prendrait l'avion de nuit.

— Vous pourriez venir dîner avec les enfants et moi demain soir, après nos réunions ? suggéra Callan.

— Attendez de voir comment vous vous sentirez à ce moment-là, déclara Meredith, raisonnable. Vous devez commencer à en avoir par-dessus la tête de me voir tout le temps. Et je ne veux pas vous voler une partie du temps que vous passez avec vos enfants. Ne vous inquiétez pas pour moi, j'ai beaucoup de travail.

— Vous avez aussi besoin de vous détendre. Et mes enfants seraient ravis de vous rencontrer.

— Nous en reparlerons le moment venu. En attendant, bonne nuit et à demain matin !

Elle lui fit un petit signe de la main, et ils se séparèrent. Elle s'installait à peine dans sa chambre d'hôtel lorsque le téléphone sonna : c'était Steve.

— Quand rentres-tu ? Tu me manques !

— Toi aussi, tu me manques, mon amour. Je serai à la maison vers sept heures samedi matin. Tu travailles ?

— Oui, je suis à l'hôpital en ce moment, mais demain soir je rentre à la maison. Viens me réveiller en arrivant samedi matin !

— C'est la meilleure offre que j'aie reçue de toute la semaine, répondit-elle en souriant.

Les choses désagréables que Cal lui avait dites à propos de son mariage étaient quasiment oubliées à présent. Elle savait qu'elles ne la concernaient pas. Il était cynique, voilà tout.

— J'espère bien que c'est la meilleure offre ! Ce type ne te drague pas, au moins ?

— Bien sûr que non. Entre lui et moi, c'est uniquement professionnel.

— Comment ça se passe ?

— A la perfection. J'ai hâte que nous arrivions à New York ! Lundi, nous serons à Boston, puis mardi à New York. Au fait, je n'aurai pas à partir pour Boston avant dimanche soir. Nous aurons presque deux journées entières à passer tous les deux.

— Zut, c'est bien ce que je craignais. Je travaille dimanche, je dois remplacer Lucas.

— Tant pis, au moins, nous aurons samedi.

— Je te l'ai dit, j'ai l'impression d'être marié à une hôtesse de l'air... Sauf que tu ne me sers pas le dîner.

— Si tu veux, je prendrai quelques petites bouteilles de tequila dans l'avion, demain soir, et je te les apporterai.

— C'est toi que je veux, rien d'autre. J'ai tellement hâte de te voir !

La semaine avait été longue pour tous les deux, et elle aussi avait très envie de le retrouver. Elle avait suivi à la télévision les suites de l'attentat de l'Empire State Building, et savait que la police n'avait toujours pas appréhendé les responsables. La liste des morts s'allongeait quotidiennement : on en était à plus de trois cents, en dépit des efforts de Steve et de ses confrères.

Ils bavardèrent encore quelques minutes, puis elle prit un bain. Alors qu'elle lisait au lit, un peu plus tard, elle reçut un coup de téléphone de Callan, qui avait quelques questions à lui poser.

— Ça me fait bizarre de ne pas être à l'hôtel avec vous, Merrie, déclara-t-il, détendu et amical. Je commençais à en avoir l'habitude.

— Quand nous reviendrons d'Europe, vous serez bien content d'être débarrassé de moi, faites-moi confiance. Mais d'abord, New York. C'est notre journée la plus importante.

— Je sais, et j'avoue que je suis encore un peu nerveux à cette idée.

— Vous n'avez pas à l'être. Tout se passe parfaitement jusqu'à présent. Et le bouche à oreille commence à fonctionner aussi. Nous aurons tout prévendu avant d'arriver à New York. Et la *tombstone* ressemblera à un condensé du *Who's Who* de la finance.

Elle faisait référence à la publicité qui paraîtrait

dans le *Wall Street Journal* le lendemain de la mise sur le marché pour annoncer que l'introduction en Bourse avait bel et bien été effectuée et donner la liste de tous les soumissionnaires du syndicat. Dans le cas présent, la liste en question serait très impressionnante.

— Grâce à vous, Meredith, dit Callan avec reconnaissance. Je n'aurais jamais pu faire tout ça sans vous.

— N'importe quoi ! s'exclama-t-elle avec irrévérence, et Callan éclata de rire.

Il appréciait leur collaboration et se désolait qu'elle dût se terminer bientôt.

— Comment avez-vous trouvé vos enfants en rentrant à la maison ? Je parie qu'ils étaient fous de bonheur en vous voyant.

Meredith se doutait de l'importance que Callan avait aux yeux de ses enfants, surtout dans la mesure où ceux-ci étaient privés de leur mère.

— En fait, ils dormaient. Ma gouvernante dirige la maisonnée d'une main de fer. C'est bien pour eux. Je les verrai demain soir quand je rentrerai. Je pensais aller d'abord au bureau. Peut-être accepterez-vous de m'accompagner ?

— Bien sûr. Je peux venir avant d'aller à l'aéroport.

Elle avait eu l'intention de passer un certain temps dans les salons de l'aéroport à lire des documents en mangeant tranquillement un sandwich avant d'attraper son avion, mais elle était prête à voir Callan s'il le souhaitait.

— Nous en discuterons plus tard, dit-il sans insister, avant de lui souhaiter une bonne nuit et de prendre congé d'elle.

Lorsqu'elle eut raccroché, Meredith passa un certain temps immobile dans son lit, à songer à Callan. C'était un homme sympathique, qui avait tout pour être un bon ami, mais d'une certaine manière elle le plaignait. Il était évident qu'il avait été profondément blessé par la trahison de son épouse. Et s'il adorait ses enfants, il n'y avait plus de place dans son cœur pour une femme. Charlotte avait détruit quelque chose en lui, et huit ans plus tard, c'était encore patent. En conséquence, il était incapable de comprendre le lien qui unissait Meredith à Steve, et il le mettait en doute. Cela ramena l'esprit de la jeune femme vers son mari, et elle sourit. Il lui manquait tant ! Elle avait hâte de le voir, samedi matin. Ils avaient de la chance d'être aussi unis, après quatorze années de mariage ; et la théorie de Cal selon laquelle elle n'aimait pas assez Steve ou ne lui faisait pas assez confiance pour porter ses enfants était absurde. Comme à son habitude, elle glissa dans le sommeil en songeant à son mari, et cette nuit-là ses rêves furent paisibles.

Elle retrouva Cal le lendemain matin dans le hall de l'hôtel à sept heures trente, comme prévu. Ils allèrent se promener quelques instants dans le parc d'Huntington pour prendre un peu l'air, puis ils rentrèrent boire un café au Fairmont. Meredith était surprise par le froid qui régnait sur la ville : un léger brouillard la recouvrait, et un petit vent pénétrant soufflait dans les rues. Malgré tout, elle n'était pas mécontente de s'être un peu dégourdi les jambes, après tant de journées passées dans des pièces étouffantes et des aéroports.

— Prêt pour le prochain round ? s'enquit-elle alors qu'ils partageaient un muffin aux myrtilles.

— Prêt ! Et vous ? Vous commencez à en avoir marre de Dow Tech, je parie ?

Il paraissait reposé et plein d'énergie après une nuit passée chez lui, dans son lit. De surcroît, il avait pu embrasser ses enfants avant de rejoindre Meredith à l'hôtel.

— Bien sûr que non ! protesta la jeune femme en

souriant tandis que la serveuse remplissait leurs tasses de café. Nous avons encore de nouveaux mondes à conquérir, vous et moi.

Ils étaient d'autant plus détendus qu'ils savaient tous deux que San Francisco serait une ville facile, pour eux. C'était la ville d'origine de Callan, et les investisseurs locaux savaient ce qu'il avait accompli dans la Silicon Valley.

La première présentation de la journée se déroula sans problèmes. Durant la courte pause qui suivit, Meredith appela son bureau, puis ils partirent pour la deuxième présentation. Ils firent leurs discours habituels autour du poulet caoutchouteux de rigueur, et à quatorze heures trente ils avaient terminé. Callan jeta un coup d'œil à sa montre et proposa à Meredith de l'accompagner jusqu'aux bureaux de Dow Tech.

— Je pense que je vais essayer d'avoir un avion plus tôt, répondit-elle. Il y en a un à dix-sept heures, je crois.

Il lui permettrait d'être à New York aux alentours de une heure du matin, et elle savait que cela ferait plaisir à Steve.

Malheureusement, lorsqu'elle téléphona à la compagnie aérienne depuis l'hôtel, on lui répondit que le vol était complet. Elle était donc obligée de prendre le vol de nuit. Elle dit à Callan qu'elle comptait rester à l'hôtel pour travailler un peu, mais il se montra insistant : il voulait qu'elle l'accompagne à Palo Alto pour rencontrer de nouveau les gens de son bureau avant de quitter San Francisco. Et, si elle avait le temps, il espérait qu'elle pourrait venir chez lui faire la connaissance de ses enfants.

— Vous avez été absent toute la semaine, vous aurez mille choses à faire sans m'avoir dans les pattes, protesta-t-elle.

— J'aime bien vous avoir dans les pattes. Et de surcroît, j'apprécie énormément vos conseils.

Il avait un grand respect pour les opinions de la jeune femme, et à présent, elle connaissait Dow Tech presque aussi bien que lui. Il était si fier de son entreprise et de sa famille qu'il souhaitait les lui faire rencontrer. Il se montrait si pressant qu'il eût semblé grossier de refuser de l'accompagner. Aussi Meredith alla-t-elle chercher ses affaires dans sa chambre d'hôtel et le rejoignit-elle dans le hall dix minutes plus tard. A quinze heures trente, ils étaient à Palo Alto. Tout le monde au bureau parut ravi de voir Callan et le bombarda de questions sur la tournée promotionnelle.

— Jusqu'à présent, tout s'est déroulé pour le mieux, déclara-t-il avec un large sourire, grâce à Mme Whitman.

Charlie McIntosh était rentré chez lui après le déjeuner au Fairmont. Il n'était plus très jeune, et après une semaine de présentations, il commençait à sentir la fatigue. Meredith n'aurait pas aimé l'avouer à Cal, mais c'était un soulagement pour elle de ne pas avoir à subir ses remarques acerbes et ses opinions négatives. Travailler avec lui avait été éprouvant. D'ailleurs, alors qu'ils s'installaient dans son bureau cet après-midi-là, Callan aborda de lui-même la question.

— Je ne sais pas quoi faire à propos de Charles, Merrie. Je pensais qu'il finirait par se faire à l'idée, mais il est toujours furieux que j'ouvre la société aux investisseurs. Il est fondamentalement contre. Ses raisons sont sincères, mais en conséquence, il est contre-productif. Et il est tellement opposé à ce projet qu'il supporte mal le travail supplémentaire que cela va représenter pour lui, les relations avec les analystes financiers, avec la commission des opérations boursières, avec les actionnaires. Il pense que nous avons tort, c'est aussi simple que ça. Et il ne veut pas se sentir constamment surveillé. Il a toujours détesté ça, même lorsqu'il ne rendait de comptes qu'à moi. Il va gagner beaucoup d'argent grâce à cette opération, mais je ne suis même pas sûr qu'il s'en réjouisse.

— Laissez-moi lui parler, suggéra Meredith.

Elle espérait encore faire entendre raison au directeur financier. Jusqu'à présent, il n'avait rien dit qui puisse leur porter préjudice, mais il ne s'était pas non plus montré particulièrement coopératif.

— Je ne suis pas certain que ce soit la meilleure tactique, observa prudemment Cal.

Charlie n'appréciait pas Meredith, c'était évident depuis le début, et Callan ne voulait pas que les choses s'aggravent.

— Attendons de voir s'il met un peu d'eau dans son vin et s'il est capable de faire la transition tout seul. Je ne veux pas le pousser.

Callan avait beaucoup de respect pour Charlie, qui avait été un ami proche de son père.

— S'il ne modifie pas son attitude, le prévint Meredith, vos actionnaires risquent de ne pas beaucoup l'apprécier.

— Pauvre vieux Charlie, soupira Cal avant de changer de sujet.

Il lui montra quelques rapports, et ils discutèrent d'un certain nombre d'idées qu'il comptait développer. Une fois encore, Meredith fut impressionnée par la créativité de Callan et par sa capacité à toujours voir de l'avant. Cela expliquait en grande partie son succès.

A dix-sept heures trente, il se carra dans son fauteuil et la fixa quelques secondes avant de lui poser une question qui la prit de court.

— Avez-vous déjà envisagé de quitter le milieu des banques d'investissement, Meredith ? Je sais mieux que personne que vous y excellez, mais je me suis rendu compte que vous vous intéressiez aussi beaucoup aux hautes technologies. Vous seriez douée dans ce milieu, et vous gagneriez probablement beaucoup plus d'argent.

— Je me débrouille déjà bien, fit-elle remarquer avec un sourire modeste.

— Vous vous débrouilleriez mieux encore ici, affirma-t-il. Si un jour vous décidez de sauter le pas, je serais ravi d'en être informé, Meredith. Je voulais que vous le sachiez.

— Je suis très flattée. Mais je ne pense pas bouger pour le moment.

Steve et elle étaient trop liés à New York pour envisager d'aller ailleurs. Il aimait son service de traumatologie ; quant à elle, elle était pour ainsi dire mariée à Wall Street.

— Réfléchissez-y, insista Callan. Dans une société de la taille de la vôtre, et aussi traditionnelle, jusqu'où pouvez-vous espérer aller ? Vous êtes déjà associée, mais il y a au conseil d'administration beaucoup d'hommes âgés, bien installés, indéboulonnables, qui n'ont pas l'intention de vous laisser leur place. Vous ne dirigerez jamais la banque. Ce n'est pas un poste qu'ils sont prêts à confier à une femme, et vous le savez.

— Pour l'instant, mais les temps changent, dit-elle posément.

— Les temps ont déjà changé partout ailleurs. Dans le domaine de la banque d'investissement, tout va plus lentement. C'est le dernier bastion des vieux messieurs qui avaient autrefois le monde entier à leurs pieds. Je pense que vous avez déjà réussi à vous faire un nom et une place de façon remarquable, en particulier en vous occupant des compagnies spécialisées dans la haute technologie. Mais la réalité, c'est qu'ils continuent à envoyer des gens comme Paul Black rencontrer les clients avec vous. Ces types-là ont encore davantage de pouvoir que vous. Vous faites tout le travail, et ce sont eux qui recueillent les lauriers.

C'était une conclusion à laquelle elle était arrivée depuis des années, mais elle n'avait pas envie de le lui avouer.

— Vous êtes un vrai agitateur, n'est-ce pas, monsieur Dow ? demanda-t-elle avec un large sourire. Que voulez-vous que je fasse ? Que je rentre à New York et présente ma démission ? Ils seraient ravis !

— Non, j'imagine que je me contente de faire quelques vagues, pour voir... Nous faisons du bon travail ensemble, Meredith. A bien des égards, nous avons les mêmes idées. Ça me rend malade de gâcher ça.

— Je ne trouve pas que nous ayons perdu notre temps, si ?

— Bien sûr que non. Mais je suis déjà en train de penser à ce que je vais devenir quand nos chemins se sépareront. Je serai probablement obligé de vous appeler tous les jours pour vous demander des conseils. Rien que d'y songer, je commence à ressentir des symptômes de manque !

Meredith éclata de rire.

— Je vous l'ai déjà dit, vous ne pourrez plus me voir en peinture à la fin de la tournée. Et de toute façon, rien ne vous empêchera de m'appeler, même après.

— Vous serez probablement en tournée avec un autre novice qui pleurnichera, tremblera et aura besoin que vous lui teniez la main pendant que vous ouvrirez sa compagnie aux investisseurs.

— Pas avant quelque temps. J'ai l'intention de me reposer un peu pendant quelques semaines. Steve et moi ne nous sommes quasiment pas vus de l'été.

— Je ne sais pas comment vous faites, dit-il avec admiration. Peut-être est-ce ainsi que vous avez réussi à rester ensemble si longtemps. C'est peut-être mieux de ne pas se voir tout le temps.

Même si cela n'avait pas été vrai pour lui...

— Steve dit souvent qu'il a l'impression d'être marié à une hôtesse de l'air.

Cal sourit de cette comparaison. Il semblait détendu, après cette semaine éprouvante. Il se réjouissait à l'idée de passer le week-end avec ses enfants avant de repartir dimanche pour Boston.

— Que diriez-vous de dîner tôt avec mes petits monstres ? Je vous emmènerais moi-même à l'aéroport à temps pour que vous attrapiez votre vol. Il nous suffirait de partir de la maison à huit heures et demie.

Bien qu'elle lui eût à plusieurs reprises fait part de ses scrupules à se mêler à leur réunion de famille, elle n'insista pas davantage et accepta de bonne grâce de l'accompagner. Elle appréciait sa compagnie et était curieuse de rencontrer ses enfants.

— Vous êtes certain qu'ils ne vous en voudront pas de ramener une inconnue à la maison ?

— Ne vous inquiétez pas, ils ont l'habitude des femmes d'affaires. Leur mère en est une... Et de toute façon, ils ne font pas grand cas de ce que je fais. Pour les filles, les seules choses qui comptent en ce moment sont le maquillage et les minijupes. Quant à Andy, il est obsédé par ma Ferrari. Je ne leur parle pas beaucoup de mon travail.

— C'est probablement aussi bien. Ils auront tout le temps d'y penser plus tard.

— Nous sommes revenus du lac Tahoe le week-end dernier seulement, et leur rentrée des classes était hier. Ils se lamentaient tous, ce matin.

Ils quittèrent le bureau ensemble. Quasiment tout le monde était déjà parti. La Ferrari de Callan était la seule voiture sur le parking : ils étaient venus de San Francisco avec, et les bagages de Meredith se trouvaient toujours dans le coffre. Ils s'installèrent à l'intérieur, et Callan décapota l'engin.

— J'habite à tout juste cinq minutes d'ici. C'est agréable d'avoir un peu d'air, expliqua-t-il.

Il faisait au moins dix degrés de plus à Palo Alto qu'à San Francisco, et Meredith apprécia le vent dans ses cheveux durant le court trajet jusque chez Callan.

Tout en bavardant avec elle, très détendu, Callan quitta la route pour s'engager dans une petite allée bordée de buissons. Un portail s'ouvrit automatiquement lorsqu'il appuya sur un bouton, pour révéler une belle maison de pierre entourée d'une pelouse impeccable. Quelques grands arbres donnaient un peu d'ombre, et une immense piscine dans laquelle jouaient des enfants reflétait le soleil de cette fin d'après-midi. D'autres enfants étaient installés sur des chaises, enroulés dans des draps de bain. Une femme d'une trentaine d'années, plutôt séduisante, les surveillait ; un golden retriever courait après une balle lancée par un petit garçon. C'était une scène idyllique, et en total contraste avec la vie professionnelle de Callan dans le monde de la haute technologie. Plusieurs enfants lui firent des signes en le voyant arriver, et Meredith remarqua une jeune fille qui la regardait avec une curiosité non dissimulée.

— Salut, les enfants ! cria Callan en sortant de la Ferrari et en se dirigeant vers eux.

Il y avait au moins dix enfants autour de la piscine et à l'intérieur, mais Meredith n'eut aucun mal à deviner quels étaient ceux de Callan : les deux filles, Mary Ellen et Julie, lui ressemblaient de façon frappante, à tel point que c'en était presque drôle. Et Andy était une version miniature de son père. Tous trois la fixaient comme si elle venait de débarquer d'une autre planète ; Callan fit les présentations.

— Voici Meredith. Nous avons fait la tournée promotionnelle ensemble, à Chicago, Minneapolis et Los Angeles. Et la semaine prochaine, nous allons en Europe, expliqua-t-il tandis qu'Andy posait sur la jeune femme un regard soupçonneux.

— Est-ce que vous êtes la petite amie de mon papa ? demanda-t-il.

Meredith sourit, mais Callan fronça les sourcils.

— Andy ! Tu sais parfaitement qu'il est très mal élevé de poser des questions personnelles aux gens.

— Mais est-ce que c'est ta petite amie ? insista l'enfant.

Le chien vint déposer la balle à ses pieds, mais Andy l'ignora. Il préférait poser des questions à Meredith plutôt que de jouer avec son golden retriever. D'ailleurs, ses sœurs semblaient de son avis ; elles aussi suivaient la conversation avec intérêt.

— En fait, je suis mariée, répondit Meredith. Votre papa et moi travaillons ensemble, c'est tout. Mon mari est médecin, ajouta-t-elle, espérant que cela satisferait la curiosité des enfants.

Déjà, les filles paraissaient avoir hâte de rejoindre leurs amies.

— Quel genre de médecin ? s'enquit Andy. Est-ce qu'il s'occupe d'enfants ?

— Parfois. Il soigne les gens qui ont eu de gros accidents.

— Moi, une fois, je suis tombé de vélo et je me suis cassé le bras, déclara-t-il en souriant.

Il avait décidé que Meredith était jolie, et qu'elle ne cherchait pas nécessairement à séduire son père.

— Tu as dû avoir mal.

— Oh oui ! Est-ce que vous avez des enfants ?

— Non, répondit-elle.

Aurait-elle dû s'en excuser ? se demanda-t-elle. Les deux filles la regardaient toujours, mais ni l'une ni l'autre n'avait encore ouvert la bouche, sinon pour dire bonjour lorsque leur père leur avait présenté Meredith. Pourtant, elles ne semblaient pas décidées à s'en aller. Elles écoutaient ses réponses aux questions de leur frère et paraissaient satisfaites.

— Je repars à New York dans quelques heures, reprit Meredith, comme pour les rassurer.

Elle se rendait compte qu'elles la voyaient comme une menace, même si elle était mariée.

Callan lui offrit un verre de vin, et les enfants retournèrent vers leurs camarades. Une demi-heure plus tard, ces derniers commencèrent à s'en aller un par un ; pendant que Meredith et Callan bavardaient dans le patio en buvant un délicieux vin blanc, les enfants de Callan montèrent se changer pour le dîner.

— Ils sont très beaux, observa Meredith après leur départ, et ils vous ressemblent de façon étonnante.

— Charlotte a toujours dit qu'Andy était mon portrait craché, même bébé. Et les deux filles ressemblent énormément à ma mère. En fait, je crois que cela explique en partie les difficultés qu'a eues Charlotte à être vraiment proche d'eux.

Mais après tout ce qu'il lui avait dit, Meredith soupçonnait que les difficultés relationnelles de Charlotte avec ses enfants venaient avant tout de la liaison prolongée qu'elle avait eue avec un autre homme que leur père, et du fait qu'elle n'avait jamais réellement souhaité avoir des enfants.

— Ils n'ont pas l'habitude de me voir venir avec quelqu'un à la maison. Ils n'ont que très rarement rencontré les femmes avec qui j'ai pu sortir.

— Comment cela se fait-il ?

— J'estime que cette partie de ma vie ne les regarde pas, déclara-t-il sans ambages. Depuis mon divorce, il n'y a eu aucune femme qui ait suffisamment compté dans ma vie pour que je souhaite la présenter à mes enfants.

Il semblait difficile de croire qu'il n'ait pas eu de liaison suivie durant les huit dernières années. Une nouvelle fois, Meredith en arriva à la conclusion que Callan était un phobique de l'engagement depuis la trahison de son épouse, bien qu'il prétendît s'en être remis.

Ils demeurèrent un moment à l'extérieur, profitant de la douceur de ce début de soirée, puis Callan invita la jeune femme à le suivre dans le salon, qui était spacieux et élégant, meublé d'antiquités anglaises et décoré de superbes œuvres d'art. Quelques minutes plus tard, la gouvernante vint leur annoncer que le dîner était prêt. Aussitôt, les enfants descendirent et s'attroupèrent devant la porte du salon, les yeux fixés sur Meredith. La jeune femme se sentait comme un animal dans un zoo et ne pouvait s'empêcher de se demander ce qu'ils pensaient.

Callan se leva et se dirigea vers eux lentement. Meredith le suivit.

— Alors, comment ça s'est passé à l'école, aujourd'hui ? demanda-t-il.

— Je déteste l'école, annonça Andy, mais sans ferveur particulière.

C'était davantage une réponse standard qu'un cri du cœur. Julie, elle, admit à contrecœur qu'elle aimait bien un de ses nouveaux professeurs. Mary Ellen ne dit rien.

— Es-tu au lycée ? lui demanda poliment Meredith tandis qu'ils se dirigeaient tous vers la salle à manger.

Cal lui tint sa chaise pour lui permettre de s'asseoir.

— Oui, en seconde, répondit la jeune fille, laconique.

Un mot s'imposa à l'esprit de Meredith : renfrognée. L'adolescente était l'opposé de son père, si enjoué et facile à vivre. Bien qu'elle fût objectivement très jolie, son manque d'enthousiasme et de chaleur la faisait paraître moins agréable. Elle manquait de charme, songea Meredith, et surtout, elle ne semblait pas heureuse. Etait-elle toujours ainsi, ou était-ce la présence d'une invitée inattendue qui la déstabilisait ?

Durant le dîner, la conversation fut lente, embarrassée. Les enfants parlaient très peu, et Callan faisait semblant de ne pas s'en apercevoir. A la fin, Meredith cessa d'essayer de les intégrer à la discussion. Il était très clair qu'ils ne voyaient pas l'intérêt de parler avec elle, ni même de répondre à ses questions. Elle, de son côté, n'était pas du tout à l'aise avec eux. Au bout d'un moment, elle ne sut plus quoi leur dire ; même Callan semblait incapable de détendre l'atmosphère. Aussitôt leur dessert avalé, les enfants demandèrent à être excusés, et ils sortirent de table si vite, une fois l'autorisation obtenue, qu'ils faillirent se télescoper en passant par la porte.

Dès qu'ils eurent disparu et que la gouvernante eut servi le café, Callan se tourna vers son invitée.

— Je suis désolé, Meredith. Je crois qu'ils étaient inquiets à votre sujet. Ils ne sont pas comme ça d'habitude. Ce sont des enfants gentils. Je crois qu'ils n'ont pas réussi à saisir qui vous étiez, ni pourquoi vous étiez là. Il faudra que j'en parle avec eux.

— Ne prenez pas cette peine, dit-elle poliment. Si vous n'amenez jamais de femmes à la maison, il est naturel qu'ils se soient inquiétés. N'est-ce pas un peu bizarre, tout de même ? Vos petites amies n'ont-elles jamais envie de rencontrer vos enfants ?

Elle trouvait cette façon de vivre étrange. Et il lui paraissait évident qu'elle avait des désavantages, puisqu'à présent il ne pouvait plus amener une femme chez lui, fût-elle une relation de travail, sans provoquer une réaction hostile de ses enfants.

— Ce dont mes petites amies ont envie et ce qu'elles obtiennent sont deux choses différentes, répondit Cal, implacable. Je ne vois pas l'intérêt de les présenter à ma famille si elles ne doivent pas rester longtemps dans ma vie.

— Voilà une remarque bien dure, Cal. Comment pouvez-vous savoir dès le début comment une relation va évoluer ?

— C'est ainsi que les choses se passent depuis longtemps, et je ne vois pas de raison que cela change. Si un jour il en va autrement, je pourrai toujours agir en conséquence. Il est bien plus facile de présenter quelqu'un aux enfants après un certain temps que de devoir leur expliquer pourquoi je ne vois plus telle ou telle femme. Ils n'ont pas besoin de le savoir.

— Je crois que cette façon de les protéger risque de les rendre très possessifs vis-à-vis de vous, observa Meredith.

C'était une manière polie de lui dire qu'elle avait eu l'impression que ses enfants l'auraient volontiers fusillée sur place. Ils avaient passé la soirée à la regarder avec hostilité, et elle n'avait pas du tout apprécié l'atmosphère du dîner. Cependant, elle avait peur d'en dire trop ; c'étaient les enfants de Callan, après tout, et elle n'avait pas de conseils à lui donner sur leur éducation. Sans doute, comme il l'affirmait, étaient-ils d'habitude très gentils. Ils étaient en tout cas de toute évidence en bonne santé et intelligents, sinon amicaux... Elle avait eu l'impression que, s'ils en avaient eu la possibilité, ils se seraient montrés carrément hargneux à son égard, surtout Mary Ellen. Meredith ne pouvait s'empêcher de plaindre la femme qui, par amour pour Callan, essaierait de s'intégrer à sa famille — ce qui arriverait probablement un jour, en dépit de ses protestations.

Ils parlèrent affaires de nouveau, et à huit heures, comme convenu, il la conduisit à l'aéroport. Il l'aida à enregistrer ses bagages, puis l'accompagna jusqu'au salon réservé aux voyageurs de première classe. Elle le remercia de l'intéressant après-midi et de l'agréable soirée et affirma avoir été ravie de rencontrer ses enfants.

— J'aimerais pouvoir le croire, soupira-t-il avec un petit sourire gêné. Ils ne se sont pas vraiment montrés formidables, Merrie, j'en suis conscient. Je crois qu'il est temps que je commence à leur présenter du monde, des amies comme vous au moins.

— Cela pourrait en effet leur faciliter les choses à long terme, s'ils ne sentent pas de menace. Ils n'ont rien à craindre de moi, ajouta-t-elle.

Mais son compagnon fronça les sourcils.

— Je ne suis pas sûr qu'ils l'aient cru. Peut-être ont-ils pensé que je mentais, qu'il y avait quelque chose entre nous. Peut-être se sont-ils imaginé que vous aviez inventé cette histoire de mari.

— Pourquoi aurais-je fait une chose pareille ? s'exclama-t-elle, choquée par cette idée.

— Parce que c'est le genre de choses que leur mère serait capable de faire, si cela pouvait servir ses intérêts. Elle leur a menti à propos de l'homme qu'elle a fini par épouser. Ils se doutaient de sa relation avec lui bien avant qu'elle ne l'admette. J'ai essayé de ne pas leur faire la même chose en ne leur disant rien.

— Peut-être la solution est-elle quelque part entre les deux ?

— Il faudra que j'essaie ça, dit-il en souriant, avant de lui souhaiter un bon voyage et de lui donner rendez-vous le dimanche soir au Ritz Carlton de Boston.

— Je n'arriverai probablement pas avant minuit, le prévint Meredith. Je voulais passer un peu de temps avec mon mari, mais il doit travailler, comme toujours... Enfin, au moins, nous serons ensemble demain. Dimanche, mon vol part de New York à vingt-deux heures.

— Pour ma part, je serai à l'hôtel vers dix-neuf heures. Si vous vous ennuyez après le départ de votre mari au travail, prenez donc un avion plus tôt et venez dîner avec moi !

— Je verrai, je vous appellerai. En attendant, je vous souhaite un bon week-end.

— Demain je vais jouer au tennis avec les enfants, et passer le reste de la journée à paresser autour de la piscine. J'ai hâte ! avoua-t-il.

— Et moi j'ai l'intention de faire une lessive, déclara-t-elle en riant.

— Je ne sais pas pourquoi, mais j'ai du mal à vous imaginer dans une laverie ou penchée sur un lave-linge, Meredith.

— Il faut pourtant bien que quelqu'un le fasse, et Steve se charge déjà de toute la cuisine.

— Il faudra que je rencontre ce Steve un de ces jours. Il semble trop vertueux pour être vrai. Il sauve des vies, fait la cuisine... Le mari parfait, quoi !

— Ou quelque chose d'approchant, oui !

Il prit congé, et une demi-heure plus tard, Meredith montait dans l'avion. Ce dernier venait à peine de décoller que déjà elle sortait son ordinateur portable ; mais elle ne travailla qu'une heure, et finit par ranger l'appareil. Elle s'allongea, ferma les yeux et songea à Cal. Elle n'arrivait pas à imaginer le genre de femme qui l'attirait. S'intéressait-il davantage au physique ou à l'intellect ? Sortait-il avec des starlettes ou des battantes comme lui ? Difficile à dire, étant donné son aversion pour les relations de longue durée. Mais cela ne la regardait pas, après tout...

La semaine avait été longue, elle était fatiguée. Et elle avait terriblement hâte de voir Steve. Elle s'endormit en pensant à lui et ne se réveilla qu'à l'atterrissage. Elle fut l'une des premières à descendre de l'avion, à prendre ses bagages et à héler un taxi. A sept heures moins dix, elle ouvrait la porte de l'appartement.

Elle posa ses bagages dans l'entrée, ôta ses chaussures et se dirigea sur la pointe des pieds vers la chambre afin de ne pas réveiller Steve. Il dormait profondément, nu comme à son habitude, et après s'être déshabillée, elle se glissa à côté de lui. Il remua légèrement et l'attira à lui, comme si elle avait été là, près de lui, toute la nuit ; puis il ouvrit les yeux et réalisa ce qui se passait.

— Tu es rentrée ! murmura-t-il.

Meredith hocha la tête en souriant et l'embrassa.

— Tu m'as manqué, dit-il en l'attirant plus près encore.

— Toi aussi, répondit-elle avec sincérité.

Steve fit courir sa main sur les courbes douces du corps de Meredith, et c'est alors seulement qu'elle se rendit compte de tout le temps qui s'était écoulé depuis qu'ils s'étaient vus pour la dernière fois. Cela faisait plus d'une semaine, presque huit jours, une éternité, et ils avaient tous deux follement envie l'un de l'autre.

Ils ne parlèrent plus ; la passion inextinguible qui brûlait entre eux depuis leur première rencontre se passait de mots. Un long moment s'écoula avant que, leurs sens enfin apaisés, ils se serrent de nouveau l'un contre l'autre, les cheveux emmêlés et un sourire aux lèvres.

6

Ils passèrent un samedi calme, serein. Le matin, ils restèrent au lit jusqu'à midi, se réveillant par intermittence. Quand enfin ils se levèrent, il pleuvait, et ils décidèrent d'aller au cinéma.

Ils choisirent un film que tous deux avaient envie d'aller voir depuis longtemps, puis ils rentrèrent chez eux à pied sous la pluie, et s'arrêtèrent en chemin pour acheter une glace. Un moment, ils envisagèrent d'aller manger un hamburger quelque part, mais en fin de compte ils décidèrent de rester chez eux, de regarder une vidéo et de se faire livrer un dîner chinois. Par chance, l'hôpital les laissa tranquilles. Steven n'était pas de garde, et aucune catastrophe ne l'obligea à aller travailler. Et pour la première fois depuis des mois, Meredith n'ouvrit même pas son attaché-case.

A onze heures du soir, ils étaient de retour au lit, blottis dans les bras l'un de l'autre ; Steve regrettait douloureusement de devoir retourner travailler le lendemain, d'autant qu'il savait que Meredith quitterait New York ce soir-là. Elle n'y reviendrait que lundi soir, avec Cal, pour deux jours de présentations avant leur départ mercredi soir pour l'Europe. Lui, de son côté, resterait à l'hôpital jusqu'au mercredi matin, et il y avait peu de chances qu'ils se voient. Elle passerait la journée de jeudi à Edimbourg, et celle de vendredi à Londres. Cal et elle resteraient là-bas pour le week-end, partiraient pour Genève le lundi, Paris le mardi, puis rentreraient à New York le mercredi. Ce qui signifiait que Meredith et Steve ne se verraient pas avant onze jours. Ils en avaient l'habitude ; mais en cet instant, cela leur semblait une éternité.

— Après ça, je n'irai nulle part pendant un bon moment, promis, dit-elle, serrée contre son mari.

— Je te ferai tenir cette promesse, crois-moi. Je me moque de savoir combien tu gagnes, tu travailles beaucoup trop, et nous sommes privés de trop de moments comme celui-ci. Peut-être qu'il serait temps que tu lèves un peu le pied.

Mais Meredith savait que ce n'était pas l'avis de ses associés, à la banque. Steve, de son côté, aurait aimé lui parler de nouveau d'avoir un bébé, mais il savait que cela ne servait à rien pour l'instant : mieux valait attendre que l'introduction en Bourse soit terminée et qu'ils aient un peu de temps pour en discuter. Il ne voulait pas trop tarder, cependant, car il estimait que le moment était bien choisi pour avoir un bébé : ils n'étaient pas encore trop vieux. Il avait toujours voulu avoir trois ou quatre enfants, mais désormais, il se serait contenté d'un seul. Sans doute, songeait-il, Meredith lui concéderait-elle au moins cela, d'autant qu'ils pouvaient s'offrir une nourrice ou une jeune fille au pair si elle décidait de retourner travailler après la naissance du bébé. Il songeait à tout cela, allongé à côté d'elle, mais ne dit rien. Il ne voulait pas se lancer dans une longue et difficile discussion avec elle — ou pire encore, dans une querelle. Pour l'instant, il avait seulement envie de profiter de sa présence. Il pensait qu'elle avait peur d'avoir des enfants, mais qu'une fois qu'elle aurait sauté le pas, elle serait ravie.

Ils dormirent profondément, enlacés, et lorsque le réveil sonna à six heures du matin, Steve dut faire appel à toute sa volonté pour s'arracher à l'étreinte de Meredith. Il devait être à l'hôpital à sept heures. Elle dormait encore lorsque le moment de partir arriva, et il la secoua légèrement pour lui dire au revoir. Elle ouvrit les yeux avec une expression de surprise. La nuit avait passé si vite...

— Je te verrai à ton retour, Merrie... Je t'aime.

— Moi aussi. Je t'appellerai ce soir de Boston.

Il hocha la tête, l'embrassa de nouveau, et une minute plus tard il était parti, en blouse et sabots d'hôpital, se battre contre d'impossibles moulins, sauver des vies que d'autres s'étaient employés à détruire.

Meredith se rendormit jusqu'à huit heures, puis elle se leva, but une tasse de café, lut le journal et alla faire sa valise. Elle prépara également ses affaires pour l'Europe, sachant qu'elle n'en aurait sans doute pas le temps durant ses deux jours avec Cal à New York. Ils allaient en effet devoir faire présentation sur présentation ; New York était la ville la plus importante, pour eux, et la dernière avant leur départ pour le Vieux Monde. Elle voulait que toutes les actions de Dow Tech soient vendues avant qu'ils ne quittent les Etats-Unis, et pensait qu'il y avait de grandes chances pour que cet objectif soit atteint.

Il était un peu plus de midi lorsqu'elle eut terminé ses bagages, et après cela, elle ne sut trop comment occuper le reste de son après-midi. Il n'y avait rien qu'elle eût envie de faire seule, et elle ne se sentait pas vraiment d'humeur à aller visiter un musée. En fin de compte, elle songea qu'elle ferait aussi bien d'aller à Boston. Elle pourrait ainsi dîner avec Cal, une fois là-bas ; ce serait mieux que de rester oisive dans son appartement new-yorkais.

A trois heures, elle prit un taxi jusqu'à l'aéroport de La Guardia. Elle attrapa la navette aérienne de quatre heures, et à six elle pénétrait dans le hall du Ritz Carlton. Callan Dow n'était pas encore là, lui apprit-on à la réception. Elle laissa donc un mot pour le prévenir de sa présence, et à sept heures précises, le téléphone sonna dans sa chambre.

— Vous êtes arrivée avant moi ! Depuis combien de temps êtes-vous ici ?

Meredith sourit en entendant la voix de Cal. Il semblait sincèrement heureux de lui parler.

— Environ une heure, répondit-elle. Comment s'est déroulé votre vol ?

— Sans histoire. Et votre week-end ?

— Détendant. Nous sommes allés au cinéma, tranquillement.

— Avez-vous fait votre lessive ?

— Non, répondit-elle en riant, Steve s'en est chargé. Il me gâte.

— Je commence à croire que vous racontez des histoires. Aucun type au monde n'est aussi parfait. Faire la cuisine, la lessive... Sauver des vies... A côté de lui, nous passons tous pour des incapables ! Je ne vais pas tarder à le détester si ça continue.

— J'ai beaucoup de chance, reconnut-elle. Comment s'est passé votre week-end avec les enfants ?

— C'était sympa. Nous avons joué au tennis samedi, et après ça, Andy et moi avons fait un golf.

— J'ai un mari parfait, mais vous, vous êtes un père parfait.

Même si elle savait que Steve aurait sans doute été lui aussi très doué si elle lui avait donné l'occasion de s'essayer à la paternité...

— Et vous êtes une femme parfaite, rétorqua-t-il sur un ton qui la fit rougir, bien qu'elle sût qu'il la taquinait seulement.

Même durant leurs voyages, leurs rapports étaient restés purement amicaux, et elle le respectait pour cela.

— Non, juste une banquière parfaite. Du moins c'est ce que je souhaite.

— Superwoman, que diriez-vous de dîner avec moi ?

— Avec plaisir.

C'était pour cela qu'elle était venue plus tôt. Ils convinrent de se retrouver une demi-heure plus tard dans le hall, et de partir ensuite à la recherche d'un endroit où ils pourraient manger une pizza ou des pâtes. Ni l'un ni l'autre n'avait envie de faire des efforts vestimentaires ou de dîner dans un restaurant chic.

— Cela vous ennuie si je suis en jean ? demanda-t-il.

— Au contraire, répondit-elle avec soulagement.

Elle avait mis pour voyager une petite robe en coton et des sandales, et estimait que cela suffisait largement pour aller manger une pizza.

Malgré tout, lorsqu'elle le retrouva dans le hall, il ressemblait toujours à une publicité tout droit sortie de *Vogue Homme*. Il portait un jean, une chemise immaculée aux manches relevées, des mocassins bien cirés et il avait négligemment noué un pull bleu marine sur ses épaules.

— C'est de la triche ! s'exclama-t-elle.

— Quoi ?

— Vous êtes beaucoup trop bien habillé pour aller grignoter quelque chose dans une pizzeria ! Cela ne vous arrive donc jamais de porter un vieux tee-shirt ou un pantalon tout fripé ?

Il sourit. Meredith était ravissante, et sa petite robe la faisait paraître très jeune, très fraîche.

— Quand avez-vous porté un vêtement fripé pour la dernière fois, Meredith ? demanda-t-il. Au cours préparatoire, peut-être... Ou était-ce avant ?

Elle rit de ce compliment déguisé et ils sortirent de l'hôtel en bavardant, comme les amis qu'ils étaient devenus.

Ils trouvèrent un petit restaurant italien à quelques

rues de là, et ils passèrent le reste de la soirée plongés dans une conversation passionnante sur le milieu de la banque d'investissement. Il était fasciné par ce qu'elle faisait. Elle, de son côté, semblait parfaitement comprendre les complexités inhérentes à une entreprise de haute technologie. Ils furent les derniers à quitter le restaurant. Ils auraient aimé continuer cette conversation longtemps encore mais savaient qu'il leur fallait dormir un peu, afin d'être en forme pour leur présentation du lendemain matin.

Charles McIntosh, le directeur financier de Callan, devait arriver à Boston ce soir-là, lui aussi, mais son vol n'était pas attendu avant minuit. Callan et Meredith espéraient qu'il se montrerait plus enthousiaste à Boston, New York et en Europe que durant la première partie de la tournée.

— J'ai eu une longue conversation téléphonique avec lui hier soir, dit Callan comme ils montaient dans l'ascenseur de l'hôtel. Je lui ai dit qu'il était essentiel qu'il rende ses présentations plus vivantes. J'espère qu'il a compris le message et qu'il se rend compte que je suis sérieux.

Mais il ne paraissait guère convaincu en disant cela. Il commençait à réaliser combien Charlie était intraitable, et songeait qu'il y avait peu de chance que son attitude s'améliore dans un futur proche. Même la veille, au téléphone, il avait encore critiqué la décision de Callan d'ouvrir la compagnie aux investisseurs. Il faisait penser à un chien refusant de lâcher son os, et Callan craignait que cette attitude ne crée un véritable fossé entre eux. Il fit part de ses inquiétudes à Meredith tandis qu'ils se dirigeaient vers leurs chambres. Elle hocha la tête.

— Ces choses-là sont parfois difficiles à prédire. Peut-être qu'une fois l'opération terminée, il reviendra sur sa position. Peut-être finira-t-il par se rendre compte que vous avez pris une excellente décision pour la société. A terme, vous pourrez utiliser vos nouveaux moyens financiers pour acquérir d'autres entreprises. Cela pourrait le séduire.

— Je crois au contraire que c'est ce qui l'effraie en partie. Dow Tech prend trop d'ampleur, trop vite à son goût, dit Callan d'un air songeur.

Ils en parlèrent encore quelques minutes, puis ils se donnèrent rendez-vous pour un petit déjeuner avec Charles McIntosh le lendemain matin.

A son retour dans sa chambre, Meredith trouva deux messages de Steve. Lorsqu'elle rappela à l'hôpital, elle s'entendit pour une fois répondre qu'il était disponible, et l'infirmière transféra l'appel dans son bureau. Il lui dit que la nuit avait été calme, qu'il pleuvait toujours sur New York et que tout le monde semblait décidé à rester chez soi et à ne pas s'attirer d'ennuis.

— Tu vas peut-être pouvoir dormir un peu, pour une fois, dit-elle avec un sourire en repensant avec émotion à la soirée qu'ils avaient passée ensemble la veille et à la façon dont ils avaient fait l'amour à son retour de Palo Alto.

Elle avait déjà l'impression de ne pas l'avoir vu depuis une éternité. Leurs jours et leurs nuits étaient si chargés que le temps semblait s'étirer indéfiniment.

— Essaie de dormir aussi. Ces gens-là t'obligent à te coucher à des heures impossibles, et ils espèrent que tu seras fraîche et rose le lendemain matin !

— C'est pour ça qu'ils me payent. Je serai à la maison demain soir, mon amour.

Au moins, elle pourrait dormir dans son propre lit pour une fois. Malheureusement, Steve ne serait pas là ; il coucherait sur un lit de camp dans son bureau, au cas où on aurait besoin de lui.

— Je t'appellerai, promit-il.

Autrefois, elle venait parfois le voir à l'hôpital, mais ils savaient tous deux à présent que c'était inutile. Lorsqu'elle essayait, il était toujours trop occupé pour la voir, et c'était aussi frustrant qu'ennuyeux. Mieux valait qu'il l'appelle pendant ses pauses.

Ce soir-là, elle relut ses notes avant de s'endormir pour avoir sa présentation bien en tête. Elle souhaitait changer quelques petites choses dans sa brève introduction, et elle nota aussi quelques suggestions concernant la présentation de Charlie McIntosh.

Mais quand elle en fit part à l'intéressé le lendemain matin, lorsque Cal et elle déjeunèrent en sa compagnie, il entra dans une rage folle. Pourtant, elle n'exprimait pas des critiques ; elle se contentait de proposer des améliorations.

— Je ne suis pas sûre que vous compreniez ce que j'essaie de dire, reprit-elle patiemment avant de s'exprimer autrement dans l'espoir qu'il revienne à de meilleurs sentiments.

Mais il se montra sur la défensive, et extrêmement hostile.

— Au contraire, je comprends parfaitement. Vous vous croyez si intelligente, madame la super banquière de Wall Street ! Eh bien laissez-moi vous dire que je désapprouve en bloc tout ce que vous avez raconté durant les dix dernières minutes, et même les dix dernières semaines. Toute cette mascarade est une erreur colossale, mais vous avez si bien réussi à tourner la tête de Callan qu'il est obsédé par l'argent en jeu et a perdu tout discernement.

Choquée par ces paroles et par la manière irrespectueuse dont elles avaient été prononcées, Meredith ne put dissimuler sa désapprobation. Il était parvenu à les insulter tous les deux en une phrase, et elle sentait bien que ce n'était pas non plus du goût de Callan.

— Peut-être que si vous cessiez de lutter contre l'ouverture de la société aux investisseurs, monsieur

McIntosh, vous pourriez trouver le meilleur moyen de nous aider. Parce que Dow Tech va être cotée en Bourse, que vous le vouliez ou non. C'est ce que souhaite Callan, et ce que nous allons lui permettre d'accomplir. Vous pouvez participer ou rester là sans bouger et refuser de coopérer ; mais si c'est l'option que vous choisissez, soyez sûr que nous réussirons malgré vous. Vous n'arriverez pas à nous faire revenir en arrière.

Il parut surpris par ces mots et la force avec laquelle elle les avait prononcés. Quant à Callan, il était sombre et silencieux. Il finit son café, paya l'addition et se contenta de déclarer à McIntosh qu'il souhaitait le voir après la présentation. Meredith devina sans peine qu'il allait lui remonter sévèrement les bretelles, et peut-être même le menacer de licenciement. Charlie avait choisi un très mauvais moment pour faire opposition et insulter la banque d'investissement choisie par Callan.

Tous trois quittèrent la salle de restaurant dans un silence pesant.

Quand Meredith présenta le directeur financier, plus tard, durant la réunion, elle eut le sentiment qu'il s'était un peu radouci et se comportait mieux que les fois précédentes. Malgré tout, elle sentait que Callan n'était pas de cet avis. En vérité, il était furieux, et donna libre cours à sa rage après le départ des investisseurs potentiels, quand Meredith et lui se retrouvèrent seuls durant quelques minutes avant la présentation suivante.

— Pour qui se prend-il, pour vous parler de cette façon ?

Il semblait plus contrarié par ce que McIntosh avait dit à Meredith que par les insultes qu'il lui avait adressées personnellement.

— Ce n'est qu'un vieux monsieur conservateur qui freine des quatre fers dès qu'on lui parle de changement, Cal. Vous pouvez essayer de le convaincre, et je sais que vous l'avez fait. Mais si cela ne marche pas, vous devrez attendre la fin de la tournée pour décider de ce que vous voulez faire. Le moment est mal choisi pour tout bouleverser. Il est important que nous fassions bonne impression à New York, et nous avons encore cinq jours à passer en Europe ensuite.

— Je le sais bien, reconnut Callan.

Une lueur de colère brillait toujours dans son regard. Il avait l'impression d'avoir les mains liées, et il savait que McIntosh connaissait la situation et en profitait.

La seconde présentation, durant le déjeuner, se déroula sans encombre, puis ils allèrent prendre leur avion pour New York. Charlie McIntosh adressait à peine la parole à Meredith et Callan, et la jeune femme se demanda s'il ne s'en voulait pas de ses paroles agressives tout en étant trop gêné pour l'admettre... Cependant, il ne lui présenta pas d'excuses.

Ils arrivèrent à New York à six heures du soir. Callan se montrait glacial vis-à-vis de son directeur financier, et il était clair qu'il était très en colère, au point que Meredith plaignait presque Charles McIntosh, bien qu'il fût seul responsable de cette situation tendue.

Elle avait commandé une limousine et accompagna les deux hommes jusqu'à leur hôtel, le Regency. Après s'être assurée qu'ils étaient bien installés, elle se fit déposer à son appartement. Bien qu'elle sût que Steve ne rentrerait pas cette nuit-là, elle était contente d'être chez elle et de pouvoir avoir un peu de temps à elle avant de s'envoler pour l'Europe.

Leurs présentations du mardi furent particulièrement réussies. A la fin du premier jour, les souscriptions dépassaient déjà les offres, et les investisseurs réclamaient plus d'actions qu'elle ne pourrait leur en donner. C'était exactement la situation qu'ils avaient souhaitée. Mais même alors, Charles McIntosh n'eut pas la bonne grâce de revenir sur ses positions, et après la dernière présentation de la journée, il retourna aussitôt à son hôtel sans un mot. Espérant parvenir à calmer un peu Callan, Meredith lui suggéra de dîner en sa compagnie.

Elle l'emmena au restaurant « 21 », et ils parlèrent longuement du sérieux problème que le directeur financier posait à Callan.

— Vous n'avez pas besoin de son soutien, Callan, mais il serait bien plus agréable de l'avoir, fit-elle remarquer.

— Je jure que s'il se comporte mal en Europe et que nous perdons le soutien d'un seul investisseur à cause de lui, je le démolirai en plein milieu de sa présentation.

— Voilà qui ne manquerait pas d'impressionner nos investisseurs, ironisa Meredith.

Elle savait qu'il plaisantait et comprenait sa frustration et sa colère vis-à-vis de Charles McIntosh. Heureusement, le succès de l'introduction en Bourse était tel qu'il compensait largement ces quelques désagréments.

— Que feriez-vous à ma place ? s'enquit Callan comme ils finissaient de dîner.

Ils n'avaient parlé que de ce problème toute la soirée. Callan tenait compte de l'avis de Meredith et savait qu'elle gardait la tête froide et ne prenait ses décisions qu'après avoir bien pesé le pour et le contre. Elle fit mine de réfléchir quelques instants avant de répondre.

— Je crois que je serais certainement obligée de le tuer. De l'empoisonner, peut-être. Il mange beaucoup de bonbons, à la menthe surtout, je crois. Il ne serait sans doute pas très difficile de glisser un cachet de cyanure dans la boîte.

Elle avait parlé si sérieusement que pendant une minute, Callan crut presque qu'elle était sérieuse ; puis il éclata de rire. Il appréciait cette façon qu'elle avait d'alléger l'atmosphère au bon moment.

— OK, message reçu. Je vais essayer de me calmer jusqu'à notre retour d'Europe.

— Je ne pense pas que vous ayez le choix. Vous pourrez vous attaquer au problème en rentrant en Californie. En attendant, nous devrions célébrer votre victoire. Vous avez conquis New York ! Je n'aurais pu rêver meilleure journée.

— Moi non plus, reconnut-il avec un sourire satisfait.

Déjà, ses problèmes avec Charles McIntosh lui paraissaient moins importants.

— Aurez-vous l'occasion de voir votre mari avant votre départ ? s'enquit-il avec sollicitude.

Il commençait à se rendre compte de tout le temps que la jeune femme lui consacrait. Il avait conscience d'être de plus en plus dépendant d'elle et se sentait un peu coupable.

— Non, à l'heure où il terminera son service, nous serons au beau milieu d'une présentation. Mais je le croiserai peut-être quand je passerai chez moi chercher mes affaires avant d'aller à l'aéroport, à moins qu'il n'ait été rappelé à l'hôpital entre-temps.

— Vous menez une vie infernale, Merrie. Je ne sais pas comment vous vous débrouillez pour rester mariés, tous les deux.

— Nous nous aimons, répondit-elle simplement avant d'ajouter avec un sourire espiègle : bien que je ne veuille pas lui faire d'enfants.

— Je commence à croire que je ferais bien de revoir mes théories sur ce sujet. On dirait que vous formez un couple parfait... Peut-être précisément parce que vous n'avez pas d'enfants, qui sait ?

— En ce qui concerne les relations humaines, on

n'est jamais sûr de rien, n'est-ce pas ? Parfois, je me dis que c'est seulement une question de chance. Qui aurait pu deviner, il y a quatorze ans, que Steve et moi serions encore aussi fous l'un de l'autre aujourd'hui, et que nous nous verrions si peu ? Quand nous nous sommes mariés, il envisageait d'ouvrir un cabinet à la campagne, dans le Vermont, et moi je songeais à m'orienter vers le droit. Et voilà qu'il est tombé amoureux du service de traumatologie où il faisait son stage, et moi de Wall Street. Les choses ne se passent jamais exactement comme on le prévoit, et c'est tant mieux. Je me serais probablement ennuyée à mourir dans le Vermont, et nous nous serions peut-être séparés au bout de quelques années. Je ne sais pas pourquoi, mais notre vie actuelle nous convient.

— Vous avez une chance folle, Merrie.

— Oui, j'en suis consciente, acquiesça-t-elle avec douceur. Un de ces jours, il faudra que vous rencontriez Steve.

— Pas dans le cadre de sa profession, j'espère ! Nous pourrions dîner tous les trois à notre retour d'Europe.

— Il serait ravi. Il connaît vos produits ; en fait, il a été le premier à me dire à quoi ils servaient et combien ils étaient performants.

— Un type génial, de toute évidence ! s'exclama Callan avec humour.

Il paya l'addition, puis ils quittèrent le restaurant et se dirigèrent à pied vers son hôtel. Après lui avoir dit au revoir, Meredith rentra chez elle en taxi.

Le lendemain matin, ils étaient de retour dans le quartier des affaires pour renouveler leur présentation devant d'autres investisseurs. Après cela, ils déjeunèrent avec certains des associés de la banque, avant leur dernier rendez-vous avec un groupe d'investisseurs potentiels.

Lorsque les collègues de Meredith félicitèrent Callan du succès de son introduction en Bourse, il essaya au maximum de mettre Meredith en valeur en reconnaissant tous ses mérites, mais ses interlocuteurs l'écoutèrent d'une oreille distraite : ils n'étaient visiblement pas là pour congratuler la jeune femme, qui de leur point de vue n'avait fait que son travail. Cela contraria Callan, et il en discuta avec Meredith dans la voiture qui les ramenait vers l'hôtel où il devait prendre ses bagages.

— On ne peut pas dire qu'ils vous lancent des fleurs, observa-t-il.

— Ils auraient fait exactement la même chose que moi. Pour eux, c'est Paul Black qui a décroché le contrat avec Dow Tech ; moi, je n'y suis pour rien.

— C'est un peu exagéré, non ? Certes, c'est avec lui que j'ai eu mon premier contact, mais depuis, vous avez tout fait.

— C'est comme ça, voilà tout. Il n'y a pas de héros dans la banque d'investissement.

— Ni de gratitude.

— Je n'attends pas de gratitude. Je vais gagner beaucoup d'argent grâce à cette introduction en Bourse. Nous allons tous gagner beaucoup d'argent.

— L'argent ne fait pas tout, Merrie, et vous le savez. N'essayez pas de me faire croire que vous ne travaillez que pour l'argent ! Vous adorez votre métier, et vous soutenez à fond les compagnies que vous ouvrez aux investisseurs.

— C'est vrai, naturellement. Mais il n'y a pas beaucoup de place pour les sentiments dans ce milieu. Mes associés savent que la banque, eux et moi allons gagner des fortunes grâce à ce contrat, et ils n'estiment pas nécessaire de me couvrir de compliments en prime.

— Je crois qu'ils se montrent plus durs avec vous et attendent plus de vous parce que vous êtes une femme. On a l'impression que vous avez davantage à leur prouver, que vous devez leur démontrer que vous êtes aussi brillante qu'un homme, et ce n'est pas normal. Vous êtes beaucoup plus intelligente que la plupart d'entre eux, à commencer par Paul Black. Ce n'est qu'un vieux moulin à paroles qui connaît du monde, un faiseur de pluie, rien de plus.

Meredith rit de cette comparaison peu charitable.

— Merci de vous en être rendu compte. Mais il y a beaucoup de gens comme lui, dans ce métier.

— Et pas assez de gens comme vous. J'ai vraiment eu beaucoup de plaisir à travailler avec vous.

Plus encore, il avait réellement appris à l'apprécier, à l'admirer même. Tout en elle l'impressionnait : sa beauté, son intelligence, son bon sens, son professionnalisme, et même la façon dont elle parlait de son mari.

— Moi aussi, j'ai été ravie de travailler avec vous. Et c'est tant mieux, Cal, parce que nous allons encore passer toute une semaine ensemble !

Ils arrivaient à l'hôtel, où Charles McIntosh les rejoignit avec les bagages des deux hommes. Ils passèrent ensuite à l'appartement de Meredith ; elle avait mis ses bagages dans l'entrée, et il lui fallut à peine cinq minutes pour monter les chercher. Steve lui avait laissé un petit mot : il était retourné à l'hôpital pour une réunion et était désolé de l'avoir ratée. Elle jeta quelques mots au bas de la feuille, lui disant qu'elle était désolée aussi et qu'elle l'aimait.

— Avez-vous vu Steve ? demanda Cal lorsqu'elle remonta dans la voiture.

Il commençait à s'inquiéter pour elle comme pour une petite sœur.

— Non, il avait dû retourner à l'hôpital. Ce n'est pas très grave, je ne m'attendais pas vraiment à le voir de toute façon.

Elle paraissait un peu déçue, mais pas surprise. Elle était accoutumée à cette vie.

— C'est triste. Je suis sûr qu'il était désolé de vous manquer.

— Je le verrai dans une semaine, répondit-elle en souriant. Je prendrai peut-être même quelques jours de vacances à notre retour. Nous pourrions aller dans le Vermont, s'il arrive à s'absenter un peu lui aussi. Sinon, nous irons passer un long week-end quelque part.

— Dommage qu'il n'ait pas pu venir nous rejoindre à Londres pour le week-end.

— En fait, j'ai essayé de le convaincre de venir à Paris, mais la semaine prochaine il doit remplacer son chef de service, qui part à Dallas pour une conférence.

— Vous menez une vie de dingues, tous les deux. Je ne sais pas comment vous faites. Enfin... Peut-être pourrons-nous aller au théâtre ensemble, ce week-end, à Londres ? Ou bien à l'Annabel's. Vous aimez danser ?

Charlie McIntosh regardait ostensiblement par la vitre, l'air dégoûté. Il n'approuvait de toute évidence pas la façon dont Callan mêlait travail et plaisir.

— J'adore danser, répondit Meredith en souriant, aussi heureuse de l'invitation qu'amusée par la mine de Charlie. Et j'adore également aller au théâtre.

— Nous pourrions faire les deux, dans ce cas.

Il avait le sentiment de bien lui devoir cela, après toute la peine qu'elle s'était donnée pour lui.

A l'aéroport, ils consultèrent quelques papiers avant l'embarquement, si bien que lorsqu'ils montèrent dans l'avion pour Edimbourg, via Londres, ils étaient tous les trois très fatigués. Aussitôt leur dîner avalé, Charlie et Callan éteignirent leurs lumières respectives et s'allongèrent sous leurs couvertures. Cal et Meredith étaient installés côte à côte, et Charlie se trouvait juste derrière eux.

Alors que Cal inclinait son siège au maximum pour

pouvoir dormir, Meredith tendit la main vers son attaché-case.

— Merrie, que faites-vous ? s'enquit-il.

— Je pensais lire quelques dossiers.

— Arrêtez ça ! dit-il avec douceur. Vous avez besoin de sommeil, vous aussi. Je vous ordonne d'éteindre cette lumière.

— Vous m'ordonnez ? C'est nouveau !

— Il serait peut-être temps que quelqu'un vous prenne en main un peu plus souvent. Allons, laissez tomber pour ce soir. Eteignez la lumière.

Elle hésita un moment, avant de décider qu'il avait peut-être raison : son travail pouvait attendre. Avec un soupir, elle tendit la main vers l'interrupteur et éteignit sa veilleuse.

— C'est bien. Ne vous inquiétez pas, vos dossiers seront encore là demain matin.

Il avait prononcé ces mots d'un ton doux et paternel, et elle n'eut en cet instant aucune peine à l'imaginer avec ses enfants. Instinctivement, elle sentait que c'était un bon père.

— C'est bien ce que je craignais, dit-elle à voix basse : qu'ils soient toujours là demain matin. J'aimerais tant que la fée du travail apparaisse durant la nuit et fasse tout à ma place...

— La fée du travail, c'est vous, Merrie. Mais même les fées ont parfois besoin de repos.

Obéissante, elle inclina son siège à son tour, glissa un oreiller sous sa tête et remonta sa couverture sur elle.

— Vous arrivez à dormir dans les avions, vous ? chuchota Callan.

Ils ressemblaient à deux gamins dormant pour la première fois hors de chez eux.

— Parfois. Ça dépend de la quantité de travail que j'ai dans mon attaché-case, répondit-elle.

— Vous n'avez qu'à imaginer que vous l'avez

oublié à New York. Dites-vous que vous partez en vacances.

Ce petit jeu la fit sourire.

— Et quelle serait ma destination ?

— Que diriez-vous du sud de la France ? Saint-Tropez...

— Pas mal du tout. Ça me plaît.

— Alors, fermez les yeux et pensez à Saint-Tropez.

— Est-ce encore un ordre ?

— Oui... Maintenant, ne bougez plus et contentez-vous de vous imaginer là-bas.

Et, à sa grande surprise, Meredith y parvint. Elle demeura là, allongée, à songer au sud de la France, au petit port, aux rues sinueuses, à la Méditerranée, au marché aux fleurs. Lorsque Callan la regarda, quelques secondes plus tard, elle dormait profondément, et il remonta avec douceur la couverture sur elle.

7

L'avion fit escale à Londres, puis repartit pour Edimbourg. A sa propre surprise, Meredith dormit pendant quasiment tout le trajet. Ils arrivèrent en Ecosse le matin et se dirigèrent directement vers l'endroit où ils devaient faire leur présentation devant plusieurs représentants des différentes sociétés d'investissement écossaises. Il s'agissait d'une étape classique des tournées promotionnelles, et Meredith était très à l'aise.

Tout continua à se passer idéalement. Callan était aux anges, et sa satisfaction fut décuplée lorsque Meredith reçut un appel de son bureau lui annonçant que les demandes d'actions étaient déjà dix fois supérieures à l'offre.

Ils reprirent l'avion pour Londres le soir même. Lorsqu'ils arrivèrent au Claridge, même l'infatigable Callan paraissait épuisé. La journée avait été longue, après toute une nuit dans l'avion, et ils devaient être en forme le lendemain matin pour leur présentation. Malgré tout, Callan était vraiment ravi : tout se passait pour le mieux, et il savait que c'était grâce à Meredith.

— Que comptez-vous faire, ce soir, Merrie ? s'enquit-il après avoir donné leurs noms au réceptionniste.

— Dormir, du moins je l'espère ! répondit-elle

alors qu'ils emboîtaient le pas à un groom. Je ne sais pas pour vous, mais moi, je suis épuisée. Je pense qu'il vaut mieux que j'aille me coucher, si je ne veux pas tout faire rater demain.

Leurs deux chambres se trouvaient côte à côte ; celle de Charles McIntosh à l'étage inférieur.

— Je ne m'inquiète pas pour ça ! s'exclama Cal en riant. Voulez-vous sortir manger quelque chose ?

Meredith sourit. Décidément, Callan avait une santé de fer ! Même épuisé comme il devait l'être, il avait encore envie de sortir...

— Non, merci, pas ce soir, répondit-elle. Je vais me faire monter quelque chose et aller me coucher directement.

— Rabat-joie ! Et pour demain, que diriez-vous de dîner au Harry's Bar et d'aller ensuite à l'Annabel's ?

— D'où tirez-vous votre énergie, Cal ? Vous n'êtes donc jamais fatigué ?

— C'est l'hôpital qui se moque de la charité ! Vous n'arrêtez jamais, Meredith, lui rappela-t-il sans dissimuler son admiration.

— Eh bien, je crois que je vais vous faire mentir.

Le vol de nuit, le décalage horaire et la longue journée de travail avaient fini par avoir raison d'elle, et elle avait du mal à garder les yeux ouverts tandis que le groom lui ouvrait la porte de sa chambre et déposait ses bagages à l'intérieur. La pièce était très belle, entièrement décorée dans le style Arts déco. La chambre de Cal, elle, était à dominante bleue, avec des rideaux en chintz pastel couvert de fleurs. Toutes deux semblaient avoir été refaites récemment. Mais Meredith n'attachait guère d'importance à ces détails : elle était si fatiguée qu'elle se serait endormie n'importe où, même dans une botte de foin. De surcroît, elle n'oubliait pas que leur première présentation devait avoir lieu le lendemain à huit heures du matin.

Malgré tout, elle ne se sentait pas aussi stressée qu'à New York ; le marché européen était moins important que le marché américain, pour eux. Traditionnellement, lors d'une introduction en Bourse, ses collègues et elle essayaient de garder la part des investissements européens assez basse, car les investisseurs américains spéculaient davantage, ce qui générait plus de commissions.

Après avoir installé ses affaires dans sa chambre, Cal revint voir Meredith. Il essaya une nouvelle fois de la convaincre de sortir avec lui, mais elle lui répéta qu'elle voulait se coucher tôt. Peu de temps après, elle entendit la porte voisine s'ouvrir et se fermer, et elle comprit qu'il avait finalement décidé de sortir seul. A neuf heures, elle était au lit, profondément endormie ; si bien que lorsqu'ils se retrouvèrent le lendemain matin pour le petit déjeuner, elle était en pleine forme et d'excellente humeur.

— Qu'avez-vous fait, hier soir ? demanda-t-elle à Callan alors qu'ils partageaient des scones et du café dans l'élégante salle de restaurant de l'hôtel.

Charles McIntosh ne les avait pas encore rejoints.

— Je suis allé retrouver de vieux amis que je n'avais pas vus depuis longtemps. Je connais pas mal de gens ici, dont certains par mon ex-femme.

— Moi, je me suis endormie comme une bûche à neuf heures, avoua-t-elle en souriant.

— Nous ferons mieux ce soir, affirma-t-il.

Au même instant, Charles McIntosh entra dans la salle de restaurant. Pour une fois, il semblait relativement de bonne humeur, et tous trois discutèrent aimablement pendant que Charlie commandait des saucisses et des œufs sur le plat. A huit heures précises, la présentation commença ; comme toutes les autres, elle remporta un succès retentissant.

A midi, ils rencontrèrent des investisseurs privés, avant de recommencer leur présentation à treize heures ; et à seize heures, tous trois étaient prêts à rentrer à l'hôtel. Charlie avait prévu de passer le week-end à Paris avec des amis, et ils devaient le retrouver à Genève le dimanche soir. Avec une générosité qui les surprit tous deux, il leur souhaita un bon week-end avant de s'en aller. Peut-être cela signifiait-il qu'il revenait sur ses positions ? En tout cas, Meredith l'espérait de tout cœur...

— Alors, prête pour une soirée de folie ? demanda Cal lorsqu'ils se retrouvèrent devant leurs chambres respectives à dix-sept heures.

Ils avaient une réservation au Harry's Bar à vingt heures et avaient toujours l'intention d'aller danser à l'Annabel's ensuite.

— Vous êtes certain que cela ne vous ennuie pas de perdre du temps avec moi ? demanda Meredith. Ma présence risque de vous empêcher de rencontrer quelqu'un...

— Je préfère de loin passer la soirée avec une bonne amie qu'essayer de séduire une inconnue, affirma-t-il.

Ils restèrent un moment dans le couloir à discuter de leur journée. Leurs présentations s'étaient déroulées encore mieux que prévu.

— J'ai même trouvé que Charlie passait mieux, aujourd'hui, dit Meredith, charitable.

Même lorsqu'il se montrait particulièrement aimable, Charles McIntosh était loin d'être chaleureux. Mais au moins, il avait semblé moins agressif qu'à Los Angeles ou New York. Cal hocha la tête.

— Je l'ai remarqué aussi. Dommage qu'il lui ait fallu si longtemps pour se mettre en train.

Il n'ajouta aucun commentaire, et ils ne tardèrent pas à se séparer pour rejoindre leurs chambres. Il devait passer la chercher à huit heures moins le quart, ce qui laissait à la jeune femme amplement le temps de se détendre et de prendre un bon bain. Mais à peine s'était-elle glissée dans l'eau chaude que le téléphone sonna dans sa chambre. Toute mouillée, elle s'enveloppa dans une serviette et alla répondre. Dès qu'elle reconnut la voix à l'autre bout du fil, un sourire s'épanouit sur ses lèvres : c'était Steve.

— Comment ça va, ma chérie ? demanda-t-il.

Il semblait de bonne humeur. Pour lui, l'heure du déjeuner approchait à peine.

— Tout se passe merveilleusement bien, réponditelle. Nous avons presque terminé, et nous avons déjà dix fois trop de commandes. Nous sommes certains de devoir faire une green shoe. Callan est vraiment très content.

Il savait que cela signifiait qu'ils devraient ajouter entre cinq et dix pour cent d'actions au nombre initialement prévu ; depuis douze ans qu'il suivait la carrière de Meredith à Wall Street, il s'était familiarisé avec le jargon financier.

— Le directeur financier vous crée-t-il toujours des problèmes ?

— Il s'est un peu calmé depuis que nous sommes ici. Aujourd'hui, je l'ai même vu sourire ! Il est parti passer le week-end en France chez des amis. J'avoue que ce n'est pas désagréable de ne pas l'avoir sur le dos pendant deux jours...

Le plus souvent, il se comportait comme un grandpère grincheux. Cependant, Steve ne parut guère ravi, lui.

— Ce qui signifie que tu vas être seule avec Dow ?

— Plus ou moins. Ça dépend si tu comptes les huit millions de personnes qui vivent à Londres... Je ne crois pas que je risque grand-chose, ironisa-t-elle.

— Tu sais très bien ce que je veux dire. Il ne te drague pas, au moins ?

— Bien sûr que non. Il n'est pas si bête. Nous sommes de bons amis, maintenant. C'est toujours ce qui se passe dans les tournées de ce genre : soit on devient très amis, soit on ne peut plus se voir en peinture. Il s'est montré agréable, et je crois que nous resterons amis. J'espère que tu le rencontreras un de ces jours.

— D'accord... Je ne sais pas pourquoi, mais je ne lui fais pas confiance. Je préférerais de loin passer le week-end avec toi.

— Eh bien viens, dans ce cas, le taquina-t-elle. Tu peux toujours me rejoindre à Paris.

— Très drôle. Tu sais parfaitement que je suis coincé ici. Dépêche-toi plutôt de revenir. Que vas-tu faire ce week-end ?

— Pas grand-chose, juste me balader. Demain, j'ai l'intention d'aller faire quelques courses, et Cal et moi allons dîner ce soir au Harry's Bar.

Se remémorant ce qu'il venait de lui dire, elle n'ajouta pas qu'ils iraient danser à l'Annabel's ensuite. Elle savait que ce n'était pas un crime, mais ne voyait pas l'intérêt de contrarier Steve inutilement.

— S'il est ivre, tu prendras un taxi pour rentrer.

— Mon amour, arrête de t'inquiéter. Nous allons seulement dîner dehors.

— Bon, d'accord, dit-il, un peu radouci mais visiblement pas tout à fait convaincu.

Après tout ce qu'il avait entendu dire sur lui, il trouvait Callan Dow bien trop brillant et trop séduisant à son goût. Et il n'arrivait pas à imaginer qu'un homme pût résister à sa femme. Cependant, même s'il se montrait soupçonneux vis-à-vis de Callan, il avait entièrement confiance en Meredith.

— Et toi ? demanda-t-elle. Quels sont tes projets pour ce soir ?

— Je vais dormir. Je suis de nouveau de service demain... Mais je serai entièrement libre le week-end prochain. Je l'ai échangé pour être sûr de pouvoir passer du temps avec toi.

— Et si nous en profitions pour aller quelque part tous les deux ? suggéra-t-elle.

— Pourquoi pas ? Nous verrons.

Ils raccrochèrent quelques minutes plus tard, et elle retourna dans son bain, qui était froid à présent. Elle ajouta de l'eau chaude et demeura un long moment dans l'eau, un sourire aux lèvres, songeant à Steve. Elle était émue de constater qu'il était encore jaloux après toutes ces années. Pourtant, il n'avait aucune raison de l'être et le savait. Jamais, même un seul instant, elle n'avait envisagé de lui être infidèle. Elle était encore très amoureuse de lui, tout comme il l'était d'elle.

Quand Callan passa la chercher, peu avant vingt heures, elle portait une robe de cocktail noire assez courte, des escarpins à hauts talons et un rang de perles. Elle s'était soigneusement maquillée, et ses cheveux brillaient comme de l'or. Elle était si belle que Callan fit un pas en arrière pour l'admirer, impressionné. Il ne l'avait vue jusqu'alors que vêtue de façon sévère, en tailleur bleu marine ou noir, archétype de la banquière, mais ce soir, elle paraissait jeune et sexy — d'autant que le dos de la petite robe noire était assez dénudé.

— Waouh ! Vous êtes canon, madame Whitman, si je puis m'exprimer ainsi. Vous auriez peut-être dû vous habiller comme ça pour les présentations. Nous aurions vendu dix fois plus d'actions !

— Merci, Callan, dit-elle en rougissant légèrement.

Elle était contente de s'être vêtue de façon féminine, pour une fois, et se réjouissait de passer la soirée avec lui.

Quand ils arrivèrent au Harry's Bar — l'un des restaurants les plus fermés de Londres, installé dans les locaux d'un club privé —, tous les gens à la mode, aristocrates et personnalités médiatiques semblaient s'y être donné rendez-vous ; impossible de tourner la tête sans tomber sur un visage connu.

Ils prirent un verre au bar, puis furent conduits jusqu'à leur table. A leur droite se trouvait un groupe de banquiers internationaux, anglais, français et saoudiens que Meredith avait pour la plupart déjà vus en photo dans la presse financière ; et à leur gauche étaient installés un réalisateur célèbre, deux acteurs et un prince italien bien connu des journaux à scandales.

Pour une fois, Callan et Meredith ne parlèrent pas affaires. Ils n'étaient que deux personnes normales, sorties dîner un vendredi soir. En fait, si elle n'avait pas été mariée et si Callan n'avait pas été son client, cela aurait fortement ressemblé à un rendez-vous galant... mais en mieux, d'une certaine manière. Ni l'un ni l'autre n'avait à s'inquiéter du résultat de la soirée, de l'impression qu'il faisait ou des intentions et projets de l'autre. Ils n'étaient que deux amis qui passaient un bon moment.

— Steve doit avoir les idées assez larges, observa Callan tandis que le serveur déposait leurs desserts devant eux et remplissait leurs verres de Château d'Yquem, un sauternes très doux que Meredith aimait particulièrement.

Elle but une gorgée avec délectation avant de demander :

— Qu'est-ce qui vous fait penser ça ?

— Je ne suis pas sûr qu'à sa place j'apprécierais que ma femme sorte dîner et danser avec un autre. Quand j'étais marié, je ne crois pas avoir jamais fait confiance à Charlotte à ce point.

Ils se turent un instant, conscients tous deux qu'il avait eu raison de se méfier de son épouse.

— Steve sait qu'il n'a aucune raison de s'inquiéter. Je suis extrêmement fidèle, dit-elle avec un sourire.

Elle remarqua une femme aux cheveux sombres,

très stylée, qui pénétrait dans le restaurant, vêtue d'une superbe robe rouge. Elle était accompagnée d'un homme très séduisant quoique plus âgé qu'elle, et semblait connue du personnel. Son visage était vaguement familier à Meredith, mais elle n'arrivait pas à se rappeler où elle l'avait vu. Pendant quelques instants, elle regarda la femme passer de table en table en saluant les convives, un sourire aux lèvres, puis elle se pencha vers Callan et lui demanda s'il la reconnaissait. Il se tourna et observa un long moment la femme en rouge.

— Est-ce une actrice ? s'enquit Meredith.

Elle semblait trop âgée pour être mannequin, mais pas de beaucoup.

— Non, une avocate, répondit-il après avoir jeté un dernier regard à l'intéressée.

Quand il se retourna vers Meredith, elle remarqua son expression un peu pincée.

— Vous la connaissez ? Je l'ai vue quelque part, mais je n'arrive pas à me rappeler où.

— Vous l'avez vue dans *W* et d'autres magazines de ce genre. Elle sort beaucoup, et ses clients sont pour la plupart très connus. Elle fréquente toute la jet-set, dit-il simplement.

— Qui est-ce ? demanda Meredith.

Une lueur très dure brilla dans les yeux de Cal lorsqu'il répondit, plongeant son regard dans celui de Meredith.

— Mon ex-femme.

De toute évidence, il n'était pas ravi.

— Je suis désolée, dit Meredith, consciente des sentiments complexes que devait éprouver son compagnon.

— Ne vous inquiétez pas. Nous sommes en bons termes, maintenant. Je la vois chaque fois qu'elle vient rendre visite aux enfants.

Néanmoins, Meredith sentait bien que, quoi qu'il

dise, cette rencontre fortuite lui était douloureuse. Elle se demanda si Callan et son ancienne épouse allaient se saluer — mais à peine s'était-elle posé la question que Charlotte apparut à leurs côtés, arborant un sourire aussi étincelant que les diamants qui brillaient à son doigt et ses oreilles.

— Bonsoir, Charlotte, dit simplement Callan. Comment vas-tu ?

— Très bien. Que fais-tu dans cette partie du monde ?

Elle jeta un coup d'œil à Meredith, sa robe noire toute simple et son collier de perles. Un éclair de mépris brilla dans son regard, puis elle reporta son attention sur Callan.

— Je suis ici pour affaires, répondit ce dernier. Je te présente Meredith Whitman, ajouta-t-il poliment.

Charlotte hocha la tête avec indifférence, avant de s'éloigner vers une table située dans le fond de la pièce, et visiblement réservée pour une soirée privée. Meredith réalisa alors avec une surprise teintée de dégoût que la belle Charlotte n'avait pas pris la peine de demander des nouvelles de ses enfants. Elle en fit la remarque à Callan, qui haussa les épaules et esquissa un sourire las.

— Je vous l'ai dit, Meredith : les enfants ne sont pas son truc. Elle aime le glamour, la jet-set, le show-business, tout ce qui brille. La seule chose qui l'intéresse, ce sont les stars qu'elle représente. Elle est très heureuse ici.

Meredith se demanda à quel point il avait été contrarié de la croiser, mais préféra ne pas s'étendre sur le sujet.

— Elle est très belle, observa-t-elle.

Cela en disait long sur le type de femmes qui attiraient Callan. Il était difficile de ne pas être frappé par le physique sculptural de Charlotte et, à en juger par tout ce que Callan lui avait dit, elle devait également être très intelligente. En revanche, elle semblait dépourvue de qualités essentielles, comme la compassion, l'intégrité, le sens des valeurs...

— Adolescente, elle a été mannequin. Je crois que ça lui est monté à la tête. Elle aimait l'attention qu'on lui portait, et l'argent, mais savait que ça ne durerait pas. Alors, elle a fait en sorte de se bâtir quelque chose de durable. C'est vraiment une très bonne avocate, et elle se passionne pour le monde du spectacle. Elle adore les stars — d'une certaine manière je crois qu'elle vit à travers elles, par procuration. Et tous dans ce milieu sont fous d'elle. Peut-être est-ce la raison pour laquelle elle ne s'intéresse pas à ses propres enfants. Ses clients sont ses enfants et lui donnent toute l'affection dont elle a besoin.

— Je suis un peu dans la même situation, observa Meredith en souriant. Je considère souvent mes clients comme mes enfants. Je prépare tout pour leur faciliter les choses, puis je les envoie dans le vaste monde gagner beaucoup d'argent et réussir !

Il rit de cette comparaison et secoua la tête.

— Je crois que c'est un peu plus compliqué que ça... Mais dites-moi, Meredith, quelle satisfaction en tirez-vous ?

Tous deux savaient qu'elle gagnait beaucoup d'argent, mais Callan devinait aussi que ce n'était pas le seul attrait de ce métier, pour elle. Elle aimait ce qu'elle faisait. Et elle était excellente. Durant les quelques mois où il avait travaillé avec elle, et surtout depuis le début de la tournée, il avait été très impressionné.

— J'adore ce que je fais, répondit-elle. Et je vous assure que d'une certaine manière, c'est vrai, mes clients sont mes enfants. Je n'ai pas besoin d'enfants. Mes clients et Steve me donnent tout ce dont j'ai besoin.

— Ce n'est pas la même chose. Vous passez à côté de quelque chose d'important.

En disant ces mots, il avait jeté un coup d'œil en direction de la table où dînait Charlotte.

— Elle aussi, ajouta-t-il. Elle n'a jamais compris ce qu'elle ratait. Et dans son cas, c'est un véritable crime. Vous, au moins, vous n'avez jamais eu d'enfants, votre décision ne fait de mal à personne, sinon peut-être à vous-même et à Steve. Charlotte, elle, prive nos enfants d'une véritable mère.

— Peut-être serait-il temps que vous vous remariiez, observa Merrie. Pas seulement pour vous, mais aussi pour vos enfants.

— Pour leur faire subir un nouveau divorce ? Au moins, la dernière fois, deux d'entre eux étaient trop jeunes pour comprendre ce qui se passait. Mary Ellen avait six ans, et elle a eu le cœur brisé, mais Julie et Andy n'avaient que quatre et presque deux ans. Ça a été beaucoup plus facile pour eux. Ce ne serait pas la même chose la prochaine fois. Ils sont plus âgés, maintenant. Assez âgés pour en souffrir.

— Qu'est-ce qui vous fait penser que vous divorceriez de nouveau, Callan ? Vous ne croyez pas que votre expérience précédente vous a servi à quelque chose ?

— Si : j'ai appris qu'il ne faut pas se marier, dit-il avec un rire qui sonnait faux. Ni faire confiance aux gens, ni se montrer aussi stupide que je l'ai été. Grâce à l'argent du divorce, Charlotte a pu installer son cabinet à Londres...

— Tant mieux pour elle.

— Certes. (Il fit signe au serveur de lui apporter l'addition.) De toute façon, reprit-il ensuite avec une expression vaguement amusée, mes enfants ne me laisseraient pas me remarier. Je crois qu'il est clair que désormais ils me veulent pour eux tous seuls.

— Ce n'est pas juste, et ce n'est bon ni pour eux, ni pour vous.

— C'est très bon pour moi, au contraire. Ils sont comme trois petits anges gardiens qui m'évitent de me ridiculiser ou de faire quelque chose d'idiot.

— Vous êtes trop intelligent pour vous montrer aussi cynique, Cal — ou aussi lâche.

— Pourquoi essayez-vous de me vendre le mariage ? demanda-t-il, intrigué par son insistance.

— Parce que je pense que c'est quelque chose de fantastique. Ce qui m'est arrivé de mieux, personnellement.

— Dans ce cas, vous avez beaucoup de chance, répondit-il avec un sourire chaleureux, détendu à nouveau. Et Steve aussi. Allez, venez, ma belle, allons danser.

Il lui prit la main et ils sortirent du restaurant, sans qu'il jette un regard en direction de son ex-femme. Elle représentait une page de sa vie qu'il avait définitivement tournée. Néanmoins, Meredith se sentit soulagée lorsqu'ils se retrouvèrent dans la rue. Elle avait eu conscience de la tension qui habitait son compagnon, et des mauvais souvenirs que sa rencontre fortuite avec Charlotte avait réveillés en lui. Il était évident qu'il n'éprouvait pour elle aucun sentiment positif, en dépit de toutes les années qu'ils avaient passées ensemble et des trois enfants qu'elle lui avait donnés.

Ils bavardèrent agréablement durant le trajet vers l'Annabel's dans la Daimler avec chauffeur qu'il avait louée à l'hôtel. Une fois là-bas, Meredith passa un très bon moment. Callan commanda du champagne et la conduisit sur la piste de danse ; ils ne revinrent à leur table qu'une bonne heure plus tard. Callan était un merveilleux danseur, et Meredith s'amusait bien avec lui, même si elle était parfois un peu triste de le sentir si amer. Il avait été durement blessé par la trahison de Charlotte, mais cela mis à part sa fréquentation était très agréable, et elle songeait qu'il méritait bien mieux que ce dont il se contentait. Elle avait le sentiment qu'un homme comme lui avait besoin d'autre chose dans sa vie que de son travail et ses enfants. Depuis qu'ils se connaissaient, il n'avait jamais mentionné de petite amie ou de compagne, et elle ne pouvait s'empêcher de se demander ce qu'il faisait pour se distraire, à part travailler et danser avec sa banquière...

Ils restèrent à l'Annabel's jusqu'à deux heures du matin, puis rentrèrent au Claridge. Ils étaient heureux, fatigués mais détendus. Meredith aurait pu danser avec lui toute la nuit sans pour autant voir autre chose dans leur relation qu'une belle amitié. Que ce fût pour un slow ou une samba enflammée, leurs pas s'accordaient toujours, et il ne la serrait jamais de trop près. Pas un seul instant elle ne s'était sentie mal à l'aise avec lui ; en fait, après cette soirée, elle était plus proche de lui que jamais.

— Qu'avez-vous prévu pour demain ? demanda-t-il en l'accompagnant jusqu'à la porte de sa chambre.

— Je m'étais dit que je ferais quelques courses. J'aime beaucoup les magasins d'antiquités londoniens.

— Moi aussi, avoua-t-il. Ça vous ennuierait que je vous accompagne ?

— Bien sûr que non, mais vous aurez peut-être envie d'aller dans des boutiques plus chic que celles que je fréquente d'habitude, le prévint-elle, se souvenant des superbes œuvres d'art entrevues chez lui. Je voulais simplement me balader un peu.

— Rien ne me plairait davantage, affirma-t-il avant d'ajouter : J'ai passé une excellente soirée, Meredith. Vous êtes une compagne formidable.

Peut-être, songea-t-elle, mais elle était loin d'être aussi belle et séduisante que son ex-femme... Et elle ne put s'empêcher de se demander si Callan ne la trouvait pas un peu ennuyeuse et banale en comparaison. Elle était bien plus classique que Charlotte.

— Moi aussi, je me suis bien amusée, répondit-elle. Merci, Cal. Le dîner était délicieux, et ça m'a fait très plaisir de danser avec vous. Steve et moi ne sortons jamais danser : il est toujours soit trop fatigué, soit absent. D'ailleurs, au fil des ans, j'en suis arrivée à la conclusion que la plupart des chirurgiens ne savaient pas danser. C'était très agréable. Merci, répéta-t-elle avec chaleur.

— Je viendrai à New York vous emmener danser. Nous pourrons être comme Fred Astaire et Ginger Rogers : des partenaires de danse et de bons amis.

Elle rit de cette comparaison, lui souhaita une bonne nuit et entra dans sa chambre, dont elle referma la porte derrière elle. Elle était épuisée, mais ravie de sa soirée.

Jetant un coup d'œil au téléphone, elle vit que la petite lumière de la messagerie clignotait. Elle appela la réception, et on lui apprit que Steve avait téléphoné trois fois. Trop fatiguée pour rappeler, cependant, elle décida de remettre cela au lendemain matin. Après avoir jeté sa robe sur une chaise, enfilé sa chemise de nuit et s'être brossé les dents, elle alla directement se coucher.

Elle dormait encore le lendemain matin à huit heures lorsque le téléphone sonna. C'était Steve.

— Où étais-tu, toute la nuit ? demanda-t-il, visiblement contrarié.

— Je t'avais dit que je devais sortir avec Cal, répondit-elle, à moitié endormie, en étouffant un bâillement.

— A quelle heure es-tu rentrée ? Quatre heures du matin ?

— Non, deux. Nous sommes allés dîner au Harry's Bar, et sommes ensuite allés prendre un verre à l'Annabel's.

Elle n'avait aucun secret pour lui. Elle avait toujours eu l'intention de lui parler d'Annabel's ; simplement, elle avait préféré ne pas l'inquiéter d'avance.

— As-tu dansé avec lui ?

— Non, j'ai dansé avec les serveurs et le majordome... Bien sûr que j'ai dansé avec lui, idiot ! Ce n'est quand même pas un crime.

— Peut-être que pour moi, ça l'est.

Il lui faisait penser à un enfant bougon, et Meredith esquissa un sourire. Il savait bien qu'il n'avait pas à s'inquiéter, même si elle était allée danser avec un autre homme !

— Allons, ne sois pas ridicule. C'était une soirée parfaitement respectable. Nous sommes même tombés sur son ex-femme.

— Vous avez dû bien vous amuser. Bon, excuse-moi si je me comporte comme un imbécile. Seulement, tu me manques, et je n'aime pas te savoir en voyage avec un autre homme.

— Je ne prendrai plus que des clientes, à l'avenir, promis. Je l'annoncerai à mes associés dès mon retour.

— Bon, d'accord, d'accord, j'ai réagi bêtement. Mais je t'aime, et tu es beaucoup trop belle pour parcourir le monde avec de séduisants célibataires.

— C'est un parfait gentleman, mon amour, je t'assure.

Elle était bien réveillée à présent, et désolée de constater que Steve était perturbé par cette histoire. Ils n'avaient pas pour habitude de jouer à se rendre jaloux l'un l'autre, et elle regrettait de l'avoir inquiété.

— Je n'irai plus danser avec lui, je te le promets. Nous l'avons fait uniquement parce que nous étions tous les deux coincés ici pour le week-end et épuisés après une longue semaine de travail. Nous voulions fêter notre succès, mais je t'assure que nous sommes seulement de bons amis. Il te plaira beaucoup.

— D'accord, je suis désolé, Merrie. Je te crois. Qu'as-tu prévu de faire, aujourd'hui ?

— Pas grand-chose. Quelques courses. J'ai demandé au concierge de l'hôtel de me prendre des places de théâtre. Je pars pour Genève demain soir.

— Je suis content que tu rentres bientôt.

Il y avait de l'anxiété dans sa voix, et Meredith en fut chagrinée. Elle n'avait vraiment pas voulu lui faire de la peine. Il était bien trop gentil pour mériter cela.

— Il n'arrête pas d'essayer de me convaincre d'avoir des enfants.

— Pas les siens, j'espère !

Meredith éclata de rire.

— Non, les tiens. Il me répète tout le temps que nous avons une chance folle. Je crois qu'il a été traumatisé par son ex. Ça fait huit ans qu'ils ont divorcé, et il semble encore à vif. Tu devrais la voir ! Elle est superbe, mais ça a l'air d'être un sacré numéro. Elle vit ici ; elle l'a laissé seul avec les enfants et est partie avec son associé.

— Charmante personne. Il faudra que tu me présentes ton ami, un de ces jours.

— Il est petit, gros et moche, avec plein de verrues.

— C'est ça, et il ressemble à Gary Cooper ! Je n'ai pas oublié ce détail, tu sais. Et dans mon souvenir, Gary Cooper n'avait pas de verrues.

— Peut-être que tu ne l'as pas regardé d'assez près.

— Eh bien, ne va pas regarder ton Callan de trop près non plus. Rentre vite, mon amour. Tu me manques.

Etrangement, il semblait très inquiet au sujet de Callan Dow, ce qui ne lui ressemblait pas du tout. La plupart du temps, il n'attachait aucune importance aux hommes avec qui elle était en affaires. Mais pour une raison qu'elle ignorait, il en allait autrement, cette fois. Peut-être avait-il trop lu d'articles au sujet de Callan.

Les journaux le présentaient toujours comme un magicien de la finance, un homme séduisant et à qui tout réussissait. Certes, c'était une description exacte, mais il était avant tout humain... Et Meredith était très amoureuse de son mari.

— Qu'est-ce que tu vas faire aujourd'hui ?

— Je ne sais pas. Je finis mon service à neuf heures du matin — il est presque trois heures, maintenant. Mais c'est si ennuyeux, quand tu n'es pas là !

— Je serai à la maison, la semaine prochaine, et nous pourrons passer le week-end rien que tous les deux.

— J'ai vraiment hâte de te voir.

Elle sentait qu'il était plus agité, moins serein que d'habitude. Peut-être était-il réellement jaloux et agacé de la savoir en Europe avec Callan Dow. Elle regrettait presque de lui avoir dit qu'elle était allée danser avec lui, mais elle ne lui mentait jamais.

— Amuse-toi bien dans les magasins aujourd'hui. Et rappelle-moi à ton retour à l'hôtel.

— Promis.

Elle était sincère, mais en fin de compte Callan et elle passèrent plus de temps que prévu à faire leurs courses, et quand ils revinrent à l'hôtel, il était plus de six heures et ils devaient se dépêcher de se changer pour le dîner et le théâtre.

Ils allèrent dîner chez Rules, dans l'une des petites salles privées du premier étage, puis assistèrent à une représentation de *Roméo et Juliette* dans une toute nouvelle mise en scène qui les enthousiasma. Ensuite, ils se rendirent au Mark's Club, dont Callan était membre, pour prendre un verre, et quand elle rentra se coucher, Meredith était trop fatiguée pour appeler Steve.

Elle lui téléphona le dimanche après-midi avant de partir pour Heathrow, mais il était sorti ; elle réessaya à son arrivée à Genève, mais cette fois il travaillait.

Elle laissa donc tomber et alla dîner avec Callan et Charles McIntosh, se coucha tôt, et se leva tôt également pour leur présentation devant les investisseurs suisses. Charlie était de bien meilleure humeur qu'au début du voyage et se montra même courtois envers Meredith après la réunion, à la grande satisfaction de Callan.

Ils prirent l'avion de seize heures pour Paris, et le voyage se déroula très agréablement. Meredith commençait à songer que Charlie avait enfin compris l'intérêt de l'introduction en Bourse, et s'en réjouissait — même si elle se doutait que les deux martinis qu'il avait bus dans l'avion étaient pour beaucoup dans sa convivialité inattendue.

Ils arrivèrent au Ritz à l'heure du dîner, et avant que Meredith ait pu dire un mot, Callan l'informa qu'il avait réservé une table à la Tour d'Argent. Charlie avait d'autres projets, mais Meredith se montra ravie, et alla passer la seconde tenue habillée qu'elle avait emportée, une robe de soie vert pâle de la couleur de ses yeux. Quand elle apparut dans le hall de l'hôtel, de nombreuses têtes se tournèrent dans sa direction, et Callan lui décocha un sourire éblouissant.

— Vous êtes superbe, Meredith ! s'exclama-t-il.

— Merci.

Comme ils s'y attendaient, le dîner fut délicieux. Ils passèrent l'essentiel de la soirée à parler affaires, en dépit du décor élégant et des mets raffinés qui se succédaient. Meredith voulait préparer Callan pour leur présentation du lendemain matin. Il n'était pas toujours facile de traiter avec les investisseurs français, même si en l'occurrence la plupart d'entre eux avaient déjà entendu parler de l'introduction en Bourse de Dow Tech et souhaitaient vivement être impliqués dans le projet.

Ils prirent un taxi pour rentrer à l'hôtel et se promenèrent lentement autour de la place Vendôme afin de prendre un peu l'air. On était à la mi-septembre, et la soirée était très douce, très agréable. Malgré tout, Meredith, tandis qu'ils se dirigeaient vers l'hôtel, frissonna dans sa fine robe de soie et Callan s'empressa de poser sa veste sur ses épaules. Elle était imprégnée de l'odeur masculine de son eau de toilette, et tous deux avaient l'air d'un couple heureux, en cet instant, riant et s'arrêtant devant les devantures des grands bijoutiers.

Le lendemain, après leurs présentations, ils devaient passer une dernière soirée à Paris, puis reprendre l'avion pour New York tôt le mercredi, afin d'être rentrés à temps pour leur ultime rendez-vous avec les associés de Meredith. C'est à ce moment-là que le prix des actions serait arrêté ; cela marquerait la fin de leur collaboration professionnelle. A cette pensée, Callan parut presque nostalgique, remarqua Meredith pendant qu'ils arpentaient lentement la célèbre place.

— Qu'est-ce que je vais faire si je ne peux plus vous parler tous les jours, Meredith ? Je vais être en état de manque !

— Ne vous inquiétez pas, vous serez bien trop occupé à penser à vos actionnaires pour m'accorder ne serait-ce qu'une pensée.

— J'ai le sentiment d'être poussé hors du nid pour voler de mes propres ailes, maintenant, observa-t-il au moment où ils passaient devant la vitrine de Boucheron.

Meredith s'arrêta un instant pour admirer un collier orné d'émeraudes somptueuses.

— Vous vous débrouilliez parfaitement bien avant de me connaître, lui rappela-t-elle avant d'éclater de rire. Vous pourrez toujours parler avec Charlie, ajouta-t-elle, taquine, en serrant les pans de la veste de son compagnon contre elle.

— Voilà une pensée terrifiante, ironisa à son tour Callan.

Il était plus beau que jamais, avec sa chemise blanche et sa cravate de soie bleue. En toutes circonstances, il était impeccablement vêtu et avait une classe extraordinaire, à tel point qu'il ressemblait davantage à un play-boy qu'au directeur d'une grande entreprise californienne de haute technologie. Comme Meredith se faisait cette réflexion, l'image de Charlotte lui revint en mémoire, et elle songea au beau couple qu'ils avaient dû former, quelques années plus tôt. Callan semblait fait pour fréquenter des femmes superbes, très glamour, et elle devait bien admettre qu'il était agréable d'être vue avec lui. Les gens les regardaient avec admiration lorsqu'ils sortaient ensemble.

— En tout cas, ma chère, vous allez me manquer, répéta Callan.

— Vous pourrez m'appeler chaque fois que vous aurez un problème.

— Si j'arrive à vous trouver ! C'est-à-dire si vous n'êtes pas en voyage d'affaires, ou trop occupée pour prendre mes appels, soupira-t-il, mélancolique.

Elle lui sourit. Il paraissait vraiment triste de devoir la quitter.

— Ma secrétaire sait toujours où me trouver, le rassura-t-elle.

Ensemble, ils gravirent les marches du perron du Ritz et pénétrèrent dans le hall.

Ils remontèrent le long couloir bordé de vitrines garnies de bijoux et de cadeaux, puis Callan quitta Meredith devant sa chambre avec une expression pleine de regret. La soirée avait été très agréable, et il eût aimé qu'elle dure plus longtemps encore. Heureusement, Meredith avait accepté de dîner avec lui le lendemain également, chez Lucas Carton — aux frais de Dow Tech, cette fois. Il avait payé de sa poche l'addition tant à la Tour d'Argent qu'au Harry's Bar, et les deux fois la note avait été impressionnante. Il aimait dîner dans des restaurants de grande classe, et cela ne le dérangeait pas de payer lui-même, bien qu'il n'y fût pas obligé.

Ils retrouvèrent Charlie McIntosh le lendemain pour leurs dernières présentations. Les Français se montrèrent aussi désireux d'acheter des parts de Dow Tech que tous les autres investisseurs qu'ils avaient rencontrés depuis le début. Ils avaient obtenu des résultats qui dépassaient toutes leurs attentes — bien meilleurs que ceux escomptés par les analystes financiers. Lorsque les actions feraient leur apparition pour la première fois sur le marché, le jeudi suivant, l'entrée en Bourse serait fracassante. Quant à la *tombstone* dans le *Wall Street Journal,* annonçant qui avait participé à l'introduction en Bourse, elle contiendrait des noms plus prestigieux les uns que les autres. Meredith avait expliqué à Cal que certaines grosses entreprises avaient accepté de prendre moins d'actions et étaient prêtes à apparaître dans la liste au-dessous des noms de sociétés plus petites spécialisées dans la haute technologie. C'était le signe d'une introduction en Bourse particulièrement réussie, et cela augmenterait encore leur prestige.

Lorsqu'ils rentrèrent à l'hôtel, à dix-sept heures, ils étaient euphoriques, et prêts à fêter leur succès. A cet instant précis, leur tournée promotionnelle venait officiellement de se terminer. Elle avait rencontré un succès phénoménal, et même Charlie McIntosh souriait. Même s'il désapprouvait toujours la décision de Callan, il était bien obligé de reconnaître que le travail avait été accompli de main de maître. Il alla même jusqu'à dire à Callan que Meredith était une femme extrêmement compétente, avant d'aller la voir pour lui serrer la main et la féliciter. Il devait les quitter afin de prendre le vol de vingt heures pour la Californie. Callan repartirait le lendemain avec Meredith, car il avait rendez-vous avec tous les associés de la jeune femme à New York.

Pour leur dîner chez Lucas Carton, Meredith revêtit un tailleur noir très sobre. La soirée se passa agréablement, et les mets furent excellents. Callan lui dit qu'il avait eu ses enfants au téléphone. Tout allait bien, mais ils avaient hâte de le revoir.

— Steve m'a dit la même chose, dit-elle au moment où le serveur déposait devant eux cafés et cognacs. Mais nous avons fait un sacrément bon travail, vous et moi.

Elle était satisfaite et très heureuse pour lui. Elle avait beaucoup apprécié ce voyage ; elle s'était très bien entendue avec lui, mieux qu'avec la plupart de ses clients. Ils formaient une bonne équipe tous les deux et avaient beaucoup de choses en commun. Leurs visions du monde de la finance se rejoignaient sur bien des points, d'autant que Meredith s'était toujours particulièrement intéressée aux entreprises de haute technologie. Cela faisait cinq ans qu'elle ne travaillait quasiment plus qu'avec elles, et elle savait de quoi elle parlait, ce qui avait beaucoup impressionné Callan. On l'avait prévenu qu'il risquait de devoir expliquer longuement ce qu'il faisait à la banque d'investissement qu'il choisirait, mais en définitive c'était Meredith qui avait passé beaucoup de temps à lui révéler les mécanismes des introductions en Bourse et à lui présenter le monde de la banque. Il éprouvait pour elle une admiration sans bornes.

Il porta son verre de cognac à ses lèvres.

— Quels sont vos projets, maintenant ? s'enquit-il.

— J'attends de connaître le nom de la prochaine introduction en Bourse qu'on me confiera. La routine, quoi ! répondit-elle en riant. Et vous ? Que comptez-vous faire pour ne pas vous ennuyer ?

Il lui avait déjà parlé de la sortie d'une nouvelle

gamme de produits chirurgicaux, mais elle désirait en savoir plus.

— En fait, confessa-t-il, je songe à acquérir une autre société. D'ici deux ans, Dow Tech devrait faire dix fois sa taille actuelle.

Il le voulait en tout cas, et avait bien l'intention de faire le maximum pour atteindre ce but.

— C'est tout le mal que je vous souhaite, affirma Meredith en levant son verre.

Ils en parlèrent pendant un moment. C'était la première fois qu'il lui faisait part de ce projet, et elle lui posa de nombreuses questions ; il avait quantité d'idées et semblait bien décidé à aller de l'avant. Il n'était pas homme à se reposer sur ses lauriers, et elle aimait cela, chez lui — d'autant que cela correspondait aussi à son propre tempérament. Tous deux étaient ambitieux, d'une manière très similaire.

Ils discutaient encore des idées de Callan lorsqu'ils rentrèrent à l'hôtel, où ils s'installèrent au bar un moment. Callan commanda un autre cognac, mais Meredith ne prit rien. Elle ne voulait pas avoir mal à la tête le lendemain durant leur voyage de retour.

Ils bavardèrent jusqu'à plus de minuit, détendus, assis côte à côte dans un box. Ils avaient toujours beaucoup à se dire, à échanger, à débattre. Ils étaient d'accord sur quantité de choses, mais Meredith n'hésitait pas pour autant à le défier et à lui dire le fond de sa pensée lorsqu'elle ne partageait pas son opinion, et Callan la respectait pour cela. Ils vivaient dans le même monde, un monde que peu de gens comprenaient, et il lui en fit la remarque sans dissimuler son admiration.

— Parlez-vous de tout cela avec Steve ? demanda-t-il avec curiosité.

Jamais il n'avait pu avoir de discussions de ce type avec une femme ; celles-ci étaient très rares dans ce métier.

— Pas de tout, non. Je discute rarement de la partie haute technologie de mon travail, mais il commence à bien connaître le côté banque d'investissement. Il impressionne tout le monde quand il parle d'introductions en Bourse, de red herrings et de green shoes. Certains s'imaginent qu'il est banquier et non médecin, conclut-elle avec un sourire.

— Je continue à penser qu'il a beaucoup de chance, et j'espère qu'il le sait.

— Oh oui, affirma-t-elle en souriant de nouveau, et moi aussi j'ai de la chance. Nous sommes très différents, mais ça fonctionne bien entre nous. Peut-être parce que nous sommes ensemble depuis toujours...

— Moi, je n'ai été marié que sept ans, deux fois moins longtemps que vous, mais ça m'a semblé une éternité. C'était pire que d'être prisonnier au Vietnam ! En fait, j'irais même jusqu'à dire que j'ai mieux vécu les deux années que j'ai passées à Da Nang que mon mariage avec Charlotte.

Meredith comprenait ce qu'il voulait dire et était désolée pour lui.

— Au moins, il vous reste trois merveilleux enfants, souligna-t-elle.

— Certes, et je lui suis reconnaissant de cela. Parfois, j'ai du mal à croire qu'elle est leur mère. Elle est si distante avec eux ! Mais c'est son choix, et je n'y peux rien.

Meredith n'était guère surprise : Charlotte ne lui avait pas semblé très chaleureuse lorsqu'elle l'avait vue au Harry's Bar. Elle était belle, pleine de charme, mais glacée. Se pouvait-il que Callan eût seulement été intéressé par les apparences lorsqu'il l'avait rencontrée et épousée ?

Conscients qu'ils vivaient leurs derniers moments ensemble, ils restèrent à bavarder dans le bar le plus longtemps possible. Le lendemain, ils retrouveraient leurs vies respectives, leurs bureaux, les gens qui étaient importants pour eux — Callan, ses enfants, et elle, Steve. Mais pour l'instant, ils fêtaient encore leur victoire commune, le monde qu'ils avaient si brièvement partagé. Aussi Meredith ne fut-elle pas surprise lorsqu'il lui effleura doucement la main et plongea dans le sien un regard très affectueux.

— Je veux que vous sachiez combien tout cela a été important pour moi, Merrie, dit-il. Vous avez fait un travail incroyable, et vous avez été une amie précieuse.

— J'ai beaucoup apprécié de travailler avec vous, Cal.

Mais pas seulement de travailler. Elle avait aimé rire, voyager et discuter avec lui. Il lui avait également beaucoup appris.

— J'espère que nous aurons l'occasion de travailler de nouveau ensemble, reprit-il, l'air mélancolique.

— Ma foi, si vous avez réellement l'intention d'acquérir une autre entreprise, je pourrai peut-être vous donner des pistes. Je penserai à vous si j'entends parler d'une société qui pourrait vous convenir.

Ils ne tardèrent pas à quitter le bar pour retourner dans leurs chambres. Callan accompagna Meredith jusqu'à la porte de la sienne ; il s'immobilisa à l'extérieur, comme il le faisait toujours, mais cette fois il s'attarda un instant. Il semblait sur le point de dire quelque chose, mais se tut tandis qu'elle glissait la lourde clé en laiton dans la serrure.

— Bonne nuit, Meredith, murmura-t-il simplement en la regardant.

Sans un mot, la jeune femme se hissa sur la pointe des pieds et déposa un baiser sur sa joue avant de se détourner pour entrer dans sa chambre.

— Bonne nuit, Cal, dit-elle avec douceur.

Il s'éloigna et elle referma la porte sans bruit. Puis elle se laissa tomber sur une chaise près de la fenêtre et demeura un très long moment immobile, le regard perdu sur la place Vendôme, songeant à lui. Il s'était passé beaucoup de choses au cours des dernières semaines. Et elle espérait de tout son cœur qu'il demeurerait son ami à l'avenir, qu'ils soient ou non amenés à travailler de nouveau ensemble.

8

Le vol pour New York, le mercredi, sembla passer trop vite. Callan dormit pendant que Meredith travaillait : son bureau lui avait envoyé une pile de fax avant son départ de Paris, et elle n'avait pas fini son travail lorsque l'avion se posa à l'aéroport JFK.

Callan se réveilla et lui adressa un sourire ensommeillé avant de jeter un coup d'œil par le hublot. Le train d'atterrissage venait tout juste de toucher terre.

— Quelle heure est-il ? s'enquit-il en étouffant un bâillement.

— Quatorze heures, heure locale. Nous sommes attendus à seize heures à mon bureau.

Ces deux heures de battement leur seraient nécessaires pour récupérer leurs bagages, passer la douane et prendre une limousine.

— Tout le monde a hâte de vous féliciter, ajouta Meredith.

— C'est vous qu'ils devraient féliciter, j'espère que vous en êtes consciente.

Par moments, il s'inquiétait pour elle. Il avait clairement vu que Paul Black ne l'aimait guère, et il se demandait si ses autres associés, eux, l'appréciaient à sa juste valeur.

— Ne vous faites pas de souci, affirma-t-elle en souriant tout en rangeant ses papiers dans son attaché-case.

Lorsqu'ils retrouvèrent les associés les plus importants de la banque à seize heures pour fixer le prix des actions, tous se précipitèrent pour serrer la main à Cal ; trop occupés à saluer leur client et à s'autocongratuler, ils ne firent quasiment aucun cas de Meredith. Paul Black vint lui dire qu'elle avait fait du bon travail, mais la plupart des autres l'ignorèrent. Elle était habituée à cette attitude, qui ne la choquait plus ; elle savait que tous ces hommes avaient du mal à admettre la présence d'une femme au sein de ce qu'ils considéraient presque comme une confrérie secrète, et que le fait de l'avoir promue au rang d'associée avait été pour eux un effort colossal. Malgré tout, elle se souvenait de ce que Callan lui avait dit à plusieurs reprises durant leurs voyages et avait conscience qu'il avait raison : il était difficile de savoir si elle pouvait encore évoluer dans sa firme ou si elle avait atteint un plafond invisible. Pour le moment, cependant, elle se refusait à croire que c'était le cas.

— C'est Meredith que vous devriez tous féliciter, insista Callan. Elle a été incroyable, une véritable magicienne.

Mais il eut beau répéter cela à plusieurs reprises, ses interlocuteurs ne parurent guère en faire cas, ce qui le contraria au plus haut point.

Ils furent tous interrompus par la conférence téléphonique organisée avec les commerciaux de toutes les entreprises du syndicat afin de régler les derniers détails. Meredith annonça alors que la commission des opérations boursières avait ratifié l'introduction en Bourse, qui serait effective à l'ouverture du marché le lendemain. Tout le monde se réjouit d'apprendre qu'il y aurait bien une green shoe ; il ne restait plus qu'à déterminer la taille de l'offre et le prix des actions. Callan accepta de s'en tenir au nombre d'actions prévu dans le red herring, et de n'augmenter le prix provisoire annoncé dans le prospectus préliminaire que de vingt pour cent. Cela signifiait, étant donné la quantité de souscriptions déjà obtenues, que les actions monteraient rapidement et très haut dès leur entrée en Bourse, ce qui permettrait au syndicat de se dissoudre sur-le-champ ; ainsi, tout le monde serait content. C'était une opération parfaite, qui arrivait à une conclusion idéale ; et Callan savait qu'il était redevable à Meredith de ce succès.

Il lui en parla deux heures plus tard, quand il la déposa chez elle en limousine, sur le chemin de l'aéroport. Il rentrait en Californie ; leur aventure ensemble était terminée. Ils avaient vendu sur le papier onze fois plus d'actions qu'ils n'en possédaient, la mise sur le marché aurait lieu le lendemain, et la *tombstone* apparaîtrait dans le *Wall Street Journal* le jour suivant. Mission accomplie. Cependant, Callan regrettait toujours que Meredith n'eût pas reçu les compliments qu'elle méritait.

— Ils vous ont pratiquement ignorée durant la réunion, Merrie, souligna-t-il avec irritation. Qu'est-ce que ces types ont dans la tête ?

— Ils sont comme ça. Cela ne veut rien dire. Ils savent ce que je fais. Ils ne sont pas très doués pour exprimer leur satisfaction, c'est tout.

— Mais ils trouvent votre réussite normale. Vous auriez très bien pu faire de cette opération un désastre, ou un demi-succès, mais au lieu de ça, vous avez effectué un travail extraordinaire à tous les niveaux. Jamais nous n'aurions vendu onze fois plus d'actions que prévu sans vous. Ils pourraient au moins le dire, ce serait la moindre des choses !

— Ce n'est pas important, répondit-elle simplement.

— Vous avez un meilleur fond que moi, dans ce cas. A votre place, je serais furieuse. Vous avez travaillé comme une folle sur ce projet. Ils devraient vous faire une haie d'honneur.

Il était vraiment en colère, et Meredith lui sourit. La voiture approchait de son immeuble.

— Ça ne me pose pas de problème, Cal, honnêtement. Je suis une grande fille. Seuls les résultats m'intéressent. Ils n'ont pas à s'extasier de ce que j'ai fait. C'est mon boulot.

Callan lui avait amplement montré à quel point il avait apprécié son travail, et elle était satisfaite du prix fixé pour les actions. Elle était certaine qu'il monterait d'au moins vingt pour cent dès le premier jour. Tout s'était passé exactement comme elle l'avait souhaité ; elle n'en demandait pas plus. Mais Callan, lui, estimait qu'il lui devait davantage que de simples remerciements.

— Rentrez bien, lui dit-elle en souriant.

Le portier de son immeuble s'approcha pour prendre ses bagages dans le coffre de la limousine.

— Vous allez me manquer, dit Callan, l'air triste.

— Vous aussi. Nous nous reparlerons demain, à l'ouverture du marché, de toute façon. Je vous tiendrai au courant.

Elle hésita un instant avant de quitter la voiture, et Callan la retint par la main.

— Meredith, merci pour tout.

Une émotion intense les envahit tous les deux. Meredith avait aidé Callan à réaliser son rêve le plus cher, et cela avait créé entre eux un lien très fort.

— Faites bien attention à vous, reprit Callan. Et dites à votre veinard de mari que vous avez tous les deux un ami en Californie.

— Merci, Cal.

Elle déposa un baiser sur sa joue et sortit de la limousine. Une fois arrivée devant la porte de son immeuble, elle se retourna et fit un petit signe de la main à Cal tandis que la voiture démarrait et s'éloignait vers l'aéroport.

Après cela, il lui sembla étrange de monter jusqu'à

son appartement ; après toute l'excitation de ces dernières semaines, le retour chez elle lui paraissait bien morne — d'autant qu'elle trouva l'appartement vide.

Steve lui avait laissé un petit mot. Il avait dû retourner à l'hôpital ce soir-là, mais lui promettait d'être à la maison le lendemain, quand elle rentrerait du bureau. « Bienvenue à la maison... Je t'aime », concluait-il, et elle sourit en lisant ces mots.

Son absence ne la contrariait pas — elle avait l'habitude, et décida de passer cette soirée solitaire à lire son courrier, ranger ses papiers et faire une lessive. Néanmoins, elle fut ravie de l'entendre lorsqu'il l'appela un peu plus tard. Elle était en train de lire au lit ; la sonnerie du téléphone la fit sursauter.

— Bonsoir, Merrie. Je suis vraiment désolé de ne pas être à la maison avec toi.

— Pas de problème. Je suis crevée, de toute façon. Je vais me coucher tôt.

Pour elle qui venait tout juste de rentrer de France, il était six heures de plus — environ cinq heures du matin.

— Comment ça se passe, à l'hôpital ?

— C'est de la folie, comme toujours. Deux collisions frontales, plus les habituelles blessures par balles — des membres de gangs rivaux qui s'ennuyaient ont décidé de se tirer dessus pour s'occuper — et un fou qui a sauté devant un métro.

— Une nuit ordinaire, pour toi, en quelque sorte, observa-t-elle en souriant.

— Exactement. Ça ne devrait pas être trop affreux. Je serai à la maison demain. De ton côté, tout va bien ?

— Parfaitement. Je me sens un peu fatiguée, c'est tout.

Et déprimée, pour une raison qu'elle ignorait. Cela lui arrivait parfois quand elle rentrait chez elle après une tournée promotionnelle. Elle se réjouissait d'être à la maison, mais éprouvait en même temps une espèce de sentiment d'abandon. Son bébé avait quitté le nid, et son travail était terminé. Au suivant...

Elle dormit mal cette nuit-là, et se leva tôt pour aller au bureau. En arrivant, elle vit les épreuves de la *tombstone* à paraître dans le *Wall Street Journal* du lendemain. Celle-ci se présentait exactement comme elle l'avait prévu : le nom de sa firme se trouvait sur la gauche, indiquant que c'était elle qui avait dirigé l'opération ; et certaines des plus grosses entreprises étaient citées après d'autres plus petites, ce qui, comme elle l'avait expliqué à Callan, était très bon signe.

Sur le marché, tout le monde parlait de Dow Tech. Le prix des actions commençait déjà à monter, mais ni trop ni trop vite — ce qui signifiait qu'elle avait bien fait de ne pas suggérer un prix de départ trop élevé. C'était une introduction en Bourse exemplaire. Elle suivait tout cela avec ravissement lorsque Callan l'appela.

— Alors, quelle est notre prochaine étape, Merrie ? Je suis prêt pour la prochaine ville, plaisanta-t-il.

Elle éclata de rire.

— Moi aussi. J'ai du mal à croire que c'est fini. En y repensant, cela semble si facile...

— Oui, un peu comme pour un accouchement. Quand tout s'est bien passé, on n'en garde que de bons souvenirs... C'est grâce à vous, Meredith. Je me sens complètement perdu, maintenant que je suis de retour, je ne sais pas quoi faire.

— Vous trouverez quelque chose, je n'en doute pas.

Elle savait, pour en avoir longuement discuté avec lui, qu'il avait de nombreux projets en tête.

— Comment va Steve ? s'enquit-il poliment.

— Je ne l'ai pas encore vu. Il travaillait quand je

suis rentrée. Mais il prend son week-end et a juré d'enfermer mon attaché-case à double tour.

— Je le comprends. Je ferais pareil. Dites-lui de vous emmener danser.

Meredith rit de cette suggestion. Contrairement à Callan, Steve n'avait rien d'un Fred Astaire ; en fait, il avait horreur de danser. Il préférait rester chez eux et regarder la télévision en buvant une bière.

— J'ai bien peur que ce ne soit pas son truc. Nous irons probablement au cinéma, demain. Et vous, quoi de neuf ? Comment vont les enfants ?

— Super. Je ne crois même pas leur avoir manqué.

Callan et Meredith ressemblaient à deux gamins de retour de colonie de vacances ou de pension : ils ne savaient plus que faire, tout à coup.

— Cela ne les empêche pas d'avoir prévu de me torturer tout le week-end, continua Callan. Les filles veulent que je les emmène en ville, et je dois conduire Andy à son entraînement de football. Passionnant, pas vrai ?

— Pas de grandes réunions sociales, alors ?

— Eh non, je n'ai pas prévu d'aller jouer au bingo avec les dames de la paroisse, plaisanta-t-il. Je fais ça le mardi.

— Moi aussi, pouffa Meredith. En fait, reprit-elle plus sérieusement, je dois rencontrer un nouveau client la semaine prochaine, pour une introduction en Bourse également. Ça a l'air assez intéressant. Il s'agit d'une petite entreprise de haute technologie installée à Boston.

— Ça fait moins d'une journée que je suis parti et vous m'êtes déjà infidèle. Moi qui espérais que vous jetteriez l'éponge, après notre aventure ensemble, et que vous vivriez sur vos souvenirs...

— A propos de souvenirs, comment va Charlie ? Est-il content d'être de retour au bercail ?

— Je n'en suis pas sûr, répondit Cal. Il m'a demandé un entretien cet après-midi, et je le soupçonne de mijoter quelque chose. Il me reproche toujours d'avoir mis Dow Tech sur le marché, vous savez.

— Je m'en suis aperçue, en effet, répondit-elle avec un petit rire.

Même s'il s'était montré un peu plus aimable sur la fin du voyage, elle ne pouvait pas dire que Charles McIntosh lui manquait.

— Bon, je vous souhaite un bon week-end, Meredith, et un bon repos. Vous l'avez bien mérité.

— Vous aussi, Cal.

— Je vous appellerai dans le courant de la semaine prochaine pour voir comment vont les choses, promit-il.

Elle raccrocha et passa l'après-midi à régler différentes choses. Elle ne rentra chez elle qu'à six heures et trouva Steve qui l'attendait. Dès qu'elle pénétra dans le salon, il la souleva dans ses bras, la fit tournoyer dans les airs et l'embrassa.

— Ce que tu m'as manqué !

— Je n'ai été absente qu'une semaine, gros bêta !

— Ça m'a paru beaucoup plus long que ça.

Il sourit et l'embrassa de nouveau avant de leur servir à chacun un verre de vin. Une heure plus tard, après avoir bavardé un moment avec elle, il commença à préparer le dîner. Il avait rêvé, durant toute cette semaine, de pouvoir lui parler, la regarder, la sentir près de lui.

Il leur prépara des pâtes et une salade accompagnées de pain à l'ail ; mais ils avaient à peine touché à leurs plats que Steve, incapable d'attendre plus longtemps, entraînait sa compagne dans la chambre. Ils ne la quittèrent plus, cette nuit-là.

A son réveil, le lendemain matin, Meredith alla jeter les reliefs de leur dîner et mettre les plats au lave-vaisselle. Steve dormait encore. Elle ouvrit le *Wall*

Street Journal et constata avec satisfaction que la *tombstone* était en tout point conforme à ce qu'elle avait demandé.

Elle quitta l'appartement sans bruit. Steve lui téléphona au bureau à son réveil, vers midi, et elle lui assura qu'elle rentrerait tôt ; pour une fois, elle parvint à tenir sa promesse. Steve l'attendait dans le salon. Il avait déjà commencé à préparer le dîner, et dès qu'ils eurent fini de manger, ils partirent au cinéma.

Le week-end fut idyllique à tous égards. Ils rirent, discutèrent, allèrent faire de longues promenades dans le parc. Le temps était encore beau et très agréable, comme souvent à New York durant les dernières semaines de septembre, qui rappellent presque le printemps.

Le samedi soir, ils sortirent dîner dans un restaurant de leur quartier qu'ils aimaient tous les deux. L'endroit était bien différent du Harry's Bar où elle avait dîné la semaine précédente avec Callan mais correspondait exactement à ce qu'elle souhaitait. C'était la première fois depuis des mois que Steve et elle passaient deux jours entiers ensemble sans être interrompus : il était en congé tout le week-end, et comme convenu elle n'ouvrit pas son attaché-case. Tout était parfait.

Le lundi matin, il enfila sa tenue d'hôpital tandis qu'elle partait au travail. Il serait absent deux jours d'affilée, cette fois.

Arrivée au bureau, Meredith s'empressa de vérifier où en étaient les actions de Dow Tech ; elles continuaient à monter régulièrement, ce qui lui fit plaisir. Elle songeait à appeler Callan pour le complimenter de nouveau lorsque son téléphone sonna.

— Vous avez Callan Dow en ligne, madame Whitman, annonça sa secrétaire.

— Très bien, je le prends. (Elle entendit le clic

caractéristique indiquant que son assistante avait raccroché.) Allô, Callan ? C'est amusant, j'allais précisément vous appeler. Les actions continuent à monter !

Elle en avait acheté un certain nombre elle-même juste après l'ouverture, comme l'autorisait la commission boursière.

— Quoi de neuf, en Californie ?

— Eh bien, Meredith, dit-il d'une voix qui parut étrange à la jeune femme, il s'est passé pas mal de choses, ici. Je vous aurais appelée plus tôt, mais les enfants m'ont occupé tout le week-end.

— Que voulez-vous dire ? demanda Meredith, intriguée par son ton inhabituellement sérieux.

— Charlie m'a présenté sa démission vendredi, ce qui pourrait être un problème si cela contrarie les actionnaires ou entraîne un procès, mais j'espère que ce ne sera pas le cas. Nous avons eu une longue conversation. Il n'arrivait pas à admettre que Dow Tech soit devenue une entreprise publique. Il ne veut pas avoir de comptes à rendre à des actionnaires et est opposé à mon projet d'acquérir à terme une autre société. En fait, il s'est montré très poli, très correct ; il a juste dit que la compagnie avait pris trop d'ampleur et qu'il ne se sentait plus capable d'en être le directeur financier. Il s'estime trop âgé pour s'adapter à tous ces changements. Et honnêtement, je pense qu'il a pris la bonne décision, étant donné son état d'esprit.

Meredith hocha la tête.

— C'est peut-être mieux, en effet, même si je sais que votre association datait des débuts de Dow Tech. Maintenant, il vous faut trouver quelqu'un qui sache comprendre les nouvelles directions que vous voulez donner à votre entreprise et qui soit prêt à accepter tous les défis que vous voudrez relever avec enthousiasme. Avez-vous déjà quelqu'un en tête ? Combien de temps Charlie va-t-il encore rester ?

— Les réponses à ces questions sont, dans l'ordre, « oui » et « deux semaines ».

— On ne peut pas dire que ce soit un préavis très généreux, souligna Meredith.

— A dire vrai, je pense qu'il envisageait déjà de s'en aller avant la tournée promotionnelle. Il attendait juste notre retour pour m'en informer. Il pense qu'il vaut mieux qu'il ne traîne pas, maintenant que sa décision est prise.

D'autant que, Callan en était conscient, ladite décision n'avait pas été facile à prendre pour Charlie, qui avait consacré beaucoup de temps et d'énergie à Dow Tech.

— Alors, à qui pensez-vous pour reprendre le poste ? Quelqu'un de l'extérieur ou qui travaille déjà pour la société ? questionna-t-elle tout en se demandant si, de son côté, elle voyait quelqu'un qui pourrait convenir.

Aucun nom ne lui vint, cependant.

— Quelqu'un de l'extérieur, répondit Callan. Je voudrais savoir ce que vous pensez de mon idée.

— Je connais la personne ? s'enquit-elle avec intérêt.

Depuis qu'elle avait travaillé sur l'introduction en Bourse de Dow Tech, elle s'intéressait tout naturellement à l'entreprise, et elle était flattée que Callan l'eût appelée pour en discuter avec elle.

— Intimement, en fait. Je crois vraiment qu'il s'agit de la personne idéale pour succéder à Charlie.

— Je brûle de curiosité. De qui s'agit-il ?

— Allez jeter un coup d'œil dans votre miroir, Meredith.

Il y eut un long silence à l'autre bout du fil. La jeune femme essayait de réaliser ce que signifiaient ces paroles.

— Qu'est-ce que ça veut dire ? demanda-t-elle enfin, abasourdie.

— J'aimerais que vous deveniez notre nouvelle directrice financière, Meredith. Vous êtes exactement la personne dont notre société a besoin. Et dont j'ai besoin, moi. Nous partageons la même vision, nous avons les mêmes buts pour Dow Tech. Vous savez tout ce qu'il y a à savoir à propos du marché et du milieu de la haute technologie. Et j'ai partagé tous mes secrets et mes projets avec vous. Merrie, vous êtes parfaite.

Dans un premier temps, elle crut qu'il plaisantait. Ou du moins, elle l'espéra. Cette proposition était très flatteuse, mais elle ne pouvait l'accepter. Elle avait déjà un travail, une maison, un mari, et il lui était impossible de quitter New York maintenant. Que ferait Steve ?

— C'est la chose la plus gentille qu'on m'ait dite depuis des années, Cal. Mais je ne peux accepter, vous le savez.

Cela la rendait malade de le décevoir, mais elle n'avait pas le choix.

— Pourquoi ? demanda-t-il, visiblement décidé à ne pas se laisser arrêter par ce refus. Bien sûr que si, vous pouvez accepter, si vous le voulez.

— Je suis dans la banque, Cal. Et je ne connais pas assez bien le milieu de l'entreprise pour devenir votre directrice financière. Aussi impossible soit-il, Charlie a beaucoup plus de connaissances que moi dans ce domaine. De surcroît, je suis associée de ma firme, et j'ai un mari qui travaille ici. Je ne peux pas tout laisser tomber comme ça et partir en Californie.

— Les gens font ça tout le temps, Meredith, vous le savez parfaitement. Ils changent de carrière, de travail, de domaine. Le but de la vie est de progresser, d'évoluer. Vous seriez excellente à ce poste. Actuellement vous êtes dans une impasse professionnelle, ça aussi vous le savez. C'est évident. Vos associés ne vous apprécient pas à votre juste valeur, ils n'ont pas la moindre idée de votre talent extraordinaire, alors que moi, si. Vous me seriez d'une aide inestimable, ici. Et si je n'avais pas peur d'être grossier, j'ajouterais que vous gagneriez beaucoup plus d'argent. Ce pourrait être une chance extraordinaire pour vous. Quant à Steve, il pourrait trouver du travail ici. Nous avons aussi des services de traumatologie, en Californie. En fait, celui de l'Hôpital Général de San Francisco est l'un des meilleurs du pays. Est-ce que cela répond à toutes vos objections ?

Pendant un moment, Meredith ne sut que répondre.

— A certaines, en tout cas, répondit-elle enfin. Mais je ne peux pas prendre une telle décision comme ça. Il faudrait que j'en discute avec Steve. Il a un très bon poste, ici.

— Comme numéro deux. Mais peut-être pourrait-il être numéro un ici. Pourquoi ne lui en parlez-vous pas ?

— Que voulez-vous que je lui dise ? Que j'abandonne une carrière à laquelle j'ai consacré douze ans de ma vie et que je veux qu'il laisse tout tomber lui aussi pour me suivre ? Cal, c'est une décision énorme !

Elle avait du mal à respirer tant la proposition de Callan l'avait surprise.

— Je le sais, Meredith, dit-il d'un ton apaisant. Je ne m'attendais pas à ce que vous la preniez à la légère. Mais en tant qu'ami, je peux vous dire que ce changement de carrière pourrait se révéler très positif pour vous. Pourquoi ne pas venir me voir cette semaine pour que nous en discutions ?

— Je ne peux pas, répondit-elle précipitamment.

C'était la première fois qu'il la voyait déstabilisée.

— Pourquoi donc ? demanda-t-il, bien décidé à ne pas lâcher prise.

Meredith avait l'impression qu'un train lancé à toute vitesse fonçait sur elle. Pas étonnant que Callan Dow eût si bien réussi dans les affaires, songea-t-elle : quand il voulait quelque chose, il luttait jusqu'à ce qu'il l'ait obtenu.

— J'ai des réunions cette semaine, déclara-t-elle faiblement.

— Dans ce cas, venez la semaine prochaine ou ce week-end. Mais au moins, parlons-en.

— Je connais le poste, Cal. Je connais la société. Je vous connais. Ce n'est pas le problème. Comprenez-moi, j'ai une vie ici...

— Vous en auriez une encore meilleure ici. Vous voulez que j'appelle Steve ?

— Non, je lui en parlerai moi-même. Mais il va penser que je suis folle — ou que vous l'êtes !

Elle était inquiète de l'espèce d'euphorie qu'elle sentait chez son interlocuteur. Il semblait complètement sourd à ses objections, pourtant raisonnables.

— Je suis peut-être fou, déclara-t-il, mais je suis certain qu'il s'agit là de la meilleure décision que j'aie prise depuis des années. Je crois que Charlie McIntosh m'a rendu un fier service.

— Moi, je crois surtout qu'il a mis ma vie sens dessus dessous, répliqua Meredith en riant.

— Acceptez-vous au moins d'y réfléchir ? Discutez-en avec Steve et voyez comment il réagit. D'après ce que vous m'avez dit de lui, c'est un type intelligent. Il verra peut-être à quel point il s'agit là d'une occasion extraordinaire. Meredith, je serais prêt à vous donner des stock-options à hauteur de un pour cent de la compagnie, et je vous paierais bien mieux que votre banque.

L'offre était indéniablement tentante. Mais Meredith devait tout de même penser à sa vie à New York et au travail de Steve. Palo Alto était bien loin de Manhattan.

— Cal, c'est une proposition très attirante, mais je ne sais pas. Je ne pense pas qu'il serait facile pour

Steve de quitter son service. Ça me rend même malade de le lui demander. Ce n'est pas juste pour lui.

— Dans le cas contraire, si c'était lui qui avait une occasion inespérée de promotion dans son travail mais qu'il vous fallait changer de ville, le suivriez-vous ?

— Il ne me le demanderait pas, Cal. C'est quelqu'un de trop bien pour ça.

— La question n'est pas d'être « bien » ou pas, Meredith. Nous parlons affaires, là, nous parlons d'une occasion pour vous deux de gagner beaucoup d'argent et d'avoir une vie très agréable.

— J'en parlerai à Steve, finit-elle par promettre, mais ne rêvez pas trop. Je dois respecter le fait qu'il a un bon travail ici, et qu'il n'aura peut-être pas envie de déménager. Essayez de trouver quelqu'un sur place, en Californie. Il y a peut-être déjà quelqu'un dans la société à qui vous n'avez pas pensé mais qui ferait l'affaire ?

— Personne ici ne vous arrive à la cheville, Meredith. Même Charlie m'a suggéré de vous parler. Vous l'avez beaucoup impressionné. Allez... J'ai besoin de vous... Vous ne pouvez pas me laisser tomber maintenant, après tout ce que nous avons fait ensemble. Cette entreprise est mon enfant, Meredith, et à présent c'est un peu le vôtre aussi. N'avez-vous pas envie de la rendre encore plus performante qu'elle ne l'est ?

— Arrêtez d'essayer de me culpabiliser, répondit-elle en riant. Vous êtes terrible !

— Je veux seulement que vous veniez en Californie en discuter sérieusement avec moi. Le plus tôt sera le mieux. Etes-vous sûre que vous ne pouvez pas venir cette semaine ?

— Laissez-moi en discuter avec Steve. Il est à l'hôpital, mais il rentrera à la maison mercredi. Je n'ai pas envie de lui en parler au téléphone.

— Et moi, je n'ai pas envie d'attendre aussi longtemps. Pourquoi n'allez-vous pas le trouver à l'hôpital ? Vous pourriez prendre l'avion mercredi.

— Et que suis-je censée dire à mes associés ?

L'idée de tout laisser tomber pour aller en Californie parler avec Callan lui faisait peur ; mais elle devait reconnaître qu'elle l'excitait, aussi.

— Dites-leur que vous avez besoin de vacances. Vous méritez bien quelques jours de repos.

— Cela m'ennuie de leur mentir, Cal.

— Oh, pour l'amour du ciel ! Dites-leur la vérité, dans ce cas : qu'ils ne vous apprécient pas à votre juste valeur, qu'ils vous traitent honteusement mal et qu'ils ne vous méritent pas, alors que moi si. Et que vous partez en Californie pour me voir.

— Je suis sûre qu'ils seront ravis !

— C'est pourtant la vérité, Merrie. Et ils le savent. Maintenant, allez voir votre mari à l'hôpital, et rappelez-moi ce soir.

— Ne me bousculez pas.

— Je vous bousculerai jusqu'à ce que vous ayez accepté de venir ici, au moins pour en parler. Vous vous devez bien ça.

— Je dois aussi beaucoup à mon mari, Cal. Je ne peux pas gâcher sa carrière et l'obliger à me suivre en Californie sous prétexte que ça m'arrange. Il se peut très bien qu'il me dise de laisser tomber.

— Pas s'il est tel que vous me l'avez décrit. Je crois qu'il risque de vous surprendre.

Et de fait, c'est exactement ce qui se produisit quand Meredith retrouva Steve ce soir-là, à neuf heures, à la cafétéria de l'hôpital pour lui rapporter sa conversation avec Callan. Elle se sentait idiote de lui en parler, mais à mesure qu'elle avançait dans ses explications, Steve la regardait avec plus d'intensité.

— Est-ce ce que tu souhaites, Merrie ? demanda-t-il sans ambages lorsqu'elle lui eut exposé la proposition de Callan.

— Je ne sais pas ce que je souhaite, mon amour, reconnut-elle avec honnêteté. C'est une offre exceptionnelle, et son entreprise est passionnante. Mais nous avons notre vie ici... Ça fait douze ans que je suis dans ma banque, c'est l'une des plus importantes de Wall Street et j'adore ce que j'y fais. Quant à toi, tu as un très bon poste ici. Je ne pense pas qu'il soit juste de te demander de le quitter comme ça pour aller t'installer en Californie.

— Pourquoi pas, si à terme c'est mieux pour nous deux ? La Californie nous plaira peut-être.

Dès le début, il avait songé que, loin de Wall Street, Meredith aurait peut-être enfin envie d'avoir des enfants. Et la Californie semblait l'endroit idéal pour élever une famille.

— Tu serais vraiment prêt à déménager ? demanda-t-elle, visiblement stupéfaite.

— Peut-être. Si j'arrive à trouver un travail, je ne vois pas de raison de refuser. Les gens se tirent dessus en Californie aussi. Ils ont des gangs, comme nous, lui rappela-t-il en souriant.

Il avait pris la nouvelle bien mieux qu'elle ne s'y était attendue. Il semblait même enthousiaste — peut-être plus qu'elle encore, car elle demeurait très nerveuse à l'idée d'un tel changement d'existence, même si l'offre de Callan était indéniablement tentante.

— Pourquoi ne vas-tu pas au moins lui parler ? conclut Steve.

— C'est ce qu'il m'a demandé.

Elle hésitait encore, mais pas Steve. Il était ravi pour elle.

— Tu devrais le faire, affirma-t-il. Quand voulait-il que tu ailles le voir ?

— Peut-être mercredi. Demain, j'ai rendez-vous avec un nouveau client, au bureau.

— Vas-y mercredi, alors. Et si tu es convaincue,

je prendrai l'avion vendredi pour te retrouver. J'ai encore le prochain week-end de libre.

— Comment t'es-tu débrouillé ? s'enquit-elle, intriguée.

Elle était touchée par son ouverture d'esprit. Il était clair qu'il voulait ce qu'il y avait de mieux pour elle, et qu'il était prêt à faire lui-même des sacrifices pour l'aider à réussir.

— J'ai vendu mon âme pour que nous puissions encore passer le week-end ensemble, Merrie... On dirait que j'ai eu raison. Nous pourrons peut-être aller voir quelques hôpitaux quand nous serons sur place. Callan doit avoir des contacts, et de mon côté j'ai un ou deux confrères à Stanford à qui je pourrai rendre visite. Ils ont fait leurs études ici.

Meredith posa une main sur la sienne.

— Tu es incroyable, mon amour, dit-elle avec sincérité.

Il se révélait plus formidable encore qu'elle ne l'avait cru.

— Toi aussi, lui répondit-il. A présent, rentre à la maison et annonce-lui la nouvelle.

— Je peux attendre demain pour le rappeler, souligna-t-elle.

Mais en fin de compte, elle ne put résister à la tentation de téléphoner à Callan dès son retour à l'appartement. Il parut ravi de l'entendre.

— Alors, qu'a dit Steve ?

— Il veut que j'aille vous voir. Il est incroyable ! Il ne s'est même pas montré réticent à l'idée de déménager.

— C'est parce qu'il est intelligent et qu'il sait reconnaître une offre intéressante. Et de plus, il vous aime.

— Je l'aime aussi. Il faut vraiment qu'il soit exceptionnel pour être prêt à faire ça. Il dit que si je le souhaite, il prendra un avion pour passer le week-end en Californie avec moi et voir des hôpitaux. Il a quelques contacts à Stanford.

— Je peux également vous aider, Merrie, je connais beaucoup de gens dans les hôpitaux. Il trouvera très facilement un emploi ici. Quant à vous, vous serez ma directrice financière, et nous vivrons tous heureux dans le meilleur des mondes.

— A vous entendre, ça paraît si simple !

Meredith ne savait plus vraiment que penser. Les obstacles qui, au départ, lui avaient semblé si énormes disparaissaient l'un après l'autre, et maintenant il ne lui restait plus qu'à décider si elle avait vraiment envie de sauter le pas. Cependant, pour cela, il lui fallait discuter avec Cal.

— Cela peut être très simple si vous voulez que ça le soit, affirma ce dernier, sûr de lui. Alors, quand venez-vous ? Pourquoi pas demain ?

— Je vous rappelle que j'ai rendez-vous avec un nouveau client.

— Si tout se passe comme je l'espère, vous allez lui faire perdre son temps.

— Mais nous n'en savons encore rien, n'est-ce pas ? fit-elle remarquer avec fermeté.

Elle avait toujours des responsabilités vis-à-vis de ses associés à New York et se devait de les respecter.

— Que diriez-vous de mercredi ? Je pourrais passer trois jours avec vous, si cela vous convient.

— Cela me semble parfait.

Sa voix exprimait une intense satisfaction. Meredith sentait son cœur battre à tout rompre ; tout se passait si vite qu'elle ne savait plus très bien où elle en était.

— Je viendrai vous chercher à l'aéroport, appelez-moi pour me communiquer votre heure d'arrivée.

— Etes-vous certain de ne pas commettre une énorme erreur, Cal ? Ce n'est pas parce que nous avons réussi une excellente introduction en Bourse ensemble que je ferais un bon directeur financier pour votre société.

Elle n'avait aucune expérience de ce type, mais elle connaissait bien Dow Tech et aimait beaucoup cette entreprise.

— Faites-moi confiance, Meredith. Je sais reconnaître quelqu'un de talentueux, et personne ne m'a autant impressionné que vous depuis des années. Si j'avais su que vous accepteriez de réfléchir à ma proposition, j'aurais embrassé Charlie quand il m'a remis sa démission !

— Ne vous emballez pas trop tout de même. Nous devons parler d'abord.

— Nous parlerons, je vous le promets. Quand vous serez ici, vous pourrez me poser autant de questions que vous le souhaiterez, Merrie. Je n'ai pas de secrets pour vous.

C'était une des choses qu'elle aimait chez lui : il était non seulement brillant intellectuellement, mais honnête, intègre et ouvert. Et elle savait déjà qu'ils étaient capables de faire du bon travail ensemble. Malgré tout, c'était une décision très grave, et elle ne voulait pas non plus que Steve risque sa carrière à cause d'elle. Elle devait garder les intérêts de son mari en tête, même si lui se préoccupait avant tout de son bonheur à elle. Il était très important pour elle que lui aussi soit heureux.

— J'ai vraiment hâte que vous soyez là, ajouta Cal.

— Je ne pensais pas que nous nous reverrions si tôt, observa-t-elle en riant.

Sa proposition était si inattendue ! Jamais elle n'avait imaginé que leur tournée promotionnelle déboucherait sur une telle offre d'emploi.

— J'avais peur d'être obligé de fonder une nouvelle société et de la mettre sur le marché rien que pour retravailler avec vous. Je préfère de beaucoup cette solution-ci. Nous faisons du bon boulot ensemble, Merrie.

— C'est vrai, reconnut-elle. Eh bien, nous verrons comment tourneront les choses quand je viendrai en Californie.

— Je vais commencer tout de suite à allumer des cierges... Je préfère vous prévenir, je ferai tout ce qui est en mon pouvoir pour vous convaincre d'accepter.

— Je l'avais deviné, répondit-elle en riant de nouveau.

Callan Dow n'était pas homme à accepter un refus...

Une fois encore, elle pensa à Steve. Il se montrait extrêmement généreux en l'encourageant à aller de l'avant, d'autant que cela risquait de l'obliger à de gros sacrifices. Mais par amour pour elle, il était prêt à courir le risque, et elle ne l'en aimait que davantage.

— A mercredi, conclut gaiement Cal.

Et, longtemps après avoir raccroché, Meredith demeura dans son salon, le regard dans le vide, songeant à ce qui l'attendait en Californie...

9

Le vol pour la Californie se déroula sans encombre. Cal attendait Meredith à l'aéroport, et quand il la vit apparaître avec son attaché-case familier, un large sourire éclaira son visage.

— J'ai eu un petit moment de panique en vous attendant. Je me disais que vous aviez peut-être changé d'avis sans oser m'appeler pour me l'annoncer.

— Je ne ferais jamais une chose pareille ! s'exclama-t-elle, surprise.

Il la soulagea de son attaché-case.

— Je sais. Mais je réagissais déjà ainsi lorsque j'étais enfant : j'avais toujours peur que mon père perde les billets pour le cirque. Cela n'arrivait jamais, mais je m'inquiétais quand même à chaque fois.

— En tout cas, me voilà.

Elle avait beaucoup réfléchi durant le vol, et ne voyait toujours pas comment elle pouvait demander à Steve de quitter son service de traumatologie. Elle pensait davantage à lui qu'à l'offre que lui ferait Cal : elle savait que Dow Tech était une entreprise performante, et il lui avait déjà parlé des stock-options qu'il comptait lui donner. Steve était sa seule véritable préoccupation.

— Je n'arrive pas à croire que je suis ici, observa-t-elle, un peu abasourdie tant par la proposition de Cal que par la réaction positive de Steve.

— J'aurais dû y penser plus tôt, déclara Cal. Simplement, il ne m'était pas venu à l'idée que Charlie puisse s'en aller.

Il craignait que le départ de Charlie crée des problèmes avec les actionnaires, mais il n'y avait rien dans son contrat qui lui interdise de quitter l'entreprise de cette façon. Il n'aurait violé ses engagements que s'il avait démissionné durant la tournée promotionnelle — il le savait, et c'était pour cette raison qu'il avait attendu d'être rentré en Californie pour annoncer sa décision à Callan.

— Meredith, si vous acceptez, je ne pense pas que vous le regretterez. Même si je n'étais que votre ami, et non partie prenante dans cette affaire, je vous dirais que vous feriez une grossière erreur en refusant une offre pareille.

— Je sais. Mais c'est un tel changement... Pas seulement au niveau de ma carrière. Vous me demandez de m'installer à l'autre bout du pays. On ne fait pas ça à la légère.

— Je sais que vous vous inquiétez pour Steve, dit-il une fois qu'ils eurent récupéré son sac de voyage, mais il y a de très grands hôpitaux par ici. J'ai déjà contacté quelques amis à l'Hôpital Général de San Francisco, et vous m'avez dit qu'il connaissait également des gens à Stanford. Il y a aussi un centre de soins en ville, et un excellent service de traumatologie à Oakland. Vous voyez, les possibilités ne manquent pas. Ce déménagement pourrait se révéler positif pour lui aussi.

Pendant tout le chemin vers Palo Alto, Cal ne cessa de répéter à Meredith combien sa présence à son côté serait importante pour lui, et plus le temps passait, plus la jeune femme était séduite à son tour par cette idée. D'un point de vue strictement professionnel, il lui proposait la chance de sa vie.

A deux heures cet après-midi-là, ils n'avaient pas encore pris le temps de déjeuner. Ils discutaient sans interruption depuis trois heures, et la secrétaire de Callan finit par leur apporter des sandwichs. Meredith et Cal avaient la même vision du monde de la finance, la même passion pour ce qu'ils faisaient, le même désir de réussir. Leur amour pour leur travail était plus que créatif — il frisait l'obsessionnel. Ils passèrent l'après-midi à parler des nouveaux produits, notamment des outils de diagnostic révolutionnaires que Callan avait l'intention de développer.

— Meredith, dit-il en plongeant son regard dans le sien en fin d'après-midi, je ne pourrai pas faire tout ça sans vous.

— Bien sûr que si, répondit-elle avec calme.

Cependant, tout ce qu'elle avait entendu depuis ce matin-là l'avait infiniment séduite.

— Peut-être, mais je n'ai pas envie d'essayer, rétorqua-t-il. Je veux que vous soyez ici pour partager cette aventure avec moi.

— En vérité, admit-elle dans un soupir, j'ai très envie de venir. Mais je ne sais pas si j'ai le droit de le faire.

Jamais elle n'avait été ainsi déchirée entre sa vie personnelle et sa vie professionnelle. Cal avait beau vanter les hôpitaux californiens, elle s'inquiétait pour Steve. Il était actuellement numéro deux dans un service de traumatologie connu dans le monde entier, et il était évident qu'il deviendrait un jour numéro un, sans doute avant longtemps. Cela faisait des années que Harvey Lucas parlait de quitter son poste pour se consacrer à la recherche, et Steve était convaincu que son patron n'allait pas tarder à se décider à sauter le pas. Il était fatigué, il avait des problèmes cardiaques, et le service de traumatologie commençait à lui peser. La pression était trop importante.

— Je dois donner à Steve la possibilité d'y réfléchir sérieusement, dit-elle à Cal. Il joue un rôle essentiel dans cette décision, comprenez-le.

— Je lui trouverai moi-même un emploi si nécessaire, Meredith. Je ne veux pas vous perdre.

— Vous ne m'avez pas encore, lui rappela-t-elle avec un sourire las.

Elle mourait d'envie de travailler pour lui : elle appréciait beaucoup Dow Tech, et savait qu'ils faisaient du bon travail ensemble. De surcroît, elle sentait qu'elle pourrait réellement lui apporter quelque chose. Il l'avait convaincue. Il ne restait plus qu'un problème, mais de taille — Steve. Quitter la banque ne la dérangeait pas outre mesure : elle avait compris que Cal avait raison, et que ses associés ne l'appréciaient pas à sa juste valeur. Les probabilités pour qu'elle progresse encore dans la hiérarchie de la firme étaient très réduites. Tandis que Dow Tech lui offrait des possibilités quasi illimitées, comme l'avait souligné Callan à plusieurs reprises.

— Qu'en pensez-vous, Merrie ? Acceptez-vous ? conclut-il.

Il s'était efforcé de ne pas faire pression sur elle durant l'après-midi, mais ce n'était pas facile. Il avait tellement envie qu'elle dise oui !

Charlie McIntosh les avait rejoints à un moment, et à la grande surprise de Meredith, lui aussi l'avait encouragée à accepter le poste. Etant donné la direction que prenait désormais la société, il estimait qu'elle était la meilleure pour le remplacer.

— Vous ne le regretterez pas, si vous venez ici, avait-il dit, et elle avait été surprise de voir cet homme qui lui avait gâché la vie durant toute la tournée promotionnelle s'exprimer comme un vieil ami. Et puis, vous connaissez déjà l'entreprise, Meredith. Vous n'aurez pas beaucoup de surprises. Enfin, avait-il ajouté avec un sourire, Cal est un type super, et travailler avec lui est très agréable.

Il le traitait davantage comme un fils ou un neveu que comme le P-DG de la société qui l'employait.

— Moi, avait-il conclu, je n'ai jamais travaillé pour une entreprise cotée en Bourse, et je n'ai pas envie de commencer maintenant. Je suis trop vieux pour m'inquiéter des caprices des actionnaires ou des fluctuations du marché. Mais vous deux êtes encore suffisamment jeunes pour prendre plaisir à tout cela. J'espère vraiment que vous accepterez ce poste, Meredith.

Il semblait soulagé par la décision qu'il avait prise, et de son côté, Meredith était très flattée ; elle avait vraiment l'impression d'être désirée, appréciée. Ils lui faisaient sentir qu'ils avaient besoin d'elle.

Ce soir-là, Callan l'invita à dîner, mais elle lui répondit qu'elle avait besoin d'un peu de temps pour elle — elle devait réfléchir très sérieusement. De retour à l'hôtel, elle se fit monter des œufs brouillés, puis avant d'aller se coucher elle appela Steve à l'hôpital. Elle eut la chance de le trouver sans difficultés.

— Alors, comment ça se passe ?

— C'est génial, malheureusement, répondit-elle, tourmentée.

Elle avait passé toute la soirée à peser le pour et le contre, et elle était plus perdue que jamais. Une partie d'elle-même avait envie de sauter sur cette occasion extraordinaire ; l'autre lui rappelait que, par amour pour Steve, elle devait rester à New York. Elle se sentait coupable ne fût-ce que d'en discuter, mais maintenant, elle n'avait plus le choix.

— Ça a l'air super, continua-t-elle, et je crois que je serais très heureuse ici — professionnellement du moins, car je ne peux pas encore vraiment dire ce que je pense de la Californie elle-même. Bref, je t'avoue que ce travail m'attire beaucoup. Mais toi, mon amour ? Dis-moi ce que tu penses de tout ça ?

— Je pense que c'est quelque chose que tu dois envisager sérieusement, répondit-il en toute honnêteté. C'est pour cette raison que je t'avais dit d'aller à Palo Alto.

— Mais toi ? Si j'accepte ce poste, que feras-tu ?

— Je trouverai un autre service de traumatologie, répondit-il simplement.

Cette décision ne semblait pas lui causer autant d'états d'âme qu'à elle, ce qui la surprit.

— Mais si ce qu'on a à t'offrir ici ne te plaît pas ?

Il travaillait actuellement dans un service à la pointe de sa profession, et dans une ville bien plus grande que San Francisco. Certes, à en croire Cal, la qualité de vie était bien meilleure en Californie qu'à New York, mais Steve et elle étaient amoureux de leur ville d'adoption depuis leurs études...

— Tu veux que je vienne te rejoindre pour me faire une idée ? proposa Steve. Je crois que c'est le meilleur moyen pour que nous puissions prendre une décision, pas toi ? Je prendrai un avion demain après mon travail, je jetterai un coup d'œil et je verrai si je peux rencontrer quelques personnes dans les services de traumatologie, là-bas. Peut-être que je réussirai également à prendre mon lundi ; dans ce cas, nous serons fixés sur ce qui nous attend.

— Mon chéri, je t'aime, dit Meredith, les larmes aux yeux.

Steve s'efforçait toujours de lui faciliter la vie, à tous les niveaux.

— Ça me ferait vraiment plaisir que tu viennes.

— Bien. Alors c'est promis. En plus, je veux rencontrer ce type et m'assurer qu'il ne te drague pas avant de te laisser accepter ce poste. Je n'ai pas oublié toutes ces histoires à propos de Gary Cooper !

Il ne plaisantait qu'à moitié, elle en avait conscience. Cependant, il savait qu'il n'avait pas de souci à se faire. Ils menaient une vie stable, heureuse, que rien ne pouvait mettre en danger. Meredith en était certaine.

— Ce n'est pas ça qui m'intéresse dans ce boulot, lui dit-elle. C'est une entreprise tellement géniale ! Et il est vrai que travailler avec Callan est très agréable. Il est intègre, plein d'énergie, et il a des idées extraordinaires pour l'avenir. Je crois que d'ici deux ans il aura triplé la taille et l'importance de la société — sans parler du chiffre d'affaires.

— Dans ce cas, tu dois envisager très sérieusement d'accepter, Merrie. Je te rejoindrai demain soir. Dis-moi seulement où nous nous retrouverons.

— Appelle-moi pour me donner ton heure d'arrivée et je viendrai te chercher à l'aéroport. Steve...

Elle hésita une fraction de seconde, le cœur empli d'amour pour cet homme qui voulait toujours ce qu'il y avait de mieux pour elle. Il était si généreux, si merveilleux ! C'était pour cela qu'elle l'aimait tant — et aussi à cause de son sens de l'humour, de son intelligence, de son extraordinaire capacité de travail, de son dévouement... et de son corps de rêve, qu'elle trouvait encore infiniment sexy après toutes ces années. Cela composait un ensemble parfait, même si leurs métiers étaient très différents. D'ailleurs, le fait que leurs carrières fussent aussi éloignées l'une de l'autre était plutôt positif, estimait-elle, car cela les stimulait tous les deux.

— ... Merci, mon amour, tu ne sais pas à quel point c'est important pour moi, conclut-elle avec douceur.

— Ecoute, si ça se trouve, ce changement sera très positif pour nous deux. Peut-être même que nous déciderons d'avoir des enfants, en Californie.

Elle ne fit aucun commentaire, et il n'insista pas. Elle estimait avoir suffisamment de choses en tête, entre le travail de Steve et la proposition de Callan, pour ne pas en plus ajouter à cela le problème des bébés. Comme elle raccrochait, elle eut le sentiment qu'une force irrésistible la propulsait de l'avant. Cela lui faisait un peu peur, mais c'était aussi incroyablement exaltant.

Elle passa encore toute la journée du jeudi avec Cal ; elle l'accompagna en réunion et fit la connaissance des collaborateurs les plus importants de l'entreprise. Cela lui permit de mieux comprendre l'organisation de Dow Tech, et tout ce qu'elle vit la séduisit. Elle passa un coup de téléphone à son bureau, cet après-midi-là, mais il ne se passait pas grand-chose, et personne ne se doutait de ce qu'elle faisait. Elle leur avait dit qu'elle prenait quelques jours pour raisons familiales.

— Voudriez-vous venir dîner à la maison, ce soir ? demanda Callan à six heures, lorsqu'ils eurent terminé leur journée.

Tous les employés étaient déjà partis, et Meredith remarqua qu'en règle générale les gens en Californie restaient travailler moins tard qu'à New York. A la banque, il n'était pas rare de voir des collaborateurs encore au bureau à neuf ou dix heures du soir, et parfois bien plus tard encore. Mais, comme Callan le lui avait fait remarquer dès le départ, le rythme de vie en Californie était très différent. Les gens semblaient attacher plus d'importance à leur santé, leur vie personnelle, leurs loisirs. Après le travail, ils rentraient chez eux, jouaient au tennis ou allaient dans un club de sport. Ils semblaient dans l'ensemble mener une vie plus saine, plus heureuse, mieux équilibrée. A New York, tout le monde était pâle, fatigué, stressé ; la différence était frappante.

— Cela me ferait plaisir de dîner avec vous, mais je dois aller chercher Steve à l'aéroport à neuf heures, expliqua-t-elle.

Ils échangèrent un sourire. Après tout le temps qu'ils avaient passé à voyager ensemble, et maintenant qu'elle connaissait mieux les complexités de son entreprise, ils étaient très proches et avaient presque l'impression d'être un vieux couple.

— J'avais l'intention de dîner tôt avec les enfants. Voulez-vous que je vous conduise ensuite à l'aéroport ?

— Merci, mais ce ne sera pas nécessaire. Je prendrai un taxi, et ensuite Steve et moi rentrerons à l'hôtel.

Cal avait pris rendez-vous pour Steve à l'Hôpital Général de San Francisco le lendemain, ainsi qu'à l'hôpital d'Oakland dont il avait parlé à Meredith. Elle savait par ailleurs que de son côté Steve avait contacté ses amis à Stanford. Il allait être très occupé le vendredi, pendant qu'elle irait rencontrer quelques clients importants avec Cal, qui tenait à ce qu'elle fasse leur connaissance.

Ils avaient appris ce jour-là que les actions de Dow Tech continuaient à monter ; tout semblait sourire à Callan, et il ne lui restait plus qu'à espérer que Meredith accepte le poste qu'il lui avait proposé.

— Venez donc avec moi à la maison, je ferai des hamburgers et des hot dogs au barbecue.

Cette autre partie de l'existence de Callan — son côté bon enfant, détendu — contrastait tant avec la vie professionnelle trépidante que Meredith lui connaissait qu'elle l'intriguait. Elle était amusée à l'idée de le voir faire un barbecue dans son jardin.

— C'est d'accord, dit-elle, si vous pensez que cela ne dérangera pas vos enfants.

Elle n'avait pas oublié l'accueil glacé qu'ils lui avaient réservé lors de sa première visite.

— Pas de problème de ce côté-là, assura-t-il.

Andy se souvenait de Meredith, et lui serra la main avec un sourire. Il se rappelait même que son mari était médecin. Julie se montra froide, mais plus polie que la fois précédente. Elle lui demanda même comment s'était passé leur voyage, et lui dit que son père lui avait rapporté de Paris « un pull vraiment cool ». Meredith ne lui avoua pas qu'elle avait aidé Callan à le choisir, mais fut secrètement heureuse qu'il lui ait plu. Mary Ellen fut la seule à réagir négativement. Elle se rembrunit dès qu'elle vit Meredith sortir de la Ferrari de son père et monta dans sa chambre presque aussitôt. Elle ne redescendit que pour le dîner, mais seulement le temps de manger un demi-hamburger du bout des lèvres, après quoi elle affirma avoir des devoirs à faire et s'éclipsa de nouveau. Durant sa brève apparition, elle entendit Meredith raconter qu'elle avait croisé leur mère à Londres ; loin de la détendre, cette information sembla la rendre plus soupçonneuse encore vis-à-vis de leur invitée.

— Elle ne s'entend pas très bien avec sa mère, expliqua Callan après le repas, une fois tous les enfants retournés à leurs activités.

La gouvernante avait débarrassé la table, installée dans le jardin, et leur avait apporté le café. Cela faisait des années qu'elle était au service de Callan et s'occupait de tout dans la maison, et elle lui était devenue indispensable.

— Je crois que Charlotte éprouve une espèce de sentiment de rivalité vis-à-vis de Mary Ellen maintenant qu'elle grandit, poursuivit Callan, et elle se montre très dure envers elle. Mary Ellen la trouve méchante. Et des trois, c'est elle qui a le plus mal vécu le départ de sa mère ; elle avait six ans à l'époque, et ça n'a pas été facile.

Meredith ressentit une grande pitié pour la jeune fille. Même si cette dernière ne se montrait pas particulièrement accueillante, ni même polie, il était évident qu'elle avait souffert, ce qui expliquait qu'elle se montre si méfiante vis-à-vis des femmes. Charlotte n'avait pas été une mère de rêve !

Bientôt, la conversation se porta de nouveau sur Dow Tech, et les enfants ne reparurent pas. Lorsque, peu après, Callan alla nager un peu, Meredith ne se joignit pas à lui, mais elle le regarda. Il avait un corps délié et puissant à la fois ; il lui expliqua qu'à l'université, il avait fait partie de l'équipe de natation. Il semblait beaucoup plus jeune que ses cinquante et un ans, et il était indéniablement très séduisant. Mais Meredith avait hâte de revoir Steve. Lorsque l'heure d'aller le chercher approcha, Callan lui appela un taxi, après avoir de nouveau proposé de l'accompagner. Il comprenait son désir d'être seule avec Steve et ne souhaitait pas s'imposer.

Il les invita à dîner le lendemain soir. Meredith accepta et lui avoua que Steve avait hâte de le rencontrer ; elle ne précisa pas que son mari était un peu jaloux de lui, car elle ne prenait pas vraiment ses craintes au sérieux, sachant qu'il cherchait avant tout à la taquiner. En revanche, elle tenait à ce que Callan et lui se rencontrent ; elle faisait confiance au jugement de son mari sur les gens et voulait connaître son point de vue sur Callan. Elle espérait que les deux hommes s'entendraient bien et n'en doutait d'ailleurs pas ; elle-même les appréciait et les respectait tous les deux, quoique pour des raisons très différentes.

Lorsqu'elle retrouva Steve à la sortie de l'avion, il portait un pantalon en toile kaki tout fripé et une chemise qui semblait n'avoir jamais été repassée, et ses pieds nus étaient toujours glissés dans ses sabots d'hôpital : il était allé directement à l'aéroport après son travail. Et la vieille veste en tweed qu'il portait avait des trous aux coudes. On eût dit un enfant rentrant d'un semestre en pension.

— Pourquoi as-tu apporté cette veste, mon Dieu ? s'exclama-t-elle.

Deux ans plus tôt, elle avait caché l'objet du délit au fond du placard de l'entrée. Mais quoi qu'elle fît, Steve la retrouvait toujours, et elle n'avait jamais eu le courage de s'en débarrasser une bonne fois pour toutes. Au début de leur mariage, elle avait eu l'audace de donner un vieux pantalon qu'il aimait particulièrement, et elle en avait entendu parler pendant des années.

Malgré tout, elle n'arrivait pas à croire qu'il ait pu emporter cette relique à San Francisco.

— Qu'est-ce que tu lui reproches ? demanda-t-il, sincèrement surpris. Nous n'allons pas à une soirée habillée, si ?

— Non, mais nous dînons demain soir chez Callan Dow. J'espère que tu as pris une autre veste ?

— Ne t'inquiète pas. Ton Callan ne s'offusquera pas. Les hommes comprennent ce genre de choses, affirma-t-il, confiant. Cette veste a une personnalité et une histoire.

Il avait horreur des vêtements neufs et ne comprenait jamais pourquoi elle jugeait si important que ses pantalons soient repassés. Il passait l'essentiel de sa vie en blouse froissée et ne voyait pas l'intérêt de faire un effort le reste du temps. Il était toujours impeccablement propre — mais vêtu comme un étudiant fauché.

— Je suppose que ça veut dire que tu n'as rien apporté d'autre ?

— Bravo.

Il sourit et se pencha pour l'embrasser, puis il souleva son sac de voyage, qui semblait peser des tonnes.

— Mais qu'as-tu pu emporter d'aussi lourd ? s'étonna Meredith. Une boule de bowling ?

— Non, un peu de lecture, avoua-t-il en souriant.

Il n'allait jamais nulle part sans une pile de livres médicaux ; en vérité, son métier était la seule chose qui lui importât réellement. Steve était un médecin d'exception, et le reste ne l'intéressait pas. Contrairement à Callan, toujours vêtu comme un mannequin, il se moquait totalement de son apparence. A ce niveau-là, les deux hommes n'auraient pu être plus différents.

— Alors, comment ça se passe ? demanda-t-il. Du nouveau, aujourd'hui ?

Il semblait très content d'être là, ce qui fit plaisir à Meredith.

— Pas vraiment, mais tout est mieux que jamais, répondit-elle avant de lui parler avec enthousiasme de la société de Callan durant tout le trajet vers l'hôtel.

La conversation se poursuivit dans leur chambre jusque tard dans la nuit.

Ils se séparèrent le lendemain matin : elle prit un taxi pour aller retrouver Callan, tandis que Steve gardait la voiture qu'il avait louée la veille à l'aéroport afin de pouvoir se rendre plus facilement à ses divers rendez-vous. Au départ, elle lui avait suggéré de prendre un chauffeur, mais ce n'était pas son genre ; il avait préféré demander au loueur quelques cartes de la ville et des environs, certain de trouver sans problème les hôpitaux où il devait se rendre. Meredith l'embrassa en partant et lui donna rendez-vous à l'hôtel en fin d'après-midi. Elle lui souhaita bonne chance, avant de se dépêcher de rejoindre Callan chez Dow Tech.

Elle passa encore avec lui une journée très productive. Ils rendirent visite à trois des clients les plus importants de l'entreprise, puis allèrent dans l'un des hôpitaux où son matériel de diagnostic était régulièrement utilisé. Ce fut très intéressant pour Meredith, et Callan se réjouit de sa réaction positive à tout ce qu'elle voyait. Quand ils se séparèrent, il lui rappela qu'il les attendait, Steve et elle, à dix-neuf heures trente chez lui.

— J'ai vraiment hâte de rencontrer votre mari, j'ai

l'impression que c'est un vieil ami, dit-il avec chaleur.

Il ne mentait pas : Meredith lui avait tant parlé de Steve durant leur tournée promotionnelle qu'il avait le sentiment de déjà le connaître.

Lorsque Meredith retrouva Steve à l'hôtel, il était détendu et paraissait très enthousiaste. Les trois hôpitaux qu'il avait visités l'avaient favorablement impressionné, et on lui avait donné une recommandation pour se présenter dans un quatrième qui ne s'occupait que des cas de traumatologie les plus extrêmes. Ce dernier disposait d'une aire d'atterrissage pour les hélicoptères et semblait fonctionner comme l'hôpital où il travaillait actuellement ; il avait hâte de s'y rendre, le lundi. Il avait déjà pris rendez-vous avec le directeur. Les hôpitaux qu'il avait vus s'étaient montrés très intéressés par sa candidature mais n'avaient pas pour le moment de poste vacant correspondant à ses qualifications. Néanmoins, tous ses interlocuteurs avaient été séduits par son CV et avaient promis de penser à lui si une place se libérait. Hélas, étant donné son expérience et sa position actuelle, on ne pouvait lui proposer qu'un poste de chef de service, et tous étaient pourvus pour le moment.

Si tous les hôpitaux l'avaient intéressé, c'était celui d'East Bay, où il devait se rendre le lundi, qui a priori le séduisait le plus.

— Alors, qu'en penses-tu ? demanda Meredith avec un sourire.

— Je crois que je vais adorer San Francisco, répondit-il en lui rendant son sourire. Cette ville est un petit bijou, et les gens sont vraiment sympas, ici. Contrairement à New York, ils n'ont pas l'air stressés et agressifs... Même dans les services de traumatologie que j'ai visités, les gens semblaient plus détendus.

Honnêtement, Merrie, j'adore cet endroit. Je comprends que tu sois séduite.

Soudain, la jeune femme avait l'impression qu'une vie nouvelle se dessinait devant eux, et c'était très excitant. Bien sûr, Steve n'avait pas encore de travail, mais il avait eu un bon contact avec les personnes à qui il avait parlé à l'hôpital d'East Bay, et il espérait en apprendre davantage lundi.

— Où aimerais-tu habiter ? demanda-t-il avec un naturel confondant, comme si pour lui, la décision était déjà prise. En ville, ou par ici ? J'aime assez cet endroit, pour ma part, et ça ne me dérangerait pas de faire le trajet.

— Ce serait bien sûr plus commode pour moi, mais c'est toi qui décides. Tu dois souvent aller au travail ou en revenir à des heures impossibles.

— Nous verrons. J'avoue que j'aime l'idée d'habiter une grande maison à l'extérieur de la ville et...

Il s'interrompit, plongeant son regard dans le sien pour sonder sa réaction.

— Je pense que Palo Alto serait un endroit idéal pour élever des enfants. Bien mieux que New York. D'autant que tu serais moins tendue que là-bas, moins sous pression. Plus de tournées promotionnelles, et avec un peu de chance, plus d'horaires déments ! Le moment comme l'endroit me paraissent bien choisis pour y penser.

Il attendit sa réponse, retenant presque son souffle ; elle ne dit rien pendant une longue minute, réfléchissant à ses paroles.

— Peut-être, lâcha-t-elle enfin.

En vérité, elle n'avait pas envie de se lancer avec lui dans une discussion sur ce sujet. Du moins pas pour le moment. Il y avait encore de nombreux facteurs à considérer.

— C'est tout ? dit-il, un peu déçu. « Peut-être » ? Je pense que si nous devons le faire un jour, cet endroit est le mieux indiqué, non ? Quoi de plus merveilleux pour un enfant que de grandir en Californie ?

— Grandir avec d'autres parents, rétorqua-t-elle du tac au tac.

Elle s'efforça de se détendre un peu ; elle était toujours nerveuse lorsqu'ils abordaient le sujet des enfants. Mais elle était obligée de reconnaître qu'en effet, l'endroit était idéal pour en avoir, si elle se décidait à sauter le pas.

Quand ils partirent retrouver Cal à sept heures et quart, ils étaient tous les deux de bonne humeur. Leur hôte les attendait dans le jardin, au bord de la piscine, près d'une table sur laquelle étaient préparés toasts au caviar et margaritas. Les enfants venaient tout juste de sortir de la piscine, et Callan lui-même paraissait détendu et plus séduisant que jamais avec sa chemise bleue impeccablement repassée et son pantalon beige. Ses pieds nus étaient glissés dans des mocassins Gucci. Steve, lui, portait une vieille chemise à rayures et la veste en tweed râpée que Meredith détestait, et elle regretta un instant de ne pas lui avoir préparé son sac elle-même avant de partir. La prochaine fois, elle n'oublierait pas, se promit-elle tandis que les deux hommes se saluaient et se serraient chaleureusement la main. Cal dit à Steve combien il était content de le rencontrer enfin, après tout ce que Meredith lui avait dit sur lui durant leurs voyages.

— Votre femme ne tarit pas d'éloges à votre sujet, Steve, j'espère que vous le savez. Elle n'a pas arrêté de me parler de vous.

Ce compliment parut faire plaisir à Steve, et à partir de cet instant, la soirée se déroula sans accrocs. Ils passaient avec aisance d'un sujet de conversation à l'autre ; Callan demanda à Steve quels hôpitaux il avait visités, et ils en vinrent à parler du matériel de diagnostic de pointe commercialisé par Dow Tech. Steve donna à Callan un avis éclairé sur le sujet ; il le félicita en particulier pour deux des produits de l'entreprise et fournit à son hôte quelques pistes de réflexions intéressantes. Cal parut ravi de leur conversation.

Au bout d'une heure, ils passèrent dans la salle à manger, et Callan servit avec le repas un délicieux mouton-rothschild qui impressionna beaucoup Steve. A onze heures du soir, ils bavardaient toujours autour d'un cognac. Il était près de minuit quand ils partirent, et Meredith eut l'impression que la soirée s'était très bien passée. Les deux hommes semblaient s'être appréciés.

— Alors, que penses-tu de lui ? demanda-t-elle à Steve une fois dans la voiture.

— C'est un type vraiment brillant. Et tu avais raison : il est séduisant physiquement, mais on a tendance à ne plus y penser au bout d'un moment. Il a tellement d'idées et de projets qu'on se laisse absorber par ce qu'il dit et qu'on oublie ses vêtements et son physique de star. Je comprends que tu l'aimes bien.

Il adressa un sourire penaud à sa femme.

— Je suis désolé, pour la veste. J'en apporterai une plus habillée la prochaine fois, juré.

— Quelle importance ?

Elle sourit à l'homme qu'elle aimait. Elle était si fière de lui, si amoureuse ! Et elle se réjouissait que Cal et lui se soient bien entendus.

— Je crois que tu devrais accepter ce poste, reprit Steve. Tu ne te le pardonneras jamais si tu refuses ; tu passeras le restant de tes jours à le regretter. Mon amour, il faut que tu le fasses.

— Oh, Steve, tu es merveilleux... Et toi ?

— Je trouverai quelque chose. Il y a du travail, ici, je dois juste attendre qu'on me fasse une petite place... Pour l'instant, c'est ton nouveau boulot le plus important. Je veux que tu sois heureuse.

Meredith sentit des larmes d'émotion lui picoter les paupières. Steve se montrait si gentil avec elle, si généreux !

— Je ne prendrai pas de décision tant que nous ne saurons pas comment ça va se passer pour toi. Même si tu es très altruiste, n'oublie pas que ce déménagement nous concerne tous les deux, et pas seulement moi, déclara-t-elle.

— Attendons de voir ce qu'on me dira lundi. Et dans l'intervalle, profitons de notre week-end.

Callan leur avait proposé de leur faire faire un tour des environs le lendemain, mais Steve lui avait répondu qu'ils préféraient visiter la ville seuls, et ils étaient convenus de se retrouver tous ensemble le dimanche après-midi chez Cal pour nager et bavarder avant de dîner avec les enfants. Cal avait promis de leur faire un barbecue. Mais Steve et Meredith se réjouissaient de passer un peu de temps ensemble avant cela.

Le samedi, ils allèrent à Marin et empruntèrent le Golden Gate Bridge, la capote de leur voiture d'occasion baissée. Ils déjeunèrent à Sausalito et firent les boutiques, puis ils dînèrent chez Scoma, profitant de la vue spectaculaire. Ensuite, ils sillonnèrent San Francisco en voiture et finirent sur le Fisherman's Wharf pour prendre un irish coffee. A minuit, enfin, ils rentrèrent au Peninsula et discutèrent de ce qu'ils avaient vu en ville. Cal leur avait dit que Pacific Heights était le quartier le plus agréable, aussi avaient-ils passé un bon moment à arpenter ses rues élégantes bordées de jolies maisons victoriennes. Tout semblait propre, net, immaculé. Steve était littéralement tombé amoureux de San Francisco.

Le dimanche matin, ils visitèrent le campus de Stanford, puis ils se promenèrent à pied dans Palo Alto. Tous deux étaient enthousiastes. Ils arrivèrent chez Cal dans l'après-midi et rejoignirent tout le monde au bord de la piscine. Steve ne tarda pas à entamer une partie de water-polo avec les enfants pendant que Meredith et Callan bavardaient à l'ombre d'un grand parasol.

— Je crois que vous l'avez converti, observa Meredith en regardant son mari. Il adore la Californie.

— Et vous, Merrie ?

— Moi, j'adore Dow Tech et le travail que vous me proposez.

Elle lui sourit. Il était évident que ce poste lui permettrait de s'épanouir pleinement, sur le plan professionnel.

— Vous êtes une obsédée du travail, comme moi, ironisa Callan. Je crois que nous sommes des cas désespérés.

Il jeta un coup d'œil en direction du mari de la jeune femme, qui riait avec les enfants, et se tourna de nouveau vers Meredith avec un sourire.

— C'est quelqu'un de formidable, Merrie, vous aviez raison. Et d'après ce que j'ai entendu dire, c'est un excellent médecin.

Il avait fait une enquête discrète avant de le recommander aux hôpitaux qu'il connaissait.

— Comment ça se présente, au niveau de son travail ? s'enquit-il.

— Rien encore. Personne n'a de poste à lui proposer pour l'instant, mais ça n'a pas l'air de l'inquiéter outre mesure. Lundi, il a un entretien à l'hôpital d'East Bay.

— J'espère que ça marchera, dit Callan avec ferveur.

Il était sincère ; il avait plus que jamais envie de voir Meredith se joindre à son équipe. Les trois derniers jours lui avaient confirmé tout le bien qu'il pensait d'elle.

— Moi aussi, acquiesça-t-elle.

Steve lança la balle à Mary Ellen, qui poussa un

cri ravi. Si les enfants s'étaient montrés méfiants vis-à-vis de Meredith, ils ne semblaient avoir aucun problème avec son mari. Mais il est vrai que la jeune femme n'avait jamais été très à l'aise au contact des enfants et que ceux-ci le sentaient.

Ils passèrent un après-midi agréable, et ce soir-là, Steve, Meredith et Callan eurent de longues discussions passionnantes, essentiellement sur la politique et ses effets sur le monde des affaires. En matière de politique médicale, Steve avait ses bêtes noires, et ils échangèrent leurs points de vue pendant des heures. Quand enfin ils se séparèrent, Callan souhaita bonne chance à Steve pour son entretien du lendemain et donna rendez-vous à Meredith à son bureau.

Elle s'y trouvait lorsque, vers midi, Steve leur téléphona ; il paraissait transporté.

— Qu'y a-t-il ? demanda Meredith d'un ton un peu distrait.

Callan et elle faisaient des projections pour le trimestre suivant et elle était très concentrée.

— Je pensais que tu serais contente d'avoir des nouvelles.

— Je t'écoute.

— J'ai un emploi ! Et toi aussi, par conséquent. Ils m'embauchent à partir du 1er janvier. Le chef du service de traumatologie s'en va, et dès qu'ils auront vérifié mes références — ce qui ne devrait pas poser de problème —, je le remplacerai. Qu'en dis-tu ?

— Waouh ! Félicitations, mon amour ! s'exclama-t-elle.

Son regard croisa celui de Cal. Elle ne trouvait plus ses mots. Tout se mettait en place si facilement ! Comme si ce déménagement était prévu de toute éternité. Le destin était en marche.

— Félicitations à toi, répondit Steve. Vas-tu dire à Cal que tu acceptes ?

— Qu'en penses-tu ? demanda-t-elle.

Elle voulait être sûre que Steve était d'accord. Mais de fait, ils avaient désormais tous les deux d'excellentes perspectives professionnelles en Californie, et cela lui ôtait un poids considérable. Elle était libre à présent d'accepter ce poste que lui offrait Cal et dont elle avait tellement envie.

— Je pense que si tu ne lui dis pas oui, je le lui dirai moi-même ! Fonce, ma chérie, tu le mérites.

— Merci, Steve, répondit-elle, à la fois reconnaissante, heureuse et soulagée.

Quand elle raccrocha quelques secondes plus tard, elle souriait toujours. Cal, lui, l'observait avec une expression inquiète.

— Ça avait l'air plutôt positif ? hasarda-t-il.

— Mieux que ça, répondit-elle, aux anges. Il a un poste !

A son tour, Cal esquissa un large sourire. Il était aussi soulagé qu'elle.

— Qu'est-ce que cela signifie pour nous, Merrie ?

— A votre avis ?

Ils se regardèrent un moment en silence, et Meredith eut de nouveau l'impression de danser avec Fred Astaire — en esprit cette fois. Le cerveau de Cal et le sien étaient parfaitement synchronisés, comme toujours.

— J'aimerais vous voir quitter la Californie avec le titre de directrice financière de Dow Tech, Meredith. Acceptez-vous ?

Elle hocha lentement la tête. Elle était sûre d'elle, à présent.

— Oui. Si vous êtes certain que c'est bien ce que vous souhaitez.

— Vous savez que oui, Meredith.

Il lui tendit la main.

— Nous sommes d'accord ?

— Oui. Mon Dieu, je n'arrive pas à croire à ce qui m'arrive !

Tout s'était passé si vite... Deux semaines plus tôt, ils faisaient leur tournée promotionnelle ensemble, et maintenant, elle allait travailler pour lui et venir s'installer en Californie.

— Moi non plus, renchérit-il.

Il se dirigea vers le petit bar installé dans l'entrée de son bureau et en sortit une bouteille de champagne et deux flûtes. Quand il revint, son visage était éclairé d'un immense sourire.

— Fêtons ça. C'est la meilleure nouvelle que j'aie depuis des années. Peut-être de toute ma vie.

Ils trinquèrent et passèrent un moment à boire du champagne en bavardant, avant de discuter des détails pratiques de l'embauche de Meredith.

— Quand voudriez-vous que je commence, Cal ?

Elle savait que Charlie McIntosh avait prévu de partir deux semaines plus tard mais songeait qu'il accepterait certainement de rester un peu plus longtemps s'il apprenait qu'elle était engagée ; il se douterait bien qu'elle aurait quantité de choses à régler à New York avant de pouvoir déménager. Dans deux semaines, on serait le 8 octobre, et il était impossible qu'elle pût venir si vite. Pour commencer, elle devait donner à sa firme un préavis décent, au moins un mois. Et il lui faudrait vendre l'appartement de New York... De son côté, Steve avait dit qu'on l'attendait à East Bay le 1er janvier. Elle jugeait cette date raisonnable.

— Pas après le 15 octobre, déclara Callan.

Elle rit, pensant qu'il s'agissait d'une plaisanterie.

— Très drôle. Je suis sérieuse. Steve doit arriver le 1er janvier. Que diriez-vous du 15 décembre ? Ou peut-être juste après Noël ?

— Impossible, Meredith.

L'homme d'affaires intraitable qu'elle avait vu à plusieurs reprises en action reprenait le dessus. Il devait penser d'abord à Dow Tech et à ses propres besoins. Il ne pouvait se permettre d'attendre trois mois qu'elle le rejoigne en Californie.

— Charlie m'a déjà fait savoir qu'il ne resterait pas un jour de plus que nécessaire — ce qui est regrettable de sa part, mais c'est comme ça. Il a vraiment hâte de s'en aller. Sa femme et lui ont l'intention de partir en Asie pendant deux mois.

— Cal, il est absolument impossible que je sois ici dans trois semaines, c'est de la folie !

Par ailleurs, elle n'avait pas envie d'arriver en Californie deux mois et demi avant Steve.

— Je ne peux pas travailler sans directeur financier. En fait, c'est le jour du départ de Charlie que je voudrais que vous arriviez. Je peux me débrouiller seul une semaine, mais pas plus. Steve fera l'aller-retour le week-end, ou bien c'est vous qui irez le voir. Je suis désolé, Meredith, cela m'ennuie beaucoup de vous mettre ainsi sous pression, mais j'ai besoin de vous.

Cette marque de confiance la flattait, naturellement, mais en même temps elle appréhendait de devoir annoncer à Steve qu'ils passeraient trois mois loin l'un de l'autre. Hélas, Cal ne semblait pas vouloir céder.

— Bien sûr, je vous donnerai une prime à la signature du contrat. Vous vous en doutez. Je pensais que deux cent cinquante mille dollars adouciraient un peu le choc.

Comment discuter, après une offre pareille ? De toute évidence, Callan savait parfaitement ce qu'il faisait.

— Je vais également vous louer un appartement ici, à Palo Alto, pour trois mois, ou plus si vous en avez encore besoin. Aux frais de Dow Tech, naturellement. Cela vous laissera le temps de choisir où vous voulez vivre et de trouver une maison à votre goût.

— C'est vraiment très généreux de votre part, Cal.

Je suis seulement un peu surprise que vous ayez besoin de moi si vite. Je ne m'y attendais pas.

En dépit de l'énorme prime qu'il lui offrait, elle ne pouvait s'empêcher d'être un peu inquiète.

— Et moi, je ne m'attendais pas à ce que Charlie ne me donne que deux semaines de préavis, observa-t-il. Je suis désolé, Meredith, mais je n'ai pas le choix. Nous disons donc le 15 ?

— Je suppose que je ne peux pas dire non. Je serai simplement obligée de prendre l'avion pour New York les week-ends où Steve ne sera pas de garde. Et lui viendra ici quand il aura des congés en semaine. Nous nous débrouillerons.

Malgré tout, elle s'inquiétait un peu de ce que Steve dirait de cet arrangement. Ils avaient rendez-vous à l'hôtel à seize heures et devaient prendre l'avion pour New York à dix-huit heures.

Cal l'embrassa sur la joue quand elle prit congé et lui demanda de l'appeler si elle avait besoin d'aide pour quoi que ce soit. Elle, de son côté, lui rappela qu'elle était à sa disposition s'il voulait lui demander son avis sur quelque chose avant son arrivée définitive. Callan éclata de rire.

— Vous plaisantez ? Pendant les trois semaines qui viennent, je vais vous harceler toutes les dix minutes ! J'espère que tout se passera bien de votre côté.

Il savait que les associés de la jeune femme seraient contrariés par son départ, mais il estimait qu'ils méritaient ce qui leur arrivait. Meredith, pour sa part, craignait surtout la réaction de Steve. Deux mois et demi de séparation, ce serait vraiment long...

Mais une fois encore, il la surprit.

— Si c'est nécessaire, mon amour, nous devons l'accepter ! Tu dois foncer, maintenant, ce boulot n'attendra pas. Et puis, ne t'inquiète pas, ça passera vite.

Elle lui répéta combien il était formidable.

Dans l'avion, ils reparlèrent de tout cela, et Steve déclara qu'il pourrait se charger de vendre l'appartement ; il lui promit également de venir la voir à San Francisco dès qu'il aurait quelques jours de congé.

— Tu sais, avoua-t-il, un verre de vin à la main, tandis qu'ils survolaient les Rocky Mountains, Cal m'a plu beaucoup plus que je ne m'y attendais. Après tout ce que tu m'avais dit, ajouta-t-il d'un air penaud, j'étais un peu jaloux de lui. Mais maintenant je sais qu'il n'a pas d'arrière-pensées. Il a énormément de respect pour toi, mais seule son entreprise l'intéresse vraiment, dans cette affaire.

Meredith était heureuse de voir que Steve était arrivé à la même conclusion qu'elle. Callan et elle étaient devenus très proches au cours de la tournée promotionnelle, mais pas d'une manière ambiguë. Ils étaient de bons amis, et s'entendraient à n'en pas douter parfaitement bien dans le travail.

— J'aime bien ses enfants aussi. Ils sont sympas. C'est dommage, pour leur mère...

Meredith hocha la tête. Elle jeta un coup d'œil par le hublot mais, sentant le regard de Steve posé sur elle, elle se retourna vers lui ; à son sourire, elle devina ce qui allait suivre.

— A ce propos, que dirais-tu si, une fois que tu auras passé un certain temps ici, quelques mois peut-être... disons six... nous commencions à penser à avoir un bébé ?

Elle aurait alors trente-huit ans, et il était certain qu'ils ne pourraient guère tarder davantage, s'ils décidaient d'avoir des enfants. Elle avait toujours dit qu'elle ne voulait pas attendre ses quarante ans. Or si elle était enceinte dans les six mois à venir, elle aurait trente-neuf ans à l'arrivée du bébé...

— Pourquoi n'attendons-nous pas de voir comment les choses se présenteront à ce moment-là ? dit-elle prudemment.

C'était un vieux refrain, que Steve ne connaissait que trop bien. Il ne dissimula pas sa déception.

— Si nous continuons à « attendre de voir », nous en serons encore au stade du projet quand nous fêterons nos quatre-vingt-dix ans ! Meredith, un de ces jours, il faudra te jeter à l'eau.

Il pensait qu'elle avait physiquement peur de la grossesse et de l'accouchement, et il n'avait pas entièrement tort — mais en vérité, elle avait beaucoup plus peur encore des obligations que représenterait un bébé.

— Pourquoi faudra-t-il que je me jette à l'eau ? demanda-t-elle, mal à l'aise.

Elle savait qu'elle lui devait beaucoup — n'avait-il pas accepté de tout abandonner pour la suivre en Californie ? — mais elle n'était pas certaine de vouloir s'engager en échange à avoir un enfant. En fait, elle était même sûre qu'elle ne voulait pas et n'avait pas envie de lui faire de fausses promesses. Une seule chose l'intéressait à présent : aider Callan à développer son entreprise. Elle trouvait cela bien plus excitant que d'avoir des enfants.

— Callan semble capable de s'occuper seul de sa famille sans négliger sa société, fit valoir Steve. Je pense que tu pourrais y arriver aussi, Meredith. Je serais là pour t'aider.

— Je sais, rétorqua-t-elle, ouvertement contrariée à présent, mais je ne sais pas encore ce que je veux.

— Peut-être que tu ne sauras jamais tant que tu ne l'auras pas fait.

— Et que se passera-t-il alors si je déteste ça ? Si je trouve ça trop dur, si ça détruit ma carrière, ou si nous nous apercevons qu'avec nos deux métiers nous ne pouvons pas assumer un enfant ? Un bébé n'est pas un colis, Steve, on ne peut pas le renvoyer si on n'est pas content !

— Je n'arrive pas à imaginer que tu puisses ne pas aimer ton bébé, répondit-il avec douceur.

— Les enfants me font peur, répondit-elle en toute honnêteté. Toi, tu les fascines, comme le joueur de flûte de Hamelin... Alors qu'ils me regardent comme si j'étais la méchante sorcière de *La Belle au Bois dormant !*

Il rit de cette comparaison et se pencha pour l'embrasser.

— Il n'est pas question que mon enfant te considère comme une sorcière. Je ne le laisserai pas faire, tu as ma parole.

— Nous en reparlerons quand nous serons bien installés.

Comme d'habitude, elle rejetait l'idée. Parler de bébés la rendait toujours anxieuse.

— Quand vas-tu donner ton préavis à l'hôpital ? demanda-t-elle, autant pour changer de sujet que parce qu'elle désirait connaître la réponse.

— Dès notre retour, je crois. Je veux qu'ils aient trois mois pour trouver quelqu'un. Comme ça, je pourrai venir m'installer définitivement en Californie à Noël.

Cela semblait parfait ; bien sûr, les quelques mois durant lesquels ils devraient faire l'aller-retour seraient un peu pénibles, mais comme l'avait souligné Steve, ils passeraient vite — d'autant qu'elle aurait de son côté quantité de choses à faire.

— Et toi, quand vas-tu les prévenir ? demanda-t-il.

— Je le leur dirai demain.

Elle avait pris un jour de congé de plus que prévu, et songeait que ses associés devaient se douter de quelque chose.

— Ils ne vont pas être contents.

— Bah, je suis d'accord avec Cal : ils le méritent. Ils ne t'apprécient pas à ta juste valeur.

Et pourtant, ses collègues l'appréciaient davantage

que Cal et Steve ne le croyaient. Lorsqu'elle leur annonça la nouvelle le lendemain matin, ils furent anéantis. Ils n'arrivaient pas à le croire — surtout lorsqu'elle leur dit qu'elle quittait trois semaines plus tard New York pour la Californie. Malgré tout, après le choc initial, ils se montrèrent plutôt bons joueurs, et organisèrent en son honneur un grand dîner la semaine précédant son départ. Elle assista aux préparatifs comme dans un rêve ; elle avait du mal à croire qu'elle arrivait à la fin d'un chapitre de sa vie qu'elle avait passé douze ans à écrire.

La veille de son départ, elle était dans l'appartement, entourée de valises de toutes sortes, lorsqu'elle s'interrompit et regarda son mari avec une sorte de stupéfaction.

— C'est étrange, tu ne trouves pas ? Je n'arrive toujours pas à croire ce qui m'arrive.

— Moi non plus, admit-il en souriant, mais je trouve ça formidable.

Il avait dit à l'hôpital qu'il allait partir, et si ses collègues étaient sous le choc, ils n'en étaient pas moins contents pour lui. Harvey Lucas était particulièrement désolé, car cela signifiait qu'il devrait rester en traumatologie encore au moins un an avant de pouvoir se consacrer à ses recherches ; mais ils cherchaient déjà quelqu'un pour remplacer Steve, bien qu'ils n'eussent encore personne en vue. S'ils trouvaient un médecin rapidement, Steve avait promis d'assurer sa formation ; il avait par ailleurs promis de ne pas partir avant d'avoir été remplacé. L'hôpital de Californie avait donné son accord, même si cela signifiait qu'il risquait d'arriver un peu plus tard que prévu.

Le lendemain, Steve partit à l'hôpital en même temps que Meredith à l'aéroport. On était dimanche, et la semaine qui venait de s'écouler avait été chargée d'émotion pour Meredith. Le vendredi, elle avait quitté son bureau pour la dernière fois, le cœur serré à l'idée de ne plus revoir les amis qu'elle s'y était faits au fil des ans. Il y avait eu quelques larmes, des adieux chaleureux et beaucoup de vœux de réussite. Au moment de refermer la porte de l'appartement, elle regarda autour d'elle avec mélancolie, comme si elle ne devait jamais y revenir.

— Détends-toi, mon amour, lui dit Steve avec tendresse. Tu seras de retour le week-end prochain.

— Je sais. Je suppose que je suis seulement un peu nerveuse...

— Il ne faut pas, la rassura-t-il. Tout va bien se passer.

— Oui, je sais, affirma-t-elle en souriant.

Et, le cœur gonflé d'émotion, elle referma la porte sur eux.

10

Le travail de Meredith, en Californie, se révéla aussi motivant et plein de défis que la jeune femme l'avait espéré. De surcroît, travailler avec Callan était plus passionnant encore qu'elle ne s'y était attendue. Professionnellement, c'était une occasion comme elle n'en rencontrerait sans doute jamais d'autre. Ils allaient de réunion en réunion, en parfaite harmonie, et passaient des heures à discuter de nouveaux projets. Chaque jour, Meredith quittait le bureau ravie et enthousiaste.

L'appartement meublé que lui avait loué Callan était spacieux, clair et très agréable. Elle appelait Steve aussi souvent qu'elle le pouvait, pour le tenir au courant de ce qui se passait dans sa vie, mais comme toujours, elle avait souvent du mal à le joindre. Lorsqu'ils parvenaient à se parler, néanmoins, il lui répétait qu'il se réjouissait pour elle. Il se montra même compréhensif lorsqu'elle lui dit qu'elle avait trop de travail pour venir à New York, le premier week-end. Elle était encore en train de s'occuper de la pile de projets inachevés laissée par Charlie McIntosh.

— Je suis désolée, mon chéri, lui dit-elle le jeudi soir.

Cela faisait quatre jours qu'elle avait pris son nouveau poste en Californie, et elle n'avait pas encore eu le temps de souffler.

— Ne t'inquiète pas. Peut-être pourras-tu en profiter pour aller voir quelques maisons durant le week-end.

Ils avaient décidé, dans la mesure où Steve travaillerait à l'hôpital d'East Bay, de chercher une maison en ville. Cela leur ferait un assez long trajet à tous les deux, mais Steve serait tout de même moins loin de l'hôpital que s'ils s'installaient à Palo Alto, comme ils l'avaient prévu au départ. Il lui aurait alors fallu deux heures pour se rendre au travail chaque jour, ce qui était beaucoup trop long. Habiter en ville était un bon compromis.

— Je jetterai un coup d'œil dimanche, promit Meredith.

Elle avait l'intention de le faire, mais lorsque le dimanche arriva, elle était toujours submergée de travail et installée avec des piles de dossiers sur la terrasse de son appartement. Callan l'avait invitée à dîner la veille mais elle avait refusé, préférant manger un sandwich tout en travaillant. Quand, en revanche, il l'appela le dimanche après-midi, elle ne put résister davantage.

Ils dînèrent tôt avec les enfants, qui cette fois se montrèrent tous plutôt gentils. Ils commençaient à s'habituer à elle, et après avoir rencontré Steve, Mary Ellen acceptait enfin d'admettre que Meredith ne cherchait pas à séduire son père.

Sa deuxième semaine à Dow Tech fut encore plus satisfaisante que la première, et au bout de trois jours, elle sut qu'elle pourrait aller passer le week-end à New York. Cette fois, hélas, ce fut Steve qui appela ; Harvey Lucas était malade, et il devait le remplacer.

Meredith fut déçue, mais elle accepta ce contretemps de bonne grâce ; en effet, elle avant tant de choses à faire qu'elle était plutôt contente de pouvoir rester à Palo Alto pour travailler.

— On ne peut pas dire que nous soyons des champions des trajets transaméricains, observa Steve, visiblement déprimé.

Il était très occupé par son travail, mais Meredith lui manquait. Rentrer le soir dans l'appartement vide, quand enfin il finissait son service, lui paraissait triste à mourir, et il se sentait comme un enfant privé de compagnons de jeu. Il n'avait pas vu sa femme depuis quinze jours.

Mais le moment critique survint vraiment la troisième semaine. Ils s'étaient promis que, cette fois, rien ne les empêcherait de se voir, et Meredith avait réservé une place sur un vol du vendredi soir quand, le mercredi, Cal apprit que des clients avec qui ils devaient dîner le jeudi n'arriveraient que le vendredi. Il lui demanda d'être présente pour les recevoir, lui expliquant combien ces clients étaient importants pour lui.

— Je sais que vous aviez l'intention d'aller passer le week-end à New York, dit-il d'un ton contrit, mais j'apprécierais vraiment que vous restiez. Juste cette fois. Je pense que cela pourrait faire une grosse différence pour ces gens, qui ne vous ont jamais rencontrée.

— Bien sûr, Cal, répondit-elle sans hésitation.

Elle se rendait compte de l'importance que cela revêtait pour lui et espérait que Steve comprendrait, lui aussi. Aussi fut-elle surprise et contrariée lorsqu'il réagit avec une violence inhabituelle.

— Pour l'amour du ciel, Merrie, ça fait trois semaines que nous ne nous sommes pas vus ! Est-ce que ça va continuer comme ça pendant les trois prochains mois ?

Cette fois, il était furieux contre elle, et elle lui en voulut de se montrer si peu compréhensif. Elle se sentait également coupable de le laisser tomber et était sur la défensive.

— Je ne reste pas ici pour faire un tournoi de tennis ou aller à une soirée du club de jardinage, Steve. C'est un problème de travail, je *dois* rester.

— Allons donc ! Callan peut très bien voir ces gens sans toi.

— Non, Steve, il ne peut pas. Ou du moins, il ne veut pas. Et je travaille pour lui. Il n'est pas question que je m'en aille alors qu'il m'a demandé de rester. Ce n'était pas prévu, crois-moi ; mais TIQ est notre plus gros client.

— Super. Alors que suis-je censé faire ? Je dois travailler dimanche, je ne peux pas venir. Tu le savais, lui rappela-t-il d'un ton où se mêlaient colère et déception.

— Je serai à la maison le week-end prochain, c'est juré. Parole d'honneur.

Malgré tout, il était toujours de mauvaise humeur lorsqu'elle raccrocha, et il la rappela plus tard pour se plaindre une nouvelle fois de la situation. Il était furieux de ne pas la voir, mais elle n'y pouvait rien ; les affaires étaient les affaires.

Cal avait engagé un traiteur pour servir le dîner chez lui le vendredi soir. En plus de ses clients, il avait invité trois couples d'amis.

Il avait demandé à Meredith d'arriver la première, ce qu'elle fit, vêtue d'une robe de cocktail noire très sophistiquée. Il parut ravi en la voyant.

— Cette robe est superbe, Merrie, s'exclama-t-il. Et vous aussi, comme toujours.

Il la renseigna rapidement sur ses invités. Quand ceux-ci arrivèrent, elle se montra une hôtesse parfaite : elle allait de l'un à l'autre avec aisance, parlait affaires avec les hommes, passait un certain temps avec les femmes. Cependant, la conversation des épouses tournait presque toujours autour de leurs enfants et elle ne tardait pas à s'ennuyer et à retourner vers les maris. Cal lui souriait de loin, ravi.

Au moment de partir, tous les invités vinrent dire à leur hôte combien la soirée avait été réussie : dîner excellent, personnes intéressantes, conversations animées... Le responsable de TIQ était particulièrement enthousiaste. Il semblait conquis par Meredith.

— Vous l'avez séduit, dit Callan avec admiration lorsqu'ils se retrouvèrent seuls. Vous avez été formidable. Merci d'être restée ; je sais que vous aviez l'intention d'aller à New York, mais votre présence était très importante pour moi.

— J'en avais conscience, dit-elle simplement.

— Steve était-il contrarié ? demanda-t-il avec inquiétude.

Meredith hésita avant de répondre.

— Un peu, admit-elle enfin. Mais j'irai à New York le week-end prochain.

Malgré tout, elle s'en rendait compte à présent, faire l'aller-retour entre la Californie et New York ne serait pas aussi aisé qu'elle l'avait cru. Mais, se rassura-t-elle, cette situation ne durerait encore que deux mois. Ce n'était pas si long. Et Steve serait bien obligé de se montrer un peu compréhensif en attendant. Elle commençait un nouveau travail et devait se faire une place dans l'entreprise.

— Je suis vraiment désolé, dit Callan avec sincérité. Pourquoi ne partiriez-vous pas plus tôt, vendredi prochain ?

— Merci, c'est gentil. En attendant, je vais profiter de ce week-end-ci pour aller visiter quelques maisons en ville.

Callan la raccompagna lentement jusqu'à sa voiture. Elle était heureuse que la soirée se soit si bien déroulée.

— Puis-je venir les voir avec vous ? demanda-t-il, la prenant par surprise.

— Ça n'a pas beaucoup d'intérêt, vous savez, dit-elle. Et puis, vous préférez certainement passer du temps avec les enfants...

Elle, de son côté, avait prévu de faire quelques courses en ville en même temps qu'elle chercherait une maison.

— En fait, ils sont tous occupés, expliqua-t-il tout en lui ouvrant la portière de sa voiture. Ils n'ont même pas besoin d'un chauffeur, pour une fois ! Ça me ferait vraiment plaisir de vous accompagner. J'aime bien visiter des maisons.

— Très bien, dit-elle avec un sourire, si vous insistez.

— A quelle heure voulez-vous que je passe vous chercher ?

— Dix heures et demie ? suggéra-t-elle. J'ai pris rendez-vous pour en voir une à onze heures.

— Je passerai vers dix heures et quart pour être sûr que nous soyons à l'heure. Et merci encore pour ce soir... Vous avez vraiment été super, conclut-il avec un sourire chaleureux.

Elle s'éloigna après lui avoir adressé un petit signe de la main. Le lendemain, à dix heures quinze précises, il sonnait à la porte de son appartement, vêtu d'un pantalon kaki, d'un col roulé en coton bleu marine et d'un blazer — superbe, comme toujours. Elle commençait à se demander s'il lui arrivait de ne pas être impeccable.

Il la conduisit en ville, et à leur habitude ils parlèrent affaires dans la voiture. La première maison qu'ils visitèrent les déçut, mais après cela ils en virent deux autres plus intéressantes, toutes deux sur Pacific Heights. L'une, très ancienne, avait beaucoup de charme et une vue extraordinaire, mais demandait trop de travaux ; l'autre plut beaucoup à Cal, mais Meredith la trouva trop petite, trop étouffante.

— Tout dépend du nombre d'enfants que vous

comptez avoir, observa-t-il quand ils retournèrent dans la voiture.

Tous deux mouraient de faim, et Callan avait suggéré qu'ils aillent déjeuner sur le front de mer.

— Très drôle. Vous savez que je ne veux pas d'enfants, Cal. J'ai Dow Tech, maintenant. Mon nouveau bébé.

— Je ne suis pas certain que votre mari ait compris cela aussi clairement que moi, souligna-t-il en souriant. Il m'a dit quelque chose à ce sujet quand vous êtes venus à la maison, tous les deux, juste après son bain dans la piscine avec les enfants.

— Je sais, répondit-elle, mal à l'aise comme toujours lorsqu'on abordait ce sujet. Il n'arrête pas d'insister, et je crois que c'est une des raisons pour lesquelles il est si enthousiaste à l'idée de venir ici. Mais maintenant plus que jamais, j'ai l'impression de ne pas être faite pour la maternité.

— Je crois que vous avez peur, c'est tout. Et je soutiens toujours ma théorie initiale.

— Quoi ? Vous pensez encore que je ne suis pas assez attachée à Steve ? Comment pouvez-vous dire ça, maintenant que vous l'avez rencontré ?

— Je n'ai pas dit que vous ne lui étiez pas attachée — je crois au contraire que vous l'êtes autant qu'il est possible de l'être. Je pense simplement que vous ne faites pas confiance à votre relation, ou à l'avenir.

Ce n'était pas la première fois qu'il lui disait cela.

— Au bout de quinze ans, je ne vois vraiment pas pourquoi je manquerais de confiance. Il ne va pas s'en aller, et moi non plus. Je suis mon instinct, c'est tout. Je me connais, et je ne suis pas quelqu'un de maternel. Je pense que c'est une erreur d'essayer de lutter contre ça. Regardez Charlotte...

— Etait-ce un accord entre vous dès le début ?

s'enquit-il tandis qu'il engageait la voiture dans Divisadero Street en direction de l'océan.

Meredith hésita avant de répondre.

— Probablement pas, admit-elle enfin. Mais je n'avais que vingt-trois ans quand nous nous sommes mariés, je ne me connaissais pas si bien que ça à l'époque et je ne me rendais pas compte de l'importance que ma carrière allait revêtir pour moi. Il m'a fallu un certain temps pour comprendre tout cela.

— La carrière n'explique généralement pas tout.

— Je ne saisis pas ce que vous voulez dire, Cal.

— J'ai connu des femmes mariées avec le même homme pendant des années et qui n'avaient pas d'enfants, soit parce qu'elles pensaient ne pas en vouloir, soit parce qu'elles croyaient sincèrement ne pas pouvoir en avoir. Le jour où elles sont tombées amoureuses de quelqu'un d'autre et l'ont épousé, elles sont miraculeusement tombées enceintes... Ce n'est pas une théorie nouvelle. C'est la nature humaine, conclut-il avec calme.

— Etes-vous en train de me dire que vous pensez que Steve et moi allons divorcer ? demanda-t-elle, abasourdie.

C'était là une possibilité qu'elle n'avait jamais envisagée.

— Dieu sait que j'espère que non. Ce que j'essaie de dire, c'est que dans la vie on ne peut rien prévoir, et que si vous fouillez assez profondément en vous-même, vous vous rendrez compte que vous avez plusieurs raisons de ne pas vouloir d'enfants, pas toutes liées à votre travail. Peut-être que vous ne pensez pas que Steve et vous seriez de bons parents.

— Je crois que Steve ferait un excellent père, s'il ne travaillait pas souvent quarante-huit heures d'affilée. Quant à moi, je n'en sais rien... Peut-être que vous avez raison, cependant. Si nous avions vraiment voulu des enfants, nous en aurions, à l'heure qu'il est.

— Peut-être Steve n'en a-t-il pas réellement envie non plus et vous utilise-t-il comme bouc émissaire.

Toutes ces idées étaient nouvelles pour Meredith, mais elle avait conscience que certaines d'entres elles méritaient réflexion ; et elle se demanda soudain si Cal n'était pas plus près de la vérité qu'elle n'aurait voulu le croire.

Le déjeuner au bord de la mer fut très agréable. La vue depuis le restaurant qu'ils avaient choisi, le Waterfront, était splendide. Plus tard, ils passèrent en voiture devant le Palais de la Légion d'Honneur et s'y promenèrent pendant quelque temps en bavardant et en regardant les tableaux. Et, lorsqu'ils ressortirent, Cal invita Meredith à se joindre à ses enfants et lui pour le dîner.

— Vous allez vous lasser de moi, si nous mangeons ensemble trois fois par jour, le taquina-t-elle.

Mais il insista.

— Puisque vous êtes coincée ici tout le week-end à cause de moi, la moindre des choses est que je m'occupe de vous.

Elle passait un si bon moment avec lui qu'elle ne résista pas davantage. Il était vraiment facile à vivre, et ils avaient toujours quantité de choses à se dire — en particulier dès qu'ils commençaient à parler affaires.

Les enfants de Callan ne parurent pas surpris de sa venue, ce soir-là. Mary Ellen était chez une amie, et Andy et Julie regardaient des cassettes vidéo ; quand ils descendirent et la virent, ils l'accueillirent comme une vieille amie. Andy était surexcité à la perspective d'aller voir un match de football américain le lendemain : les Forty-Niners de San Francisco affrontaient les Broncos.

— Vous venez avec nous ? demanda-t-il à Meredith pendant le dîner.

— Non, Andy, répondit-elle poliment.

— Pourquoi pas ? s'enquit Callan en lui souriant. C'est une excellente idée. Vous aimez le football ?

— Un peu. En fait, je suis une fan de base-ball. Il fait généralement trop froid à New York pour aller assister à des matchs de football sans mourir congelé.

— C'est mieux ici, assura Julie.

Bientôt, leur enthousiasme communicatif vint à bout des réticences de Meredith, et elle accepta de se joindre à eux.

— Etes-vous sûre que cela ne dérangera pas les enfants ? demanda-t-elle à Cal lorsque les intéressés furent sortis de table.

— Bien sûr que non. Pourquoi voulez-vous que ça les dérange ? Vous faites partie de la famille à présent, Merrie. Ils sont parfaitement à l'aise avec vous.

— Steve a su les conquérir en jouant au water-polo avec eux...

— Oui, mais ils vous aiment bien aussi. Julie vous trouve « classe », et Andy très jolie. Il a bon goût, ajouta-t-il avec fierté. Il me ressemble !

Meredith rit de ce double compliment.

— Mais Mary Ellen me déteste, ajouta-t-elle, recouvrant son sérieux. Vous devriez peut-être la consulter avant de m'inviter.

— Détrompez-vous, elle vous aime bien, elle aussi. Elle a simplement plus de mal que les autres à se montrer chaleureuse envers les gens. Mais la dernière fois que vous êtes venue, elle a adoré ce que vous portiez. A son âge, c'est un détail très important. Elle a dit que vous étiez « cool », ce qui n'est pas rien, venant d'elle. Moi, par exemple, je ne suis pas « cool », parce que je suis son père. Elle a l'impression que j'ai deux cents ans, et que je suis très bête la plupart du temps. La semaine dernière, elle m'a même dit que je faisais pitié !

Meredith le regarda sans dissimuler son admiration.

Il gérait tout avec une telle aisance, enfants comme entreprise !

— Moi, je ne saurais pas comment réagir, avoua-t-elle. Si ma fille me disait que je faisais pitié, je crois que j'aurais le cœur brisé...

— On s'endurcit, avec le temps. Quand ils vous ont répété quelques millions de fois qu'ils vous détestaient, ça commence à vous manquer lorsqu'ils oublient de le dire... Venant d'une gamine de quatorze ans, « Tu fais pitié » est une espèce de compliment. L'année dernière, j'étais « méchant » et au début des vacances, « débile. » Il y a une semaine, Julie m'a fait savoir que j'étais vraiment idiot, mais ça, c'est parce que je lui avais interdit de mettre du rouge à lèvres. Il faut apprendre à décoder.

Ils riaient tous les deux à gorge déployée.

— Je crois que mener à bien une introduction en Bourse est bien plus facile que d'éduquer des enfants !

— C'est différent, répondit-il en lui effleurant doucement la main. Vous êtes vraiment une femme merveilleuse, vous savez, Merrie. Merci d'être restée ce week-end.

Il savait que ç'avait été un sacrifice, pour elle, et il voulait lui exprimer sa gratitude — d'autant qu'il appréciait vraiment sa compagnie. Leurs visites des maisons l'avaient beaucoup distrait, et tous deux avaient ri en constatant que l'agent immobilier le prenait tout naturellement pour son mari.

Callan avait remarqué que Meredith ne paraissait pas particulièrement pressée d'acheter une maison ; elle ne cessait de trouver des défauts à toutes celles qu'ils voyaient. Peut-être ne souhaitait-elle pas réellement habiter en ville ? Il savait que c'était une concession qu'elle faisait à Steve, mais il commençait à la soupçonner d'avoir envie de rester à Palo Alto. Il était clair que ce serait plus commode pour elle.

— Comment trouvez-vous votre appartement, au fait ? demanda-t-il. Vous vous y plaisez ?

— Je l'adore, répondit-elle avec enthousiasme. Mais je vais devoir le quitter d'ici peu... Steve a vraiment décidé de s'installer dans une maison à San Francisco. J'avoue que pour ma part, je crois que je préférerais un appartement.

— Et je devine pourquoi : pas de place pour un bébé ! Seigneur, vous savez que vous êtes têtue ?

— C'est vous qui me dites ça ! s'exclama-t-elle en riant.

Elle enchaîna en le taquinant au sujet de certaines positions qu'il avait prises durant la semaine. Elle lui avait fait remarquer qu'elles n'étaient pas très raisonnables, mais en dépit de tout ce qu'elle avait pu dire, il avait tenu bon.

— Vous m'avez percé à jour, admit-il en lui servant un autre verre de vin.

Ils passèrent plusieurs heures à bavarder agréablement au salon, et il était plus de minuit quand elle rentra chez elle. A onze heures le lendemain matin, Callan sonnait de nouveau à sa porte pour l'emmener au match de football. Les enfants l'accompagnaient ; ils pénétrèrent dans l'appartement et en explorèrent tous les coins comme des abeilles. Les deux filles trouvèrent la décoration « cool », et Andy affirma qu'il aimait beaucoup l'endroit.

Au stade, ils s'amusèrent tous les cinq comme des petits fous. Au grand désespoir d'Andy, les Broncos gagnèrent, mais à part cela, ils passèrent un excellent moment. Ils déjeunèrent de hot dogs et goûtèrent de cacahuètes et de glaces ; puis, au moment de repartir, Meredith remonta dans la voiture de Callan sans même se poser de questions. Une fois chez eux, elle aida Callan à préparer le dîner. Elle aimait être avec eux, faire ainsi partie d'une véritable famille, et quand Callan la raccompagna ce soir-là, elle sentit son cœur se serrer à l'idée de les quitter, ses enfants et lui. Elle le remercia avec effusion pour le merveilleux week-end qu'elle avait passé grâce à lui.

— Je me suis amusée comme jamais, affirma-t-elle.

Elle venait de vivre trois jours presque entièrement avec lui, et elle ne s'était pas ennuyée une seconde.

— J'espère que vos enfants ne m'en auront pas trop voulu d'être restée.

— Pas du tout, ils ont été ravis. Vous donnez un excellent exemple aux filles : grâce à vous, elles découvrent qu'une femme peut être à la fois belle, intelligente et gentille. C'est important pour elles.

— En tout cas, j'ai passé un merveilleux week-end. Remerciez-les tous pour moi. Et merci à vous, Cal.

— Vous êtes ce qui m'est arrivé de mieux depuis longtemps, Meredith. Et j'espère que vous le savez.

Il avait dit cela avec gravité et s'empressa d'ajouter d'un ton plus léger :

— En plus, vous êtes mille fois plus agréable à regarder que Charlie McIntosh !

Ils rirent tous deux de bon cœur avant de se séparer et de se donner rendez-vous le lendemain au bureau. A peine Meredith avait-elle refermé la porte de l'appartement que le téléphone sonna ; c'était Steve.

— Où diable étais-tu ? J'ai essayé de te joindre tout le week-end !

Son ton agressif la surprit : il était très rare qu'il se mît en colère. Mais leur séparation momentanée était très pénible pour tous les deux, et elle comprenait ce qu'il ressentait.

— J'ai pas mal bougé, répondit-elle. Vendredi soir, il y avait ce dîner avec les clients dont je t'ai parlé. Samedi, je suis allée visiter des maisons en ville et j'ai dîné chez Callan. Aujourd'hui, les enfants et lui m'ont emmenée voir un match de football américain. Je viens juste d'arriver à la maison, mon amour.

Ce résumé parut le rendre plus furieux encore.

— Es-tu en train de me dire que tu as passé tout le week-end avec ce type ? Pourquoi n'emménages-tu pas carrément chez lui, tant que tu y es ?

— Allons, Steve, ne sois pas bête. Je n'avais rien d'autre à faire ce week-end.

— Tu étais censée venir ici, lui rappela-t-il sèchement.

— Aujourd'hui, tu travaillais, donc nous n'aurions pas passé la journée ensemble de toute façon. Pourquoi faire une telle histoire ?

— Tu as trouvé une maison ? demanda-t-il d'un ton glacial sans répondre à sa question.

Elle n'aimait pas la tournure que prenait cette conversation et se demanda s'il avait eu une mauvaise journée ou s'il était seulement très fatigué.

— Pas encore, dit-elle patiemment, mais je continue à chercher.

— Ça ne doit pas être si difficile. Le journal était plein de maisons à vendre quand j'étais venu avec toi.

— Je n'ai pas aimé les maisons que j'ai vues, Steve. Détends-toi ! Nous avons le temps, et l'appartement que j'occupe ici est très agréable.

— S'il est si agréable, tu devrais essayer d'y passer un peu plus de temps, au lieu d'être constamment fourrée chez Callan Dow.

— Steve, pour l'amour du ciel ! Vendredi, il s'agissait d'un dîner d'affaires, et aujourd'hui nous avons passé la journée avec ses enfants. Ne fais pas une telle histoire pour quelque chose d'aussi anodin !

Elle était surprise de le découvrir si jaloux.

— Tu détestes les enfants. Alors comment se fait-il que tu sois si intéressée, tout à coup ? Pas la peine de répondre, nous le savons tous les deux ! C'est bien ça le problème, Merrie, pas vrai ? Tu es en train de tomber amoureuse de ce type... Voilà pourquoi tu n'as pas mis les pieds à la maison depuis trois semaines. Tu me prends donc pour un imbécile ?

— Bien sûr que non, Steve, ne dis pas n'importe quoi. Callan et moi sommes seulement amis. Tu le sais parfaitement, tu l'as rencontré. Je ne connais pas encore grand monde ici, et il se sentait coupable de m'avoir obligée à rester ce week-end.

— Il devrait se sentir plus que coupable ! rétorqua Steve. (Il criait presque à présent.) Il a passé le week-end avec ma femme et pas moi !

— Mon chéri, calme-toi. Je te l'ai dit, je rentre à la maison le week-end prochain. Il n'y a absolument rien entre Callan Dow et moi, sinon une relation amicale et professionnelle.

— Je n'en suis pas si sûr. J'ai vu cet homme ; il est beau, séduisant, tout lui réussit et je suis sûr qu'il te sauterait volontiers dessus à la moindre occasion. Je connais les gens comme lui.

Meredith avait conscience que Steve se conduisait de manière totalement irrationnelle, mais elle ne lui en fit pas la remarque, préférant ne pas envenimer les choses.

— S'il avait voulu se comporter comme un idiot, il l'aurait fait pendant la tournée promotionnelle, et je n'aurais pas accepté de travailler pour lui. Je n'ai aucune intention ni envie de me faire « sauter dessus », comme tu dis. Et ce n'est pas son genre, quoi que tu t'imagines. Callan est un parfait gentleman, et tu le sais pertinemment.

— Je ne sais plus rien, répondit-il. Et quoi qu'il en soit, tout cela ne me plaît pas. Tu mènes une vie totalement indépendante, comme si tu étais célibataire...

— Pardonne-moi, mais tu dis des bêtises grosses comme toi, Steve. Je fais mon travail, et j'essaie de trouver une maison pour nous deux. Je ne vois pas ce qu'il y a de mal là-dedans. Nous ne sommes pas dans une situation facile, et si tu te montres ridiculement jaloux et commences à lancer des accusations absurdes contre Cal Dow, ce sera encore plus difficile. C'est mon patron. Que veux-tu que je fasse ? Que je refuse de le voir ?

Ce qu'elle lui disait était logique, mais il n'en aimait pas la situation pour autant.

— Non, je suppose que non, répondit-il dans un soupir. Simplement, ça me rend malade de te savoir si loin. C'est plus dur que je ne le pensais. Je m'étais imaginé que je te verrais tous les week-ends. Je n'avais pas réalisé que je te croiserais seulement en coup de vent une fois par mois. Ça ne me plaît pas, voilà tout.

Il semblait tout à coup plus déprimé que furieux.

— Je sais, mon chéri, dit-elle avec compassion. Je serai à la maison le week-end prochain quoi qu'il arrive, je te le promets.

— Tu as intérêt.

— Je serai là.

Et quand, le jeudi soir, elle sentit qu'elle avait attrapé un gros rhume, elle ne dit rien. Elle se contenta d'avaler des médicaments le lendemain et prit son avion. Mais lorsqu'elle atterrit à New York, elle toussait, souffrait d'une migraine épouvantable et avait mal aux oreilles. Elle arriva à l'appartement avec un visage défait, d'autant plus épuisée qu'elle avait été retenue au travail et avait été obligée de prendre un avion qui arrivait à minuit.

Elle pénétra chez elle à plus d'une heure du matin. Steve l'attendait, avec un bon dîner et une bouteille de champagne. Elle aurait donné n'importe quoi pour aller au lit mais s'efforça de faire bonne figure ; elle dîna avec lui, but le champagne et fit semblant d'aller bien. Malgré tout, il voyait bien qu'elle était malade, et même s'il mourait d'envie de lui faire l'amour, il compris dès qu'il la toucha qu'elle avait une forte fièvre.

— Mon pauvre amour, murmura-t-il.

Il lui prit sa température : 39°. Il lui donna du paracétamol et la mit au lit, mais le lendemain, loin d'aller mieux, elle se sentait plus mal encore.

— Tu n'aurais pas dû prendre l'avion, observa-t-il, se sentant coupable.

— Tu m'aurais tuée si je n'étais pas venue, fit-elle remarquer, interrompue par une quinte de toux.

— C'est vrai, reconnut-il avec un sourire penaud.

Elle passa tout le samedi et la matinée du dimanche au lit. Vers midi, elle se sentait un peu mieux, et la fièvre était tombée ; ils allèrent se promener, mais sans grand enthousiasme. Bien qu'ils eussent fait l'amour avant de sortir, ils étaient tous deux déprimés. Meredith avait l'intention de prendre le dernier avion pour San Francisco.

— Plus que sept semaines, lui rappela-t-elle pendant qu'il lui préparait à dîner.

En vérité, elle n'avait pas faim, mais elle se força à manger un peu pour lui faire plaisir.

— Cela semble une éternité, soupira-t-il sombrement.

C'était vrai, mais ils n'y pouvaient rien. Ils devaient serrer les dents et attendre.

Meredith n'avait pas l'intention de revenir avant deux semaines, pour le week-end de Thanksgiving. Ils avaient promis d'aller dîner chez les Lucas.

Ce soir-là, Steve l'accompagna à l'aéroport et lui donna des médicaments juste avant qu'elle ne monte dans l'avion, mais elle était encore bien pâle lorsqu'elle l'embrassa pour lui dire au revoir. Quant à lui, il était plus défait qu'elle encore quand il reprit le chemin de l'appartement. La vie qu'il menait désormais lui semblait bien solitaire, et l'absence de Meredith lui était presque physiquement douloureuse. Il resta un long moment allongé dans le lit à respirer le parfum subtil du shampooing de sa femme sur l'oreiller, au bord des larmes.

— Comment s'est passé votre week-end ? demanda Cal à Meredith lorsqu'elle arriva au bureau le lendemain matin.

Elle avait très mauvaise mine, et toussait et éternuait constamment. Le vol n'avait fait qu'empirer son rhume, et elle se sentait plus mal que jamais.

— Plutôt mal, avoua-t-elle avec franchise. J'étais malade, et Steve malheureux. On ne peut pas dire que nous nous soyons vraiment amusés. Dommage que je sois tombée malade juste avant de partir... conclut-elle avec un profond soupir.

— Je suis désolé, Meredith. Vous devriez faire davantage attention à vous. Ces allers-retours sont éprouvants, et nous avons des réunions importantes cette semaine.

— Je sais. Ça ira, ne vous inquiétez pas, affirma-t-elle.

Néanmoins, elle se sentit mal toute la semaine et passa le week-end suivant au lit. Elle voulait être guérie afin de pouvoir aller passer Thanksgiving à New York. Elle savait que Steve ne lui pardonnerait jamais si elle annulait.

Cal l'avait invitée à venir chez lui si elle décidait de ne pas rentrer, mais elle lui avait dit qu'elle souhaitait fêter Thanksgiving à New York avec son mari.

— J'avais simplement peur que vous soyez seule ici, avait-il répondu avec gentillesse.

Il voulait qu'elle reste à Dow Tech aussi longtemps que possible et faisait en conséquence tout pour la rendre heureuse.

La semaine suivante, tronquée en raison de Thanksgiving, passa à toute vitesse, et le mercredi soir Meredith prit comme prévu l'avion pour New York. Elle était remise de son rhume et se réjouissait à l'idée de faire la fête avec son mari. Ce dernier avait dit qu'il passerait la chercher à l'aéroport, mais lorsqu'elle sortit de l'avion il n'était pas là ; elle rentra donc à l'appartement et lui laissa un message sur son bipeur. Il la rappela une heure plus tard.

— Tu ne sais pas ce qui vient de se produire, dit-il d'une voix sombre. Un incendie s'est déclaré dans le métro à une heure de pointe, et les pompiers nous ont envoyé tout le monde. Il n'y a pas eu de morts, mais j'ai beaucoup de blessés graves sur les bras. Je ne pourrai pas quitter l'hôpital avant demain.

— Ne t'inquiète pas, répondit-elle, je suis à la maison, et j'y resterai jusqu'à ce que tu puisses me rejoindre.

— Je devrais rentrer demain matin. L'interne en chef nous remplacera, Harvey et moi, pour que nous puissions au moins nous libérer pour Thanksgiving...

Mais le fils de l'interne en chef fit une péritonite aiguë à minuit ce soir-là ; et ni Steve ni Harvey n'eurent le cœur de l'obliger à venir prendre son service. L'enfant était très malade et avait été envoyé dans un autre hôpital ; il souhaitait, et c'était compréhensible, être à son côté. Quant à Harvey Lucas, il avait été grippé toute la semaine, si bien que Steve était pratiquement seul maître à bord.

Il paraissait au bord des larmes lorsqu'il téléphona à Meredith.

— Je suis coincé ici, déclara-t-il sans ambages. Je ne peux pas rentrer, Merrie.

Elle hésita un instant. Depuis qu'ils habitaient séparément, il leur était beaucoup plus difficile d'accepter ce genre de problème. Ils avaient l'impression de marcher sur des œufs... Néanmoins, elle se reprit rapidement.

— Ne t'inquiète pas. Je t'apporterai ton repas de Thanksgiving.

— Et comment comptes-tu faire ? demanda-t-il, visiblement surpris.

— Je trouverai un moyen, promit-elle.

Et, fidèle à sa parole, elle alla le trouver à l'hôpital avec un poulet rôti acheté chez un traiteur de la Deuxième Avenue, de la farce, une salade de pommes de terre et de la sauce aux airelles, et à quatorze heures cet après-midi-là, ils dégustèrent ce déjeuner improvisé sur des assiettes en carton dans le bureau de Steve. Elle avait même acheté une tourte au potiron. Steve l'embrassa passionnément.

— Tu es formidable, dit-il en la serrant contre lui.

Une infirmière qui passait dans le couloir les vit et sourit, attendrie.

— Tu n'es pas mal non plus, répondit Meredith avec un clin d'œil.

Ils réussirent à passer une heure ensemble, puis Steve dut retourner en salle d'opération pour s'occuper d'un homme blessé par balle. Même durant Thanksgiving, les gens continuaient à se tirer dessus...

— Je rentrerai à la maison dès que possible, promit Steve.

Mais ce n'est que le vendredi matin qu'il pénétra enfin dans leur appartement. Par chance, ils purent passer le reste du week-end ensemble sans être dérangés.

Ils allèrent au cinéma main dans la main, firent l'amour et la grasse matinée. Ils firent même du patin à roulettes au Rockefeller Center. C'était exactement ce dont ils avaient besoin, et tous deux se sentaient requinqués lorsque Meredith prit son avion le dimanche soir. Steve l'accompagna à l'aéroport et l'embrassa tendrement ; on aurait dit deux jeunes amants.

— J'ai passé un merveilleux week-end, Merrie. Merci, murmura-t-il.

— Moi aussi, répondit-elle en l'embrassant encore.

Elle dut faire un effort de volonté pour s'arracher à lui. Elle se consolait en songeant qu'il avait promis de la rejoindre en Californie le week-end suivant ; il ne restait que cinq semaines avant qu'il vienne s'installer définitivement, quatre s'il parvenait à déménager avant Noël. Leur appartement n'était pas encore vendu, mais plusieurs personnes s'étaient montrées intéressées et réfléchissaient.

Ces quelques jours partagés leur avaient donné la force dont ils avaient besoin pour affronter la « dernière ligne droite ». Leur séparation leur semblait interminable ; cela faisait six semaines que Meredith était en Californie sans Steve.

La bonne humeur due à ce long week-end les porta pendant les quelques jours qui suivirent. Meredith flottait toujours sur un nuage lorsque Steve l'appela le jeudi.

— Tu es assise ? demanda-t-il.

Elle arqua un sourcil surpris. Que s'apprêtait-il à lui dire ? Qu'il avait vendu leur appartement pour deux fois le prix qu'ils en attendaient ?

— Oui, pourquoi ? répondit-elle avec un sourire.

— Je viens de perdre mon travail en Californie.

Meredith eut l'impression qu'une bombe venait d'exploser sous ses pieds.

— *Quoi ?* Tu veux rire ? C'est une plaisanterie, n'est-ce pas ?

— Je ne suis pas d'humeur à plaisanter. Celui qui partait, leur chef de service, a décidé de rester. Il a changé d'avis. C'est probablement le seul service de traumatologie au monde qui ait trop de personnel ! Ils ne peuvent pas me faire une place.

Il semblait anéanti.

— J'ai rappelé les autres hôpitaux que j'avais contactés, et la seule chose qu'on puisse me proposer pour l'instant est un poste subalterne au service des urgences de l'Hôpital Général.

Meredith n'aurait pas supporté de le voir accepter un tel pis-aller. Le poste à East Bay était si parfait...

— Quand le directeur de l'hôpital d'East Bay m'a appelé, il s'est confondu en excuses, mais ils ne peuvent pas obliger leur médecin à partir, et de plus, ils n'en ont pas particulièrement envie. Ils l'apprécient beaucoup.

— Oh, zut. Qu'allons-nous faire, à présent ?

— Je ne sais pas. Attendre, je suppose. Nous ne pouvons rien faire d'autre. Quelque chose finira bien par se présenter. Dans l'intervalle, je peux rester ici. Harvey était ravi quand je lui ai annoncé la nouvelle.

— Forcément... Je ne sais pas quoi dire, mon amour. Je n'avais pas imaginé que cela pourrait se produire.

Si elle n'avait pas eu la certitude que Steve avait trouvé un bon travail, elle n'aurait pas accepté le poste à Dow Tech. A présent, ils étaient coincés dans une sale situation.

Elle en parla à Callan en fin d'après-midi, à l'issue d'une réunion de travail.

— C'est terrible ! s'exclama-t-il. Ecoutez, je vais passer quelques coups de fil et voir si je peux faire quelque chose.

Mais le lendemain, il en était arrivé à la même conclusion que Steve. Il ne semblait y avoir d'ouvertures pour lui nulle part dans l'immédiat, à moins qu'il ne soit prêt à accepter un poste très inférieur à ses qualifications. Mais Callan estimait que ce serait une erreur.

— Il va falloir qu'il se montre patient.

Meredith ne pouvait s'empêcher d'être inquiète. Les sept dernières semaines avaient été vraiment difficiles pour Steve et elle, et maintenant qu'ils n'avaient même plus la perspective de se retrouver bientôt, ce serait encore plus dur à vivre. D'autant que faire l'aller-retour entre New York et la Californie n'était pas aussi facile qu'ils l'avaient escompté. La plupart du temps, l'un ou l'autre avait un empêchement. Leurs métiers respectifs étaient trop exigeants pour leur laisser le loisir de voyager.

Toute la semaine, Meredith broya du noir, et Steve semblait plus déprimé encore chaque fois qu'elle l'avait au téléphone. Evidemment, il se retrouva de garde ce week-end-là et ne put la rejoindre. Quant à elle, il n'était pas prévu qu'elle retourne à New York avant Noël. Elle avait l'intention de prendre une semaine de vacances entre Noël et le jour de l'an, après quoi ils auraient dû rentrer définitivement ensemble en Californie. Désormais, tous leurs projets étaient bouleversés. Elle ne pouvait plus qu'espérer qu'un poste se libérerait bientôt dans l'un des services de traumatologie de la région.

Le mois de décembre fut exténuant pour tous les deux. Callan avait décidé de régler un certain nombre de questions avant la fin de l'année, si bien que Meredith et lui travaillaient nuit et jour. Et en raison de la neige et de la glace qui avaient envahi New York, les accidents étaient légion : victimes de collisions, piétons écrasés et hanches brisées faisaient le quotidien de Steve. Seule la guerre des gangs semblait s'être un peu calmée, sans doute à cause du temps détestable.

La semaine précédant Noël, ils subirent un nouveau coup du sort : Harvey Lucas fit une mauvaise chute sur la glace dans sa maison du Connecticut et se cassa la hanche et le bassin. Il ne pourrait pas travailler pendant huit semaines, et même si Steve avait trouvé un emploi en Californie, il n'aurait pas pu quitter son service actuel. Il estimait devoir à Harvey Lucas de rester jusqu'à ce qu'il soit remis. Sa seule consolation relative était l'arrivée d'une femme médecin engagée pour travailler avec lui durant l'absence d'Harvey. Elle s'appelait Anna Gonzalez et avait l'habitude de faire des remplacements. Elle était intelligente, avait fait ses études à Yale et lui servirait d'assistante pendant qu'il remplacerait Harvey Lucas à la tête du service.

Si bien qu'une seule chose était sûre pour Meredith et Steve : quoi qu'il arrivât, ils devraient supporter au moins huit semaines de séparation supplémentaires. Et cela faisait déjà plus de deux mois que Meredith était seule en Californie.

— Qu'avons-nous bien pu faire pour mériter ça ? demanda-t-elle, des larmes dans la voix, quand ils en discutèrent.

— Au moins, tu seras à la maison dans une semaine. Je vais voir si je peux me libérer à ce moment-là. Anna dit qu'elle me remplacera.

— Remercie-la pour moi, dit Meredith dans un soupir.

Durant les quelques jours qui suivirent, Meredith se prépara à rentrer à New York pour Noël avec tous ses cadeaux pour Steve.

Pendant qu'elle faisait ses préparatifs, quelques jours avant son départ, un énorme blizzard s'abattit sur toute la côte est, rendant le travail de Steve plus éprouvant encore : les accidents et les membres cassés se multipliaient, et il n'avait pas une minute à lui. Meredith avait réservé un billet pour le 24 décembre, et la veille elle alla dîner chez Callan avec ses enfants et lui. Un superbe arbre de Noël décorait le salon, bien que dehors le soleil brillât : cruelle ironie, alors que New York souffrait d'un froid extrême, le temps était particulièrement chaud pour la saison en Californie.

— Vous ne pourrez peut-être pas partir, demain, observa Andy comme ils parlaient des tempêtes de neige qui déferlaient sur l'est du pays.

Il y avait plus de cinquante centimètres de neige dans les rues de New York, et à en croire Steve, la ville était totalement paralysée.

— J'espère bien que si, Andy, répondit Meredith avec force.

Juste avant le repas, elle leur avait offert leurs cadeaux : une robe pour Mary Ellen, accueillie avec des cris de joie, une autre pour Julie ainsi qu'une paire de chaussures que l'adolescente avait aussi qualifiées de « trop cool », et pour Andy, un robot capable de parler et de verser un verre de soda.

— Steve serait vraiment contrarié si je n'arrivais pas à rentrer demain, dit-elle, consciente qu'il s'agissait là d'un euphémisme.

— Vous pourriez passer Noël avec nous, intervint Julie.

Ils seraient avec leur père pour Noël, et le lendemain leur mère viendrait les chercher pour les emmener skier à Sun Valley. Elle ne les avait pas vus depuis l'été précédent, mais ils ne se réjouissaient qu'à moitié de ces vacances avec elle. Ils se montraient assez réservés à son égard, ce qui était compréhensible.

— J'aimerais beaucoup fêter Noël avec vous, mais je dois rentrer à New York retrouver mon mari, répondit-elle.

Pendant que ses enfants seraient avec leur mère, Cal passerait les vacances au Mexique avec des amis ; ils avaient loué un yacht. Meredith, pour sa part, ne demandait qu'à être chez elle près de Steve pendant une semaine. Pour le moment, leur vie ne semblait faite que de déceptions et de problèmes, à tel point que l'inquiétude de la jeune femme ternissait même sa passion pour son travail. Sachant que Steve et elle allaient être séparés pendant quelques mois supplémentaires, elle commençait à avoir peur pour son couple. Et Callan en avait conscience.

Après le dîner, ils bavardèrent et il aborda le sujet.

— Vous devez tenir, tous les deux, en attendant qu'il trouve un travail ici, Merrie. Ça finira par arriver étant donné ses qualifications.

Il craignait qu'elle ne soit obligée de prendre un congé sabbatique — ou pire, de démissionner — pour retourner auprès de son mari.

— C'est beaucoup plus dur que nous ne l'avions escompté, avoua-t-elle, déprimée.

— Beaucoup d'hommes connaissent des problèmes de ce genre. Ils acceptent un travail dans une autre ville, et parfois ils doivent attendre une année entière que leur famille les rejoigne. Il faut vendre la maison, laisser les enfants finir leur année scolaire... Malgré tout, les gens s'en sortent, et Steve et vous vous en sortirez aussi. Essayez seulement d'être patiente.

— Je le suis... Nous le sommes... Mais j'ai le sentiment de l'avoir abandonné en venant ici. Et je crois que c'est ce qu'il ressent, lui aussi. Je ne suis pas certaine qu'il comprenne.

— Bien sûr que si. Il est lucide. Il sait combien ce travail était important pour vous. Et à terme, ce changement sera positif pour lui aussi. Je suis certain qu'il est prêt à faire certains sacrifices pour votre carrière, Merrie. Il vous aime. Les femmes font cela couramment pour leur mari. Elles laissent tomber des emplois qu'elles aiment, leurs amies, leurs maisons pour suivre leurs époux là où ils sont mutés. Il doit juste être patient. Vous avez fait ce qu'il fallait en venant ici, Merrie, et Steve s'en rend compte, j'en suis sûr.

Meredith, elle, n'était plus du tout sûre de quoi que ce soit. La seule chose certaine était que Steve haïssait ce mode de vie. Il était coincé à New York par les circonstances et s'imaginait qu'elle, de son côté, s'amusait comme une folle en Californie. Or, même si elle aimait son travail, son mari lui manquait...

— J'espère qu'il trouvera un emploi ici bientôt, et un bon, pas un poste subalterne comme celui de l'Hôpital Général, dit-elle tristement.

Cal posa un bras compatissant sur ses épaules. Il

voulait lui remonter le moral et songea que le moment était bien choisi pour lui offrir son cadeau de Noël.

— J'ai un petit quelque chose pour vous, Meredith.

Tout en parlant, il tira une boîte de sa poche et la lui tendit. Avant de l'ouvrir, Meredith alla chercher dans l'entrée le cadeau qu'elle lui avait acheté et qu'elle avait laissé à côté de son sac à main. Quand elle lui donna la boîte en carton orange entourée d'un ruban, il reconnut immédiatement la marque : le présent venait de chez Hermès.

Assis côte à côte, ils entreprirent d'ouvrir leurs cadeaux respectifs. En découvrant le sien, Meredith eut le souffle coupé ; Cal lui avait offert une superbe montre en or de chez Bulgari. C'était exactement le modèle qu'elle aurait choisi si elle avait osé dépenser une telle somme pour une montre.

— Mon Dieu, Cal, vous n'auriez pas dû... Elle est si belle !

Elle la mit aussitôt et se réjouit de voir que le bracelet était exactement à la bonne taille. De son côté, Callan paraissait heureux de la voir contente.

Puis il ouvrit la boîte Hermès et s'extasia en y trouvant un magnifique attaché-case en très beau cuir souple. Il serra aussitôt Meredith dans ses bras et l'embrassa sur la joue avant de la remercier avec effusion.

— Vous m'avez gâté, Merrie ! Je l'adore ! s'exclama-t-il.

— Vous pouvez parler ! Je n'ai jamais eu une montre aussi belle, Cal.

— Eh bien, c'est un tort, car elle vous va à ravir.

De fait, c'était une montre à la fois sobre, chic et élégante, qu'elle pouvait mettre tous les jours avec les tailleurs qu'elle aimait porter pour aller travailler.

Ils parlèrent encore un moment, puis à onze heures Callan alluma la télévision afin qu'ils puissent avoir les dernières nouvelles concernant les tempêtes de neige. Toute la semaine, le journal télévisé n'avait cessé de relater les drames de personnes perdues dans la neige ou accidentées ; tous les grands aéroports de la côte est avaient fermé les uns après les autres. Loin de s'améliorer, la situation semblait encore avoir empiré : un autre front nuageux était arrivé par l'Atlantique, entraînant de nouvelles chutes de neige dans les Etats de New York, du New Jersey, du Connecticut et du Massachusetts.

— Je suis désolé d'avoir à vous dire ça, mais je ne suis pas sûr que vous puissiez partir à New York demain, observa Callan. Vous feriez mieux d'appeler l'aéroport avant de prendre votre taxi.

— Steve me tuera si je ne suis pas à la maison pour fêter Noël avec lui, soupira-t-elle.

Cela ne ferait que rendre une situation difficile plus intolérable encore. Et il lui manquait cruellement.

— Ce ne sera pas votre faute, il faudra bien qu'il le comprenne.

Callan la raccompagna chez elle peu après, et elle le remercia une nouvelle fois pour son cadeau. Elle portait toujours la montre et sourit en remontant sa manche pour l'admirer de nouveau.

— Merci, Callan, elle me plaît vraiment.

— Ça me fait plaisir. Et moi, j'adore mon attaché-case, affirma-t-il d'un air ravi.

— Nous allons être les deux personnes les plus élégantes du bureau, ajouta-t-elle.

— Qu'allez-vous faire si vous ne pouvez pas rentrer chez vous ? demanda-t-il avec sollicitude.

— Je pleurerai, répondit-elle du tac au tac avant d'émettre un petit rire fataliste. Que puis-je faire ? S'ils ferment l'aéroport ou annulent mon vol, je n'y pourrai rien.

— Si jamais cela se produit, j'insiste pour que vous

veniez fêter Noël avec nous. Pas question que vous restiez toute seule chez vous.

— Merci, Cal, j'apprécie votre offre. Mais avec un peu de chance, je réussirai à partir demain.

— Je l'espère pour vous. Au cas où, cependant, je ne veux pas que vous demeuriez dans cet appartement à vous lamenter sur votre sort comme une pauvre malheureuse.

— Je vous appellerai, c'est promis. J'irai gémir chez vous.

Ils rirent tous les deux.

Hélas, comme ils l'avaient craint, en raison des chutes de neige persistantes, l'aéroport Kennedy de New York ferma le lendemain à midi, heure locale — neuf heures du matin en Californie. Meredith parvint à joindre Steve à l'hôpital ; il fut déçu mais se montra philosophe.

— Tu finiras bien par pouvoir venir, ma chérie. Nous serons simplement obligés de reporter Noël jusqu'à ton arrivée. Que vas-tu faire ce soir ?

— Je ne sais pas. Les Dow m'ont invitée à aller dîner avec eux si je ne pouvais pas prendre l'avion.

Elle n'avait pas d'autres amis en Californie. Elle avait été trop occupée au bureau pour avoir le temps de rencontrer des gens.

— Au moins, tu seras avec des enfants pour Noël, dit-il.

Mais elle devina au ton de sa voix qu'il n'était pas ravi.

Il ne pouvait cependant pas lui demander de passer seule la soirée de Noël, et il ne dit rien. Lui resterait à l'hôpital ; il n'avait pas la moindre envie de se retrouver tout seul à l'appartement, et presque tout le monde dans le service travaillait.

Callan avait entendu aux nouvelles que l'aéroport avait fermé et avant de quitter le bureau à midi, il réitéra son invitation. Il avait quelques courses à faire avec les enfants cet après-midi-là mais proposa à Meredith de venir les rejoindre vers seize heures.

Elle arriva avec un énorme paquet de pop-corn et des pommes caramélisées pour tout le monde, et les enfants se jetèrent dessus avec des cris de joie. Tout le monde s'installa autour du sapin dans le salon et Callan glissa un CD de musique de Noël dans la chaîne hi-fi. Ce soir-là, ils dînèrent tôt, puis les enfants montèrent dans leur chambre. Les deux adultes restèrent seuls dans le salon à échanger des souvenirs d'enfance devant un feu de cheminée. Callan apprit à Meredith que sa mère était morte quand il était petit, et qu'après cela la période de Noël avait pendant longtemps été très pénible pour lui, et elle commença à comprendre pourquoi il avait tant de mal à s'engager auprès d'une femme. Bien qu'il ne l'exprimât pas en ces termes, il avait le sentiment que les femmes auxquelles il s'attachait finissaient toujours par l'abandonner, d'une manière ou d'une autre.

— Votre père s'est-il remarié ? demanda-t-elle avec intérêt.

— Oui, mais j'étais déjà grand. Ma belle-mère et lui sont morts il y a longtemps. Je n'ai d'autre famille que mes enfants.

— Et moi, je n'ai que Steve. Lui non plus n'a pas de famille, ce qui explique en partie son désir d'avoir des enfants, je crois. Il veut former une famille à lui. Je suppose que je dois être dénaturée pour ne pas vouloir d'enfants.

— Pas nécessairement. Peut-être que vous vous suffisez à vous-même. Je sais que moi, je désirais vraiment avoir des enfants. Je voulais une famille parfaite, et c'est ce que j'ai aujourd'hui... Je me suis seulement trompé d'épouse, conclut-il en portant à sa bouche une poignée de pop-corn.

— Vos enfants sont formidables, dit Meredith.

Il la regarda avec douceur. Dans la cheminée, une bûche craqua.

— Vous aussi, Meredith, observa-t-il.

Il n'avait pas prévu de passer Noël avec elle mais se rendait compte qu'il était bien agréable de pouvoir parler avec une adulte. Quant à elle, elle lui était reconnaissante de l'avoir invitée et de lui avoir évité de rester seule à se morfondre dans son appartement.

Ne sachant comment réagir à son compliment, elle porta son regard sur les flammes et songea à Steve. Il lui manquait vraiment.

— Je ne voulais pas vous mettre mal à l'aise, Merrie. Pardonnez-moi.

De nouveau, elle se tourna vers lui.

— Ne vous excusez pas. Je pensais seulement à vous... et à Steve... Vous êtes tellement différents... Pourtant, vous êtes tous les deux très importants pour moi. J'adore la façon dont nous travaillons ensemble, vous et moi. Il y a beaucoup de choses que j'aime chez vous.

Ce n'était pas ce qu'elle avait l'intention de lui dire, mais c'était vrai. Elle l'admirait énormément et appréciait sa compagnie. Ils étaient du même avis sur une multitude de sujets, et leur travail comme leur style de vie les rapprochaient encore. D'une certaine manière, elle avait plus de points communs avec lui qu'avec Steve. Elle avait toujours aimé précisément le fait que son mari et elle fussent si différents : ils étaient ainsi complémentaires. Elle partageait au contraire avec Cal de nombreuses similitudes, et grâce à cela leurs rapports étaient simples et harmonieux.

— Je me sens à l'aise avec vous, conclut-elle.

— Quant à moi, je n'ai jamais été aussi bien avec quiconque, avoua-t-il, partageant une fois encore son opinion. C'est ainsi que devrait être le mariage, mais hélas il est bien rare que ça se passe comme ça. Mon mariage, en tout cas, n'avait rien de comparable.

— Steve a toujours été mon meilleur ami. Mais maintenant, je ressens la même chose vis-à-vis de vous, reconnut-elle.

A peine avait-elle prononcé ces mots qu'un éclair de culpabilité la traversa. Elle eut l'impression de trahir Steve en disant cela.

— Ce n'est peut-être pas si mal, puisque nous passons tellement de temps ensemble. Beaucoup de gens voient davantage leurs collègues et leurs secrétaires que leur conjoint.

Cela les fit sourire tous les deux. Meredith tendit la main vers le pop-corn.

— Viendrez-vous à l'église avec nous, ce soir, Meredith ? Nous allons à Saint Mark pour la messe de minuit.

— Avec plaisir.

Elle avait toujours aimé aller à l'église. Steve, lui, ne s'intéressait pas du tout à la religion.

Ils restèrent toute la soirée dans le salon à bavarder, puis à minuit moins le quart il alla chercher les enfants. Andy dormait à moitié, mais il avait tout de même envie d'aller à la messe. Tous les cinq montèrent dans la voiture de Cal pour se rendre à l'église Saint Mark. Andy dormait sur le siège arrière lorsqu'ils y arrivèrent. Cal le souleva et le porta à l'intérieur, avant de le poser en douceur sur le banc à côté de ses sœurs ; l'enfant ne se réveilla pas. Les filles chantèrent les cantiques avec sérieux, pendant que Meredith et Cal partageaient un livret de chant. Le service fut très chaleureux, et à une ou deux reprises Meredith et Callan échangèrent un sourire. Il avait une voix profonde et bien timbrée, et ils prirent plaisir à chanter ensemble « Douce Nuit ». Ensuite, ils retournèrent jusqu'à la voiture. Tous avaient l'impression que la place de Meredith était là, au sein de leur petite famille. Cette sensation était étrange, et quand Callan la raccompagna chez elle, Meredith ne dit rien de tout le trajet.

Il monta avec elle et entra dans l'appartement à sa suite ; alors, sans un mot, il attira la jeune femme à lui avec une grande douceur et l'embrassa. Sans hésitation, Meredith lui rendit son baiser, et il la tint dans ses bras pendant un long moment. Lorsqu'il baissa les yeux vers son visage, il fut bouleversé de voir qu'elle pleurait.

— Pardonnez-moi, balbutia-t-elle. Je ne sais pas ce qui m'arrive, Cal... J'ai l'impression que tout mon univers est en train de s'effondrer.

— Je n'aurais pas dû faire ça, Merrie... Je suis désolé.

Cela leur avait paru si naturel, si merveilleux, l'espace d'un instant... Mais ils savaient tous deux que ce baiser risquait de les attirer dans un monde interdit.

— Je suis vraiment désolé, répéta Callan. Cela ne se reproduira pas. Je crois que j'ai perdu la tête, juste quelques secondes.

— Moi aussi, répondit-elle doucement.

Elle aimait beaucoup de choses en lui mais savait qu'elle n'avait pas le droit de se laisser aller à ses sentiments.

— Je crois que ce sont les fêtes qui font perdre la tête, le rassura-t-elle. A cause d'elles, on pense constamment à ce qu'on n'a pas... En étant avec vos enfants ce soir, j'ai presque eu l'impression d'avoir envie d'un bébé, c'est dire !

— Peut-être est-ce le cas, observa-t-il.

Mais elle se contenta de secouer la tête. Elle ne pouvait lui avouer que l'enfant qu'elle s'était imaginé vouloir était le sien, pas celui de Steve... C'était là un sentiment qu'elle ne comprenait pas. Tout à coup, sa vie entière semblait sens dessus dessous. Une seule chose était sûre : elle devait se dépêcher de retourner auprès de Steve avant que leur couple ne soit perdu. Pour la première fois, elle avait le sentiment que cela pouvait arriver, risquait d'arriver, même, et cela la terrifiait.

— Joyeux Noël, Merrie, lui dit Callan avec douceur avant de s'en aller.

— Joyeux Noël à vous, Cal, répondit-elle, mais tous deux étaient gênés par ce qui s'était passé.

C'était pourtant facile à expliquer, d'une certaine manière : tous deux étaient d'humeur sentimentale à cause des fêtes, et Meredith vivait loin de son mari depuis plus de trois mois. Cal, de son côté, n'avait personne dans sa vie. Ils se sentaient seuls. Mais cela ne les empêchait pas d'être conscients qu'ils devaient à tout prix éviter de mettre le couple de Meredith, ou leur amitié, en péril.

Le lendemain, elle téléphona à Callan et lui dit qu'elle ne pouvait pas aller chez lui.

— A cause de ce qui s'est passé hier soir ? demanda-t-il.

— Oui, répondit-elle sans détours. Je pense que nous avons tous les deux besoin de prendre un peu de distance avant de faire une bêtise. J'ai téléphoné à l'aéroport, et on m'a dit que Kennedy allait rouvrir dans les heures qui viennent. Tout ira mieux à mon retour de New York. N'y pensons plus, Cal.

Il ne voulait pas qu'elle démissionne uniquement parce qu'il s'était montré impulsif et s'excusa de nouveau.

— Je suis désolé de m'être comporté comme un imbécile. Je sais combien vous êtes amoureuse de Steve. Je ne comprends pas ce qui m'a pris, tout à coup.

Mais en vérité, il le savait, et elle aussi, et tous deux se rendaient compte qu'il fallait qu'ils tuent dans l'œuf l'attirance qui était en train de naître en eux.

Meredith était certaine que s'ils n'en parlaient plus, l'épisode serait vite oublié, et qu'ainsi ils pourraient maintenir l'amitié confortable qui les unissait depuis des mois.

— Cela m'ennuie de vous savoir toute seule dans votre appartement le jour de Noël.

— Je vais bien, je vous le promets.

— C'était vraiment agréable de vous avoir à la maison hier soir et de pouvoir bavarder avec vous.

Cela faisait des années qu'il n'avait pas évoqué ses parents avec quiconque.

— Nous ne perdrons pas cela, Callan, je vous le promets. J'irai mieux une fois que j'aurai vu Steve. Et vous redeviendrez vous-même après vos vacances au Mexique. Je vous l'ai dit, tout ça, c'est à cause des fêtes.

— Ça va aller, Merrie, vous êtes sûre ? insista-t-il, inquiet à la pensée de l'avoir perturbée.

— Oui, certaine. Joyeux Noël, Cal. Embrassez les enfants pour moi.

Sans savoir pourquoi, elle se rendait compte tout à coup qu'ils lui manquaient.

Lorsqu'elle apprit ce soir-là que l'aéroport de New York avait rouvert, elle accueillit la nouvelle avec un profond soulagement et s'empressa de réserver une place sur le vol de nuit. Elle ne ferma pas l'œil de tout le trajet ; elle pensait à Cal et à l'énorme erreur qu'ils avaient failli commettre. Cela lui avait ouvert les yeux : elle comprenait qu'il était urgent que Steve et elle fassent quelque chose. Ils ne pouvaient pas continuer à vivre ainsi éternellement, chacun à un bout du continent.

A son arrivée, elle prit un taxi jusqu'à l'appartement. La ville, couverte de neige, ressemblait à un paysage de conte de fées. La neige avait recommencé à tomber lorsqu'elle rentra chez elle, le 26 décembre au matin. Noël était passé, mais au moins, elle était à la maison. Et quand elle ouvrit la porte de leur chambre, Steve était là, profondément endormi dans le lit. Elle ôta ses vêtements et se glissa à son côté en silence. Dans son sommeil, il l'attira et la serra contre lui.

11

Son séjour à New York se termina trop vite. Steve avait pris sa semaine de congé et ils passèrent ensemble des moments merveilleux. Ils s'amusèrent dans la neige comme deux enfants, allèrent faire de la luge dans le parc, marchèrent longuement la main dans la main, sortirent dîner ensemble... Ils firent l'amour plus souvent qu'ils ne l'avaient fait depuis des années, comme si tous deux éprouvaient le besoin désespéré de s'accrocher l'un à l'autre.

Une fois les premiers jours passés, ils abordèrent enfin leur problème.

— Qu'allons-nous faire ? demanda Meredith la première. Nous ne pouvons pas vivre comme ça éternellement.

— J'espère que ce ne sera pas nécessaire, répondit-il tristement.

Meredith était là, visiblement très amoureuse de lui, si bien qu'il était plus serein qu'au cours des dernières semaines.

— Veux-tu que je démissionne ? Je le ferai si c'est ce que tu souhaites, dit-elle avec honnêteté.

Cela faisait près de trois mois qu'ils vivaient chacun à un bout du pays, et dans la mesure où il ne trouvait pas de travail sur la côte ouest, cette séparation pouvait se prolonger encore longtemps.

— Bien sûr que non, répondit Steve. Je veux ce

qu'il y a de mieux pour toi. Un poste finira bien par se libérer tôt ou tard.

— Et si c'est « tard », précisément ? Si ça prend six mois ? Ou un an ?

— Eh bien, nous ferons avec. Et si rien de génial ne se présente, j'accepterai un emploi dans un service d'urgences quelconque pour pouvoir attendre sur place. Ce n'est pas une tragédie, simplement une période difficile. Nous ne sommes pas les seuls à connaître ça.

— Non, mais certains ne s'en sortent pas, observa-t-elle sombrement.

L'incident qui s'était produit entre Cal et elle la veille de Noël lui avait fait comprendre que nul n'était invulnérable. Quelle que fût l'intensité de leur amour, vivre si loin l'un de l'autre mettait leur couple en danger. Meredith considérait le baiser qu'elle avait échangé avec Cal comme un avertissement. Mais elle préféra ne pas en parler à Steve afin de ne pas le blesser.

— Que veux-tu dire par là ? demanda-t-il en fronçant les sourcils, perplexe.

— Que certains couples divorcent pour moins que ça. Cette séparation crée de grosses tensions entre nous ; les choses n'ont pas été faciles, dernièrement.

— Je le sais. Mais nous pouvons nous en sortir. Ça en vaut la peine. Je ne veux pas que tu abandonnes un travail que tu adores et que Cal te permet d'exercer dans des conditions idéales. Tu aimes beaucoup travailler avec lui, c'est le boulot le plus intéressant qu'il t'ait jamais été donné de faire, et tu gagnes une fortune !

— Si je dois te perdre, tout cela ne m'avance à rien, répondit-elle sans ambages. Pour moi, rien ne mérite de courir un tel risque. Aucun emploi sur terre, et aucune somme d'argent.

Il l'attira à lui et l'embrassa tendrement.

— Je sais, mon amour. Ne t'inquiète pas, d'ici deux ou trois mois je serai là-bas avec toi et nous rirons de nos angoisses. Nous pouvons y arriver, Merrie, je te le promets.

Parfois, elle se sentait arrachée à lui par une force plus puissante qu'eux, comme si le destin conspirait contre eux... Mais elle préféra ne rien dire.

— Nous devons seulement essayer de passer le week-end ensemble plus souvent, conclut Steve.

De ce point de vue, les derniers mois avaient été désastreux. Elle semblait bloquée à Palo Alto tous les week-ends et lui était constamment de garde à l'hôpital. Si l'on ajoutait à cela réunions, rhume, malchance et tempêtes de neige, ils avaient eu beaucoup de mal à se voir.

— Ce serait souhaitable, en effet, acquiesça-t-elle, pensive.

— Et je vais continuer à chercher activement du travail à San Francisco. De toute façon, je ne peux pas bouger pendant les deux prochains mois, le temps que la hanche de Harvey se remette. Peut-être que d'ici là un poste se libérera là-bas.

Il semblait plein d'espoir ; passer quelques jours avec Meredith lui avait remonté le moral.

— Je l'espère de tout cœur, dit-elle.

Et là-dessus, ils allèrent se coucher.

Grâce à Anna Gonzalez, qui avait accepté de prendre la garde de Steve, ils réussirent même à passer le jour de l'an ensemble sans que l'hôpital appelle. Steve expliqua à Meredith qu'Anna avait formellement interdit à quiconque de le déranger.

— Dis-lui un grand merci de ma part, dit Meredith tandis qu'elle préparait ses valises pour repartir en Californie, le 1er janvier.

Ils étaient tous les deux tristes qu'elle doive s'en aller, mais ils avaient vraiment passé une merveilleuse semaine, et Meredith se sentait plus sereine pour ce qui concernait leur relation qu'à son arrivée. De nouveau, elle avait l'impression d'être en sécurité. D'autant que tout ce qu'avait dit Steve lui paraissait rassurant : tôt ou tard, il finirait bien par trouver un travail. Et sinon, il avait promis de venir quand même la rejoindre — dût-il pour cela accepter un job d'ambulancier, avait-il ajouté, même si elle savait que c'était une boutade.

— La prochaine fois que tu viendras, il faudra absolument que tu rencontres Anna, dit Steve pendant le dîner, juste avant leur départ pour l'aéroport. C'est une femme incroyable. Elle vient de San Juan, et sa famille est très pauvre. Elle a obtenu une bourse pour étudier à Yale, puis encore une autre pour faire sa médecine. Elle s'est mariée à un fils de riches qui faisait son droit, mais d'après ce que j'ai compris, la famille du garçon n'appréciait guère leur union... Ils ont fini par convaincre leur fiston de la plaquer, mais entre-temps elle avait eu un bébé. Tu te rends compte ? Il l'a laissée pendant son internat, avec un nouveau-né sur les bras ! La petite a cinq ans maintenant, et Anna et elle vivent dans un triste meublé du West Side. Anna est un excellent médecin. Nous avons eu de la chance de la trouver.

— Comment est-elle, physiquement ? demanda Meredith.

Steve éclata de rire.

— Voilà bien une question de femme !

— Je *suis* une femme.

— J'ai remarqué, observa-t-il en lui décochant un clin d'œil. (Ils avaient fait l'amour une dernière fois moins d'une heure plus tôt.) Elle est jolie — pas superbe, mais jolie. Très mince, un peu nerveuse, stressée. Elle a une enfant à nourrir, et dans la mesure où elle ne fait que des remplacements, elle semble vivre au jour le jour. J'essaie de faire en sorte que l'hôpital l'engage définitivement. Elle ne serait vraiment pas de trop dans le service. Et ainsi quand je partirai, elle pourrait me remplacer. Elle serait ravie.

— Elle a l'air parfaite.

Quelque chose dans la façon dont Steve parlait d'Anna Gonzalez mettait Meredith mal à l'aise. D'autant que la vague description physique qu'il lui avait donnée de sa collègue lui avait paru bien trop sommaire.

— Quel âge a-t-elle ?

— Trente-trois ans. Ce n'est pas une gamine. Et après son expérience malheureuse, elle est assez amère.

— Il ne lui verse pas de pension alimentaire pour leur fille ?

— Si, deux cents dollars par mois. Apparemment, il refuse d'adresser la parole à Anna ou de voir leur enfant. Il s'est remarié avec une fille de son milieu, et ils viennent juste d'avoir des jumeaux.

— Un type bien, de toute évidence, ironisa Meredith.

Tout à coup, elle se rendit compte qu'elle était jalouse de cette Anna Gonzalez que son mari semblait tant apprécier. C'était ridicule ! Après tout, ce n'était pas Steve qui avait embrassé Callan Dow le soir de Noël. Elle était encore désolée que cela se soit produit et se sentait coupable. Elle savait que Steve, lui, n'aurait jamais fait une chose pareille. Il lui avait toujours été fidèle, tout comme elle. D'ailleurs, un moment de folie comme celui-là ne se reproduirait pas. Cal avait compris combien cela l'avait bouleversée.

Steve accompagna Meredith à l'aéroport. Ils avaient l'air de deux jeunes mariés, s'embrassant, se serrant dans les bras l'un de l'autre, se murmurant des mots d'amour. Meredith avait promis de revenir deux semaines plus tard, aussi surchargée de travail fût-elle. Maintenant plus que jamais, elle se rendait compte qu'il était vital qu'ils se voient. Elle le quitta sur un dernier baiser, embarqua dans l'avion et pensa à son mari durant tout le voyage. Elle se sentait bien mieux que la semaine précédente, beaucoup plus sereine.

Il était un peu plus de minuit lorsqu'elle rentra dans son appartement de Palo Alto, et elle s'endormit en songeant à Steve ; quand elle se réveilla, très tôt le lendemain, elle se sentait en pleine forme.

Elle était déjà dans son bureau lorsque Cal arriva à Dow Tech, ce matin-là. Il demeura quelques secondes dans l'encadrement de la porte, scrutant le visage de sa collaboratrice en quête d'un signe de gêne mais fut soulagé de n'en détecter aucun. Elle leva les yeux et lui sourit. Elle semblait plus heureuse qu'elle ne l'avait été depuis des semaines, et Callan se réjouit pour elle. Il était évident que son séjour chez elle s'était bien passé.

— Alors, comment était New York ? demanda-t-il.

— Super. Et le Mexique ?

Elle paraissait à l'aise avec lui, ce qui le soulagea énormément.

— Chaud et ensoleillé. Beaucoup de tequila et de *margaritas* au programme !

— Pas de *turista ?* demanda-t-elle en riant.

Il lui rendit son sourire. Il était si heureux de voir qu'elle n'était pas en colère ou mal à l'aise avec lui, après qu'il l'eut si sottement embrassée le soir de Noël ! Il avait appris une leçon importante. Et il avait eu de la chance : elle aurait pu démissionner ou être furieuse contre lui, mais ce n'était visiblement pas le cas.

— Je crois que l'alcool tue tous les microbes. Je n'ai pas eu de problème.

— Tant mieux. Comment vont les enfants ?

— Un peu perturbés, comme toujours après avoir vu Charlotte. Elle a le don de les énerver.

— Maintenant qu'ils sont de retour à la maison, ça devrait aller mieux.

— Et comment avez-vous trouvé Steve ? demanda Callan en pénétrant dans le bureau de Meredith, l'attaché-case qu'elle lui avait offert pour Noël à la main.

Elle, de son côté, portait sa montre Bulgari. Durant son voyage à New York, elle l'avait laissée à San Francisco, de peur que Steve ne soit contrarié, mais maintenant tout allait pour le mieux entre eux, et elle se sentait vraiment sereine.

— Il a pu prendre toute sa semaine, pour une fois, dit-elle sans dissimuler sa joie, et il s'est montré très raisonnable en ce qui concerne notre situation actuelle. De toute façon, il est coincé à New York pour au moins deux mois. Il va simplement falloir que je fasse plus d'efforts pour rentrer le week-end. Je retourne là-bas dans deux semaines.

Cela rappela à Cal qu'il avait quelque chose à lui dire.

— Au fait, j'ai organisé un séminaire de travail pour tous les cadres de Dow Tech à Hawaii dans trois semaines. Je voulais justement vous en parler. Je pense que ça peut être utile.

— Ça m'a l'air d'être une bonne idée, affirma-t-elle.

Elle jeta un coup d'œil à sa montre.

— Nous avons une réunion du comité financier dans dix minutes, j'espère que vous ne l'avez pas oubliée.

— Esclavagiste ! Où est ma *margarita ?* Où est la plage ?

Elle rit et prit un air faussement sévère.

— Oubliez ça. Les vacances sont terminées. Nous avons beaucoup de travail, monsieur Dow.

— Oui, madame ! répondit-il avec un salut militaire comique avant d'aller dans son bureau chercher ses papiers pour la réunion.

Ensuite, ils travaillèrent ensemble tout l'après-midi. Il remarqua un très léger changement dans l'attitude de Meredith : elle se montrait un petit peu plus professionnelle, un peu plus prudente dans ses rapports avec lui. Cependant, à la fin de la journée, tout semblait redevenu normal. Et quand elle partit, ce soir-là, elle lui fit un petit signe de la main et lui décocha un sourire radieux.

De toute façon, Cal comprenait qu'elle fût un peu plus distante avec lui. Il avait beaucoup pensé à elle durant son séjour au Mexique et s'était inquiété de ce qui se passerait lorsqu'ils se retrouveraient. Mais surtout, elle lui avait manqué. Il aimait leurs conversations, et le plaisir qu'il avait éprouvé en la revoyant ce matin-là l'avait surpris lui-même par son intensité.

Ce week-end-là, il l'invita à venir dîner chez lui avec les enfants, mais elle lui répondit qu'elle avait trop de travail. Le samedi, elle passa la journée au bureau, et le dimanche elle alla visiter des maisons en ville ; cette fois, il ne proposa pas de l'accompagner. Et quand ses enfants lui demandèrent où était Meredith, il leur dit simplement qu'elle était très occupée. Ils furent déçus de ne pas la voir, mais Cal se rendait compte qu'il était préférable que Meredith et lui prennent un peu leurs distances. Ils s'étaient aventurés sur un terrain glissant, pendant quelque temps, et si, par chance, cela n'avait pas porté à conséquences, ils devaient néanmoins tirer les enseignements de ce moment d'égarement.

Et pourtant, chaque fois que son regard se posa sur son attaché-case, ce week-end-là, il prit conscience que Meredith lui manquait. Il se sentait étrangement proche d'elle... Plus proche qu'il ne l'avait été de quiconque depuis des années.

12

Anna Gonzalez avait été embauchée dans le service de traumatologie pour travailler avec Steve, mais ce dernier n'avait pas tardé à s'apercevoir qu'elle était extrêmement indépendante. Elle savait ce qu'elle avait à faire et avait ses propres idées ; même si elle acceptait volontiers les ordres qu'il lui donnait, elle n'hésitait pas à exprimer son opinion. Et quand il reprit le travail après sa semaine de congé avec Meredith, il découvrit qu'Anna avait gagné le respect de tous leurs collaborateurs. De surcroît, ceux-ci l'aimaient bien.

Le matin de son retour, elle lui fit un résumé rapide de tout ce qu'elle avait fait en son absence. Elle avait pris des notes, qu'elle lui remit. Lorsqu'il les lut, il ne dissimula pas sa surprise.

— Vous avez eu le temps de faire tout ça ? demanda-t-il, impressionné.

Elle avait présidé des réunions de tous les membres du service, réorganisé quelques petites choses par souci d'efficacité. Elle avait modifié certains emplois du temps, sans pour autant négliger ses opérations et le traitement d'un nombre incroyable de patients.

— Vous ne rentrez donc jamais chez vous voir votre fille ? s'inquiéta-t-il.

— Pas souvent, répondit-elle sombrement.

En dépit de la description très approximative que Steve avait donnée d'elle à Meredith, c'était une jolie jeune femme qui faisait moins que son âge, mais pour une raison qu'il ignorait, il n'en avait pas conscience lorsqu'ils étaient ensemble. Elle ne souriait pas beaucoup et était toujours très concentrée sur son travail. Quelque chose en elle imposait une certaine distance. Avec ses patients, cependant, elle était incroyablement chaleureuse et douce. Anna Gonzalez possédait de multiples facettes.

Elle avait commencé à le seconder avant les vacances de Noël, mais ce n'est que courant janvier qu'il eut l'impression de la connaître vraiment. Elle était infatigable et ne se plaignait jamais lorsqu'ils devaient travailler de longues heures. Elle ne paraissait jamais pressée de rentrer chez elle, bien qu'il sût qu'elle adorait sa fille — ils en avaient souvent parlé ensemble. Lorsqu'il lui demanda pourquoi elle acceptait de travailler autant, elle lui répondit sans ambages :

— Pour deux raisons. D'abord, j'aime ce que je fais ; ensuite, j'ai besoin d'argent.

— Que devient votre fille pendant que vous êtes ici ?

Quelque chose chez cette femme intriguait Steve. Au premier abord, elle semblait dure, mais il n'était pas difficile de deviner que cette froideur apparente n'était qu'un réflexe d'autoprotection, une carapace qu'elle s'était forgée par peur de souffrir.

— Je la laisse chez mes voisins. Ils ont cinq enfants, et elle s'entend bien avec eux.

— Et vous ? Vous n'avez jamais envie de jeter l'éponge ? Nous avons pourtant tous besoin de sortir d'ici pour ne pas devenir fous, dit-il avec un sourire las.

Il était de garde depuis quatre jours et commençait à accuser le coup.

— Vous ne semblez pas passer beaucoup de temps chez vous non plus, souligna-t-elle.

Elle avait d'épais cheveux noirs, et des yeux marron très doux.

— Ma femme vit en Californie, expliqua-t-il.

— Vous êtes divorcés ?

Il secoua la tête.

— Séparés ?

Elle aussi se posait des questions au sujet de Steve. Beaucoup de rumeurs couraient à son propos. Les gens disaient que c'était un type bien, mais aussi qu'il avait une relation étrange avec sa femme, et elle n'était pas très sûre de savoir ce que cela signifiait. Aussi lui posait-elle la question. Anna Gonzalez n'avait jamais peur d'être directe.

Si Steve avait dû la décrire, il aurait dit qu'elle était plus dure que Meredith en apparence, mais bien moins en réalité. Parfois, quand ils travaillaient ensemble, elle se montrait rude, un peu bourrue même ; puis tout à coup, elle disait quelque chose de si gentil qu'il en était sincèrement ému. Plus que tout, elle semblait constamment sur ses gardes. C'était une femme qui avait été blessée, et elle n'avait pas l'intention que cela se reproduise.

— Depuis quelques mois, ma femme et moi sommes bicostaux, répondit-il en souriant.

Cette expression inattendue la fit rire.

— S'agit-il d'une préférence sexuelle, docteur, ou d'un diagnostic ?

— Les deux. Cela signifie que je suis célibataire quatre-vingt-dix pour cent du temps, et fou amoureux d'une femme qui vit à près de cinq mille kilomètres d'ici, dans une ville où je n'arrive pas à trouver de travail. Mais je cherche... Un travail, je veux dire, pas une autre femme.

— Ça m'a l'air compliqué, commenta-t-elle.

Ils étaient dans le bureau de Steve et buvaient des cafés dans des gobelets en polystyrène. Ils venaient tout juste de terminer une opération délicate de l'abdomen ; après des heures de travail intense, Anna avait finalement réussi à déloger la balle qui avait traversé l'estomac de leur patient. Ses doigts agiles, sa technique parfaite et son entêtement avaient sauvé ce dernier. Steve était presque sûr que lui-même n'y serait pas parvenu.

— Oui, c'est compliqué, admit-il à propos de sa vie conjugale. Ça ne fait que quatre mois que ça dure ; elle a commencé à travailler en Californie en octobre, et le poste que je briguais m'est passé sous le nez le mois dernier. De toute façon, je suis coincé ici à cause de Lucas.

— Ça n'a pas l'air formidable, remarqua Anna en plongeant dans le sien un regard plein de questions.

— Ce n'est pas formidable du tout, renchérit-il. Mais on lui a fait une proposition de travail exceptionnelle, et je l'ai poussée à l'accepter — d'autant plus volontiers que j'avais trouvé un poste dans un grand hôpital. Je devais commencer en janvier, mais le chirurgien que j'étais censé remplacer a finalement décidé de rester... Pour être franc c'est horrible. Malheureusement, je n'y peux pas grand-chose pour l'instant. Le seul job qu'on m'ait proposé est un emploi subalterne dans un service d'urgences qui s'occupe surtout d'hémorroïdes et de chevilles foulées, avec une petite crise d'asthme ou d'urticaire de temps en temps pour pimenter le tout. Rien qu'à entendre la description du boulot, j'ai failli m'endormir.

— Vous avez beaucoup de chance ici, observa-t-elle.

Elle portait la même blouse informe que lui, mais on devinait néanmoins qu'elle avait une silhouette superbe.

— Peut-être. Et peut-être aussi que je devrais arrêter de me casser la tête et faire quelque chose de facile. Ça pourrait être un soulagement, en fin de compte.

— J'en doute. J'ai plutôt l'impression que vous essayez de vous en convaincre. Comment pourriez-vous passer de votre travail actuel à un job sans aucune stimulation ?

Anna Gonzalez ne s'en laissait pas conter. C'était une femme qui avait les pieds sur terre — elle n'avait pas le choix.

— Facilement, peut-être. Je ne veux pas perdre mon couple.

— S'il vous « appartient », vous ne le perdrez pas. Et dans le cas contraire, rien de ce que vous pourrez faire ne le sauvera.

— Combien vous dois-je, docteur ? la taquina-t-il.

Elle sourit.

— Rien du tout. Les conseils sont gratuits, j'ai moi-même horreur d'en recevoir.

— J'ai entendu dire que vous étiez divorcée et que vous en vouliez beaucoup à votre mari. C'est vrai ?

Elle hocha la tête.

— Oui.

— Mais encore ?

— Mon ex-mari et moi nous nous détestons, et j'espère ne jamais revoir ce salaud. Il m'a plaquée alors que j'étais enceinte de huit mois, parce que ses parents lui ont fait une donation pour qu'il me laisse tomber.

— Rien que ça !

Steve s'efforçait d'alléger l'atmosphère, conscient que son interlocutrice souffrait encore beaucoup de cet abandon sordide.

— Il n'a jamais vu sa fille.

— D'après ce que vous me dites, c'est plutôt mieux pour elle. Personne n'a besoin d'un père pareil, Anna, dit-il avec douceur.

— Non. Mais tout le monde a besoin d'un père. Il

demeurera toujours un mystère pour elle, un fantasme, une espèce de héros perdu, parce qu'elle ne le connaîtra pas.

— Peut-être qu'elle le rencontrera un jour. Qu'elle ira le trouver.

— Peut-être, même si je ne pense pas qu'il accepte de la recevoir. Il avait honte de moi.

Elle paraissait encore très en colère lorsqu'elle évoquait cette période de sa vie. Son ex-mari l'avait traitée comme une moins que rien, et elle ne le lui avait jamais pardonné.

— Pourquoi vous a-t-il épousée, dans ce cas ?

— J'étais enceinte. Il se voulait noble et généreux. Et puis il s'est dégonflé.

— Ah, la race humaine et ses faiblesses...

Anna sourit. Il était plus facile de parler de sa vie ainsi, en pleine nuit, flottant entre deux univers, occupés à sauver des vies et à aider des gens. Le monde extérieur, au-delà des murs de l'hôpital, leur semblait une autre planète. En cet instant, ils étaient seuls dans une espèce de bulle, et cela créait entre eux un lien étrange. Steve avait conscience de la douleur de sa compagne, de son amertume et de sa colère, et cela l'attristait. Ce n'était que lorsqu'elle parlait de sa fille que ses yeux s'éclairaient et qu'elle semblait jeune de nouveau. La fillette, lui avait-elle dit, se prénommait Felicia.

Ils furent bientôt appelés pour une autre urgence, et deux jours plus tard, après quelques heures de repos, ils se retrouvèrent de nouveau de service ensemble pour le week-end. A minuit, affamés tous les deux, ils commandèrent une pizza. Anna paraissait plus heureuse que lors de leur dernière conversation ; Steve parvint même à la faire rire avec quelques mauvaises plaisanteries et des anecdotes sur les gens bizarres qu'il avait vus défiler au service de traumatologie au fil des années.

— Avez-vous un petit ami ? demanda-t-il alors qu'ils bataillaient avec le fromage fondu de leur pizza.

Anna rit de sa question.

— Vous plaisantez ? Y a-t-il une seule femme dans ce service qui en ait un ? Et si oui, comment se débrouille-t-elle ?

— Certains hommes arrivent à concilier travail et vie sentimentale. Mais aucune femme, en effet.

— Et vous ? Avez-vous une copine ?

— Bien sûr que non ! rétorqua-t-il, choqué. Je vous l'ai dit, je suis marié.

— Oui, avec une femme qui vit dans une autre galaxie, loin d'ici... Je me posais la question, c'est tout.

Elle avait entendu dire qu'il était fidèle et le respectait pour cela. Sa réponse la satisfaisait ; elle avait davantage besoin d'un ami que d'un amant, de toute façon.

— Quand doit-elle venir ?

— Ce week-end, normalement.

— C'est chouette. Vous avez des enfants, Steve ?

— Je n'ai pas cette chance.

— Pourquoi ?

Elle l'avait vu s'occuper d'enfants dans le service, et il était évident qu'il les aimait.

— Meredith a toujours été trop occupée. Moi aussi, j'imagine. Je ne peux pas vraiment lui faire de reproches. Elle est certaine qu'elle n'en veut pas.

— Si c'est ce qu'elle pense et ce qu'elle dit, observa Anna, alors c'est probablement vrai. Les hommes s'imaginent toujours qu'ils peuvent convaincre les femmes, dans ce domaine, mais ils se trompent. Et lorsqu'ils y parviennent, ça se révèle souvent catastrophique.

— Est-ce ce qui vous est arrivé ? s'enquit-il.

Il était surpris par les paroles d'Anna et n'était pas d'accord avec elle. Il pensait toujours pouvoir persuader Meredith d'avoir un bébé ; il croyait qu'elle était nerveuse à la perspective d'enfanter, voilà tout. Anna ne la connaissait pas, mais lui avait toujours été persuadé qu'elle ferait une mère excellente, si elle acceptait de sauter le pas.

— Non, ça n'a rien à voir avec mon histoire, répondit Anna avec l'honnêteté qui la caractérisait. Dans mon cas, il s'agit d'un accident, il n'y a pas d'autre mot. Mon ex et moi nous nous fréquentions depuis deux mois, et hop, bingo. Quand j'ai découvert que j'étais enceinte, il a paniqué, et je dois avouer que je n'en menais pas large non plus.

— Pourquoi ne pas avoir avorté ? Ç'aurait été plus simple.

— Beaucoup plus simple. Mais je suis catholique. Je ne pouvais pas le faire. Je ne voulais pas. Mon père est devenu fou. Ma mère a pleuré. Mes sœurs se sont désolées pour moi. Mes frères voulaient tuer mon petit ami... Ça n'a pas été une période facile, pour moi. J'avais l'intention de rentrer à Porto Rico après mon internat, pour aider mon peuple, soigner les pauvres. Pendant un temps, j'ai envisagé de me spécialiser dans les maladies tropicales, mais je préfère les urgences. Maintenant, de toute façon, ce serait trop compliqué de rentrer au pays. La vie est plus facile pour moi ici. Et pour ma famille aussi. Mes parents n'ont pas à s'excuser pour ce que j'ai fait, ils n'ont pas besoin de mentir au sujet de Felicia. Mon père raconte à tout le monde que je suis veuve.

Steve ne répondit pas. Plus rien ne le surprenait, désormais : il avait entendu tant d'histoires... Il était simplement désolé pour elle. Elle était seule, dans des circonstances difficiles, et malgré tout elle s'en sortait. Sa vie était si éloignée de celle de Meredith, avec son poste important, son salaire impressionnant, son portefeuille d'actions et son appartement new-yorkais acheté comptant ! Il se sentait un peu coupable en écoutant sa collègue. Cela lui donnait envie de l'aider, mais il ne pouvait pas faire grand-chose pour elle, à part soutenir sa candidature pour qu'elle obtienne un poste fixe dans le service.

— Et vous ? lui demanda-t-elle. Vous arrive-t-il d'envisager de faire autre chose ? De passer dans le privé ? Ou peut-être d'aller travailler dans le tiers-monde ?

— Seulement dans mes pires cauchemars, répondit-il en souriant, et elle éclata de rire. C'est déjà assez difficile ici. Je n'ai pas besoin de serpents et de parasites pour me pourrir la vie par-dessus le marché. Pourquoi ? C'est ce que vous souhaitez faire quand vous serez grande, Anna ?

— Oui... Un jour. Peut-être quand Felicia sera plus âgée. Comme je vous l'ai dit, pendant mon internat, je me suis spécialisée dans les maladies infectieuses. Mais après la naissance de Felicia, je me suis convertie dans les urgences et je suis restée à New York. Nous y sommes plus en sécurité.

— Voilà qui est surprenant, quand on songe au nombre de blessés par balles que nous traitons chaque jour.

— Au moins, Felicia mène une vie normale. Je ne pourrais pas lui offrir ça si je travaillais dans un pays du tiers-monde.

C'était vrai, même si Steve savait que leur existence à New York n'était pas toujours rose.

Anna et lui travaillaient chaque jour ensemble et avec le temps, Steve sentait croître son affection pour la jeune femme. Sous ses airs sévères se dissimulait une femme extraordinaire et sensible, qui, physiquement, n'était pas mal du tout non plus... Un soir, il la vit quitter l'hôpital en jean, tee-shirt et blouson de ski, les cheveux détachés, et il la trouva superbe. Il n'osait imaginer combien elle serait belle bien maquillée et vêtue de vêtements de prix ! Cependant, elle n'en portait jamais, tant parce qu'elle n'en avait pas les moyens que parce qu'elle n'aimait pas cela. Anna Gonzalez était une femme parfaitement naturelle, avec un corps de rêve, un esprit brillant et un cœur d'or.

A la mi-janvier, ils étaient devenus de vrais amis, et Steve s'appuyait beaucoup sur elle dans son travail. Parfois, elle se montrait dure envers lui quand elle estimait qu'il avait tort, et elle n'avait pas peur de discuter ses choix. Mais à la grande surprise de Steve, il appréciait cette facette de sa personnalité. Anna avait ses idées propres, qu'elle n'hésitait pas à exprimer. Il lui arrivait même, de temps en temps, de lui crier dessus en espagnol, ce qui le faisait sourire.

Un jour, elle le traita d'*« hijo de putana »*, et il la remercia en affirmant que personne ne lui avait jamais rien dit d'aussi beau, ce qui la mit hors d'elle.

— Je vous ai traité de fils de pute, pour l'amour du ciel !

— Zut ! Moi qui croyais que vous veniez de me faire une déclaration d'amour.

Cela la fit rire et mit un terme à leur querelle.

Souvent, Steve n'hésitait pas à lui rappeler qu'il était son patron.

— Ça ne vous autorise pas à me bousculer tout le temps, soulignait-elle.

— C'est vrai, hélas, reconnaissait-il volontiers, philosophe. Mais je peux toujours essayer. Ça m'amuse !

— Vous êtes un cas désespéré.

Elle adorait s'en prendre à lui ; c'était une manière pour elle de se défouler, mais il était évident qu'elle l'aimait énormément et avait beaucoup de respect pour lui.

Elle se réjouit lorsque sa femme vint le voir, mais le week-end se révéla difficile pour Steve et Meredith. Ils essayaient désespérément de faire concorder leurs vies pour passer autant de temps que possible ensemble, mais c'était loin d'être facile. La veille de l'arrivée de Meredith, Steve passa la nuit au bloc, et quand il alla la chercher, le manque de sommeil le rendait irritable. Elle, de son côté, avait fait beaucoup d'efforts pour lui rendre le week-end aussi agréable que possible : elle lui avait apporté le pain au levain qu'il aimait, du crabe frais et deux bouteilles d'un excellent vin californien. Mais il était trop fatigué pour boire ou manger, et ils passèrent le déjeuner à se chamailler pour des peccadilles, après quoi il dormit tout l'après-midi. Meredith resta dans l'appartement, attendant qu'il se lève, mais il ne se réveilla qu'à neuf heures ce soir-là.

Ils bavardèrent une heure ou deux, et cela se passa mieux que le matin, mais l'atmosphère entre eux était tout de même beaucoup plus tendue qu'autrefois. Par moments, ils avaient l'impression d'être deux étrangers, et ils avaient de plus en plus conscience de vivre dans des mondes radicalement différents. Ils avaient un mal fou à se retrouver sur la même longueur d'ondes.

Tous deux étaient découragés lorsque Meredith partit reprendre son avion pour la Californie le dimanche soir. Les provisions qu'elle avait apportées à Steve de San Francisco étaient toujours dans le réfrigérateur, intactes.

Meredith était partie depuis une heure lorsque Anna téléphona à Steve pour lui proposer de venir dîner chez elle. Sur une impulsion, il accepta et apporta avec lui le pain, le vin et le crabe.

L'appartement de la jeune femme, situé juste au-dessus de la 102e Rue, était minuscule et à peine assez chauffé, avec une fenêtre cassée que le propriétaire refusait de faire réparer et une armée de blattes qui couraient dans tous les coins, mais c'était tout ce qu'Anna pouvait s'offrir. Steve fut choqué en réalisant qu'elle vivait dans de telles conditions — surtout en sachant que le père de son enfant était un homme riche.

— Ce n'est pas très grave, affirma-t-elle.

Elle mentait, et tous deux le savaient pertinemment. Mais sa dignité, sa fierté touchaient profondément Steve. Quant à Felicia, elle était adorable et ressemblait à sa mère comme deux gouttes d'eau, mais en blonde. Lorsqu'elle n'était pas d'accord avec Anna, elle tapait du pied et lui disait qu'elle était « très vilaine ».

— Elle a hérité votre personnalité, observa Steve. D'ici quelques années, vous ne saurez plus où donner de la tête !

— Je sais, répondit Anna en souriant avec fierté. Son père ne valait pas grand-chose, ajouta-t-elle, mais physiquement il n'était pas mal du tout.

La description fit rire son invité. Cette révélation lui permit de mieux comprendre qu'elle se soit lancée dans une aventure avec un homme en apparence aussi dénué d'intérêt.

Steve aurait aimé l'inviter chez lui pour dîner, mais il était gêné par le luxe de son appartement. Il était plus facile pour lui d'aller chez elle. Anna était un peu embarrassée qu'il eût apporté du vin et du crabe mais leur fit néanmoins honneur, et ce soir-là ils discutèrent longuement, en particulier de la difficulté qu'il éprouvait à vivre à cinq mille kilomètres de sa femme. Anna se montra compatissante et désolée pour lui.

Ils burent pas mal de vin mais ne cessèrent de se comporter comme de bons amis et se séparèrent avec un baiser sur la joue. Ce soir-là, en arrivant chez lui, Steve songea que Meredith lui manquait, et il eut envie de l'appeler pour lui dire qu'il était désolé que le week-end ne se soit pas mieux déroulé, mais en jetant un coup d'œil à sa montre il réalisa qu'elle devait être encore dans l'avion. Il envisagea de laisser un message sur son répondeur, mais il était fatigué et un peu ivre et préféra aller directement se coucher.

Plus tard cette semaine-là, il dîna de nouveau avec Anna et Felicia, après une journée de travail acharné. Il les emmena toutes les deux chez un petit traiteur de leur quartier où ils dégustèrent sandwichs et glaces. Felicia parut passer un très bon moment. Après le dîner, Steve les raccompagna chez elles à pied et lut le journal pendant qu'Anna mettait la fillette au lit. Il était heureux d'avoir passé un moment avec elles.

— Vous êtes quelqu'un de bien, vous savez, lui dit Anna lorsqu'elle revint dans le salon et s'assit à son côté sur le canapé inconfortable. Votre femme est folle de vous laisser tout seul ici comme ça.

Ils étaient fatigués tous les deux mais se sentaient à l'aise dans le minuscule salon. La soirée avait mis un terme agréable à une journée longue et difficile.

— Elle n'a pas le choix pour le moment, souligna Steve d'un ton sombre. Tant que je n'aurai pas trouvé un travail en Californie, je devrai rester ici.

— Il doit bien y avoir un poste pour vous là-bas ! s'exclama la jeune femme, compatissante.

Steve s'efforçait de ne pas s'attarder sur son tee-shirt et son caleçon, qui mettaient en valeur ses formes sculpturales. Il ne devait pas laisser son imagination s'emballer ; l'amitié qu'ils partageaient était importante pour eux deux, et il ne voulait pas la gâcher.

— C'est ce que je n'arrête pas de me répéter. Il me paraît impossible qu'aucun poste correspondant à mes qualifications ne soit disponible dans la région de San Francisco, et pourtant c'est la stricte vérité. Et Dieu sait que j'ai appelé tous les hôpitaux pour leur soumettre ma candidature ! (Il poussa un profond soupir.) Je commence presque à m'habituer à cette situation.

Mais ces paroles ne dupaient personne. Anna savait

aussi bien que lui qu'il souffrait de la séparation, d'autant que la semaine suivante Meredith devait partir en séminaire à Hawaii, ce qui signifiait qu'il ne la verrait pas avant quinze autres jours.

— Cela ne vous ennuie pas ? demanda Anna lorsqu'il lui parla d'Hawaii. Vous n'avez jamais peur que votre femme ait une aventure avec celui pour qui elle travaille ?

Il n'était pas rare qu'elle lui pose sans prendre de gants des questions qui le mettaient mal à l'aise parce qu'elles touchaient un point sensible. Mais il tâchait toujours de lui répondre honnêtement.

— Cela m'inquiète parfois, en effet, reconnut-il. C'est un homme séduisant, et que j'aime bien d'ailleurs. Mais je fais confiance à Merrie. Elle ne me ferait pas ça.

Anna était trop polie pour mettre la parole de son invité en doute, mais elle ne partageait pas son optimisme. La nature humaine était ce qu'elle était, et elle savait que lorsque les gens se sentaient trop seuls, ils faisaient souvent des erreurs...

— Nous n'avons jamais été infidèles. Ni l'un ni l'autre, déclara Steve.

— J'admire votre force de caractère, répondit-elle avec sincérité.

Elle savait combien il se sentait seul et malheureux, et pourtant il n'avait jamais tenté de la séduire ni même fait d'allusions déguisées. Meredith avait beaucoup de chance. Et peut-être que lui aussi, après tout. Anna l'espérait pour lui.

— Je ne crois pas aux aventures passagères, voilà tout, expliqua-t-il. De plus, si je la trompais, Meredith le sentirait immédiatement. Je crois que l'honnêteté est une valeur essentielle dans un couple.

Cela faisait quatre mois que sa femme avait quitté New York, et cette séparation était le plus gros défi qu'ils aient jamais eu à relever. Cela signifiait que

Steve ne voyait personne le week-end, la plupart du temps, et n'avait personne avec qui bavarder le soir lorsqu'il rentrait à la maison, personne avec qui partager les difficultés qu'il rencontrait à l'hôpital, avec qui rire et faire l'amour. C'était très dur — mais seulement temporaire, et ils le savaient. Il ne voulait rien faire d'idiot qui risquât de mettre leur couple en péril, et il l'expliqua à Anna.

— Dans ce cas, vous feriez bien de vous dépêcher d'aller la rejoindre avant qu'un de vous deux ne se sente trop seul ou ne boive un verre de trop, un soir, et ne gâche tout.

— Je sais, acquiesça-t-il.

Depuis le départ de Meredith, le week-end précédent, il avait séricusement envisagé d'accepter le poste subalterne qu'on lui avait offert aux urgences de l'Hôpital Général de San Francisco. Leur séparation devenait vraiment trop pénible.

— Il y a quelques semaines, elle m'a proposé de laisser tomber son emploi et de revenir, mais je n'ai pas voulu qu'elle se sacrifie. C'est vraiment un excellent poste, et ce serait injuste de lui demander ça, dit-il avec un soupir.

— Vous êtes vraiment quelqu'un de bien, Steve. J'espère qu'elle vous mérite.

— Oh, oui, assura-t-il.

Sur le chemin du retour, il se surprit à penser à Anna, et à la vie difficile qu'elle menait avec sa fille dans son petit appartement infesté de cafards. Elle méritait tellement mieux ! Il était parfois difficile d'admettre les injustices de la vie. Meredith et lui — pour ne pas citer des gens comme Callan Dow ou l'ex-mari d'Anna — vivaient dans un luxe presque outrancier, alors qu'Anna, elle, n'avait rien. Et pourtant cela ne semblait pas la déranger. Elle croyait en ce qu'elle faisait.

Au moment de se coucher, il se remémora ce

qu'elle avait dit à propos du séminaire de Meredith à Hawaii. Et sur ce qui se passerait le jour où l'un d'eux se sentirait trop seul ou aurait bu un verre de trop, ou pire encore rencontrerait quelqu'un qui lui plairait. Cette perspective était terrifiante, si l'on y réfléchissait vraiment. Mais Steve savait que rien de tel ne risquait de se produire : il avait confiance en Meredith et en sa propre force de caractère... Ce qui ne l'empêcha pas d'avoir du mal à trouver le sommeil cette nuit-là. Il songea tout d'abord à Meredith, puis ses pensées se tournèrent vers Anna et Felicia. Il finit par s'endormir en se réjouissant de leur amitié. En très peu de temps, Anna et sa fille avaient pris une grande importance dans sa vie...

13

Le séminaire organisé par Callan Dow pour les dirigeants de Dow Tech devait durer quatre jours et se dérouler à l'hôtel Mauna Lani, à Hawaii. Plus de trente collaborateurs de l'entreprise avaient été conviés, et dix-huit emmenaient leurs conjoints. C'était un groupe important, et l'organisation du voyage était un véritable cauchemar. Il avait fallu prévoir des activités sportives, des spectacles de danses traditionnelles, des dîners élégants, des réunions de travail...

La veille du départ, Meredith était si lasse qu'elle aurait volontiers jeté tout le monde par la fenêtre. Quand elle fit part de son énervement à Cal, ce dernier trouva la situation plutôt cocasse.

— Quand on emmène les gens quelque part, ils redeviennent de véritables enfants, se plaignit-elle comme ils revoyaient les derniers détails concernant les réunions.

Elles devaient être organisées le matin, afin de laisser aux participants la possibilité, l'après-midi, de jouer au golf ou au tennis, de visiter l'île ou de faire du shopping. Elles étaient censées n'être ni trop longues ni trop ennuyeuses. En fait, ce voyage était davantage un prétexte pour permettre à tout le monde de faire connaissance ; mais déjà, certains réclamaient des chambres spéciales, des menus particuliers et même, dans deux cas, des massages.

— Faites de votre mieux, dit Callan à Meredith et aux deux femmes chargées de tout coordonner.

Meredith était concernée parce qu'elle devait surveiller les dépenses, mais surtout parce que Callan se fiait beaucoup à son jugement.

— Pourquoi ne pas envoyer un chèque à tous les cadres de l'entreprise en leur disant d'aller passer le week-end à Las Vegas ? grommela la jeune femme.

— Nous essaierons ça l'année prochaine, acquiesça Cal en riant, toujours de bonne humeur.

Il se réjouissait à la perspective de ces quelques jours et regrettait seulement de ne pouvoir emmener ses enfants. Il connaissait bien l'hôtel, pour y être déjà allé avec eux, et savait qu'ils s'y seraient beaucoup amusés. Mais ce voyage était strictement réservé aux adultes — même si, à bien des égards, ces derniers se conduisaient comme des adolescents sur le point de partir en tournée avec le groupe de rock du lycée. Avant même le départ, il fallut gérer des prises de bec à propos de l'attribution des chambres. Plusieurs personnes s'étaient renseignées sur l'hôtel et avaient exprimé leurs préférences sur l'étage où elles voulaient être ou la vue qu'elles désiraient avoir. Beaucoup avaient exigé l'air conditionné.

Meredith avait parlé à Steve du voyage et lui avait demandé s'il voulait venir. Mais il était de garde et savait par ailleurs qu'elle serait très occupée durant toute la durée du séminaire.

— Tu vas me manquer, lui dit-elle au téléphone la veille du départ.

— Tu n'auras même pas le temps de te rendre compte de mon absence. Tu seras bien trop occupée à essayer de satisfaire tout le monde.

Il était content pour elle ; ce petit voyage lui paraissait être une excellente idée, et en dépit de tous les tracas de la préparation, il était certain qu'elle passerait de bons moments une fois sur place. Meredith, elle, en était beaucoup moins sûre. Tout le monde s'était vraiment montré pénible, jusque-là.

Malgré tout, lorsque les participants se retrouvèrent à l'aéroport le lendemain, certains portant des chemises hawaiiennes criardes, d'autres des costumes de lin blanc impeccables, tous semblaient d'excellente humeur. Et c'est avec un soupir de soulagement que Meredith se laissa tomber dans le siège voisin de celui de Cal, en première classe. Seuls les directeurs de la compagnie voyageaient en première ; les autres cadres étaient en classe touriste. Par chance, étant donné leur nombre, Meredith avait pu obtenir des réductions importantes.

— Est-il raisonnable de vous demander combien tout cela nous coûte, ou est-ce risquer la crise cardiaque ? demanda Cal avec un sourire comme une hôtesse s'approchait d'eux avec une bouteille de champagne.

Meredith refusa la coupe que lui tendait la jeune femme ; il n'était que neuf heures du matin, bien trop tôt pour commencer à boire, estimait-elle. Elle opta pour une tasse de café.

— Disons que si je vous le dis, vous risquez d'avoir besoin de votre masque à oxygène, répondit-elle à son compagnon.

— C'est bien ce que je craignais. Bon, je préfère ne pas savoir. Je me console en me disant que les voyages de ce type sont bons pour le moral des troupes. Ou du moins, ils sont censés l'être.

Aussitôt après le décollage, Meredith sortit de son attaché-case une pile de documents à étudier. Callan la réprimanda.

— Je ne peux aller nulle part sans mon attaché-case, Cal, répondit-elle, penaude. Je me sens trop coupable si je le laisse à la maison.

— Je vais être obligé de vous inscrire de force à des cours de hula-hoop pour vous distraire... Je ne veux pas que vous travailliez trop dur durant ce voyage, Meredith. Il faut quand même que vous vous distrayiez un peu. Tous les autres s'amuseront.

— Pas s'ils n'ont pas leurs menus spéciaux, si leurs chambres sont au mauvais étage ou si leur lit a la tête à l'ouest...

— Ils survivront, ne vous inquiétez pas.

Ils passèrent en revue le programme des réunions, puis Callan réussit à convaincre sa compagne de ranger ses papiers et de regarder le film avec lui. Leur vol était direct jusqu'à Kona ; il devait durer juste assez longtemps pour que les passagers profitent d'un repas, d'une collation, d'un film et d'une petite sieste. Ils étaient à mi-chemin environ lorsque Meredith remarqua que Cal regardait pensivement par le hublot. Elle ne put s'empêcher de se demander à quoi il songeait.

— Ça va ? s'enquit-elle avec douceur.

— Très bien, affirma-t-il. Je me disais simplement que j'avais beaucoup de chance d'avoir réussi à mener ma compagnie aussi loin en si peu de temps.

— La chance n'a rien à voir là-dedans, Cal. Vous avez travaillé dur pour en arriver là.

— Et vous aussi, ces quatre derniers mois.

Personne, en fait, n'avait jamais travaillé aussi dur pour lui, et il se réjouissait chaque jour que Charlie eût démissionné, lui permettant d'embaucher Meredith. Elle était l'un des atouts principaux de Dow Tech, désormais.

— J'espère que vous êtes aussi contente avec nous que nous sommes contents de vous, dit-il avec gratitude.

— Oui. Le jour où nous parviendrons à trouver du travail pour Steve en Californie, ma vie sera parfaite.

Elle paraissait triste en disant cela. Ne plus vivre

avec son mari au quotidien lui pesait terriblement. Il semblait si lointain désormais... Et il l'était. Elle ne lui rendait visite qu'une ou deux fois par mois, comme à un vieil ami ou à un ancien petit ami. Parfois, elle n'avait plus l'impression qu'il était son mari. Il ne partageait plus ses activités au jour le jour, n'était plus jamais là pour rire et bavarder avec elle, à part lorsqu'elle parvenait à le joindre sur son bipeur. Il passait de moins en moins de temps à l'appartement, avait-elle remarqué. Comme elle, il travaillait constamment. En son absence, il n'avait rien de mieux à faire.

— Je sais que c'est difficile pour vous, Merrie, dit Cal avec compassion. J'aimerais pouvoir faire quelque chose.

— Vous en aurez peut-être l'occasion un jour. En attendant, il nous faut simplement tenir le coup et serrer les dents.

Mais ce n'était pas facile. Elle était la seule personne mariée du voyage à ne pas être accompagnée de son conjoint. Et l'absence de Steve la rendait malade.

— C'est vraiment malheureux qu'il n'ait pas eu ce poste à l'East Bay. Quel manque de chance !

— Peut-être était-ce le destin, répondit-elle avec philosophie. Peut-être tombera-t-il bientôt sur quelque chose d'encore mieux.

Elle s'efforçait de garder espoir.

— Je le lui souhaite, répondit Cal avec sincérité.

Il voulait le bonheur de Meredith avant tout, car il savait que, malheureuse, elle risquait à tout moment de quitter la compagnie, idée qui le terrifiait. Dow Tech avait besoin d'elle, à présent, et lui aussi : toute la partie financière de la compagnie reposait sur elle. Il avait également besoin d'elle personnellement. Il lui disait tout et partageait avec elle ses peurs, ses joies et ses espoirs. Ils étaient quasiment associés dans l'entreprise, et il lui confiait même ses doutes et ses satisfactions concernant ses enfants. Ils étaient complices et amis.

— C'est vraiment dommage que Steve n'ait pas pu participer à ce voyage. Cela vous aurait fait du bien à tous les deux.

Il savait que Meredith avait été déçue d'apprendre que Steve ne pourrait se libérer et était sincèrement désolé pour elle.

— Bah, c'est sans doute aussi bien. Je serai trop occupée à travailler, de toute façon.

Elle devait faire trois présentations avec Cal et une toute seule.

— N'oubliez tout de même pas de vous détendre. Il n'est pas question que vous vous épuisiez pour satisfaire tout le monde. Laissez les gens se débrouiller un peu tout seuls. Vous n'êtes pas guide touristique, ne l'oubliez pas.

— Allez le leur faire comprendre ! s'exclama-t-elle en riant. On ne dirait pas qu'ils en ont conscience, étant donné les listes interminables d'exigences que j'ai reçues.

— Déchirez-les. C'est un ordre.

— Oui, chef ! dit-elle avec un petit salut militaire qui le fit sourire.

Ils changèrent de sujet et il lui raconta plusieurs anecdotes amusantes sur des séminaires de ce type et sur les choses incroyables que les gens faisaient parfois lorsqu'ils se retrouvaient dans un environnement inhabituel. Ainsi, quelques années plus tôt, à Hawaii également, Charlie McIntosh s'était soûlé et avait couché avec une danseuse exotique ; jamais il n'avait accepté de le reconnaître, pourtant. L'histoire avait circulé, et il l'avait toujours niée, même si tout le monde — à l'exception de son épouse — savait qu'elle était vraie.

— J'essaierai de bien me tenir, dit Meredith en riant.

Cal la regarda un moment d'un air pensif, et elle se souvint tout à coup de leur soirée de Noël.

— Pas trop bien, j'espère, dit-il avec douceur.

Elle ne répondit pas. Ils étaient si proches, parfois, que cela l'inquiétait. D'une certaine manière, Callan jouait auprès d'elle le rôle qui était celui de Steve lorsqu'ils vivaient tous les deux à New York. Elle lui disait tout. Même s'ils avaient éprouvé une gêne passagère après le baiser qu'ils avaient échangé, tout était rapidement rentré dans l'ordre, et ils avaient retrouvé leurs marques, leur amitié réconfortante. Par moments, il est vrai, elle se sentait attirée par sa force, sa personnalité, mais ce n'était pas une attirance physique ; en fait, elle avait de plus en plus souvent l'impression qu'il était pour elle une âme sœur. Comme s'ils avaient été destinés de toute éternité à se rencontrer, à travailler ensemble et à bâtir un empire. Ils étaient comme deux moitiés d'une même entité, et parfois elle ne comprenait pas pourquoi il en était ainsi. Elle avait du mal à croire qu'ils ne se connaissaient pas depuis toujours. Elle se sentait même plus proche de lui que de Steve, souvent, car ils avaient davantage de choses en commun. Ils partageaient les mêmes buts, les mêmes besoins, le même élan, la même passion des affaires. Steve évoluait dans un autre monde, c'était un être humain d'un type différent, dont les motivations semblaient plus pures à Meredith. Pour lui, l'argent n'avait pas la moindre valeur. Il ne comprenait pas ce qu'elle faisait et ne s'y intéressait pas réellement. La seule chose qui lui importait était qu'elle fût heureuse dans son travail. Les détails de ce dernier lui échappaient. Cal, en revanche, en connaissait toutes les facettes et comprenait tout ce qu'elle faisait. D'une certaine manière, c'était plus facile, pour elle.

L'avion atterrit peu après midi, heure locale, et Cal et elle guidèrent les autres membres du groupe jusqu'au car qui devait les conduire à l'hôtel. Leurs bagages les rejoindraient plus tard. Tout le monde était libre cet après-midi-là ; ils n'avaient pas à se retrouver avant le dîner traditionnel, qui devait être suivi par des danses. Les réunions de travail, elles, ne commenceraient que le lendemain matin. Meredith et Cal donneraient le signal du départ avec un petit discours, après quoi ils passeraient un certain nombre de diapositives. Meredith avait tout organisé, et elle en avait discuté avec Cal dans l'avion. Il ne lui restait rien d'autre à faire que se détendre, passer l'après-midi au bord de la mer ou de la piscine, puis retrouver les autres pour le dîner.

— Que diriez-vous de déjeuner avec moi dans ma chambre ? proposa Cal lorsqu'ils eurent récupéré leurs clés à la réception.

Leurs chambres étaient contiguës et partageaient une terrasse.

— Avec plaisir, répondit-elle aussitôt. Et après, j'aimerais bien aller nager. Peut-être arriverons-nous à échapper aux autres jusqu'au dîner !

— Cela me paraît une très bonne idée, répondit-il.

Ils montèrent jusqu'à leurs chambres, et Meredith fut surprise de constater qu'ils avaient chacun une suite. Elle se souvint alors que Cal s'était personnellement chargé de réserver leurs chambres à tous les deux et sourit de cette gentille attention.

Sa suite avait un grand salon ensoleillé, décoré dans divers tons de beige, et une superbe chambre entièrement blanche. Elle semblait tout droit sortie d'un magazine ; sur la table basse était disposée une énorme conque recouverte d'une feuille d'argent. La suite possédait également une kitchenette et un bar bien approvisionné, et une musique douce était diffusée en fond sonore lorsqu'elle entra dans la pièce principale, Cal sur ses talons.

— C'est absolument splendide, dit-elle en admirant les palmiers miniatures de la terrasse, qui semblaient encadrer la superbe vue sur la plage de sable fin et la mer.

— Je pensais que ce serait joli au coucher du soleil. Et je voulais vous garder près de moi, pour que les autres ne viennent pas vous embêter.

Tous les participants étaient installés à d'autres étages. Pas un instant Meredith ne songea que les salariés risquaient d'être surpris que Callan et elle aient deux chambres côte à côte ; il n'y avait jamais eu de commérages à leur sujet, et tout le monde savait qu'elle était mariée. Elle parlait souvent de Steve à ses collègues.

Cal alla s'installer dans sa suite, et quelques minutes plus tard leurs bagages arrivèrent. Apparemment, rien n'avait été perdu, ce qui était presque un miracle, vu la taille du groupe.

Cal leur avait commandé des sandwichs, et tout fut installé sur leur terrasse, où Meredith le rejoignit. Il lui avait même fait monter un mai-tai.

— Je vais suivre l'exemple de Charlie, si je commence à boire dès le déjeuner, observa-t-elle en riant.

— Si je vous surprends en train de harceler les danseuses exotiques, Meredith, je vous renvoie en Californie, je vous préviens !

— Je vais faire de mon mieux, promit-elle, faussement piteuse.

Les sandwichs se révélèrent délicieux, mais le cocktail était très fort, et Meredith se contenta d'y tremper les lèvres. Ils demeurèrent un long moment sur la terrasse à admirer la vue et à se détendre. Enfin, Meredith se leva et annonça à son compagnon qu'elle allait nager.

— Je vais vous accompagner, dit-il.

Ils allèrent se changer chacun de leur côté. La jeune femme revint quelques minutes plus tard, des sandales aux pieds et vêtue d'un bikini sur lequel elle avait passé une longue chemise. Comme à son habitude, elle était ravissante. Callan était superbe lui aussi, avec sa chemise assortie à son short de bain et ses Docksides. Ils faisaient un très beau couple, et nul n'aurait pu deviner qu'ils n'étaient pas mariés ; ils semblaient si intimes et à l'aise l'un avec l'autre qu'il était difficile de croire qu'ils n'avaient jamais fait l'amour ensemble. Cal en fit la remarque à Meredith comme ils descendaient à la réception, et elle ouvrit de grands yeux étonnés.

— Vous croyez vraiment que les gens vont s'imaginer que nous sommes mariés ?

Cela lui paraissait à la fois étrange et amusant.

— Oui, j'en suis persuadé. Nous avons même un air de ressemblance ! Nous sommes blonds tous les deux, et nos yeux sont quasiment de la même couleur. Nous aimons les mêmes choses, et il nous arrive parfois de nous habiller de la même façon.

Il l'avait remarqué à plusieurs reprises, mais Meredith se contenta de secouer la tête en riant.

— C'est bien ce qui prouve que vous avez tort. Normalement, les gens ne se promènent pas par paires assorties comme nous. En général, les couples ressemblent davantage à Steve et moi... Un brun toujours débraillé avec une blonde sophistiquée ou l'inverse. J'adore Steve, mais je dois reconnaître qu'il a toujours l'air de s'être habillé dans un entrepôt de charité. J'ai failli l'étrangler quand il a débarqué en Californie pour faire votre connaissance avec sa vieille veste toute déchirée. Je n'arrête pas d'essayer de la mettre à la poubelle, mais il l'adore. En fait, je me suis résignée à admettre qu'il la garderait toujours. Et qu'il continuerait à la porter.

— Ça ne m'a pas choqué, affirma Callan, bienveillant.

Il devait cependant admettre qu'elle avait raison : Steve et elle formaient un couple bizarrement assorti. Elle était toujours vêtue avec goût, immaculée de la tête aux pieds — en un mot, parfaite. Alors qu'il était aisé de deviner que Steve était plus à l'aise dans ses tenues d'hôpital que dans des vêtements normaux, sans parler d'un costume trois pièces. Cal se demandait même s'il en avait un... (En vérité, Steve en possédait même plusieurs — mais tous lui avaient été achetés par Meredith, et il ne les portait jamais.)

Ils descendirent au bord de la mer, et l'un des garçons de plage leur tendit des serviettes et les installa sur des chaises longues. Meredith ôta sa chemise et s'allongea en bikini ; Cal résista à la tentation de lui faire un compliment. En maillot de bain, elle était absolument magnifique, encore plus époustouflante qu'habillée. Il prit le livre qu'il avait apporté, mais Meredith était si belle, si désirable, si proche qu'il se rendit vite compte qu'il n'arrivait pas à se concentrer sur sa lecture.

— Votre livre ne vous plaît pas ?

Meredith avait remarqué qu'il avait le regard perdu à l'horizon et qu'il arborait une expression étrange.

— Non, non... Je veux dire, si... Il est très bien... J'avais la tête ailleurs, c'est tout.

— Quelque chose ne va pas ?

Soudain, elle se demanda si elle l'avait offensé sans le vouloir. Callan se contenta de secouer la tête, puis il se leva et s'éloigna seul le long de la plage. Elle s'inquiétait de cette attitude, et au bout de quelques minutes elle se décida à le suivre. Elle ne voulait pas le harceler, mais elle avait le sentiment étrange que quelque chose le perturbait.

— Vous allez bien ? lui demanda-t-elle en le rattrapant.

Elle hésitait à le déranger, mais pendant un instant il avait eu l'air si contrarié que cela l'avait inquiétée.

Il hésita avant de répondre. Il avançait toujours, les pieds dans l'eau et la tête baissée vers le sable. Enfin, il s'immobilisa et la regarda avant de hocher la tête.

— Oui, ça va, Merrie, acquiesça-t-il.

Mais son ton las acheva de la convaincre qu'il mentait.

— Qu'y a-t-il ?

— Oh, je ne sais pas... C'est la vie, je suppose. Vous arrive-t-il de vous regarder dans la glace et de vous demander si vous n'avez pas passé les dix dernières années la tête à l'envers, sans savoir où vous alliez ?

Son air malheureux la prenait au dépourvu. C'était comme un nuage noir obscurcissant soudain le soleil.

— Qu'est-ce qui vous a fait penser ça ? Vous aviez l'air en pleine forme il y a encore une heure.

— Je l'étais. Je le suis toujours. Simplement, parfois, je m'interroge sur ma vie. J'attache tant d'attention à certaines choses que j'en oublie les autres.

— Cela nous arrive à tous, fit-elle valoir avec douceur.

Ils arrivaient au bout de la plage et s'assirent ensemble sur le sable. Les vagues venaient mourir à leurs pieds, ils faisaient face à l'océan et tournaient le dos à l'hôtel. Il n'y avait personne autour d'eux.

— Vous n'avez pas négligé les choses importantes, Cal, reprit Meredith. Vous avez des enfants merveilleux, une vie agréable, une entreprise florissante. Vous n'avez pas perdu votre temps.

— Comment pouvez-vous en être aussi sûre ? Et comment peut-on savoir ce qui est réellement important ? Comment puis-je être certain que d'ici dix ans, mes enfants ne me détesteront pas pour quelque chose que j'ai fait ou n'ai pas fait, quelque chose que je n'ai pas vu ou compris ? La plupart du temps, je pense que j'ai raison, et puis par moments, je me demande si en fait je vais dans la bonne direction. Parfois, je me dis que je fais tout à l'envers. Dans cinquante ans, qui attachera la moindre importance à Dow Tech et à tout ce à quoi je consacre le plus clair de mon existence ? Peut-être qu'en réalité, ce qui compte vraiment, c'est les gens qu'on aime.

Il s'interrompit un instant, parut hésiter, puis acheva sa pensée.

— Ou l'absence de gens qu'on aime. J'ai été tellement occupé à en vouloir à Charlotte ces huit dernières années que je n'ai pas su faire de place dans ma vie pour quelqu'un d'autre. Ma colère monopolisait toute mon énergie. Je m'inquiétais seulement de la souffrance qu'elle m'avait infligée.

C'était la première fois qu'il se confiait ainsi à elle, ou à quiconque d'ailleurs.

— Vous savez, pendant longtemps, j'ai cru que je la haïssais. J'ai l'impression tout à coup d'avoir perdu mon temps à nourrir des sentiments qui ne m'ont conduit nulle part. Et maintenant ?

— Que voulez-vous dire, « et maintenant » ?

Ce qu'il venait de lui avouer la prenait au dépourvu. C'étaient de bien sombres pensées pour une plage hawaiienne !

— Et maintenant ? J'ai cinquante et un ans. J'ai passé huit ans à en vouloir à quelqu'un qui était sorti de ma vie. Mes enfants seront grands d'un jour à l'autre. Mon entreprise est toute ma vie...

— Si vous voulez mon avis, vous vous autoflagellez un peu, Cal, lui dit Meredith avec sa franchise coutumière. Comme vous venez de le dire, vous avez cinquante et un ans, pas quatre-vingt-dix ! Il vous reste beaucoup de temps pour changer d'attitude, si vous le souhaitez. Personne n'a jamais dit que vous devriez rester seul pour le restant de vos jours, et rien ne vous oblige à continuer à haïr Charlotte.

— En fait, je crois que je ne la déteste plus. Peut-être que c'est de là que vient le problème. Si l'on met de côté ce que je ressens pour mes enfants, ma haine pour Charlotte a été l'émotion dominante de mon existence pendant près de dix ans. Sans cela, que me reste-t-il ? Peut-être pas assez, Merrie.

— Il serait peut-être temps de regarder dans une autre direction, dit-elle simplement.

Elle avait un certain talent pour aller directement au cœur du problème, sans s'embarrasser de circonvolutions. Dans le travail, c'était une des qualités qu'il appréciait le plus chez elle. Mais il y avait tant de choses qu'il appréciait chez elle... Trop, même, d'une certaine manière.

— Que me suggérez-vous ? Vers où suis-je censé me tourner ? Dois-je me résigner à ce que mes enfants soient toute ma vie jusqu'à ce qu'ils quittent la maison pour voler de leurs propres ailes ? Dois-je me forcer à fréquenter des femmes qui ne représenteront rien pour moi, les emmener dîner jusqu'à ce que leur conversation devienne vraiment trop ennuyeuse, puis les laisser tomber pour d'autres, davantage intéressées par ce que je possède que par ce que je suis ? Merrie, le choix n'est pas très attirant.

— Vous dites n'importe quoi, déclara-t-elle sans ambages en allongeant ses longues jambes vers l'eau et en jouant du bout des orteils avec les vagues. Tout le monde n'est pas ennuyeux, et tout le monde n'est pas intéressé.

— Je ne parierais pas là-dessus, dit-il sombrement. Et vous ? Qu'allez-vous faire si votre relation avec Steve se délite ? Y avez-vous jamais réfléchi ?

— J'essaie de ne pas y penser.

Mais en vérité, l'idée lui était venue, dernièrement. Leur séparation forcée créait une énorme tension entre son mari et elle, et parfois, maintenant, elle avait peur. Elle avait l'impression que le sort, le destin, une force plus puissante qu'eux s'ingéniait à les séparer. C'était la première fois qu'elle ressentait cela, et elle trouvait cette sensation terrifiante.

— Je ne sais pas ce que je ferais, répondit-elle avec sincérité. Steve est toute ma vie depuis si longtemps que je serais perdue si nous nous séparions. Il me fait du bien, et je l'aime. Sans lui, ma vie serait un énorme trou noir.

De fait, elle avait l'impression qu'elle tomberait dans un abîme de terreur et de malheur si elle perdait son mari. Cette seule pensée la rendait malade. Pourtant, elle savait que si les choses ne s'arrangeaient pas, si ni l'un ni l'autre ne se décidait rapidement à agir, cela risquait d'arriver. Elle commençait tout juste à s'en rendre compte. Après quatre mois de séparation, Steve et elle semblaient prendre des directions différentes.

— Que feriez-vous si vous divorciez ?

Cette pensée la rendait malade, au point que la question elle-même lui était odieuse.

— Je me tuerais... répondit-elle impulsivement. Je ne sais pas, reprit-elle après quelques secondes de réflexion. J'imagine que je ramasserais les morceaux et recommencerais à zéro. Mais ça me prendrait longtemps. De même qu'il vous a fallu longtemps, Cal. Ce n'est pas surprenant. Vous aviez investi sept années de votre vie dans votre mariage, vous aviez trois enfants... Il est évident que vous croyiez en Charlotte et lui faisiez confiance, et elle vous a trahi. Il doit falloir du temps pour se remettre d'un choc pareil, si tant est qu'il soit possible d'y arriver complètement.

— Ça m'a pris huit ans, reconnut-il d'un ton posé.

Allongé sur le sable à son côté, il admirait ses courbes gracieuses, son corps de rêve. Elle ne se doutait absolument pas de l'effet qu'elle exerçait sur lui, et il s'en réjouissait. C'était plus simple ainsi. Il n'avait pas l'intention de refaire la même erreur qu'à Noël.

— Sans doute était-ce trop long, continua-t-il. Je commence à avoir l'impression d'avoir gâché ces huit années. Je m'efforçais de démontrer à tout le monde que j'étais dur et cynique, pour que personne ne sache que j'avais mal. Mais en fait, je souffrais. J'ai trop souffert, Merrie, pendant trop longtemps.

— Et maintenant ?

— Maintenant, j'ai tout simplement envie d'avancer, de vivre de nouveau. Soudain, je me surprends à regretter ce dont je me suis passé pendant ces huit années, et je me demande ce que j'ai bien pu fabriquer.

— Et du coup, vous voulez tout, tout de suite, conclut-elle en riant.

Comme à son habitude, Callan était impatient et désirait des résultats immédiats.

— Bien sûr, répondit-il avec un large sourire.

Il se sentait mieux qu'il ne l'avait été depuis des années. Il adorait discuter avec elle ; non seulement Meredith était un atout indéniable pour son entreprise, mais c'était aussi la meilleure amie qu'il ait jamais eue. Il avait vraiment eu de la chance de la rencontrer.

— D'accord, alors trouvez-moi la femme parfaite.

Conscient de n'avoir aucune chance avec elle, il la traitait comme l'amie qu'elle était. Car en dépit de leur discussion théorique sur ce qui se passerait si Steve et elle se séparaient, il savait qu'elle était encore très amoureuse de son mari et décidée à sauver leur couple. Steve était le seul homme qu'elle voulût.

— Je ne me rappelais pas que servir d'entremetteuse faisait partie de mon travail, observa-t-elle, amusée.

— C'était pourtant écrit en petits caractères au bas du contrat...

— C'est bien ma veine. Et où suis-je censée dénicher cette petite merveille ?

— Si je le savais ! s'exclama-t-il avec un sourire. Moi, en tout cas, je ne l'ai pas rencontrée. Je ne crois pas qu'il y ait autant de femmes parfaites qui se promènent en liberté que vous le prétendez. A mon avis, elles se cachent.

Il lui décocha un regard appuyé.

— Ou bien elles sont mariées.

Ce compliment déguisé la toucha, mais elle ne dit rien.

Ils demeurèrent allongés côte à côte en silence un moment. Finalement il se leva et l'aida à faire de même, puis ils remontèrent la plage, main dans la main, comme deux enfants. Le fait d'avoir discuté de ses émotions avec Meredith avait fait un bien fou à Callan, et il était beaucoup plus détendu qu'avant leur conversation.

Lorsqu'ils arrivèrent près de leurs chaises longues, ils découvrirent que d'autres cadres de Dow Tech étaient descendus et s'étaient installés près d'eux. Mais Callan était redevenu lui-même ; le nuage qui l'avait assombri quelque temps semblait s'être dissipé. Ils commandèrent des cocktails et bavardèrent avec les autres, puis au bout d'une heure ou deux, ils remontèrent se changer pour le dîner.

Meredith prit une douche et passa une robe de soie blanche ornée de perles turquoise. Ses cheveux étaient propres et brillants, et elle glissa ses pieds dans des sandales blanches à hauts talons. Quand elle retrouva Callan, il songea qu'elle était une fois de plus magnifique — même s'il avait du mal à chasser de son esprit la vision qu'il avait eue d'elle cet après-midi-là à la plage, seulement vêtue d'un bikini. Meredith Whitman était vraiment une femme inoubliable, et lorsqu'elle le rejoignit sur la terrasse qu'ils partageaient et lui sourit, il sentit quelque chose en lui se briser. Elle le connaissait si bien qu'il craignit un instant qu'elle ne s'en rende compte, mais elle paraissait ne rien avoir remarqué.

— Prête ? demanda-t-il en lui tendant un verre de vin blanc.

Ils demeurèrent un moment sur la terrasse à admirer le sublime coucher de soleil sur l'océan.

— Superbe, n'est-ce pas ?

— Oui. Presque trop.

Meredith était triste d'assister à un aussi fabuleux spectacle sans Steve près d'elle. Ils passaient à côté de tant de bons moments, désormais... Et depuis son arrivée à Hawaii, elle n'avait pas réussi à le joindre. Lorsqu'elle avait appelé à l'hôpital, les infirmières lui avaient dit qu'il avait passé presque toute la journée au bloc.

— Je regrette presque que nous devions rejoindre les autres, et que nous ne puissions dîner tranquillement tous les deux sur la terrasse, ce soir, avoua-t-elle.

— Ce serait trop beau ! dit-il en riant.

Ils partageraient le dîner avec cinquante personnes, toutes décidées à s'amuser le plus bruyamment possible. A l'instar de Meredith, Callan aurait bien aimé échapper à ce pensum pour passer un moment au calme avec elle, mais il savait qu'ils n'avaient pas le choix.

Comme toujours, la jeune femme se montra charmante avec chacun. Elle fit les présentations afin que tout le monde se connaisse, surveilla du coin de l'œil que tout se passait bien et s'ingénia à régler les problèmes avant même qu'ils ne se posent. Personne à part Cal n'en avait conscience, mais lui se rendait parfaitement compte qu'elle œuvrait discrètement pour que la soirée se déroulât au mieux, et il lui en était reconnaissant.

— Vous êtes extraordinaire, vous savez, Merrie, lui confia-t-il lorsque, vers minuit, ils remontèrent dans leurs chambres. Vous êtes comme une magicienne qui passerait dans la foule et agiterait sa baguette pour rendre tout le monde heureux — même moi.

Elle savait qu'il n'aimait pas les spécialités culinaires hawaiiennes — il le lui avait avoué un jour pendant qu'ils préparaient le voyage —, et elle avait fait en sorte qu'on lui serve un steak et des frites accompagnés d'une salade. Il avait été surpris lorsque le serveur avait posé son assiette devant lui, mais avait aussitôt compris ce qui s'était passé.

— Vous arrive-t-il de ne pas penser à tout ?

— Rarement, Dieu merci, répondit-elle en riant, contente qu'il ait remarqué sa petite attention.

S'occuper de détails semblables ne faisait pas partie de son travail, mais cela lui faisait plaisir, et il était clair que personne à part elle ne souhaitait s'en charger.

— Grâce à vous, la soirée a été très réussie. Mais vous n'avez pas dû beaucoup vous amuser, vous avez constamment travaillé.

— En fait, j'ai passé un très bon moment, affirma-t-elle.

Le lieu était superbe, et l'atmosphère à la fois détendue et festive.

— Accepteriez-vous de passer un moment sur la terrasse avec moi ? proposa-t-il.

Elle hocha la tête, et il alla chercher la bouteille de champagne qui se trouvait dans son bar pour leur en verser une coupe à chacun. Meredith n'avait rien bu depuis le verre de vin partagé avec lui avant le dîner. Les autres participants, eux, avaient largement profité des alcools proposés à l'apéritif et durant le repas, et la jeune femme devinait que les maux de tête seraient nombreux le lendemain... Elle, en revanche, était sobre et fraîche, et Callan aussi. Profitant de la chaleur de la nuit tropicale, ils s'assirent sur la terrasse en silence, très à l'aise l'un avec l'autre.

Ils n'éprouvaient pas le besoin de parler et profitaient de l'harmonie qui régnait entre eux.

Au bout d'un moment, Meredith posa son verre et, toujours sans un mot, Callan lui prit la main. Ils échangèrent un sourire.

— Merci d'être une si merveilleuse amie, Meredith.

— Vous avez fait énormément pour moi, Cal.

— Ce n'est que le début.

Ils allaient mener la compagnie très loin, et il envisageait même de créer une nouvelle division et de mettre Meredith à sa tête. Cela faisait des semaines qu'ils en parlaient. Cependant, ce n'était pas à cela qu'il songeait en cet instant, alors qu'il l'enveloppait d'un regard admiratif. Comme la veille de Noël, il fut incapable de résister à la tentation de l'attirer à lui et de l'embrasser. Il eut l'impression qu'une décharge électrique le traversait, accompagnée d'un sentiment de panique. Il savait qu'il avait tort, que c'était mal, mais il ne pouvait s'en empêcher, et elle non plus. Elle passa ses bras autour de son cou et l'embrassa à son tour, et ils demeurèrent enlacés ainsi un long moment, étroitement serrés l'un contre l'autre. Il aurait dû s'excuser, songea-t-il, mais cette fois il ne parvint pas à s'y résoudre. Ces excuses n'auraient pas été sincères.

— Je ne devrais pas te dire ça, Merrie, murmura-t-il enfin, mais je t'aime.

C'était un cri du cœur, de l'âme. Il avait pris conscience des sentiments qu'il éprouvait pour elle depuis un certain temps déjà ; quant à Meredith, elle les avait devinés sans vraiment vouloir se l'avouer. C'était cet amour qui était la force qu'elle avait sentie s'interposer entre Steve et elle.

— Je t'aime aussi, Callan, dit-elle doucement.

Il n'y avait pas que du désir entre eux. Il y avait bien davantage. Ils avaient l'impression de n'être qu'un seul corps, qu'une seule âme. Et quoi qu'il se passât ensuite, Meredith savait qu'en cet instant, elle lui appartenait.

De nouveau, il la prit dans ses bras et la tint contre lui. Chaque centimètre carré de son corps avait soif d'elle. Elle, de son côté, l'embrassa avec une passion qu'elle n'avait jamais éprouvée pour quiconque, pas même pour son mari. Ses mains glissèrent sous la chemise de Callan et effleurèrent son torse tandis qu'il faisait délicatement glisser les bretelles de soie de sa robe blanche. Cette dernière tomba à ses pieds, et la jeune femme apparut dans toute sa splendeur, seulement vêtue de ses sandales et d'une fine culotte en satin blanc. Comme cet après-midi-là, sur la plage, Callan fut saisi par sa beauté, et l'instant d'après il la souleva dans ses bras et l'emmena dans la chambre. Il la posa avec douceur sur le lit pendant qu'elle se débarrassait de ses chaussures, et il enleva sa chemise et son pantalon avant de lui ôter son sous-vêtement et de reculer légèrement pour l'admirer.

— Tu es incroyable, murmura-t-il.

— Je n'ai encore jamais fait ça, dit-elle d'une voix un peu apeurée.

— Je sais.

Elle lui avait dit à plusieurs reprises qu'elle avait toujours été fidèle à Steve. Mais ce qui se passait entre eux était différent. Le besoin qui les unissait était si profond, si puissant qu'ils ne pouvaient résister ni l'un ni l'autre.

— N'aie pas peur, Merrie...

Les mains de Callan couraient sur le corps de la jeune femme, et lorsque leurs lèvres se rencontrèrent, elle gémit doucement.

— Je t'aime tant... Je n'ai jamais aimé quelqu'un à ce point, dit-il, et ces paroles faisaient écho à tout ce que Meredith éprouvait pour lui, tous les sentiments qu'elle s'efforçait d'occulter depuis le début.

Elle voulait croire que ce qu'ils faisaient était mal, mais au fond de son cœur elle n'y parvenait pas. Chaque fibre de son être lui criait que c'était pour cela, pour cet homme qu'elle était née, et que là était sa place, dans ses bras.

14

Les quelques jours que Callan et Meredith passèrent à Hawaii furent mi-cauchemar, mi-conte de fées. Tous deux étaient plus heureux qu'ils ne l'avaient jamais été, mais ils savaient aussi que le fruit défendu auquel ils avaient goûté allait changer inexorablement leurs vies. Il ne faisait pas de doute pour Meredith que Cal et elle étaient amoureux l'un de l'autre ; la question était : que faire ? Ce qu'ils partageaient était défendu et pourtant ni l'un ni l'autre ne pouvait supporter l'idée de mettre un terme à leur liaison.

— Qu'allons-nous faire ? demanda Meredith à Cal un soir qu'ils étaient allongés l'un près de l'autre, après avoir enfin réussi à échapper aux autres.

En public, ils se montraient particulièrement prudents, et ils étaient certains que personne n'avait deviné leur secret. Mais lorsqu'ils étaient avec d'autres gens, ils n'avaient plus qu'une envie, désormais : s'éclipser pour se retrouver seuls dans leur chambre, faire l'amour et parler pendant des heures. Une nuit, ils avaient bavardé jusqu'à l'aube et n'avaient dormi que quelques heures avant leur première réunion.

Ils travaillaient ensemble comme à leur habitude, mais la nouvelle dimension qu'ils avaient ajoutée à leur relation changeait tout. D'autant qu'en raison du décalage horaire et de l'emploi du temps de Steve,

Meredith ne l'avait pas eu une seule fois au téléphone depuis son arrivée à Hawaii.

— Que comptes-tu faire, Merrie ? demanda Cal avec sérieux tout en faisant courir un doigt paresseux le long des courbes douces de son corps.

Ils avaient jusqu'ici connu des moments de passion volcanique et navigué sur des océans de bonheur. Mais c'était une tempête aux proportions gigantesques et des eaux bien profondes qui les attendaient au-delà de la rive relativement paisible sur laquelle ils s'étaient réfugiés durant ces quelques jours, ils ne l'ignoraient ni l'un ni l'autre. Pourtant, lorsqu'il plongea son regard dans celui de sa compagne, Callan semblait serein et heureux. Il était certain de leur amour, même s'il ignorait totalement dans quelle direction Meredith choisirait de se tourner — vers le passé ou vers le futur. Les deux solutions étaient possibles, et la jeune femme se sentait glisser dans l'inconnu, impuissante, comme un bateau sans équipage détaché de ses amarres.

— Je ne sais pas, dit-elle en toute honnêteté.

Elle sentait le corps chaud et vibrant de son compagnon tout contre le sien, si désirable... Ce qu'ils éprouvaient l'un pour l'autre était si puissant que cela continuait à lui couper le souffle.

— Je ne peux pas faire ça à Steve, Cal. Je ne peux pas... je ne peux pas le quitter.

Mais maintenant, elle ne pouvait pas non plus envisager de quitter Cal, c'était évident. Elle était coincée entre deux mondes et se sentait tiraillée dans des directions opposées.

— Ne prenons pas de décision tout de suite, dit-il avec bon sens, s'efforçant de rester calme pour ne pas l'effrayer. Nous n'avons pas à agir sur-le-champ. Pourquoi ne pas profiter de ce que nous vivons tant que nous le pouvons ?

Elle lui répondit en hochant silencieusement la tête ;

il l'embrassa, et bientôt ils recommencèrent à faire l'amour, très lentement.

Le désir torride qui les poussait l'un vers l'autre dès qu'ils se retrouvaient seuls ne les empêchait pas de se montrer extrêmement prudents en présence des autres, en particulier durant les réunions. Ils firent les discours qu'ils avaient préparés, menèrent des petits groupes de discussion et se joignirent aux autres participants pour le déjeuner et le dîner. Même les plus observateurs de leurs collègues auraient eu du mal à remarquer quoi que ce fût d'inhabituel dans leurs échanges. Pourtant, ce que Meredith ressentait en présence de Callan, quoique intangible, était très réel, et donnait plus de relief à tout ce qu'ils partageaient. Pour elle, c'était si évident qu'elle s'étonnait que les autres ne s'en rendent pas compte.

— Ils doivent être aveugles, dit-elle à Callan comme ils passaient un moment ensemble avant le dîner, enveloppés dans leurs serviettes de bain sur la terrasse.

Ils étaient allés nager dans l'océan puis étaient revenus prendre un bain chaud ensemble et, inévitablement, ils avaient fait l'amour.

— Les gens ne voient pas ce qu'ils ont sous le nez, parfois, répondit-il en sirotant un martini.

Il ne buvait jamais dans la journée mais aimait savourer un cocktail avant le dîner, et Meredith se joignait parfois à lui. Pas ce soir-là, cependant. Elle voulait avoir l'esprit clair pour retrouver les autres. Ce qui lui arrivait lui paraissait déjà suffisamment perturbant pour qu'elle n'en rajoute pas.

— Es-tu heureuse ? lui demanda Callan comme ils admiraient le coucher de soleil, allongés côte à côte sur des chaises longues.

— Plus que je ne le mérite.

Ce qu'ils vivaient était très précieux pour eux deux, mais ils se rendaient compte que les moments qu'ils partageaient étaient empruntés, sinon volés. Tôt ou tard, ils devraient payer l'addition... Mais pas encore. Pour l'instant, le bonheur était à portée de main, et ils ne pouvaient résister. La force qui les avait poussés l'un vers l'autre était toujours là, bien plus puissante qu'eux.

— Tu mérites tout ce que tu peux souhaiter, dit Cal avec amour en se penchant pour l'embrasser.

— Les choses ne se passent pas toujours comme on le voudrait, soupira-t-elle. Je regrette que nous ne nous soyons pas rencontrés plus tôt.

— Moi aussi, acquiesça-t-il, mais peut-être que nous n'aurions été prêts ni l'un ni l'autre.

L'étaient-ils à présent ? Certes, lui était libre, mais Meredith était mariée...

— Nous fonctionnons si bien ensemble, Merrie.

— Oui, je sais, répondit-elle en souriant. Comme Ginger Rogers et Fred Astaire.

— Non. Comme Callan Dow et Meredith Whitman. Nous sommes des gens hors du commun, Meredith. Tous les deux. Nous savons ce que nous voulons, et nous n'avons pas peur de travailler comme des forcenés pour l'obtenir. Nous pourrions partager une vie merveilleuse ensemble si nous voulions nous en donner les moyens. Je ne veux pas te pousser, Merrie. La question est : que souhaites-tu vraiment ?

C'était la première fois qu'il lui proposait de partager sa vie, bien qu'il n'eût pas clairement dit dans quelles conditions. En tant que maîtresse ? Epouse ? Peut-être lui-même l'ignorait-il encore.

— Je ne suis pas prête à blesser Steve, Cal, dit-elle avec douceur. Il ne mérite pas ça.

En dépit de ce qu'elle éprouvait pour Callan, elle n'arrivait pas à envisager une vie sans Steve. Cela faisait trop longtemps qu'il partageait son existence pour qu'elle puisse faire une croix définitive sur leur relation. Il faisait partie d'elle, corps et âme. C'était plus compliqué que Cal ne l'imaginait. Elle n'avait jamais été malheureuse avec Steve et ne s'était pas séparée de lui par choix : les circonstances seules étaient responsables de leur éloignement progressif. Ensemble, son mari et elle avaient décidé qu'elle devait accepter de déménager en Californie ; à partir de là, ils avaient perdu le contrôle de la situation.

Callan et Meredith dînèrent avec les autres ce soir-là et restèrent dehors avec eux plus tard qu'à l'accoutumée, à danser sous les étoiles. Puis ils allèrent se promener sur la plage dans l'obscurité, seuls tous les deux, main dans la main. Ils ne s'embrassaient jamais en dehors de leurs chambres de peur d'être surpris.

Le lendemain matin, enfin, Steve appela Meredith. Cal venait juste de quitter sa chambre, et elle sursauta lorsqu'elle entendit le téléphone sonner et reconnut la voix de son mari à l'autre bout du fil. Un immense sentiment de culpabilité la submergea aussitôt.

— Comment ça va, Merrie ? demanda Steve, visiblement enjoué. Tu t'amuses bien ?

— Tout s'est bien passé jusqu'ici, répondit-elle en s'efforçant sans grand succès de calquer son ton sur le sien. Nous avons été très occupés.

— Ça ne m'étonne pas. Tu dois avoir l'impression d'organiser un camp scout !

— Un peu, oui, s'esclaffa-t-elle.

Mais son rire sonnait faux, et elle ferma les yeux, presque nauséeuse à l'idée de la souffrance qu'elle risquait d'occasionner à son mari s'il apprenait sa trahison.

Ils parlèrent quelques instants, puis elle lui dit qu'elle devait partir en réunion.

— Je t'appellerai dès que possible, promit-elle.

— Ne t'inquiète pas, mon amour, je sais que tu es surchargée. Téléphone seulement si tu as le temps.

Sa gentillesse ne faisait qu'accroître le malaise de Meredith, et quand Cal et elle se retrouvèrent après la première réunion de la journée, il s'aperçut immédiatement de la tension qui l'habitait.

— Quelque chose ne va pas, Merrie ? s'enquit-il avec douceur comme ils se dirigeaient à la suite des autres participants vers le restaurant pour le déjeuner.

— J'ai parlé à Steve.

Elle avait répondu très tristement, et l'espace d'un instant une vague de panique submergea Callan. Il était terrifié à l'idée de ce qu'elle allait lui dire ; il ne voulait pas que leur aventure se termine.

— Tu lui as parlé de nous ? demanda-t-il.

Il pensait qu'il était trop tôt pour cela — leur histoire n'en était qu'à ses balbutiements, et ils ignoraient encore où ils allaient —, mais il ne savait pas si Meredith partageait cet avis. La seule chose dont il fût certain pour l'instant était qu'il souhaitait que la jeune femme fasse partie de son avenir.

— Non, bien sûr que non, répondit-elle. Mais il a été si gentil au téléphone que je me suis sentie horriblement coupable. Cal, il ne mérite vraiment pas ça.

Callan demeura silencieux quelques secondes, ne sachant que répondre. Puis il chuchota à l'oreille de Meredith :

— Lui non, mais nous si. Nous avons gagné le droit d'être heureux.

— Pas à ses dépens, rétorqua-t-elle.

Impossible de se voiler la face : quelqu'un allait souffrir, inévitablement. Dans une situation comme celle-là, il n'y avait jamais trois vainqueurs.

— Qu'essaies-tu de me dire ? demanda Callan, l'air inquiet, tandis qu'ils suivaient lentement les autres.

Etait-elle déjà en train de mettre un terme à leur liaison ?

— Je dis juste que je me sens mal vis-à-vis de lui. Mais au moins, il ne sait rien.

— Je comprends, acquiesça Cal, soulagé.

Le séminaire se termina dans la bonne humeur. Les objectifs professionnels avaient été remplis, et tout le monde s'était beaucoup amusé. Pour Meredith et Callan, ces quelques jours avaient été l'occasion de se redécouvrir et d'approfondir la nuit, dans les bras l'un de l'autre, le lien qui les unissait depuis leur première rencontre et qui n'avait cessé de se renforcer au fil des mois. Quand le moment de quitter Hawaii arriva, Meredith était si amoureuse de Callan que d'une certaine manière elle aurait voulu que le monde entier partage son bonheur. Mais c'était impossible. Plus que jamais, ils devaient être discrets.

Une fois à San Francisco, Callan la raccompagna chez elle et passa plusieurs heures avec elle ; lorsque le téléphone sonna, elle ne décrocha pas. Elle savait que c'était Steve qui l'appelait et ne pouvait se résoudre à lui répondre. La situation devenait rapidement ingérable, pour elle.

Callan dut faire un effort de volonté surhumain pour la quitter et après être rentré chez lui pour voir ses enfants, il l'appela ; et cette fois, devinant que c'était lui, elle répondit.

— Tu me manques, dit-il avec douceur.

Ils étaient comme deux adolescents amoureux.

— Toi aussi. Veux-tu revenir ici quand les enfants seront couchés ?

— J'avais peur que tu ne me le proposes pas !

Il alla dire bonne nuit aux enfants, les laissa avec la gouvernante et, à onze heures, il était chez Meredith. Le lendemain matin, ils allèrent travailler ensemble ; Callan avait demandé à son employée de maison de dire aux enfants qu'il avait une réunion très tôt, pour qu'ils ne s'inquiètent pas de son absence.

— Comment allons-nous gérer tout ça ? demanda Meredith après leur avoir préparé un petit déjeuner et avoir tendu à Callan le *Wall Street Journal*.

— Prudemment, je suppose. Sagement, intelligemment. Lentement. Nous devons tous les deux passer beaucoup de temps à y réfléchir, Meredith.

Ils en avaient déjà discuté à plusieurs reprises et étaient d'accord pour procéder sans précipitation. Elle lui avait dit dès le début qu'elle n'avait pas l'intention de quitter Steve, et il comprenait sa position ; mais cela signifiait que leur relation se terminerait tôt ou tard. Restait à savoir quand, ce qu'ils pouvaient faire pour que personne n'en souffre trop, et si le jeu en valait la chandelle. Pour l'instant, ils en étaient tous les deux convaincus, aussi limité que fût leur avenir. Cal avait compris qu'il devait accepter la situation, même si elle lui était pénible.

Ils passèrent la journée ensemble au bureau, comme à leur habitude. Et Steve appela Meredith avant le déjeuner. Il était très occupé, passait son temps en salle d'opération et remplaçait toujours Harvey Lucas. Ce dernier ne reviendrait pas avant trois semaines ou un mois. Mais Anna aidait Steve à garder la tête hors de l'eau — même s'il avait parfois l'impression d'être un funambule obligé de jongler avec des torches enflammées à cent mètres au-dessus du sol.

Il eut à peine le temps de demander à Meredith comment s'était terminé son voyage à Hawaii et si elle venait toujours à New York ce week-end-là ; à peine avait-elle acquiescé qu'il dut la laisser pour retourner au bloc.

La jeune femme venait de raccrocher lorsque Cal lui proposa d'aller passer le week-end à Carmel avec les enfants et lui.

— Ç'aurait été avec plaisir, répondit-elle avec un pincement au cœur, mais je viens juste de promettre à Steve de rentrer à la maison.

Elle vit un éclair fugitif briller dans le regard de Callan, mais il ne dit rien.

— Peut-être que je devrais le rappeler pour annuler.

— C'est toi qui vois, répondit-il calmement.

Il ne voulait pas faire pression sur elle. Mais plus Meredith y réfléchissait, plus la perspective de le laisser la rendait malade. De surcroît, elle ne se sentait pas prête à affronter Steve après tout ce qui s'était passé à Hawaii.

Elle téléphona à son mari dans l'après-midi et lui dit qu'un imprévu s'était présenté au bureau et qu'elle devait voir des clients ce week-end-là. Il ne parut pas content du tout mais affirma qu'il comprenait ; quand elle raccrocha, Meredith se sentait plus honteuse que jamais. C'était la première fois qu'elle lui mentait... Elle songea qu'elle faisait exactement la même chose que l'ex-femme de Callan, qu'il avait tant haïe pour cela. Elle couchait avec son patron et mentait à son mari. Ce n'était pas bien joli, et elle en fit la remarque à Cal ce soir-là, lorsqu'ils se retrouvèrent chez elle. Il l'avait rejointe après avoir dîné avec ses enfants et était épuisé, mais cela ne l'empêcha pas de s'insurger lorsqu'elle se compara à Charlotte.

— Ce n'est pas du tout pareil, Merrie, dit-il avec force.

— En quoi est-ce différent ? La situation est pratiquement la même.

— Charlotte sortait déjà avec son patron quand je l'ai épousée, et elle ne me l'a jamais dit. Leur liaison s'est poursuivie durant les sept années qu'a duré notre mariage ; elle n'a jamais réellement rompu avec lui. Elle ne m'a pas dit ce qui se passait, ni qu'elle me quittait pour lui. Je ne savais rien avant de découvrir le pot aux roses tout seul, et c'est un vrai miracle que les trois enfants aient été de moi. S'ils ne me ressemblaient pas tant, je me poserais des questions.

— Ça a dû être affreux, dit Meredith, compatissante.

Malgré tout, les indéniables similitudes entre les deux situations la mettaient mal à l'aise.

Ce week-end-là, ils allèrent à Carmel avec les enfants. Ils avaient réservé des chambres — séparées — au Lodge de Pebble Beach ; mais de toute façon aucun des enfants ne parut s'irriter de la présence de Meredith parmi eux. Ils l'avaient acceptée comme une amie, désormais. Elle fit du shopping avec les filles pendant qu'Andy et Cal jouaient au golf, et pour le dîner ils allèrent tous ensemble chez Platti, à Carmel, déguster des pâtes succulentes. La conversation fut animée : les enfants taquinèrent leur père sur plusieurs sujets — ses cheveux, son style vestimentaire, les femmes qu'il aimait ou pas, même sa façon de jouer au golf. Mais tout cela dans la bonne humeur. Il était clair qu'en dépit des critiques qu'ils émettaient, ils adoraient Callan. Quant à Meredith, ils n'étaient plus agressifs avec elle car ils savaient qu'elle était mariée avec Steve.

— Ça ne doit pas être facile d'habiter si loin de votre mari, dit Mary Ellen.

Cela surprit Meredith. Elle ne s'attendait pas à une remarque d'une telle maturité, et hocha la tête.

— Oui, c'est dur. Il essaie de trouver un travail dans la région, mais ce n'est pas facile, et pour l'instant il est de toute façon coincé à New York parce que son patron a eu un accident, expliqua-t-elle.

— Il répare les gens qui se sont fait tirer dessus, c'est ça ? demanda Andy.

La jeune femme éclata de rire.

— Oui, entre autres choses.

— Il doit y avoir beaucoup de gens qui se font tirer dessus à New York, pour qu'on ait besoin d'un docteur exprès, observa Andy, ce qui suscita l'hilarité générale.

C'était une remarque intéressante, et pas forcément dénuée de fondement ; mais surtout, cette conversation rappelait à Meredith que Steve faisait encore intimement partie de sa vie, et qu'elle ne pourrait pas l'éviter éternellement.

Cal et elle en reparlèrent ce soir-là, et elle lui dit qu'il fallait vraiment qu'elle rentre chez elle le week-end suivant. Mais le jeudi, elle apprit que cette fois, elle devait vraiment rester à Palo Alto pour recevoir des clients de Dow Tech, qui arrivaient de Tokyo le lendemain. Ayant déjà utilisé cette excuse la semaine précédente, elle ne sut que dire à Steve.

— Encore ? s'exclama-t-il lorsqu'elle lui annonça qu'elle ne pourrait le voir. Bon sang, Merrie, tu as donc l'intention de ne jamais revenir ? Tu sais que je suis complètement coincé ici, en l'absence d'Harvey.

— Et Anna ? Elle ne peut pas te remplacer pour te permettre de venir en Californie ?

— Pas cette semaine, elle vient de travailler six jours d'affilée, entre son service et ses gardes. Elle n'a pas vu sa fille depuis des lustres. Je lui ai dit que je serais de garde jusqu'à dimanche.

— Donc si j'étais venue, tu aurais été obligé de passer le plus clair de ton temps à l'hôpital de toute façon. C'est peut-être aussi bien que je ne puisse pas me déplacer.

Mais Steven n'était pas prêt à accepter ce genre d'arguments.

— Ecoute, Merrie, peu m'importe qui va où, je veux te voir, point final. Aux dernières nouvelles, nous étions encore mariés, et si c'est bien le cas, j'aimerais passer plus de quelques heures par mois avec toi, si ça ne te dérange pas.

— Je viendrai la semaine prochaine, promit-elle sur un ton gêné.

— C'est ce que tu me dis toutes les semaines, et ensuite tu m'appelles le jeudi pour m'annoncer que tu dois voir des clients, ou partir à Hawaii, ou aller danser avec Callan Dow... Je ne sais pas ce que tu fabriques, mais on dirait que tu t'ingénies à m'éviter.

Il paraissait épuisé, furieux et jaloux, et elle ne pouvait vraiment pas lui en vouloir.

— Je suis désolée. Je ne sais pas quoi dire.

Elle se sentait désespérément coupable, et un peu effrayée. Quoi qu'elle éprouvât pour Callan, et aussi agréable que fût leur liaison, elle mettait son mariage en péril et le savait. Elle ne pouvait espérer que Steve supporte cette situation bien longtemps.

— Laisse tomber, Meredith. Je te verrai quand je te verrai... Si tu passes à New York, appelle-moi. Bon, maintenant, il faut que je retourne bosser.

Il lui raccrocha quasiment au nez, et cette conversation lui laissa un goût amer dans la bouche toute la journée. Cependant, elle n'en parla pas à Cal. Steve était son problème. Son mari.

Le vendredi soir, Cal et elle conduisirent les clients japonais à la Fleur de Lys, un célèbre restaurant français de la région. Le décor raffiné et l'excellente cuisine ravirent leurs invités, et la soirée se déroula agréablement. Le samedi, Cal et Meredith les emmenèrent chez Masa. Les réunions furent très productives, et les clients se montrèrent enthousiastes quand Callan leur parla d'un nouvel outil de diagnostic qu'il s'apprêtait à mettre sur le marché. Meredith passa tout son temps avec eux jusqu'à leur départ, le dimanche soir. Quand elle appela Steve ce soir-là, il n'était pas à l'appartement ; elle raccrocha, monta dans sa voiture et alla dîner avec Cal et les enfants.

En fait, Steve avait passé tout son week-end à travailler, et même si Meredith avait été à New York, il ne l'aurait pas vue. Une nouvelle vague de froid s'était abattue sur la côte est, et il faisait un froid glacial. Il y avait du verglas sur tous les trottoirs, et Steve n'avait jamais vu autant de fractures. Il assistait les chirurgiens orthopédistes au bloc jour et nuit et dut s'occuper de son côté de quatre collisions frontales, qui toutes impliquaient des enfants.

Il avait donné son week-end à Anna, mais il fut ravi de la voir lorsqu'elle arriva le dimanche soir. Il n'avait pas mis le nez dehors.

— Il paraît que vous vous êtes bien amusé ce week-end, lui dit-elle en souriant.

Elle, de son côté, était allée faire de la luge sur de vieux couvercles de poubelles avec sa fille à Central Park.

— Merci pour ce congé. Ça m'a fait un bien fou.

— Veinarde ! Toutes les vieilles dames de New York sans exception se sont retrouvées ici avec une fracture du coccyx depuis votre départ vendredi.

— Intéressant diagnostic. Est-ce ainsi que vous leur avez présenté les choses ?

— Oui, elles ont adoré.

Il esquissa un sourire un peu contraint. Il était de très mauvaise humeur depuis le jeudi précédent.

— Meredith est-elle venue vous voir ? s'enquit Anna, qui se demandait s'ils s'étaient disputés.

Depuis quelque temps, elle sentait que les choses ne se passaient pas bien entre Steve et sa femme.

— Non. Elle avait des clients à voir. Encore, dit-il d'un ton coupant.

— Même si elle avait été là, vous n'auriez pas pu passer beaucoup de temps avec elle de toute façon, fit remarquer Anna.

— C'est ce qu'elle a dit. Mais elle aurait au moins pu essayer.

— Ecoutez, mon cher, vous êtes très occupés tous les deux. Vous saviez que ce ne serait pas facile quand vous l'avez laissée partir, mais vous pensiez que vous travailleriez là-bas tous les deux. Ce n'est pas le cas, en définitive, et vous vous efforcez de tirer parti d'une situation difficile. Ce n'est pas la faute de Meredith si le poste qu'on vous avait promis ne s'est pas libéré.

Elle se montrait raisonnable, mais Steve estimait qu'elle aurait pu être plus compatissante.

— Vous êtes vraiment obligée de remuer le couteau dans la plaie, ou vous faites ça juste pour le plaisir ? demanda-t-il d'un ton rogue.

Il s'excusa presque aussitôt.

— Je suis désolé d'être d'aussi mauvaise humeur. J'ai vraiment passé un week-end pourri. Je n'ai pas dormi depuis vendredi soir ; j'en ai ras le bol. Ma femme me manque, et j'ai l'impression qu'elle ne veut plus mettre les pieds ici, ce qui me rend malade.

— Allez la voir, dans ce cas, répondit Anna. Samedi prochain, c'est la Saint-Valentin. Pourquoi ne pas lui faire une surprise ?

— Et si elle a la même idée et que nos avions se croisent ?

Mais Anna, fondamentalement romantique en dépit de ses airs bravaches, ne s'avoua pas vaincue.

— Vous n'avez qu'à lui dire que vous êtes de garde, comme ça elle ne viendra pas. Vous montez dans le premier vol pour San Francisco, et vous lui sortez le grand jeu — chocolats, fleurs, tout le tralala. Très romantique. Elle va adorer.

Anna sourit, songeant avec un pincement au cœur qu'elle aurait bien aimé que quelqu'un fasse cela pour elle. Hélas, elle était seule depuis des années, maintenant.

— Anna, déclara Steve avec un sourire radieux, vous êtes un génie.

Il fit aussitôt sa réservation : il quitterait New York à midi, et grâce au décalage horaire se retrouverait à Palo Alto avant que Meredith ne sorte du bureau.

— Merci ! dit-il à Anna avant de rentrer chez lui prendre un peu de repos.

Elle le regarda s'éloigner ; il était si fatigué qu'il titubait. Heureusement qu'il ne conduisait pas, songea-t-elle. Comme à son habitude, il prendrait un taxi pour retourner chez lui, dans cet appartement qu'elle n'avait encore jamais vu... Elle avait deviné depuis longtemps qu'il ne l'invitait pas parce qu'il était gêné par le luxe des lieux. Elle savait que sa femme gagnait beaucoup d'argent. Généralement, il préférait venir chez Anna partager avec sa fille et elle un *burrito* ou un sandwich. Felicia et lui s'entendaient très bien à présent, et ses visites étaient toujours une fête.

La nuit fut calme au service de traumatologie, et Anna n'eut pas à appeler Steve. Elle se débrouillait parfaitement toute seule, et internes comme infirmières l'appréciaient beaucoup. Elle espérait sincèrement obtenir un poste permanent, mais pour cela il aurait fallu que Steve s'en allât, et il ne semblait pas en prendre le chemin...

Et lorsque la jeune femme y réfléchit, cette nuit-là, dans son bureau, elle songea que c'était tant mieux.

15

— Que fais-tu, demain ? demanda Cal à Meredith le vendredi matin suivant.

— Rien de spécial, répondit-elle en souriant.

Elle n'ignorait pas que le lendemain était le jour de la Saint-Valentin et devinait ce qu'il avait en tête. De son côté, elle n'avait rien de prévu : Steve l'avait prévenue depuis plusieurs jours qu'il devrait travailler tout le week-end et qu'il ne servait à rien qu'elle prenne l'avion pour New York. C'était encore un week-end annulé, et la vitesse à laquelle ils semblaient s'éloigner l'un de l'autre inquiétait Meredith. D'autant que la vie qu'elle bâtissait avec Cal, elle, devenait plus solide de jour en jour. Ils se voyaient pratiquement tous les soirs, et il restait dormir chez elle dès qu'il le pouvait. Tous les week-ends, elle dînait avec lui et les enfants, allait voir des matchs de base-ball ou des films, visitait de nouveaux endroits... Ils commençaient à avoir l'impression d'être mariés.

Au bureau, personne n'avait encore deviné qu'ils entretenaient une liaison, et ils faisaient en sorte que cela ne se produise pas. Même les enfants de Cal semblaient ne se douter de rien. Tout le monde croyait que leur amitié était telle qu'elle avait toujours été. Cependant, Meredith savait que tôt ou tard ils risquaient d'être découverts et qu'alors ils seraient confrontés à un sérieux problème.

— Que dirais-tu de dîner avec moi à la Fleur de Lys, demain soir ? demanda Callan d'un ton détaché.

Meredith sourit, ravie.

— Avec grand plaisir.

Cela lui faisait une drôle d'impression de ne pas passer la Saint-Valentin avec Steve, et elle se sentait coupable de préférer rester avec Callan à San Francisco. Mais inutile de le nier : depuis quelque temps, c'était avec Callan qu'elle aimait être. Pas avec Steve.

— Pourquoi ne viendrais-tu pas à la maison, ce soir ? Je pourrais louer des vidéos et faire du pop-corn, suggéra-t-il encore.

— Tu veux que je passe chercher les vidéos en venant ? demanda-t-elle tout en rangeant ses dossiers dans son attaché-case.

Mais elle rapportait de moins en moins de travail chez elle le week-end, ces derniers temps : elle préférait se détendre avec lui.

— D'accord, je te laisse choisir les films. Nous dînerons après les enfants.

Tous deux se réjouissaient à l'idée de cette soirée, et Meredith s'efforçait de ne pas trop réfléchir à ce qu'ils faisaient. Ils vivaient dans un rêve, un fantasme bien agréable, mais cela ne pourrait pas durer éternellement, surtout une fois que Steve aurait trouvé du travail et emménagé en Californie. Ils avaient beau éviter au maximum de se poser la question, ils savaient que tôt ou tard ils devraient regarder la vérité en face. Mais pas encore. Ce qu'elle partageait avec Cal était trop merveilleux pour qu'elle l'abandonne. Bien qu'elle sût que c'était égoïste, elle ne pouvait se résoudre à mettre un terme à sa liaison, en dépit de la culpabilité qui la dévorait.

— Je te rejoins dans une heure ou deux, promit-elle.

Elle voulait prendre un bain et permettre à son ami de passer un peu de temps seul avec ses enfants.

Elle prit sa voiture et rentra dans l'appartement meublé où elle vivait toujours. Elle n'avait pas encore trouvé de maison qui lui plût et passait, il est vrai, de moins en moins de temps à en chercher une. Tant que Steve vivait à New York, elle ne voyait pas l'intérêt d'habiter en ville, d'autant que maintenant elle préférait rester à Palo Alto pour être plus près de Cal. Il lui avait dit qu'elle pourrait habiter aussi longtemps qu'elle le souhaiterait dans son appartement actuel.

Elle tourna la clé dans la serrure et, lorsqu'elle entra, elle eut le sentiment étrange que quelque chose était différent dans l'appartement. Troublée, elle pénétra dans le salon et posa son attaché-case par terre. Au même instant, Steve apparut dans l'encadrement de la porte de la chambre, un énorme bouquet de fleurs à la main.

Elle sursauta violemment en le voyant ; il était bien la dernière personne qu'elle s'attendait à trouver là.

— Que fais-tu ici ? demanda-t-elle comme s'il eût été un intrus.

Il s'approcha d'elle avec les fleurs, une expression bizarre sur le visage.

— Je pensais que tu serais contente de me voir, dit-il d'un air déçu.

— Je... je le suis, affirma-t-elle précipitamment en s'avançant vers lui. C'est juste que... je ne m'attendais pas... tu as dit que tu travaillais ce week-end.

— Je voulais te faire une surprise.

Il posa le bouquet sur la table basse et attira Meredith dans ses bras ; elle pria pour qu'il ne sentît pas sa réticence. C'était la première fois qu'elle le voyait depuis que sa relation avec Cal avait évolué, et elle était terrifiée à l'idée qu'il se rende compte de quelque chose. Cependant, quand il l'embrassa, elle fut rassurée : il ne se doutait visiblement de rien.

— Bonne Saint-Valentin, Merrie, dit-il d'une voix joyeuse.

— Quelle merveilleuse surprise ! s'exclama-t-elle vaillamment.

Il ne jugea pas nécessaire de lui dire que l'idée venait d'Anna.

— J'ai pensé qu'il serait plus facile pour moi de venir te voir que de t'arracher à ton cher travail. Tu as intérêt à être libre, ce week-end. J'ai bien l'intention de t'emmener dîner demain.

Cal aussi, songea-t-elle. Mais c'était impossible, à présent. Elle devait passer la Saint-Valentin avec son mari. Dans la mesure où il avait pris la peine de se déplacer, elle savait qu'il faudrait qu'elle reste avec lui tout le week-end. Même si cette perspective ne la réjouissait guère...

— Alors, qu'est-ce qu'on fait, ce soir ? demanda Steve, radieux.

— Je ne sais pas. Pourquoi ne resterions-nous pas tranquillement ici ?

Elle se sentait désorientée et avait l'impression étrange de recevoir un parfait inconnu. A présent qu'elle avait fait l'amour avec Cal, toute son existence lui semblait déséquilibrée.

— Je peux cuisiner quelque chose si tu veux, proposa Steve, ou sinon, nous n'avons qu'à commander une pizza.

— Bien sûr, mon chéri, comme tu préfères. Tu dois être épuisé.

Du moins l'espérait-elle, mais en vérité il paraissait plutôt dispos, en dépit du décalage horaire et de son emploi du temps surchargé des derniers jours.

— En fait, j'ai dormi dans l'avion et je me sens très bien. (Il passa de nouveau son bras autour des épaules de Meredith.) Tu m'as vraiment manqué, mon amour.

Cela faisait cinq semaines qu'ils ne s'étaient pas

vus, et trois qu'elle vivait dans l'illusion factice qu'il n'existait plus. Mais en cet instant, il n'était que trop réel...

— Tu m'as manqué aussi, mentit-elle.

Pleine d'embarras, elle prit le bouquet de fleurs, le mit dans un vase sur la table de la salle à manger et remercia Steve. Ce dernier la regardait avec attention, et sans savoir pourquoi, il sentait que quelque chose avait changé entre eux. Peut-être n'avait-elle pas encore eu le temps de se remettre de sa surprise, se dit-il.

— Tu as passé une bonne semaine ? s'enquit-il d'un air détaché.

— Pas mal.

— On dirait que tu travailles jour et nuit depuis votre séminaire à Hawaii.

Il essayait souvent de l'appeler, mais elle ne répondait presque jamais, et il n'arrivait à la joindre qu'à son bureau, dans la journée.

— J'ai été assez occupée, oui, répondit-elle sans entrer dans les détails.

— Je crois que je vais aller prendre une douche, et nous pourrons nous détendre un petit moment, dit-il en souriant.

Elle savait ce que cela signifiait. Souvent, quand ils étaient séparés depuis un certain temps, faire l'amour les aidait à se retrouver — mais cette fois, l'idée même la rendait malade.

— Ce serait avec plaisir, mais j'ai une mauvaise nouvelle... commença-t-elle en rougissant, embarrassée.

— Laquelle ? demanda-t-il d'un air inquiet.

— Ce n'est pas le meilleur moment du mois pour les câlins, expliqua-t-elle, le laissant arriver à ses propres conclusions.

Elle mentait, mais c'était la seule excuse qu'elle eût trouvée.

— Bah, souviens-toi, cela ne nous dérangeait pas outre mesure, quand nous étions à l'université ! lui rappela Steve avec un petit sourire entendu. Quand on vit à cinq mille kilomètres l'un de l'autre, il faut savoir faire de petits compromis.

Et là-dessus, il alla s'enfermer dans la salle de bains en sifflotant.

Dès qu'elle entendit l'eau couler, Meredith s'empressa de téléphoner à Cal. Il répondit à la seconde sonnerie.

— Alors, quand arrives-tu ? J'ai acheté des steaks et une bonne bouteille de vin.

— Je ne peux pas venir, dit-elle aussitôt.

— Pourquoi donc ? Quelque chose ne va pas ?

Il sentait la tension qui l'habitait et se demandait pourquoi elle chuchotait presque.

— Steve est ici. Il m'a fait une surprise.

Il y eut un long silence sur la ligne.

— Je vois. Eh bien, voilà qui est intéressant. Et à quoi devons-nous le plaisir... Non, laisse-moi deviner. Il est venu passer la Saint-Valentin avec toi. Un petit week-end romantique.

Le ton cynique de Callan masquait mal sa souffrance.

— Je suppose. Je ne sais pas, Cal.

A présent, elle lui mentait à lui aussi... Le rêve se transformait lentement en cauchemar. Ils savaient que c'était inévitable ; depuis quelques semaines, ils se faisaient des illusions, mais soudain ils se trouvaient brutalement confrontés à la réalité. Steven était le seul à ne pas savoir ce qui se passait.

— Je ne pourrai pas te voir demain, dit-elle tristement.

— Evidemment.

Il prit une profonde inspiration avant de reprendre d'une voix radoucie :

— Ne t'inquiète pas, Merrie, je comprends.

Jusque-là, ils avaient évité de parler de l'avenir et avaient agi comme si Steve n'existait pas. Mais maintenant qu'il était là, ils ne pouvaient continuer à vivre dans leur petit monde onirique ; ils devaient regarder la vérité en face.

— Nous dînerons ensemble la semaine prochaine pour en discuter. Je te verrai lundi. Je suppose qu'il repart dimanche soir par l'avion de nuit ?

Malgré lui, il y avait une pointe d'espoir dans sa voix.

— Il ne me l'a pas encore dit.

L'eau avait cessé de couler, dans la salle de bains, et elle savait qu'elle devait raccrocher. Cette situation la rendait extrêmement nerveuse.

— Je t'appellerai dès que possible.

— Ne t'inquiète pas. Je vais passer tranquillement le week-end avec les enfants. Souviens-toi seulement d'une chose.

— Laquelle ? murmura-t-elle.

— Je t'aime.

La jeune femme se mordit la lèvre, consciente qu'elle ne méritait pas cet amour, pas plus qu'elle ne méritait celui de Steve. Une vague de culpabilité la submergea. Steve et Callan étaient des hommes bien tous les deux, et elle les aimait. Mais en donnant à chacun la moitié de son cœur, elle ne leur rendait pas justice, et elle en était malade.

— Moi aussi, dit-elle comme Steve entrait dans le salon, une serviette autour des reins. Bon week-end.

Elle raccrocha, et Steve lui sourit.

— C'était qui ?

— Ma secrétaire... Joan... Je voulais qu'elle fasse quelques petites choses pour moi ce week-end.

Les mensonges se succédaient et Meredith avait horreur de cela. Hélas, elle ne pouvait être honnête. Qu'était-elle censée dire à son mari qui avait fait cinq mille kilomètres pour la voir ? Qu'elle parlait à son amant et venait tout juste de lui dire qu'elle l'aimait ?

— Vous travaillez tous beaucoup trop, déclara Steve en se dirigeant vers la cuisine.

Il ouvrit le réfrigérateur, à la recherche d'une bière, mais elle n'en avait pas. Il ne trouva qu'une bouteille de vin blanc laissée par Cal.

— Tu n'as plus de bière, observa Steve avant de hausser un sourcil en soulevant la bouteille de vin. Eh bien dis-moi, tu ne t'embêtes pas ! Autrefois, tu ne buvais jamais de vin quand tu étais seule.

C'était davantage une observation qu'une accusation.

— J'ai eu des invités. Les Japonais dont je t'ai parlé, la semaine dernière.

— Dommage que tu ne leur aies pas acheté du saké. Je préfère ça. Ce n'est pas grave, nous achèterons de la bière plus tard.

— Je ne m'attendais pas à te voir, c'est pour ça que je n'ai pas fait de réserves.

— Pas de problème, dit-il avec un sourire de gamin.

Il lui paraissait si jeune, soudain, comparé à Callan, si sophistiqué ! Etrangement, Meredith se rendait compte tout à coup qu'elle était plus à l'aise avec son amant qu'avec son mari. Les cinq derniers mois avaient fait beaucoup de mal à leur couple.

— Et si nous allions nous allonger un moment ? suggéra Steve d'un air entendu.

Il la prit par la main et la guida jusqu'à la chambre. Elle portait toujours le tailleur bleu marine qu'elle avait mis pour aller travailler, avec un collier en or et des perles aux oreilles. Elle avait l'air professionnelle et froide, et la dernière chose dont elle avait envie était de faire l'amour. Mais comment le repousser ? Cela aurait semblé d'autant plus étrange à Steve qu'avant sa liaison avec Cal, elle avait toujours été très disponible.

Elle ôta son tailleur, ses chaussures et son collant, posa ses bijoux sur la table de nuit et, une minute plus tard, elle se glissait dans le lit en sous-vêtements, après être rapidement passée par la salle de bains.

Pendant une minute, il se contenta de la serrer dans ses bras, mais elle avait conscience de l'intensité de son désir ; et aussitôt, tous ses sentiments pour lui revinrent, non sous forme de passion, mais de pitié.

— Qu'est-ce qui ne va pas, mon amour ?

Il la connaissait bien et était surpris de voir qu'elle tremblait.

Quand elle répondit, il y avait des larmes dans ses yeux. Elle se montrait si injuste envers lui ! Elle avait tout gâché, et ne pouvait même pas lui en parler. Cela n'aurait fait que le blesser. Que pouvait-elle lui dire ? Qu'elle avait une liaison et était amoureuse d'un autre homme ? Ç'aurait été si cruel !

— Je ne sais pas... C'est dur pour moi de ne pas te voir pendant si longtemps, puis de me retrouver brutalement au lit comme ça... Ça fait bizarre, non ?

— Je ne trouve pas, dit-il d'une voix rendue un peu rauque par le désir, mais les femmes sont différentes de nous...

« Oui », songea-t-elle, se remémorant ce que Cal avait dit un jour à propos de Charlotte : « Elles sont fondamentalement malhonnêtes. » Elle se détestait, en cet instant, et se disait qu'elle ne valait pas mieux que l'ex-femme de son amant.

— Je suis désolée.

Elle s'accrochait à lui comme une enfant perdue, et il la serra tendrement contre lui. Cet homme qui avait été son ami, son réconfort, son mentor n'était plus qu'un étranger pour elle.

— Ne sois pas désolée, Merrie. Laisse-moi juste te prendre dans mes bras.

Ils demeurèrent ainsi un long moment, et elle finit par se détendre ; mais quand il essaya de lui faire l'amour, elle était si raide et malheureuse qu'il finit par pousser un soupir.

— Peut-être que ce n'était pas une si bonne idée de vouloir te faire cette surprise.

Il ne voulait pas la forcer à faire l'amour, mais sa frustration était telle qu'il se leva et se mit à arpenter la pièce comme un lion en cage. Soudain, son regard se posa sur la montre en or abandonnée sur la table de nuit.

— Qu'est-ce que c'est ? demanda-t-il en la soulevant.

Elle était lourde, et semblait chère.

— Ma montre, répondit Meredith, laconique.

— Je le vois bien. D'où vient-elle ?

— De chez Bulgari. Callan me l'a offerte pour Noël.

Elle ne pouvait pas mentir sur tout.

— Eh bien, c'est un beau cadeau, observa-t-il d'un air mécontent. Ça a dû lui coûter une fortune.

— Il est très généreux avec ses collaborateurs, répondit-elle froidement.

Quand Steve leva les yeux vers elle, son regard exprimait à la fois l'inquiétude et l'interrogation.

— Dois-je te demander si tu es plus qu'une collaboratrice pour lui ?

Elle secoua lentement la tête. Elle ne voulait pas qu'il sache la vérité et n'avait pas l'intention de la lui révéler.

— Non. La montre ne signifie rien.

Il hocha la tête et reposa l'objet. Le nom de Cal ne fut plus mentionné, ce week-end-là.

Le vendredi soir, ils sortirent manger une pizza, et ils passèrent la journée du lendemain à l'appartement. Le soir, il l'emmena fêter la Saint-Valentin dans un restaurant spécialisé dans les grillades. Elle ne dit rien mais ne put s'empêcher de songer au superbe restaurant français où elle aurait dû passer la soirée avec Cal. Enfin, à leur retour, ils firent l'amour ; cependant, la passion qui les unissait autrefois était douloureusement absente de cette étreinte, et Steve sentit aussitôt que quelque chose n'allait pas.

— La vie que nous menons ne nous fait aucun bien, dit-il d'une voix calme en la serrant dans ses bras, après. Il va falloir que nous agissions sans tarder, Merrie. La situation empire rapidement, n'est-ce pas ?

C'était davantage une affirmation qu'une question.

— Je sais. Nous devons seulement être patients, dit-elle.

— Le prix à payer est trop élevé, rétorqua-t-il en allant chercher dans le réfrigérateur une des bières qu'ils avaient achetées ce matin-là. Dès mon retour à New York, je vais rappeler tous les hôpitaux et voir ce que je trouve. Nous ne pouvons pas continuer comme ça éternellement.

Elle hocha la tête et ne répondit pas. Cette nuit-là, alors qu'il dormait profondément près d'elle, elle resta éveillée pendant des heures. Elle mourait d'envie d'appeler Callan, mais n'osait pas. Si Steve se réveillait et l'entendait, ce serait un désastre.

Le lendemain matin, ils lurent le journal autour de la table du petit déjeuner, et Steve étudia les offres immobilières du côté de Pacific Heights. Il était contrarié qu'elle n'eût toujours rien trouvé, mais elle lui dit qu'elle avait été trop occupée pour chercher.

— Nous avons trop travaillé tous les deux, reconnut-il, avant de lui dire qu'ils devaient s'arranger pour faire des allers-retours plus fréquents.

La gêne presque palpable qu'il avait sentie durant tout le week-end le rendait malade. Il n'essaya pas de faire l'amour de nouveau ; l'expérience de la veille n'avait pas été très réussie.

Ils dînèrent à l'aéroport avant qu'il ne prenne son avion, et après qu'il fut monté à bord, elle demeura un moment à regarder l'appareil. Elle assista au décollage, les larmes aux yeux, et pleura durant tout le chemin du retour jusqu'à son appartement. Ç'avait été un week-end de cauchemar. Il l'avait embrassée avant d'embarquer, et elle l'avait serré dans ses bras de toutes ses forces. Elle avait l'impression qu'elle le perdrait pour toujours s'il repartait, et elle voulait le supplier de rester, mais les mots refusaient de franchir ses lèvres — et de toute façon, elle savait qu'il était obligé de rentrer à New York.

Lorsqu'elle arriva chez elle, le téléphone sonnait, et elle s'empressa d'aller répondre, pensant que c'était Callan qui l'appelait ; mais elle reconnut aussitôt la voix de Steve, qui téléphonait de l'avion.

— N'oublie pas une chose, Merrie, lui dit-il.

— Quoi ?

— Je t'aime.

C'était exactement les mots que Cal avait prononcés lors de leur dernière conversation, vendredi soir.

— Je t'aime aussi, dit-elle d'une voix étranglée. Je suis désolée que le week-end ait été aussi nul.

Elle lui devait bien plus que cela, mais elle avait été dépassée par les événements, et maintenant elle ignorait ce qu'elle allait faire en ce qui concernait Cal.

— Ce n'était pas si terrible que ça, affirma-t-il. Nous avons simplement besoin de retrouver nos marques quand nous sommes ensemble. J'essaierai de revenir dans deux semaines si je peux. Et pourquoi ne viendrais-tu pas à New York le week-end prochain ? Ça nous aidera à nous rapprocher. Et si je ne trouve pas un boulot bientôt, je déménagerai quand même — au pire, je deviendrai chauffeur de taxi à San Francisco, s'il le faut.

— Je ne te laisserai jamais faire une chose pareille, protesta-t-elle tristement.

— Nous verrons ce qui se passe au retour d'Harvey, dans deux semaines. Peut-être qu'à ce moment-là je ferai mes bagages pour te rejoindre.

Ces mots, loin de la réjouir, lui faisaient l'effet d'une sentence de mort. S'il mettait son projet à exécution, elle devrait soit lui avouer la vérité, soit rompre avec Cal — et les deux perspectives la rendaient malade.

— Je t'aime, Steve, dit-elle avec sincérité.

Jamais elle ne s'était sentie aussi mal, aussi perdue. Même si elle avait conscience de mériter ce qui lui arrivait.

— Je t'aime aussi, mon ange, dit-il avant de raccrocher.

Un long moment, elle demeura immobile, en larmes, sans savoir quoi faire.

Une heure plus tard, le téléphone sonna de nouveau. C'était Cal, cette fois. Il avait une voix tendue et avoua qu'il avait passé un week-end de cauchemar. Il avait eu l'impression de devenir fou tant il pensait à elle. Il préféra ne pas lui dire combien il avait été jaloux en l'imaginant au lit avec Steve ; il se contenta de lui demander s'il pouvait passer la voir.

Meredith aurait aimé refuser, mais elle ne s'en sentait pas la force. L'attirance qu'elle éprouvait pour lui était toujours aussi puissante, et la raison n'y pouvait rien.

— Je suis dans un état lamentable, le prévint-elle. Je viens de passer le pire week-end de ma vie.

— Moi aussi. Essayons d'oublier ça ensemble.

Elle ignorait ce qu'elle allait faire en le voyant et ce qu'elle ressentirait. Mais dès l'instant où elle ouvrit la porte, elle sut : elle se jeta dans ses bras et éclata en sanglots en le serrant contre elle. Il l'embrassa tendrement et, sans mot dire, ils se dirigèrent vers la chambre que, la veille encore, elle avait partagée avec

Steve. Elle n'y pensait pas, était incapable d'y penser. Le désir balayait tout. Callan la prit avec toute la force de sa passion ; ils demeurèrent étroitement serrés dans les bras l'un de l'autre jusqu'au petit matin, comme deux enfants effrayés.

16

— Alors, comment ça s'est passé ? demanda Anna à Steve le lundi matin lorsqu'il arriva à l'hôpital.

Il était venu directement de l'aéroport en taxi, et il avait l'air épuisé. Comme toujours, ses vêtements étaient tout froissés. Pendant un moment, il posa sur elle un regard vide.

— Comment c'était ? Nul, si vous voulez la vérité. Je ne sais pas ce qui se passe, mais j'ai l'impression que tout part à vau-l'eau. Elle s'est comportée comme si j'étais un étranger. Quand elle ne refusait pas de faire l'amour avec moi, elle pleurait. J'ai passé un week-end de rêve, merci de me poser la question.

— Zut, soupira Anna, navrée pour lui.

Avait-elle eu tort de lui suggérer de faire une surprise à Meredith ?

— Quel est son problème, à votre avis ? demanda-t-elle, intriguée.

— Honnêtement, je n'en sais rien. Je pense qu'elle travaille trop. Et peut-être qu'à force d'être seule, elle a du mal à être naturelle quand je suis là. Comment le saurais-je ?

Anna avait une question au bord des lèvres mais n'osait la lui poser. Elle aimait trop Steve pour vouloir lui faire du mal. Cependant, il vit dans son regard qu'elle aurait aimé dire quelque chose ; ils se connaissaient bien, après deux mois passés à travailler ensemble.

— Qu'y a-t-il ? demanda-t-il en se versant une tasse de café noir.

— Rien... Une question idiote. Je me demandais s'il était possible qu'elle voie quelqu'un. Peut-être qu'elle se sent coupable et ne sait pas comment réagir.

— Meredith ? demanda-t-il d'un air vaguement amusé. Impossible. Nous n'avons jamais été infidèles. Je lui fais totalement confiance. Je pense simplement que notre séparation est peu à peu en train de la rendre frigide et névrosée...

— Peut-être a-t-elle besoin de voir un psy, suggéra Anna, pragmatique.

— Peut-être a-t-elle besoin de me voir, moi. Et je suis coincé ici, à bosser comme un imbécile, sans la moindre perspective professionnelle en Californie. Quelle situation !

— Personne n'a jamais dit que ce serait facile.

— Merci, docteur, pour cette séance de thérapie gratuite. Maintenant, dites-moi ce qui s'est passé ici, ce week-end, grommela-t-il en s'asseyant derrière son bureau, la mine sombre.

— Deux opérations du cerveau, une fracture multiple du fémur, trois collisions — soit treize blessés —, et quatre blessures par balles. Résultat : deux morts, tous les autres sont tirés d'affaire et la plupart sont repartis chez eux le lendemain. C'est à peu près tout... Ah non, j'oubliais deux entorses.

— Seigneur, vous plaisantez ?

— Eh non ! Le week-end a été actif. Mais j'ai l'impression que je me suis plus amusée que vous.

— Probablement !

Néanmoins, il se sentait mieux à présent qu'il était de retour. D'une certaine manière, il était davantage dans son élément à l'hôpital, c'était un univers plus familier. Là, au moins, il savait qu'il était utile, que sa présence était attendue.

Anna passa en revue avec lui les cas qu'elle avait traités en son absence, et il fut impressionné par la quantité de travail qu'elle avait abattue et reconnaissant de pouvoir parler avec elle de son week-end désastreux.

Ils travaillèrent tout l'après-midi et opérèrent ensemble cette nuit-là ; enfin, le mardi matin, Anna put rentrer chez elle voir sa fille. De son côté, Steve devait terminer son service en fin d'après-midi, remplacé par l'interne en chef.

— Vous voulez passer dîner à la maison ? proposa Anna avant de partir. J'ai prévu de faire des hot dogs et des macaronis au fromage.

— Voilà une combinaison originale, ironisa-t-il. Et si j'apportais plutôt des steaks pour tout le monde ?

— Felicia et moi n'avons pas besoin qu'on nous fasse la charité, Steve, rétorqua-t-elle d'un air vexé. Si ce qu'il y a au menu vous convient, venez. Si vous avez envie de quelque chose de plus sophistiqué, allez au restaurant.

Anna était une jeune femme fière et généreuse, et bien plus courageuse que bon nombre d'hommes qu'il connaissait, et il aimait cet aspect de sa personnalité. Elle n'avait pas honte d'être pauvre et n'acceptait de cadeaux de personne.

— Je ne voulais pas insulter votre cuisine. J'adore les macaronis au fromage, dit-il sans dissimuler son admiration. Vers quelle heure puis-je passer ?

— Venez dès que vous sortirez du travail. Vous pourrez vous doucher chez moi, si vous voulez, ou simplement rester comme vous êtes si vous préférez. Pas de tenue de soirée exigée.

Il appréciait également cela chez elle. Elle n'était pas affectée et ne lui demandait jamais de l'être. C'était quelqu'un d'honnête et de direct.

— Je vous verrai vers sept heures. Puis-je apporter quelques bières, ou allez-vous me reprocher ça aussi ? Il se trouve que je n'aime pas le jus d'orange.

— Bon, d'accord. Mais ni vin ni champagne, compris ?

Elle savait qu'il était riche grâce à sa femme mais n'avait pas envie de partager cette fortune avec lui.

— C'est un problème si je prends ma limousine pour venir ?

— Faites comme vous voulez. Venez en jet si ça vous fait plaisir.

Elle lui sourit et il sut qu'elle ne lui en voulait plus d'avoir proposé d'apporter des steaks. Elle avait parfois des réactions de porc-épic, mais au fond elle avait un cœur d'or.

— Je peux poser mon hélicoptère sur le toit de votre immeuble ?

— Oh, allez-vous faire voir et retournez travailler, grommela-t-elle.

Ce soir-là, il arriva chez elle dans le West Side à dix-huit heures trente. Pour une fois, l'interne était arrivé en avance, et Steve avait profité de l'occasion pour partir avant qu'une urgence ne l'oblige à rester.

Quand Anna lui ouvrit la porte, elle portait un jean et un haut en angora blanc. Elle était jolie et douce, ainsi, et son corps, d'ordinaire dissimulé par sa blouse d'hôpital, était mis en valeur par le pantalon moulant et le pull, qui révélait ses formes de façon suggestive. Elle avait détaché ses cheveux et glissé ses pieds dans une paire de pantoufles confortables. Quant à Felicia, elle se promenait dans le salon en pyjama de flanelle rose. Pour une fois, les cafards avaient disparu ; le propriétaire avait fait venir une société d'éradication quelques jours plus tôt. A en croire Anna, les effets du produit duraient généralement une semaine environ, parfois moins.

Bien que simple, le dîner qu'elle avait préparé était

délicieux. En plus des macaronis et des hot dogs, elle avait fait du pain de maïs. Comme convenu, Steve avait apporté un pack de bière, et il n'avait pu résister à la tentation d'acheter également un gâteau au chocolat qui lui avait paru appétissant.

— Vous n'êtes pas obligée de le manger, la taquina-t-il, si vous avez l'impression que j'essaie de vous acheter.

— Moi je le mangerai ! intervint Felicia.

— Je t'aiderai, dit Steve en lui servant une grosse part.

Anna lui sourit. Il était toujours très attentionné envers sa fille, et elle trouvait triste qu'il n'eût pas d'enfants à lui. Parfois, elle se posait des questions sur Meredith, se demandait quel genre de femme elle était en réalité. Il lui arrivait d'avoir l'impression que Steve se faisait beaucoup d'illusions au sujet de son épouse.

Steve lui donna également une part de gâteau, et tous les trois reconnurent qu'il était succulent.

A huit heures, Anna mit Felicia au lit, et Steve proposa de lui lire une histoire pendant que sa mère faisait la vaisselle. Lorsqu'elle eut terminé, la fillette dormait à poings fermés, et Steve était de retour dans la minuscule cuisine.

— Que lui avez-vous lu ? demanda Anna avec curiosité.

Felicia avait un certain nombre d'histoires préférées.

— L'un de mes manuels de médecine. Je me disais que vous voudriez que je l'influence le plus tôt possible.

— Très drôle, dit-elle en se séchant les mains avec une serviette propre.

Tout dans l'appartement était très simple, mais impeccable. Anna était extrêmement méticuleuse et avait réussi à transformer le sinistre petit appartement en un endroit agréable, ce qui n'avait pas été facile. La peinture des murs s'écaillait et les pièces étaient minuscules, avec vue sur un autre immeuble miteux ; mais on s'y sentait bien.

Steve tendit une bière à Anna et ils s'assirent sur le canapé pour bavarder. Ils parlèrent de l'hôpital, comme toujours, puis de Porto Rico, et elle admit que son pays lui manquait toujours.

— Mes amis, ma famille... Beaucoup de choses me manquent.

Elle lui parla alors de ses rêves. Elle avait envie d'aller travailler dans un pays du tiers-monde et d'aider des enfants vraiment dans le besoin plutôt que les jeunes des gangs qu'ils voyaient tous les jours dans le service de traumatologie.

— Un jour peut-être, conclut-elle.

— Moi, je veux seulement aller en Californie. Ce qui n'est pas exactement le tiers-monde... Vous êtes bien plus courageuse que moi.

— Ou simplement moins gâtée, observa-t-elle.

Elle insistait toujours sur le peu d'attrait qu'avaient pour elle les choses matérielles. Bien sûr, elle n'était pas totalement insensible au confort, mais elle y attachait moins d'importance que beaucoup de gens, et même que lui. Parfois, elle essayait de le faire culpabiliser mais n'y parvenait pas.

— Vous êtes tellement parfaite que ça m'écœure, dit-il en souriant.

Il était bien avec elle, détendu et heureux. Il commençait à oublier un peu son désastreux week-end en Californie. Peut-être après tout n'avait-ce pas été aussi affreux qu'il en avait eu l'impression sur le moment ? Pour une fois cependant, il ne parla pas de Meredith à Anna. Ils ne discutèrent que d'eux. Elle lui raconta son séjour à Yale et lui confia ses rêves pour Felicia.

— Je voudrais qu'elle soit avocate. C'est bien plus lucratif que ce que nous faisons.

— Et pour cause, même les éboueurs gagnent plus d'argent que nous ! Mais au fait, je croyais que vous étiez contre les gens qui gagnaient trop d'argent ?

— Pas si c'est ma fille, répondit-elle avec humour.

C'était une bonne mère et une femme charmante, et Steve l'appréciait beaucoup. Le fait qu'elle fût jolie et sexy ne gâtait rien.

— Comment se fait-il que vous n'ayez pas de petit ami ? demanda-t-il au bout d'un moment.

Elle lui sourit. Ils n'hésitaient jamais à être francs l'un envers l'autre et à se poser des questions personnelles. Et ils y répondaient toujours avec sincérité. C'était la règle du jeu.

— Je n'ai pas le temps. Je travaille trop. En plus, ça fait des années que je n'ai pas rencontré quelqu'un d'intéressant. Tous les types sur lesquels je tombe sont soit gays, soit mariés, et sinon ce sont des salauds.

— Super ! ironisa-t-il. Et qu'est-ce que vous reprochez aux gays ?

— Je déteste partager mes vêtements avec mes petits amis. Je suis jalouse : généralement, ils leur vont mieux qu'à moi.

— Ça, j'ai du mal à le croire.

Elle sourit de ce compliment détourné. Elle appréciait beaucoup la compagnie de Steve.

— Bon, voilà pour les gays, reprit-il. Je suppose que les salauds ne sont pas très faciles à vivre, même s'ils peuvent être intéressants, parfois. Vous devez reconnaître qu'ils ont un certain charme. Et en ce qui concerne les hommes mariés ?

— Trop risqué. Je ne joue plus quand je sais que je risque de perdre. C'est une leçon que j'ai apprise très tôt.

En épousant le père de Felicia, elle avait fait un pari dangereux et avait perdu. C'était la famille de son ex-mari qui avait gagné.

— Voilà une attitude pleine de bon sens, acquiesça

Steve. Moi, je n'ai jamais été infidèle, je n'aurais pas trouvé cela juste vis-à-vis de Merrie. En plus, je n'ai jamais rencontré personne qui m'ait tenté.

— Même maintenant qu'elle n'est plus là ?

Anna plongea son regard dans le sien, et il s'efforça de ne pas baisser les yeux vers ses seins généreux moulés par le pull en angora.

— Vous devez vraiment être un type droit, pour demeurer fidèle à une femme que vous voyez une ou deux fois par mois, parfois moins. C'est impressionnant.

— Idiot, plutôt, je suppose.

— Et que feriez-vous si vous appreniez qu'elle vous trompait, Steve ?

— Ça ne peut pas arriver. Je la connais. Elle ne pense qu'à son travail, de toute façon. Elle ne vit que pour ça.

— Ce n'est guère attirant, souligna Anna sans prendre de gants.

— Non, surtout dernièrement, admit-il avec honnêteté, un éclair de tristesse dans le regard.

Il ne pensait pas que Meredith le trompait, mais il sentait bien qu'ils s'éloignaient l'un de l'autre, qu'ils perdaient le contact. Ç'avait été très clair durant son week-end en Californie.

— Vous l'aimez beaucoup, n'est-ce pas ?

Il hocha la tête. Puis, conscient du regard inquisiteur d'Anna posé sur lui, il soupira et ajouta :

— Je l'aime. Mais je dois reconnaître que quelque chose a changé depuis qu'elle est partie. Parfois, c'est comme si nous n'étions plus mariés, simplement des amants... ou des amis, ou je ne sais quoi. Quand nous nous voyons, j'ai du mal à l'atteindre. C'est un sentiment horrible.

— J'imagine.

Anna avait ses propres théories là-dessus, mais elle ne voulait pas le blesser et préféra ne pas lui en faire part. Cependant, elle connaissait les femmes mieux que lui... Elle commençait par ailleurs à se demander si Steve irait un jour en Californie. Sa femme ne semblait pas pressée qu'il la rejoigne, et aucun hôpital ne l'avait encore contacté. De plus, il adorait le service où il travaillait.

— C'est bizarre, la façon dont les gens changent, dit-elle. J'étais amoureuse d'un type, autrefois, et il a déménagé. Pendant un an, j'ai été complètement obsédée par lui. J'étais incapable de penser à qui que ce soit d'autre. Mais quand je l'ai revu, il était totalement différent de ce que je m'étais imaginé, du fantasme que j'avais élaboré autour de mes souvenirs. En fait, c'était plutôt un salaud, conclut-elle.

Steve lui sourit.

— Au moins, il n'était ni homosexuel ni marié... Allons, Anna, il doit bien y avoir des hommes célibataires et intéressants ! Peut-être que vous ne faites pas d'efforts pour en rencontrer.

— Il n'y en a pas, croyez-moi. Et de toute façon, c'est trop pénible de chercher.

— Voilà le véritable problème. Vous êtes paresseuse.

Il plaisantait, naturellement. Ils travaillaient ensemble depuis assez longtemps pour qu'il sût combien c'était faux. En fait, il la soupçonnait d'avoir trop peur de souffrir pour oser entamer une relation avec quiconque. Ses vieilles blessures étaient encore très présentes.

Ils bavardèrent longuement, mais vers dix heures, Anna ne put s'empêcher d'étouffer un bâillement, et Steve jeta un coup d'œil à sa montre.

— Je dois y aller, dit-il, bien que la perspective de rentrer seul dans son appartement vide lui parût détestable.

— Vous n'êtes pas obligé de partir, affirma-t-elle. Je ne me couche jamais avant minuit.

— Que faites-vous, toute seule ici ?

— Je lis, en général.

— Une occupation bien solitaire, souligna-t-il.

Ils étaient tous deux très seuls, dans cette ville grouillante de monde.

— C'est vrai, acquiesça-t-elle, mais ça ne me dérange pas. C'est parfois bon d'être seul. Ça permet de réfléchir et de comprendre des choses à côté desquelles on passerait, sans ça. Je n'ai pas peur de la solitude.

— Moi si, parfois, reconnut-il avec sincérité. Ma vie était mille fois plus agréable quand Merrie était là. Maintenant, personne n'est là quand je rentre chez moi. Vous, au moins, vous avez Felicia.

Il la regarda, et presque instinctivement il effleura sa joue du bout des doigts. La douceur soyeuse de sa peau le surprit. Elle était extraordinairement séduisante. Il fut étonné de constater qu'elle n'avait pas reculé lorsqu'il l'avait touchée ; cela lui donna du courage, et il l'attira lentement à lui avant de l'embrasser. Elle ne l'en empêcha pas.

— Ne suis-je pas en train de commettre une énorme erreur ? demanda-t-il dans un murmure. Je ne suis pas gay, mais je suis marié, et je pourrais me révéler un salaud.

— Je ne pense pas, chuchota-t-elle en retour. Je connais les règles du jeu.

— Et quelles sont-elles ?

— Tu aimes ta femme, et tu risques de partir en Californie, dit-elle.

— Je ne risque pas d'y aller, Anna. Je *vais* le faire.

Il ne voulait pas l'induire en erreur.

— J'ai compris, répondit-elle simplement avant de glisser une main sous le pull de son compagnon.

Il portait encore son pantalon d'hôpital, et elle le déboutonna lentement.

— Veux-tu rester ici ce soir ? demanda-t-elle.

Il hocha la tête avant de l'embrasser, plus passionnément cette fois. Tout en elle éveillait son désir. Ce qui se passait entre eux était si différent de ce qu'il avait vécu tout le week-end... C'était doux, pur et simple, et tandis qu'il faisait courir ses doigts sur le corps de la jeune femme, il la sentait vibrer de passion contre lui. Elle ne se faisait pas d'illusions à son sujet, n'attendait pas de promesses de sa part.

— Allons dans ma chambre.

Jamais il n'avait trompé ni même envisagé de tromper Meredith, pourtant ce qui se passait entre Anna et lui semblait soudain normal, naturel. Il la désirait follement.

Il la suivit dans sa chambre. Minuscule, elle était à peine plus grande que le lit, et éclairée par une toute petite lampe. Anna l'alluma quelques instants le temps qu'ils entrent, puis elle ferma la porte à clé et éteignit. Il la déshabilla dans le noir et s'allongea près d'elle sur le lit. Le lampadaire de la rue lui donnait juste assez de lumière pour qu'il puisse distinguer les formes parfaites d'Anna.

Ils ne parlèrent pas, n'échangèrent pas de promesses, pas de mensonges. Seul leur désir s'exprimait, cru, sauvage. Quand il la prit, elle gémit doucement et ondula sous lui, exacerbant encore l'envie qu'il avait d'elle. La passion le dominait complètement, et il s'y abandonnait avec délices.

Il resta dans ses bras, après, et ils ne dirent rien pendant un très long moment. Puis il lui caressa les cheveux, très doucement, et la serra contre lui. Cela faisait bien longtemps — trop longtemps — qu'il n'avait pas été aussi heureux.

— Je ne veux pas te faire de mal, Anna, dit-il. Cela risque de très mal se terminer pour nous deux.

— C'est la vie. Pour l'instant, c'est bien. Si tu peux supporter cette situation, alors moi aussi. Préviens-moi seulement lorsque ce sera fini, ou que tu voudras t'éloigner. Tu n'as pas à claquer la porte, tu peux la refermer doucement.

Mais Steve ne songeait pas à refermer la porte pour le moment. Il commençait tout juste à l'ouvrir... Sans répondre, il explora à nouveau le corps d'Anna de ses mains et de sa langue, et elle fit de même, tout au long d'une nuit inoubliable.

17

Après le fiasco du week-end de la Saint-Valentin, Meredith ne vit pas Steve pendant un mois. Callan et elle durent aller à Tokyo et à Singapour, et de son côté, Steve ne put quitter l'hôpital. Chaque jour ils s'éloignaient davantage l'un de l'autre et se parlaient de moins en moins souvent au téléphone.

Cela faisait plus de cinq mois que Meredith avait quitté New York, et près de deux que sa liaison avec Callan avait commencé, et désormais elle avait l'impression qu'il faisait davantage partie de sa vie que Steve. Ils étaient constamment ensemble, au travail, à la maison, chez elle la nuit, chez lui avec les enfants le week-end.

Vers le milieu du mois de mars, Andy regarda Meredith droit dans les yeux et lui posa une question qui la déstabilisa.

— Est-ce que ton mari va vraiment venir habiter ici ?

— Je ne sais pas, Andy, répondit-elle en toute franchise.

Il ne semblait pas en prendre le chemin, et elle n'était pas certaine d'avoir envie qu'il vienne...

Une semaine plus tard, Andy demanda à son père si Meredith était sa petite amie.

— Nous sommes seulement amis, répondit Callan.

Mary Ellen haussa un sourcil mais ne dit rien.

Steve ne parlait plus des offres d'emploi qu'il recevait ou ne recevait pas. En fait, cela faisait même des semaines qu'il ne se plaignait plus de ne pas voir Meredith à New York. Cela aurait dû inquiéter la jeune femme si elle y avait réfléchi, mais elle était trop troublée pour y penser. Quant à Cal, il ne lui posait pas de questions. Il voulait simplement passer du temps avec elle. Ils prendraient une décision plus tard, songeait-il. De toute façon, il n'était pas prêt à s'engager avec elle. D'une certaine manière, cette situation était idéale pour tous les deux...

Si Meredith avait téléphoné chez elle de temps en temps, elle se serait rendu compte que Steve ne couchait plus à l'appartement. Mais les rares fois où elle s'apercevait de son absence, elle pensait simplement qu'il dormait à l'hôpital. Et elle était soulagée de ne pas avoir à lui parler.

Bien qu'Harvey Lucas eût repris son poste depuis quinze jours, Steve n'avait pas encore parlé de s'en aller, mais il avait demandé à Harvey d'envisager d'embaucher Anna. Après avoir travaillé avec elle durant deux semaines, le chef de service avait reconnu qu'elle était formidable, et ils faisaient tout pour la garder dans l'équipe aussi longtemps que possible, même si son contrat était encore temporaire.

Lorsque Meredith rentra de Singapour, Steve l'appela et lui dit qu'il voulait la voir. Il avait beaucoup réfléchi depuis quelque temps et était très inquiet.

Cette fois, avant de prendre l'avion pour la Californie, il discuta de sa venue avec elle. Il ne voulait pas lui faire de surprise. Tout d'abord, elle parut hésiter, mais elle n'avait aucune excuse valable pour l'empêcher de venir ; cela faisait un mois qu'ils ne s'étaient pas vus, et elle savait qu'elle ne pourrait l'éviter éternellement.

— Tu comptes lui parler de nous deux ? demanda Cal.

D'un côté, il aurait aimé qu'elle le fasse, et de l'autre, cela l'effrayait.

— Pour lui dire quoi ? Que j'ai une liaison avec toi ? Que notre mariage est terminé ?

— C'est toi qui vois, Merrie.

— Où en sommes-nous, toi et moi ?

— Cela fait-il une différence ?

— C'est possible.

— Je crois que c'est à toi de prendre ta décision, cette fois. Je ne veux pas être responsable de votre rupture.

Certes, il l'aimait, mais il avait aussi peur de l'avenir qu'elle... Et même si l'imaginer avec Steve le rendait fou, il ne voulait pas faire pression sur elle.

Quand Meredith vit Steve, elle se sentit plus perdue que jamais. Il y avait chez lui quelque chose de si familier, si rassurant, si confortable... Mais cette fois, lorsqu'il manifesta son désir de faire l'amour avec elle, elle lui dit qu'elle voulait d'abord avoir une discussion avec lui. Ils s'assirent sur le canapé ; elle ne savait toujours pas ce qu'elle allait lui dire. Une seule chose était certaine : elle ne voulait pas lui faire de mal.

— J'ai pris une décision, commença Steve.

Meredith se mordit la lèvre. Allait-il demander le divorce ? Elle n'aurait pu lui en vouloir... Mais il la surprit en déclarant :

— Je ne pense pas qu'il nous reste beaucoup de temps. Si nous attendons encore quelques mois et continuons à vivre ainsi, je crois que tout sera fini entre nous, Merrie. Nous nous sommes beaucoup éloignés l'un de l'autre, dernièrement, et nous en avons conscience tous les deux.

Elle hocha la tête et ne nia pas. Elle craignait qu'il ne lui demande la raison de cet éloignement progressif, mais il ne le fit pas. Peut-être savait-il, songea-t-elle, et avait-il peur de l'entendre prononcer les paroles fatidiques.

— Je vais quitter New York. J'ai une possibilité avec un hôpital d'ici, en ville. Il est petit mais de bonne réputation, et leur service d'urgences est correct, paraît-il. Ce n'est pas grand-chose, mais ils ont un poste à mi-temps qui est disponible. Ils reçoivent des cas assez banals — maux de ventre, otites, etc. — mais je suppose que ça ne me tuera pas de m'occuper de ça pendant quelques mois. Si j'attends un emploi de rêve, nous risquons de nous séparer définitivement bien avant que je l'obtienne. J'ai l'intention de donner ma démission dès mon retour et de revenir ici dès que possible, mais je tenais à en discuter avec toi avant.

Ce qu'il lui annonçait la prenait au dépourvu, mais elle savait qu'il avait raison : il n'y avait pas d'autre moyen de sauver leur mariage.

— Quand t'installerais-tu ici ? demanda-t-elle sans s'engager, l'esprit en ébullition.

Si Steve venait, elle devrait mettre un terme à sa liaison avec Cal, ce qu'elle ne se sentait pas prête à faire... Hélas, elle n'aurait pas le choix.

— Dans deux semaines, répondit Steve. Harvey est de retour, et ils ont Anna pour me remplacer. Inutile d'attendre plus longtemps.

Il n'en avait même pas encore parlé à l'intéressée, mais il avait l'impression qu'Anna l'avait senti. En un mois, leur relation était devenue trop agréable, et c'était dangereux. Il voulait s'en aller avant de lui faire trop de mal. Il vivait quasiment chez elle, depuis quatre semaines, et s'il n'était pas prêt à s'engager auprès d'elle à long terme, cela ne pouvait continuer. Ce serait douloureux tant pour elle que pour Felicia, et il les aimait bien trop toutes les deux pour leur faire cela. Selon les catégories qu'Anna avait définies, il était un homme marié — et il s'apprêtait à devenir un salaud.

Meredith ouvrit de grands yeux.

— Deux semaines ? répéta-t-elle d'une voix altérée.

— Il est inutile d'attendre, Merrie. L'hôpital est prêt à me prendre à cette date. Harvey se débrouillera très bien sans moi. Si nous devons le faire un jour, autant agir vite. Nous sommes séparés depuis près de six mois, c'est long. Trop long, si tu veux mon avis.

— Je sais, acquiesça-t-elle.

Mais elle n'arrivait à penser qu'à Cal et à ce qu'elle allait devoir lui annoncer. Il allait lui manquer horriblement.

— Tu n'as pas l'air ravie, Merrie, observa Steve d'une voix triste.

Ils avaient atteint un stade très difficile dans leur relation, mais il voulait se donner une chance de rattraper les choses tant qu'il en était encore temps. De son côté, Meredith n'était pas prête non plus à faire une croix sur leur couple.

— Tu crois que nous pouvons encore nous en sortir ? demanda-t-il.

— C'est ce que je souhaite, répondit-elle avec douceur, et elle était sincère.

Elle ignorait seulement s'il n'était pas trop tard. Elle ne pouvait qu'essayer ; elle estimait ne pas avoir le droit de jeter quinze années de bonheur à la poubelle, quel que fût son amour pour Cal. Serait-elle obligée de démissionner lorsqu'elle lui annoncerait la nouvelle ? Elle n'en savait rien, et n'avait aucun moyen de deviner ce que serait sa réaction. Elle comprit qu'elle devait lui en parler immédiatement, avant que Steve ne donne sa démission. Si elle perdait son poste à Dow Tech, il ne servirait à rien que Steve vienne en Californie. Elle n'aurait qu'à rentrer à New York.

— Faisons-le, Merrie. Essayons, dit Steve.

Elle hocha la tête, incapable de prononcer une parole, submergée par ses émotions.

Après cela, ils passèrent une soirée tranquille à discuter du déménagement de Steve. Ce dernier sentait que quelque chose avait changé chez Meredith, il avait conscience de sa douleur, sans comprendre d'où elle venait. Anna lui avait dit après la Saint-Valentin que Meredith avait peut-être une liaison avec quelqu'un, mais Steve lui avait répondu qu'il ne le pensait pas, et il n'avait pas changé d'avis.

Ils ne firent pas l'amour pour célébrer leurs retrouvailles imminentes. Ni l'un ni l'autre n'était d'humeur à cela. Le samedi, Steve alla à l'hôpital qui lui proposait un poste, et dès qu'il fut parti Meredith appela Cal.

— Il faut que je te voie, dit-elle.

Elle refusa de lui donner des explications par téléphone et le retrouva chez lui dix minutes plus tard.

— Que se passe-t-il ? demanda-t-il, inquiet.

Ne voulant pas le faire souffrir plus que nécessaire, Meredith en vint directement au fait.

— Steve vient s'installer en Californie dans deux semaines. Il a accepté un emploi dans un petit hôpital, au service des urgences. Il pense que s'il ne vient pas maintenant, tout sera fini entre nous, et il a raison. Je n'ai même plus l'impression d'être mariée avec lui ; je me sens davantage mariée avec toi, Cal ! Mais je ne crois pas que ce soit le genre de relation que tu souhaites. Et je ne suis pas sûre de moi non plus. Il faut que j'essaie de sauver mon mariage une dernière fois. Si ça ne marche pas, nous pourrons parler de nous deux plus tard, si tu en as encore envie. En attendant, je dois savoir ce qui subsiste entre lui et moi. Je ne crois pas qu'il y ait grand-chose, mais nous avons une longue histoire derrière nous. Toi et moi, nous sommes ensemble depuis deux mois seulement, et notre avenir est très incertain. Nous avons toujours su que cela finirait par arriver, conclut-elle tristement.

Callan n'avait pas dit un mot pendant qu'elle lui expliquait tout cela, mais il avait l'air anéanti. Même s'il s'était attendu à ce que cela se produise un jour ou l'autre, il n'était pas prêt. Cependant il ne discuta pas avec elle, ne proposa pas de l'épouser, ne lui dit pas qu'il l'aimait. Il ne voulait pas lui faire de chantage ni la perturber davantage. Il demeura là, le visage de marbre. En vérité, après deux mois de liaison, lui non plus ne savait pas ce qu'il souhaitait vraiment. Il voulait que Meredith fasse partie de sa vie, mais dans quelles conditions ? Il ne se sentait pas prêt à s'engager, pas après sept courtes semaines de passion. Et pourtant, en cet instant, il avait l'impression que tout son univers venait de s'écrouler.

— J'ai besoin que tu me dises ce qu'il advient de mon poste à Dow Tech, maintenant, reprit Meredith après un long silence. Souhaites-tu que je m'en aille ? Je ne veux pas que Steve quitte son emploi et vienne en Californie pour apprendre le surlendemain que j'ai été renvoyée. Si tu désires que je parte, je te présenterai ma démission et je lui dirai simplement que je préfère rentrer à New York avec lui. Cal, que souhaites-tu ?

— Je veux que tu restes ma directrice financière, répondit-il sans hésitation, d'une voix rauque d'émotion. Je ne veux pas te perdre, Merrie.

Il n'avait pas non plus envie de renoncer à ce qu'ils partageaient sur un plan plus intime, mais il ne pouvait le lui dire — et de toute façon, elle ne lui proposait pas de rester avec lui. Elle avait pris sa décision. Dès le début, elle l'avait prévenu qu'elle ne laisserait pas tomber son mari et, aussi douloureux que cela fût, il devait respecter son choix.

— Tu es sûr, Cal ? demanda-t-elle avec douceur.

Ça va être dur pour nous deux, si je continue à travailler pour toi.

— Quand s'installe-t-il ici ?

— Le 1er avril. Dans deux semaines.

— De toute façon, j'ai l'intention de passer l'essentiel du mois d'avril en Europe, à la recherche de nouveaux produits. Cela nous donnera l'occasion de nous habituer un peu à la séparation, et ça vous permettra de voir où vous en êtes, Steve et toi. Si ça se trouve, il ne restera pas longtemps.

Il ne parvenait pas à cacher la note d'espoir dans sa voix.

— Il est plus persévérant que ça. Je crois qu'il essaiera de faire en sorte que ça marche.

Y parviendrait-il ? C'était moins probable...

— Je sais que c'est horrible à dire, Cal, mais je t'aime. Peut-être plus en ce moment que je ne l'aime, lui. Néanmoins, je dois découvrir par moi-même ce qui compte le plus dans ma vie, mon mariage ou ce que nous partageons tous les deux.

Il ne discuta pas, mais il avait l'air en colère. Callan Dow n'aimait pas perdre, et ce qu'il lui avait répété au cours des deux derniers mois était vrai : il l'aimait. Il savait aussi qu'elle était mariée, et qu'ils ne pourraient éviter éternellement de regarder la réalité en face. Par ailleurs, il n'était pas prêt à s'engager auprès d'elle. Mais cela ne l'empêchait pas de mal vivre cette rupture.

— Je partirai pour l'Europe avant son arrivée. Et je ne veux pas que tu quittes Dow Tech, Meredith.

— Merci, dit-elle avant de se lever.

Il y avait des larmes dans les yeux de la jeune femme, mais elle ne tendit pas les bras vers lui, ne s'accrocha pas à lui. Elle le regarda un long moment, puis se dirigea vers la porte.

— Quand repart-il ?

Elle s'immobilisa en entendant la voix de Callan.

— Demain matin, répondit-elle sans se retourner, la main sur la poignée.

— Je t'appellerai, déclara-t-il.

Malgré tout ce qu'elle lui avait dit, toutes ses bonnes résolutions, elle sentit son cœur bondir dans sa poitrine.

— Je ne crois pas que ce soit une bonne idée, murmura-t-elle.

Il ne répondit pas, et elle sortit en refermant doucement la porte derrière elle.

Steve l'attendait quand elle rentra à l'appartement. Il paraissait épuisé, mais il lui dit qu'il avait tout réglé avec l'hôpital qui devait l'embaucher. Ils passèrent le reste de la journée à discuter. Cependant, ils ne firent pas l'amour une seule fois durant le week-end, et il repartit dès le dimanche matin. Il avait beaucoup de choses à faire à New York, désormais.

Après son départ, Meredith resta dans l'appartement à se morfondre. Elle devait leur trouver un endroit où vivre en ville, et cela la déprimait profondément. Elle n'avait pas envie de quitter Cal, pas envie de vivre avec Steve...

Elle était toujours assise sur son canapé à broyer du noir lorsque la sonnerie de la porte d'entrée retentit.

C'était Cal. Il ne prononça pas une parole et se contenta de l'attirer à lui pour l'embrasser. Il avait l'air aussi malheureux qu'elle. Il avait essayé de la haïr mais n'y était pas parvenu. Il la désirait trop. Sans un mot, il l'entraîna vers la chambre, et elle le suivit.

— Il nous reste deux semaines, Merrie, dit-il seulement.

Ils avaient l'impression d'avoir reçu une sentence de mort.

Deux semaines. Deux semaines, et tout serait fini.

18

Lorsque Steve fut de retour à New York, il appela l'hôpital pour voir si Anna travaillait ce jour-là. L'infirmière en chef vérifia l'emploi du temps de la jeune femme et lui répondit qu'elle ne reviendrait que le mardi. Lui-même n'était pas attendu au travail avant lundi midi, aussi passa-t-il chez elle le lundi matin pour la voir. Par chance, Felicia était à l'école, et Anna était seule lorsqu'elle lui ouvrit la porte. Il avait appelé avant de passer, et elle avait eu l'air ravie.

Mais dès qu'elle vit son visage, elle comprit que quelque chose se préparait. Il avait l'air plus sérieux que d'habitude, et il ne dit pas un mot lorsqu'il s'assit sur le canapé, pendant qu'elle lui préparait une tasse de café.

— Dois-je te demander comment c'était ou me mêler de mes affaires ? demanda-t-elle d'une voix calme.

Elle ignorait ce qui s'était passé en Californie, mais elle voyait dans les yeux de Steve que quelque chose avait changé. Par ailleurs, il ne l'avait pas appelée du week-end et n'était pas venu la voir la veille au soir en arrivant.

— Ça ne s'est pas trop mal passé, dit-il après l'avoir remerciée pour le café. Moins mal que la dernière fois, en tout cas. Nous avons beaucoup parlé.

— Discussions positives ou négatives ?

Elle s'efforçait de déchiffrer son expression, mais il ne trahissait rien de ses émotions. Leur liaison durait depuis quatre semaines, et bien qu'elle sût beaucoup de choses à son sujet, elle avait aussi remarqué qu'il pouvait parfois se montrer très secret, en particulier en ce qui concernait Meredith et leur situation.

— Positives, je suppose, répondit-il.

Il prit une profonde inspiration et se jeta à l'eau. Il savait que ce qui allait suivre ne serait pas facile, mais il ne servait à rien de perdre du temps et de faire souffrir davantage la jeune femme.

— Anna...

La façon dont il prononça son nom fit courir un frisson glacé dans le dos d'Anna. Elle n'eut aucun mal à deviner ce qui allait suivre.

— ... Je vais partir m'installer là-bas.

— Ce n'est pas nouveau, fit-elle remarquer, s'efforçant de gagner du temps pour garder contenance.

— Maintenant, je veux dire. Enfin, bientôt. Dans deux semaines. Je pose mon préavis demain.

Anna ne parvint pas à dissimuler sa surprise. Malgré elle, elle arborait en cet instant une expression d'animal traqué.

— Tu as trouvé un travail ?

— Plus ou moins. J'ai décroché un poste subalterne dans un service d'urgences. Ce n'est pas génial, mais ça fera l'affaire pour le moment. Tu es très importante pour moi, reprit-il en choisissant ses mots avec précaution.

Mais il savait que, quoi qu'il dise, il allait la blesser, et c'était pour cette raison qu'il voulait mettre immédiatement un terme à leur liaison. Il s'était rendu compte qu'il était en train de tomber amoureux d'elle et avait décidé d'agir sur-le-champ et d'aller rejoindre Meredith. S'il attendait plus longtemps, il ferait plus de mal encore à Anna.

— Il faut que je m'en aille tout de suite, sinon ce

sera pire. Je ne veux pas bouleverser ta vie encore plus que je ne l'ai fait ces quatre dernières semaines. Ce que nous vivons est un rêve, Anna, un rêve très agréable ; j'aimerais rester avec toi, travailler avec toi, dormir avec toi, jouer avec Felicia le soir, faire comme si de rien n'était. Mais je ne peux pas. Je suis marié avec Meredith, et nous avons quinze ans de vie commune derrière nous. Aussi déplaisante que soit la situation actuelle, je dois aller là-bas et essayer de sauver mon couple.

— Est-ce ce qu'elle souhaite ? demanda Anna.

— Elle a accepté d'essayer. Je crois qu'elle a compris que si nous attendions plus longtemps, tout serait terminé. C'est notre dernière chance. Maintenant, ça passe ou ça casse, en quelque sorte. Mais je ne veux pas que tu m'attendes, Anna. Pars du principe que je resterai là-bas. Oublie-moi, c'est préférable.

Il avait dit cela avec douceur mais fermement. Pendant quelques secondes, il eut l'impression que ses paroles allaient la tuer. Elle avait croisé les bras sur son ventre et était pliée en deux, prostrée par la douleur.

— Ce n'est pas facile, dit-elle, des larmes plein les yeux. On ne peut pas se forcer à oublier. Tu es un salaud parfois, mais je t'aime.

— Rappelle-toi seulement que je suis un salaud.

— Ça ne devrait pas être difficile, dit-elle.

Il voyait qu'elle souffrait le martyre, et en était malade. Et il ne voulait même pas songer à Felicia. Il était tombé amoureux de la fillette aussi ; elle était en quelque sorte l'enfant qu'il n'avait jamais eue, et il estimait qu'elle méritait tellement mieux que le peu que pouvait lui offrir Anna... Elle avait besoin d'un père. Mais il ne pouvait se porter volontaire pour ce poste. Il n'était pas compatible avec celui de mari de Meredith, qu'il avait accepté quinze ans plus tôt.

— Je ne sais pas quoi te dire, murmura-t-il en

s'étouffant sur ses propres mots. Je t'aime, Anna. Je voudrais rester avec toi. Si j'étais libre et si tu étais assez folle pour vouloir de moi, je t'épouserais. Mais dans l'état actuel des choses, je ne peux rien t'offrir. En restant ici, je ne fais que te tromper et me tromper moi-même. J'ai une responsabilité à assumer vis-à-vis de Merrie.

— Elle a beaucoup de chance, soupira Anna d'une voix rauque. (Elle se tut quelques secondes avant d'ajouter :) Et si ça ne marche pas ? Reviendras-tu ?

— Non.

Le mot résonna durement dans la pièce. Il ne voulait pas lui laisser d'espoir ; c'eût été injuste. Avec un peu de chance, il resterait avec Merrie. Dans le cas contraire, Dieu seul savait ce qui se passerait.

— Si ça ne marche pas, dit-il autant pour se persuader lui-même que pour la convaincre, je ferai quelque chose de très différent. Peut-être que j'irai travailler dans un pays sous-développé, comme tu l'as suggéré.

— Vous autres gens riches avez bien de la chance, dit-elle avec amertume. Vous pouvez faire ce que vous voulez sans avoir à vous soucier de nourrir votre famille ou de payer vos factures. Vous n'avez qu'à faire vos bagages et aller où bon vous semble.

Il savait qu'elle aurait bien aimé partir dans le tiers-monde, elle aussi. Probablement plus que lui encore, même s'il pensait sincèrement que cela lui ferait du bien, s'il ne parvenait pas à sauver son mariage, de consacrer un peu de temps à aider des gens moins fortunés que lui.

— Je ne suis pas riche, lui rappela-t-il, c'est ma femme qui l'est. Ça n'a rien à voir. Je ne veux rien d'elle, sinon des enfants un jour. Anna, depuis un mois, je te vole de l'affection, du temps, de la chaleur. Et je t'empêche de rencontrer un type bien, quelqu'un qui soit prêt à t'épouser, à s'occuper de Felicia et à te donner d'autres enfants.

Elle lui avait plusieurs fois avoué qu'elle rêvait d'une famille nombreuse.

— Je n'ai pas le droit de te priver de ça. Je veux te rendre ta vie, et ta liberté.

— Comme c'est noble ! ironisa-t-elle tristement. Ai-je mon mot à dire dans tout ça ?

Une colère sourde montait en elle. Quel droit avait-il de prendre toutes les décisions, y compris celles qui l'affectaient le plus, elle ? Elle l'aimait plus qu'elle n'avait jamais aimé quiconque, ce qu'elle n'avait pas prévu au début, lorsqu'elle avait accepté les règles du jeu.

— Tu n'as pas le choix, reconnut Steve. Tu as le droit de me haïr ou de ne plus jamais m'adresser la parole. Mais rien de ce que tu pourras dire ne me fera revenir sur ma décision.

— Ne t'inquiète pas, je n'ai pas la présomption de te faire changer d'avis. Tu as toujours été libre de faire ce que tu veux, et je sais depuis le début que tu as l'intention de partir. Je ne m'attendais pas à ce que tout se passe si vite, c'est tout. Je me disais qu'il te faudrait des mois pour trouver du travail, peut-être plus, je ne réalisais pas que tu étais prêt à accepter un poste indigne de toi.

Une nouvelle fois, elle se rendait compte de l'importance qu'il attachait à Meredith — même si, selon elle, l'intéressée n'en valait pas la peine.

— Y a-t-il autre chose que tu veuilles me dire ? demanda-t-elle en se levant.

— Pas vraiment. Seulement que je t'aime, Anna. Je te souhaite plein de bonnes choses.

— Bien. De ton côté, sache que tu ne me dois rien. Je n'ai jamais rien attendu de toi. Tu étais pour moi comme une couverture chaude en hiver... Un réconfort.

— Pour moi, tu étais bien plus que cela, Anna. Je t'aime vraiment.

— Et alors ? Ça ne t'empêche pas de partir, rétorqua-t-elle, les yeux pleins de larmes. Le père de Felicia disait qu'il m'aimait, lui aussi, mais il n'avait pas les tripes pour s'opposer à ses parents... Peut-être que toi, tu n'as pas le courage d'admettre que ton mariage est déjà fichu.

— Je ne sais pas si c'est le cas. C'est pour cette raison que je vais là-bas. Si c'est fichu, comme tu dis, il faudra que je regarde la vérité en face.

Elle hocha la tête et le précéda jusqu'à la porte, qu'elle ouvrit. Il avait envie de la serrer contre lui, de l'embrasser et de lui faire l'amour une dernière fois, mais il l'aimait trop pour prolonger leurs adieux. Lentement, sans la quitter des yeux, il se dirigea vers la porte à son tour. Il voulait graver son image dans sa mémoire à jamais. Travailler avec elle durant les deux prochaines semaines serait difficile, mais il se consolait en se disant qu'au moins, cela lui permettrait de la voir.

Il passa le seuil, et sans un mot de plus, elle referma la porte. Un long moment, il demeura immobile sur le paillasson, se demandant si elle allait rouvrir le battant ; il l'entendait pleurer doucement juste de l'autre côté, mais il ne frappa pas, ne sonna pas et resta simplement là, sans bouger. Elle n'ouvrit pas, et au bout de plusieurs longues minutes, il descendit lentement l'escalier, en songeant aux quatre semaines de bonheur qu'il avait connues ici, et à ce qu'elles avaient signifié pour lui. L'appartement d'Anna avait été un foyer, pour lui, un havre de paix, un refuge. Et maintenant, il s'apprêtait à partir vers l'inconnu.

Il alla directement à l'hôpital et passa une heure avec Harvey Lucas, à qui il annonça son départ imminent. Harvey était déçu, mais il comprenait. Il dit à Steve combien il lui était reconnaissant d'être resté après son accident. Il était désolé d'apprendre que son bras droit n'avait trouvé qu'un poste médiocre en Californie, mais comprenait là encore sa décision.

— Au fait, qu'as-tu fait à Anna Gonzalez ? demanda-t-il comme ils s'apprêtaient à se séparer.

— Rien, pourquoi ? s'enquit Steve, mal à l'aise.

— Elle a appelé il y a un moment pour dire que vous aviez récemment eu de petites divergences d'opinion, et pour demander à ne plus être de service en même temps que toi. Je crois qu'elle ne veut pas te voir ; elle m'a fait changer tous les plannings.

Steve eût l'impression de recevoir un coup de poing dans l'estomac. Il avait espéré voir la jeune femme chaque jour jusqu'à son départ et travailler avec elle... Mais c'était elle qui avait raison. Elle voulait une rupture franche, et il devait respecter son choix. Il se demanda ce qu'elle allait dire à Felicia et ce que penserait l'enfant. Peut-être aurait-elle le sentiment que tous les hommes les abandonnaient, sa mère et elle.

— Je suppose que je me suis montré désagréable une fois de trop, dit-il à Harvey. Nous avons eu une garde difficile, la semaine dernière, plusieurs jours d'affilée sans dormir, et j'ai dû lui dire quelques mots de travers. Nous n'étions pas d'accord à propos d'un diagnostic. Elle avait raison, naturellement, et je me suis excusé, mais j'imagine qu'elle ne m'a pas pardonné. C'est un sacrément bon médecin, tu sais, Harvey. Tu auras plaisir à travailler avec elle.

— C'est déjà le cas. Je suis triste de te perdre, Steve. D'autant qu'à cause de toi, je peux faire une croix sur mon projet de recherche. Il va bien me falloir deux ans pour te remplacer...

— C'est faux, mais merci quand même du compliment. Et désolé pour tes recherches.

— Si ça ne marche pas comme tu l'espères en Californie, reviens. Il me faudra à peu près cinq minutes pour te réembaucher, et cinq autres pour faire mes bagages et quitter l'hôpital ! Je commence franchement à saturer.

— Tu adores ça, tu le sais bien ! Moi, en tout cas, ça va me manquer.

— Mais non, à moins que tu t'ennuies à mourir à poser des glaçons sur des bleus. En tout cas, je suis sûr que tu trouveras quelque chose d'autre très vite. Tiens-moi au courant.

— Promis.

Puis, d'un ton aussi détaché qu'il le put, il ajouta :

— Occupe-toi bien d'Anna. Sois plus gentil avec elle que je ne l'ai été.

— Barbe-Bleue serait plus gentil que toi, quand tu n'as pas dormi depuis trois jours. Même moi je te déteste, dans ces moments-là !

Ils rirent et quittèrent ensemble le bureau d'Harvey pour se diriger vers les blocs opératoires. Tous deux avaient des interventions prévues cet après-midi-là.

Steve se demandait s'il reverrait Anna avant son départ. Il en doutait, et il avait raison.

Dans la mesure où elle avait fait modifier son emploi du temps, ils n'étaient jamais présents à l'hôpital aux mêmes heures — d'autant que durant les deux semaines qui suivirent, il prit plus de congés qu'à son habitude pour préparer son départ et faire visiter l'appartement. A la fin de la première semaine, l'agent immobilier lui annonça qu'il avait un acheteur ; le prix qu'il proposait était légèrement inférieur à ce que Meredith et lui avaient espéré, mais ils convinrent néanmoins qu'il était plus commode de le vendre que de le garder ou d'essayer de le louer. Tout fut signé avant son départ, et il fit venir une compagnie de déménagement pour envoyer leurs affaires à San Francisco. Il passa les trois derniers jours à l'hôtel.

La veille de son départ, les infirmières organisèrent un pot d'adieu. La plupart pleurèrent en lui disant au revoir ; personne n'arrivait à imaginer le service sans lui. Anna, naturellement, ne vint pas.

Le jour où il quitta New York, il pleuvait. Il n'emportait avec lui que sa sacoche de médecin et une petite valise. Le reste suivrait avec le déménagement.

Alors qu'il montait dans l'avion, il se rendit compte que l'on était le 1er avril, jour des fameux poissons... Mais il n'avait pas le cœur à plaisanter. La seule chose qui lui importait était de voir Merrie. Durant les deux dernières semaines, Anna lui avait terriblement manqué, mais il savait qu'en la quittant, il avait agi au mieux, pour elle comme pour lui. S'il était resté et avait poursuivi leur liaison, ç'aurait été pire, en fin de compte. Il pensait sincèrement ce qu'il lui avait dit : elle méritait mieux que ce qu'il pouvait lui offrir. Il voulait qu'elle trouve un type bien — ni gay ni marié. Et surtout pas un salaud.

19

Contrairement à Steve et Anna à New York, Meredith et Cal restèrent ensemble jusqu'au bout, profitant de chaque seconde volée au destin. Leur relation était plus intense que jamais, et ils allèrent passer leur dernier week-end dans un petit hôtel de la vallée de Carmel. Ils restèrent au lit pendant deux jours et firent de longues promenades, main dans la main, s'arrêtant de temps en temps pour s'embrasser. Le soir, ils ne dormaient pas et parlaient durant des heures après l'amour. Ils ne faisaient jamais allusion à l'avenir, bien sûr. Pour eux, il n'y avait pas d'avenir, seulement ces derniers instants de bonheur illicite.

Le jour où Steve devait arriver, Cal avait prévu de s'envoler pour Londres. La veille, il resta chez Meredith jusqu'à plus de minuit. C'était la dernière fois qu'ils se voyaient dans cet appartement : elle en avait loué un autre en ville et devait y emménager très vite.

— J'aimerais te dire que j'espère que tout se passera bien entre Steve et toi, dit Callan en la quittant, mais je te mentirais. Je ne veux pas que ça marche, Merrie. Je veux que tu me reviennes. Appelle-moi en Europe et tiens-moi au courant.

— Je ne peux pas faire une croix sur quinze années sans lui laisser une dernière chance, dit Meredith. Sinon, je me demanderais éternellement ce qui aurait pu se passer.

Cal savait qu'elle avait raison, mais d'une certaine manière il la détestait de se montrer si honnête, si juste envers son mari. Même si ce sens de la justice était l'une des choses qu'il appréciait le plus chez elle, d'ordinaire.

— Ça ne va pas marcher, et tu le sais, dit-il avec amertume. Ta vie avec lui est terminée, regarde les choses en face. Vous n'avez rien en commun.

— Nous avons eu assez en commun pour rester mariés pendant quinze ans, fit-elle remarquer d'un ton peu convaincu.

— C'était de la chance, rien d'autre. Vos carrières n'ont rien de comparable ; je ne suis même pas sûr qu'il sache ce que tu fais, ni qu'il se rende compte de ton talent. Je pense en fait qu'il s'en moque. Tu perds ton temps avec lui.

Meredith secoua lentement la tête. Elle savait qu'elle devait essayer, donner une chance à son couple. Elle devait bien cela à Steve, même si elle comprenait la frustration de Callan et sa colère.

— Je t'aime, Merrie, conclut-il tristement avant de l'embrasser une dernière fois et de tourner les talons.

Après son départ, elle pleura pendant des heures, et quand Steve arriva le lendemain, elle était encore si perturbée qu'elle avait l'air malade. Elle était livide, et ses yeux étaient tout gonflés.

— Ça ne va pas ? lui demanda Steve d'une voix inquiète dès qu'il la vit.

— Ce n'est rien, un rhume, une allergie ou un truc comme ça, mentit-elle.

— Tu as l'air bien mal en point, mon pauvre amour.

Il lui proposa des anti-histaminiques, mais elle refusa d'en prendre.

En l'espace de deux heures, Steve parvint à semer la pagaille dans l'appartement : ses vêtements étaient étalés sur le sol de la chambre, ses affaires de toilette monopolisaient la salle de bains, et son sac à moitié vidé traînait au milieu du salon. Sans se préoccuper de ce désordre, il alla dans la cuisine préparer le dîner.

Il fut déçu d'apprendre que Meredith leur avait loué un appartement en ville. Il aurait voulu qu'elle achète une maison, ou du moins qu'elle en loue une. Dès le soir de son arrivée, il commença à lui parler d'avoir des enfants. Cela faisait partie de son « projet de réunification » : il estimait que des enfants renforceraient le lien qui les unissait.

— Le moment est bien mal choisi ne serait-ce que pour y penser, rétorqua-t-elle sèchement, tout en se demandant où se trouvait Cal en cet instant.

Selon ses calculs, il venait juste d'arriver à Londres. Mais ils avaient promis de ne pas s'appeler, et elle essayait de tenir le coup, au moins pour le moment. Steve n'était là que depuis quelques heures.

— Au contraire, ce serait le moment idéal pour avoir un bébé, insista-t-il. Tu es heureuse dans ton travail, et moi je ne vais pas être trop occupé pendant quelque temps. Si tu ne te sens pas bien durant les premiers mois de grossesse, je serai là pour te donner un coup de main. Et une fois le bébé arrivé, je pourrai même t'aider à t'en occuper.

— Steve, *je ne veux pas de bébé*. Jamais. Tu ne peux pas comprendre ça ? gémit-elle d'un ton las.

Elle n'était même pas certaine de vouloir encore partager la vie de son mari, alors parler d'avoir un enfant avec lui...

— Un bébé sèmerait la panique dans mon existence et me compliquerait horriblement les choses. Je n'en veux pas, point final.

— Quand as-tu pris cette décision ? Définitivement, je veux dire ?

— Je ne sais pas, répondit-elle.

Elle était épuisée et sur les nerfs. Il était venu s'installer avec elle, son aventure avec Callan était terminée et la dernière chose dont elle avait envie était de parler de bébés.

— Je crois que je n'ai jamais vraiment souhaité avoir des enfants, mais tu as toujours refusé de l'admettre.

— C'est agréable d'apprendre ça maintenant. Bon, quand déménageons-nous ? s'enquit-il, changeant de sujet.

— Le week-end prochain.

A cet instant, le téléphone sonna et Meredith sursauta violemment. C'était un représentant qui voulait leur vendre le journal auquel ils étaient déjà abonnés.

— Nos affaires devraient arriver de New York dans deux semaines, déclara Steve lorsqu'elle eut raccroché.

Il commençait son nouveau travail le lundi suivant. Meredith avait l'impression d'être en plein chaos.

Elle fut soulagée d'aller travailler, le lendemain, d'autant qu'elle n'avait pas encore à effectuer un long trajet en voiture pour se rendre au bureau. Toute la semaine, elle reçut des fax de Cal concernant les clients potentiels et les laboratoires de recherche qu'il découvrait en Europe. Mais tous ses messages étaient impersonnels et envoyés à plusieurs autres collaborateurs en même temps. Il ne l'appela jamais.

A la fin de la première semaine, la jeune femme était une véritable épave et avait une mine épouvantable. Elle paraissait moins sûre d'elle qu'à l'ordinaire, ses nerfs étaient tendus à l'extrême, et elle avait l'impression que le désordre de Steve avait envahi leur appartement comme une gangrène. Elle passait sa vie à ramasser des chaussettes, des chemises et des caleçons éparpillés sur le sol du salon ; pour son mari, mettre des chaussures habillées signifiait enfiler une paire de Nike neuves. Et soudain, tout cela la gênait. Dans sa tête, elle comparait systématiquement Steve à Cal, toujours bien habillé, avec ses vêtements immaculés et repassés.

Comme c'était prévisible, leur déménagement ce week-end-là fut un véritable cauchemar. Le nouveau lit qu'elle avait acheté n'était pas arrivé. Et la moitié des assiettes furent cassées par les déménageurs... Ils n'avaient nulle part où dormir, pas de chaises pour s'asseoir et pas assez de vaisselle.

— Allons, ma chérie, calme-toi. Nous nous débrouillerons jusqu'à ce que nos affaires arrivent de New York. Nous mangerons dans des assiettes en carton et achèterons un futon en attendant, lui dit Steve.

Mais ce n'était pas ainsi qu'elle avait envie de commencer ses journées avant de prendre sa voiture pour le long trajet jusqu'à Palo Alto. La perspective de passer une heure et demie dans les embouteillages était déjà assez pénible...

Le dimanche soir, lorsqu'elle se retrouva assise en tailleur sur le sol à manger une pizza avec les doigts, elle se surprit à songer avec mélancolie aux enfants de Cal. Ils lui manquaient. Mais elle n'en parla pas à Steve. Elle ne pouvait lui expliquer ce qu'elle ressentait.

Les tensions ne firent que s'accentuer lorsqu'il commença à travailler. Il ne tarda pas à réaliser qu'on lui avait menti sur son poste : il était tout en bas de la hiérarchie du service des urgences et passait le plus clair de son temps à remplir des fonctions d'ambulancier. Même les infirmiers avaient davantage de responsabilités que lui. Pendant les deux premières semaines, il ne fut chargé que de la paperasse. Il détestait ce qu'il faisait. Le soir, quand elle rentrait tard chez eux, épuisée par son trajet et sa longue journée de travail, Meredith le trouvait assis devant la télévision, un pack de bière vide à côté de lui. Il était trop déprimé pour préparer le dîner, et ils vivaient de plats à emporter et de pizzas.

— C'est nul, dit-elle un soir.

Steve avait passé une journée particulièrement atroce à l'hôpital à s'occuper d'un enfant de quatre ans dont la mère était en train d'accoucher, et il était d'une humeur massacrante.

— Tu détestes ton boulot, et moi les allers-retours jusqu'à Palo Alto me rendent malade.

— Et nous commençons à nous haïr, ajouta-t-il.

— Je n'ai pas dit ça.

— Non, mais ça se voit sur ton visage. Tous les soirs tu rentres à la maison furieuse et tu te venges sur moi. Que t'arrive-t-il ?

Elle ne pouvait répondre à cette question. La vérité était que Cal lui manquait horriblement et que revivre avec Steve était plus difficile qu'elle ne l'avait imaginé. Après cinq mois et demi sans lui, dont deux et demi partagés avec Cal, elle avait changé. Maintenant, tout ce que faisait son mari l'irritait.

— J'ai horreur de camper et de dormir par terre, admit-elle, et le trajet jusqu'à Palo Alto tous les matins me rend folle.

— Et moi je déteste mon boulot et cet appartement, renchérit-il. La question est : qu'est-ce qui nous maintient ensemble ? Autrefois, il y avait mille choses que j'aimais chez toi, Meredith. Ton intelligence, ta beauté, ta patience, ton sens de l'humour. Depuis quelque temps, tu es si malheureuse que tout ce que j'aimais a disparu !

C'était vrai, et elle se sentit aussitôt coupable.

— Je suis désolée, Steve. Ça va s'arranger, je te le promets.

Hélas, elle se trompait. En fait, quand Callan rentra d'Europe, quatre semaines plus tard, la situation empira encore. Il la traitait comme une ennemie et une étrangère. C'était comme si, durant le mois qui venait de s'écouler, il avait totalement refermé la porte sur elle. Elle avait espéré qu'ils seraient au moins amis, comme au début. Mais elle comprit vite qu'il s'était passé trop de choses entre eux pour que ce soit envisageable. Il y avait eu trop d'amour, d'espoir, de souffrance et de déception. Cal était visiblement furieux de la façon dont leur liaison s'était terminée. Sa déception initiale s'était muée en fureur, et il avait passé tout son séjour à l'étranger à fulminer. Il paraissait presque heureux de se venger en l'agressant jour après jour. Il la harcelait constamment, demandait rapports et analyses financières dix fois par jour et prenait un malin plaisir à critiquer toutes ses idées et décisions. Durant une assemblée du conseil d'administration, ils faillirent même se quereller publiquement, ce qui ne leur était jamais arrivé. A l'issue de la réunion, furieuse, elle alla le voir dans son bureau.

— Si tu n'es pas d'accord avec moi, Cal, ça ne me pose pas de problème. Mais tu peux m'en parler en privé. Tu n'es pas obligé de m'humilier en public.

— Ta réaction est disproportionnée, Meredith, décréta-t-il avec hauteur avant de mettre sèchement un terme à la conversation.

Mais lui aussi réagissait de façon excessive, et tout le monde s'en apercevait, même si leurs collègues ignoraient pourquoi. Ils en venaient à se demander s'il allait la renvoyer, et Meredith se posait la même question. Il semblait en tout cas bien décidé à lui gâcher la vie.

En vérité, c'était contre lui qu'il était furieux ; il s'en voulait de ne pas l'avoir demandée en mariage plus tôt. Sa peur de l'engagement l'en avait empêché, et maintenant il se demandait si cela aurait changé quelque chose.

— Dis donc, tu as l'air d'une humeur charmante, ironisa Steve lorsqu'elle rentra chez eux, le soir de la réunion.

C'était la goutte de trop, et Meredith explosa avant même d'avoir posé son attaché-case dans l'entrée.

— Eh bien, non, je ne suis pas de bonne humeur, dit-elle d'un ton mauvais. J'ai eu une journée abominable au bureau. Je déteste la vie que je mène. Et j'ai crevé sur cette épouvantable autoroute. Et toi, ta journée ?

— Plutôt meilleure que la tienne, on dirait, mais pas de beaucoup. J'ai soigné des hémorroïdes, ôté un chewing-gum de l'oreille d'un gamin et mis une attelle à un doigt cassé. On ne devrait pas tarder à me contacter pour le prix Nobel de médecine...

Il en était à sa cinquième bière. Leurs meubles n'étaient toujours pas arrivés, retardés par des inondations dans l'Oklahoma.

— Pourquoi n'irions-nous pas à l'hôtel en attendant qu'ils soient là ? proposa Meredith lorsque Steve lui annonça la nouvelle, quelques minutes plus tard.

— Parce que ce serait une réaction d'enfants gâtés. Nous pouvons bien dormir par terre pendant quelques semaines. Tu sais, la vie existait avant l'invention du lit.

— J'en ai assez de camper.

Elle n'était pas d'humeur à ça. L'attitude de Cal la rendait malade ; il se comportait de façon infantile et irascible, et faisait de sa vie professionnelle un enfer. Rien n'allait, en ce moment.

Steve lui jeta un regard plein de frustration.

— J'en ai marre de te voir aussi snob et négative, lui dit-il.

— Je suis désolée, Steve. Je ne peux pas faire mieux pour l'instant. J'essaie, mais c'est dur. Ces satanés allers-retours en voiture vont me tuer. Pourquoi ne chercherions-nous pas une maison à Palo Alto ?

— Parce que le monde entier ne tourne pas autour de ton boulot, Meredith. Si jamais je trouve un jour un poste décent par ici, il faudra que je sois près de l'hôpital. Je ne peux pas passer une heure dans les embouteillages si je suis appelé d'urgence.

— Personne n'est jamais mort parce qu'il avait un chewing-gum dans l'oreille, je te signale.

Ce n'était pas son genre de se montrer aussi mesquine et, fou de rage, Steve quitta l'appartement en claquant la porte. Quand il revint, il était ivre : outre son pack de bière, il avait bu trois tequilas et un cognac. Mais Meredith ne lui dit rien ; allongée sur leur futon, elle fit semblant de dormir. En réalité, elle pleurait depuis son départ. La vie qu'ils menaient lui était odieuse. Il ne restait plus de camaraderie, de complicité, d'amitié entre eux. Ils ne faisaient quasiment jamais l'amour, et lorsque cela arrivait, elle avait l'impression d'être dans les bras d'un inconnu.

Tous deux avaient connu des relations bien plus épanouissantes, récemment, mais ils n'en parlaient pas. Ils préféraient souffrir en silence et regarder le fossé qui les séparait s'agrandir de jour en jour. Mai fut pire qu'avril ; ils passèrent le plus clair de leur temps à s'éviter.

Quand leurs meubles arrivèrent enfin, ce ne fut qu'un piètre réconfort ; c'étaient des reliques d'un monde perdu, et rien ne paraissait s'intégrer correctement dans l'appartement. Le résultat était horrible — du moins aux yeux de Meredith.

Lorsque la fin du mois de mai arriva, Steve et elle étaient prêts à s'entretuer, et elle envisageait sérieusement de quitter son travail. Travailler avec Callan devenait de plus en plus impossible.

— Qu'est-ce que tu attends de moi ? demanda Steve un soir. Je suis venu ici pour sauver notre mariage. J'ai accepté un boulot atroce parce que je voulais être avec toi. J'ai laissé tomber tout ce qui était important pour moi. Et depuis que j'ai mis les pieds ici, tu sembles furieuse. Pourquoi me détestes-tu autant, Merrie ?

En vérité, elle lui reprochait une chose : de ne pas être Callan. Elle ne le haïssait même pas — simplement, elle ne l'aimait plus et n'arrivait pas à l'admettre.

— Je ne te déteste pas, Steve, dit-elle, calmement pour une fois. Je suis malheureuse, c'est tout.

— Moi aussi, dit-il en secouant la tête avec tristesse.

Le lendemain, quand elle rentra du bureau, il l'attendait à l'appartement. Et comme au bon vieux temps, il lui avait préparé à dîner. Tout en lui versant un verre de vin à la fin du repas, il lui annonça la décision qu'il avait prise.

— Je m'en vais, Merrie, dit-il avec douceur.

En cet instant, elle retrouva fugitivement l'homme qu'elle avait aimé. Depuis deux mois, il était différent. En fait, tous deux s'étaient comportés comme des sauvages l'un vis-à-vis de l'autre.

— Tu pars où ? demanda-t-elle.

Elle paraissait perdue, mais lui, de son côté, avait l'impression d'avoir recouvré la raison. Il avait enfin réussi à prendre une décision, et même si cela ne le rendait pas heureux, il se sentait mieux.

— Je retourne à New York.

— Quand ?

— Demain.

— Demain ? répéta-t-elle, abasourdie. Pourquoi ?

— Parce que c'est terminé. Nous le savons tous les deux depuis longtemps, mais nous n'avons pas eu le courage d'agir. Ça ne marche pas, Merrie, ni pour toi ni pour moi. Je ne sais pas ce que tu vas faire en ce qui concerne ton travail. La décision t'appartient. Mais moi, je ne peux pas rester ici plus longtemps. Je veux divorcer, Merrie.

— Tu es sérieux ?

Elle n'en revenait pas. Depuis qu'il avait emménagé avec elle, elle le traitait comme un punching-ball, mais elle n'avait pas imaginé un seul instant qu'il pût la quitter.

— Je suis très sérieux.

— Et ton travail ?

— J'ai démissionné ce matin. Et crois-moi, je ne leur manquerai pas.

— Vas-tu retourner dans ton ancien service ?

— Je ne pense pas. J'ai appelé plusieurs personnes à New York aujourd'hui, je compte faire du bénévolat pendant quelque temps, peut-être dans un pays en voie de développement ou bien ici, aux Etats-Unis, dans un coin défavorisé. Je ne sais pas encore. Je dois rencontrer des gens à mon retour pour en discuter.

— Mais tu détestes ces trucs-là ! lui rappela-t-elle.

Il esquissa un sourire triste. Elle était toujours aussi belle, mais elle ne lui appartenait plus. Il l'avait perdue quand elle avait quitté New York, et il ne s'en était pas douté. Mais il savait, à présent, et devait agir.

— Je crois que j'ai mûri, répondit-il. J'aimerais faire ce genre de travail pendant quelque temps, avoir l'impression d'être un peu utile à l'humanité. Réparer des corps cassés ne me suffit plus.

— Mais... et nous ?

— Je ne pense pas qu'il y ait encore un « nous ». En fait, je suis certain du contraire. C'est pour ça que je m'en vais.

— Je ne veux pas que tu t'en ailles, balbutia-t-elle alors que des larmes commençaient à couler sur ses joues.

Paniquée, elle tendit la main vers lui. Il était tout ce qu'il lui restait ; elle n'avait pas de famille, pas d'amis en Californie. Et elle n'avait plus Cal. Elle était seule au monde. C'était un sentiment terrible.

— Je ne peux pas rester ici, Merrie. Ce n'est bon ni pour toi ni pour moi.

— Veux-tu que je quitte mon travail pour rentrer avec toi ? demanda-t-elle.

Mais il secoua la tête.

— Non. Ta vie est ici. Pas la mienne. Je serai toujours là pour toi, Meredith ; où que je sois, si tu as besoin de moi, j'accourrai. On n'efface pas quinze années d'un coup de baguette magique. Mais je ne peux plus vivre ainsi. C'est terminé.

Il était calme et soulagé, et il savait qu'une fois le choc passé, elle aussi serait soulagée.

— Je suis désolé, conclut-il avec douceur.

— Ne me quitte pas, murmura-t-elle.

— Ne dis pas ça.

Il l'entoura de ses bras avec tendresse. Sa détresse le touchait, mais rien n'aurait pu le faire revenir sur sa décision.

— Quand t'en vas-tu ? lui demanda-t-elle pour la seconde fois.

— Demain matin.

— Et nos investissements, ta part de la vente de l'appartement ? Tu ne peux pas disparaître comme ça. Nous allons devoir discuter de tout... Tu as appelé un avocat ?

— Non. Tu peux en contacter un quand tu voudras. De toute manière, je n'ai pas l'intention de discuter de quoi que ce soit, appartement ou investissements. C'est toi qui as gagné cet argent, pas moi, et tout t'appartient. Je ne veux rien, Merrie. C'était toi que je voulais, mais maintenant, c'est fini.

— Je n'arrive pas à le croire, bégaya-t-elle, horrifiée. Tu penses vraiment ce que tu dis ?

— Oui. Nous aurions dû admettre que tout était fini il y a des mois, quand tu te cherchais des excuses pour ne pas venir à New York. Je ne voulais pas voir ce qui était en train de se passer, et je crois que toi non plus.

Il ne lui demanda pas s'il y avait eu quelqu'un d'autre dans sa vie, bien qu'il commençât à le soupçonner. Il ne lui parla pas non plus d'Anna. Cela n'avait plus d'importance, et il ne voulait pas la blesser. Il estimait que sa liaison avec Anna n'avait rien à voir avec l'échec de son mariage.

Cette nuit-là, Meredith passa plusieurs heures à sangloter dans ses bras, et elle appela le bureau le lendemain matin pour annoncer qu'elle serait absente. Elle resta avec Steve jusqu'à son départ. Lorsqu'il quitta l'appartement, elle sentit son cœur se déchirer ; elle pleurait à fendre l'âme, et il la serra un long moment dans ses bras, avant de lui expliquer avec douceur qu'il devait y aller. Il ne voulait pas rater son avion, et un taxi l'attendait en bas.

— Je t'aime, Steve, dit-elle dans un sanglot. Je suis désolée.

— Moi aussi.

Il l'embrassa une dernière fois, ramassa son sac de voyage et se hâta de descendre prendre son taxi. Apercevant Meredith derrière la fenêtre, il lui fit un signe de la main.

Incrédule, la jeune femme regarda la voiture s'éloigner à vive allure. Le départ de son mari mettait un point final à quinze années de sa vie. Elle n'avait plus personne, désormais : ni Steve, ni Cal. Personne. Elle ne pouvait compter que sur elle-même.

20

Meredith resta chez elle pendant deux jours, et quand enfin elle retourna au bureau, elle était inhabituellement silencieuse. Comme toujours depuis leur rupture, Callan se montra désagréable envers elle. Elle ne lui parla pas du départ de Steve : sa vie personnelle ne le concernait plus.

A présent qu'elle commençait à se remettre un peu du choc qu'avait provoqué le départ de Steve, elle se rendait compte qu'il avait eu raison. Cela faisait sept mois que tous deux s'accrochaient à un mariage mort, et il était temps de l'enterrer pour de bon.

Steve l'avait appelée de New York pour s'assurer que tout allait bien, et lui avait dit qu'il habitait chez des amis, dont il lui avait laissé le numéro. Mais même lorsqu'elle se sentait affreusement seule, la nuit, elle se retenait de l'appeler. Il devait se consacrer à sa nouvelle vie, et elle, de son côté, avait besoin de se donner du temps pour cicatriser.

Elle envisageait de quitter son poste à Dow Tech pour rentrer à New York. Mais elle avait décidé d'attendre un mois pour voir si les choses s'arrangeraient un peu avec Callan. Il paraissait encore furieux contre elle, mais désormais elle se montrait plus ferme envers lui, et quand il exagérait, elle le lui faisait savoir ; petit à petit, il semblait comprendre le message. Le respect qu'ils avaient eu autrefois l'un pour l'autre revenait doucement, même si leur amitié était morte.

Trois semaines après le départ de Steve, Callan lui demanda de l'accompagner à un dîner organisé par des analystes financiers venus de Londres. Elle aurait voulu refuser, mais il ne lui en laissa pas le loisir. Il lui expliqua qu'il avait fait des réservations à la Fleur de Lys et qu'il passerait la prendre. Quand elle répondit qu'elle préférait le retrouver directement sur place, il insista et elle finit par céder.

Le dîner fut très agréable, et Callan parut se détendre un peu. De son côté, Meredith portait une nouvelle robe et s'était fait couper les cheveux le matin même. Elle commençait à avoir l'impression d'être redevenue elle-même — pas la Meredith qui était tombée follement amoureuse de Cal, mais celle qu'elle était avant de le rencontrer. D'ailleurs, il sembla s'en rendre compte. Il se montra respectueux durant le dîner, presque aimable même. Après avoir pris congé de leurs invités, il la raccompagna chez elle.

— Comment va Steve ? demanda-t-il poliment en s'arrêtant au pied de l'immeuble. Est-il content de son nouveau travail ?

— Très, répondit-elle, laconique, avant de le remercier pour le dîner. Et comment vont les enfants ?

Il lui expliqua qu'ils partaient quelques jours plus tard passer un mois avec leur mère. On était à la fin du mois de juin, et l'école était finie. Elle ne lui dit pas combien ils lui avaient manqué, ne demanda pas s'ils avaient posé des questions à son sujet. Cela ne la regardait plus, tout comme sa propre vie ne regardait plus Callan. Ils étaient simplement employeur et employée, désormais.

— Ta vie en ville te plaît ? demanda-t-il comme elle s'apprêtait à sortir de la voiture.

— Les allers-retours sont un peu fatigants, mais j'aime bien l'appartement.

C'était encore un mensonge, mais il n'avait plus droit à la vérité. Il y avait beaucoup de choses auxquelles elle devait s'habituer. Elle était seule. Bientôt divorcée — elle avait appelé un avocat pour engager la procédure. Tout était très simple : Steve ne voulait rien. Il était parti les mains vides et estimait que c'était mieux ainsi.

— J'aimerais bien voir votre appartement, un jour, dit Callan en la suivant jusqu'à la porte de l'immeuble.

Elle faillit lui demander pourquoi mais s'abstint.

— Viens prendre un verre, la prochaine fois que tu passeras en ville.

Ce n'était qu'une remarque de pure forme ; elle n'avait pas la moindre intention de l'inviter chez elle.

— Lequel est-ce ? s'enquit-il en levant la tête vers l'immeuble, un bâtiment sans charme particulier.

— Celui du dernier étage, répondit-elle sans réfléchir.

Elle réalisa trop tard qu'il était plongé dans l'obscurité.

— Tiens, Steve est encore au travail ? s'étonna Callan.

— Non. Il est à New York, répondit-elle avec honnêteté.

Après tout, songeait-elle, quelle importance qu'il sût la vérité à présent, puisque tout était fini entre eux ?

— En fait... (Elle hésita une fraction de seconde avant de reprendre.) En fait, il n'habite plus ici. Nous allons divorcer. Il est parti le mois dernier, et il est retourné à New York. Il a l'intention de partir faire du bénévolat dans un pays en voie de développement.

Le visage de Callan exprimait une telle stupéfaction qu'on eût dit qu'elle l'avait frappé.

— Pourquoi ne me l'as-tu pas dit, Meredith ?

— Je ne pensais pas que c'était important.

— Ça l'aurait été, autrefois, observa-t-il d'un ton de reproche.

Il paraissait blessé de son silence.

— Oui, il y a trois mois, répondit Meredith. Mais nous avions un accord : si Steve revenait, notre liaison devait se terminer. Tu ne m'as jamais dit que tu souhaitais plus qu'une aventure. Quand il est parti, je n'ai pas voulu m'imposer.

D'ailleurs, après le départ de Steve, elle avait compris qu'elle ne pourrait plus se contenter d'une liaison. Elle voulait davantage, une vraie vie, auprès d'un homme prêt à s'engager.

— Je te rappelle que tu t'es montré pour le moins désagréable envers moi, depuis notre séparation.

— J'étais blessé. Et j'étais furieux contre moi-même, contre ma sottise. J'avais peur de m'engager, Meredith. En te laissant retourner auprès de lui, même si j'étais fou amoureux de toi, j'ai choisi la solution de facilité. Et je me suis consolé en me disant que, de toute façon, tu en avais besoin.

Elle hocha la tête. Sur ce dernier point, il avait raison, impossible de le nier.

— Et si cela n'avait pas été le cas ? Les choses auraient-elles été différentes ? demanda-t-elle. Tu refuses de t'engager, Cal. Tu me l'as dit toi-même à plusieurs reprises, et je respecte ton point de vue.

— Tu as dû passer trois mois difficiles, dit-il avec douceur, sans relever sa dernière remarque.

— Ça a été dur, reconnut-elle. Mais j'ai beaucoup appris. Pas seulement à propos de Steve, mais aussi à propos de moi-même, de qui je suis, de ce que je veux.

Quelque chose en elle s'était adouci, au cours des trois derniers mois, Callan en avait conscience.

— Et que veux-tu, Merrie ? demanda-t-il sans la quitter des yeux.

Elle lui semblait différente, et il aimait ce changement en elle.

— Beaucoup de choses. Une relation honnête, quelqu'un de sincère. Ce que j'ai fait était mal, et je l'ai payé cher. Mais maintenant, je sais que je suis prête à partager pleinement la vie de quelqu'un, à condition que lui sache être là pour moi aussi. Et pas seulement quand tout va bien.

Elle lui sourit, mais elle semblait très loin, en cet instant.

— Il se peut même que je veuille des enfants, un jour. Tu avais certainement raison à ce propos. Je pense que Steve et moi étions trop différents pour que ça marche, et qu'au fond de moi j'en étais consciente sans vouloir me l'avouer. J'envisage de rentrer à New York, ajouta-t-elle après une brève pause. Je comptais t'en parler dans quelques semaines. Je ne suis pas vraiment à ma place, ici.

Une expression blessée se peignit sur les traits de Callan.

— Je croyais que tu adorais la Californie ?

— Je le croyais aussi. Mais je me rends compte à présent que j'ai eu tort de venir ici, en fait.

Cela lui avait coûté son couple. Si elle était restée à New York, Steve et elle seraient probablement encore ensemble... Mais il était trop tard pour les regrets, à présent. A l'époque, elle avait ressenti un besoin presque viscéral de rejoindre Callan en Californie, et dès lors des forces irrésistibles s'étaient mises en œuvre pour les séparer, Steve et elle.

— Je pense que tu aurais tort de retourner là-bas, dit Callan avec fermeté.

— Ne t'inquiète pas, Cal, je te donnerai un préavis très raisonnable. Je ne partirai pas du jour au lendemain comme Charlie.

— Je ne me fais pas de souci pour ça. C'est à toi que je pense.

— Je te tiendrai au courant de ma décision.

— Je veux prendre part à cette décision. Je veux que nous en parlions.

— Non, répondit-elle avec douceur. Nous n'avons plus rien à nous dire, Callan.

— Je croyais que nous étions amis.

— Je le croyais aussi, répondit-elle tristement. Peut-être que nous nous étions trompés.

— Tu as fait des choses merveilleuses pour moi, Merrie. Et je ne parle pas seulement de mon entreprise. J'ai été très contrarié lorsque tu es retournée auprès de Steve, tu le sais.

— Oui, acquiesça-t-elle tristement. C'était naturel. Je suis désolée de t'avoir fait subir ça.

— Je savais ce que je faisais. J'ignorais simplement comment ça se terminerait. Et toi aussi. Je croyais vraiment que ça marcherait entre Steve et toi. Je suis d'ailleurs surpris que vous vous soyez séparés.

— Tu me manquais trop, avoua-t-elle avec un sourire las, décidée à se montrer parfaitement honnête envers lui. J'ai trop changé après mon départ de New York. J'ai beaucoup mûri, depuis mon arrivée ici. En partie grâce à toi.

— Je vois... Serait-ce déplacé de te demander ce que tu fais demain soir ?

Meredith sourit de nouveau.

— Pas déplacé, mais probablement idiot. Nous avons déjà essayé, tous les deux, et nous avons laissé tomber. Pourquoi recommencer ?

— Parce que je veux discuter avec toi, dit-il d'un air déterminé.

— Il est préférable d'éviter ça. De quoi parlerions-nous, Cal ? De ta phobie de l'engagement ? Des raisons pour lesquelles il ne faut jamais faire confiance à quelqu'un ? Je n'ai pas envie de discuter de ça. J'ai déjà entendu tous tes arguments. J'ai compris. Nous avons fait ce que nous avions à faire. Laissons les choses en l'état.

— Tu refuses de me laisser une chance, souligna-t-il.

Elle rit doucement.

— Je m'efforce de te garder à distance, en effet. Je n'ai pas envie que tu sèmes le trouble dans mon esprit.

Elle ne souhaitait pas renouer une liaison avec lui et courir le risque qu'ils se blessent de nouveau. Elle se sentait plus mûre, plus sage et bien plus prudente qu'autrefois.

— Laisse-moi au moins essayer, dit-il en souriant.

En cet instant, elle reconnut l'homme dont elle était tombée amoureuse. Mais elle ne voulait pas de cela. Steve faisait partie de son passé, et Cal aussi. Elle était bien décidée à ne plus voir en lui que son P-DG.

— Je t'appelle demain, dit-il avec fermeté.

Songeant qu'elle ne répondrait pas au téléphone, elle le remercia une nouvelle fois pour le dîner puis, le laissant sur le trottoir, elle pénétra dans l'immeuble et monta chez elle.

Cal attendit que les lumières s'allument au dernier étage pour remonter dans sa voiture et s'éloigner. Meredith s'approcha de la baie vitrée, pensive. Elle n'irait pas dîner avec lui. Cela ne l'avancerait à rien. Leur histoire était terminée, du moins en ce qui la concernait.

Il l'appela le lendemain, comme promis, mais elle lui dit qu'elle était occupée ce soir-là, qu'elle avait un engagement antérieur dont elle ne s'était pas souvenue la veille. Et quand le téléphone sonna tard dans la soirée, elle ne répondit pas. Elle n'avait rien à lui dire et n'avait pas envie d'écouter ses arguments.

Le dimanche matin, cependant, lorsqu'elle sortit se

promener, elle trouva Cal qui l'attendait devant sa porte.

— Que fais-tu ici, Cal ? demanda-t-elle, surprise.

Il rit, un peu penaud.

— Je t'attendais. Puisque tu refuses de dîner avec moi et de répondre au téléphone, je suis bien obligé de traîner devant chez toi.

— Tu aurais pu me voir demain au bureau.

— Je n'ai pas envie de parler affaires avec toi, Merrie.

— Pourquoi ? Je suis bonne en affaires.

— Je sais. Nous le sommes tous les deux. Mais pour ce qui est du reste, nous sommes plutôt nuls... Ou du moins, je le suis. Je crois que de ton côté tu as fait pas mal de progrès, mais il faut dire aussi que tu as eu plus de pratique. Et je ne suis pas aussi courageux que toi. En fait, pendant neuf ans j'ai été terrifié... Je fuyais comme la peste tout ce que tu représentes pour moi. L'amour, la tendresse, le partage, la confiance, la vulnérabilité, tout cela me paralysait... Je t'aime, Meredith. Reviens. Apprends-moi à aimer.

En cet instant, il paraissait réellement fragile, et elle mourait d'envie de le prendre dans ses bras et de le serrer contre elle, mais elle se retint.

— Comment pourrais-je t'apprendre quoi que ce soit, alors que ma propre vie est un tel désastre ? demanda-t-elle, les yeux pleins de larmes.

— Ce n'est pas un désastre. Tu as fait ce qu'il fallait faire. Je crois que nous avions peur tous les deux. Quand tu es retournée vers Steve, j'ai cru devenir fou. En Europe, j'étais un vrai dément...

— Et moi, ici, je n'allais guère mieux, avoua-t-elle. J'étais odieuse... Pauvre Steve. J'ai fait de sa vie un enfer quand il était là.

— Est-ce pour cela qu'il est parti ? demanda Callan.

— Il m'a quittée parce qu'il a eu l'intelligence de voir que nous ne nous aimions plus. Ou du moins plus assez. Et parce qu'il a eu le courage de réagir, quand moi j'étais paralysée. Il a eu raison, même s'il m'a fallu un certain temps pour l'admettre.

— Et moi, il m'a fallu un certain temps pour admettre combien tu comptes pour moi, Merrie... Je t'aime toujours.

— Et où cela nous mènera-t-il ? Nous allons passer des années à nous regarder, trop effrayés pour faire un geste l'un vers l'autre... Je veux plus que cela, Cal.

— Moi aussi. Et je suis précisément en train de faire un geste vers toi. Laisse-moi une chance... Essayons. Nous ferons en sorte que ça marche, cette fois.

— Et si ça marche ?

— Alors nous nous marierons, répondit-il sans hésiter.

Elle le regarda, abasourdie ; mais déjà, il continuait d'un air aussi terrifié que déterminé :

— En fait, je veux t'épouser tout de suite.

Debout sur le trottoir, les yeux plongés dans les siens, Meredith se demandait si elle avait bien entendu, et s'il pensait sincèrement ce qu'il venait de dire.

— Pourquoi ? balbutia-t-elle enfin.

— Pourquoi ? Mais parce que je t'aime, quelle question !

Emue aux larmes, la jeune femme se mordit la lèvre et il l'attira à lui pour la serrer dans ses bras.

— Je n'ai jamais cessé de t'aimer, dit-il. J'ai essayé de te haïr, mais ça n'a pas marché. Tu me manquais tant que j'avais l'impression de mourir à petit feu.

— Moi aussi, reconnut-elle.

Elle avait envie de le croire, mais elle avait si peur...

— Epouse-moi, Merrie... Je t'en prie.

— Et si ça ne marche pas ? murmura-t-elle.

Elle venait tout juste de voir quinze ans de sa vie partir en fumée, et elle se sentait comme le chat échaudé du proverbe. Cependant, quelque part au fond de son cœur, elle savait qu'elle n'avait pas le choix. Depuis le début, la force qui la poussait vers Callan était trop réelle, trop profondément ancrée en eux pour qu'ils puissent lui résister.

— Ça va marcher, affirma-t-il en la serrant plus étroitement encore. Nous sommes faits l'un pour l'autre.

Elle hocha la tête, et il recula juste assez pour la regarder et l'embrasser. Ensemble, ils s'éloignèrent main dans la main, et tandis que Callan parlait avec animation de leurs projets, Meredith souriait, le cœur gonflé de bonheur.

21

Dès son arrivée à New York, Steve rendit visite à une agence de recrutement dont lui avait parlé un ami médecin et qui était spécialisée dans le type d'emploi qu'il recherchait. L'agence était petite et installée dans un immeuble décrépi, seulement signalée par une vieille enseigne.

On lui remit une brochure contenant une longue liste des pays où opérait l'agence et une description des différents postes qu'elle proposait. Satisfait, il posa sa candidature, et on lui répondit qu'il faudrait quelques semaines avant qu'il ne reçoive une réponse définitive. Cela ne le dérangeait pas ; il avait du temps à revendre et n'était pas pressé de partir. Il songea à appeler Harvey Lucas pour le saluer, mais il ne se sentait pas encore prêt à parler de Merrie ou de son fiasco en Californie et préféra s'abstenir.

Il s'installa chez un vieil ami d'université et passa le plus clair de son temps à marcher et à visiter des musées. C'était la première fois depuis des années qu'il disposait d'un peu de temps libre. Il alla à la plage, au cinéma, au théâtre. Souvent, il songeait à appeler Anna, mais il se retenait, ne voulant pas risquer de faire de nouveau souffrir la jeune femme.

A la fin du mois de juin, enfin, l'agence le rappela. Les responsables avaient étudié son dossier et avaient plusieurs postes à lui proposer : au Pérou, au Chili, dans le Kentucky ou au Botswana. En fin de compte, il opta pour le Kentucky ; il n'éprouvait plus le besoin de fuir Meredith à l'autre bout du monde, à présent. On lui demanda de repasser à l'agence quatre jours plus tard afin de signer les papiers. Il s'engageait pour deux ans minimum.

Sachant qu'il allait partir de nouveau, il se résolut à appeler Harvey Lucas, après quoi il décida de passer voir Anna à l'improviste. Il voulait lui dire au revoir et lui expliquer qu'il était désolé de s'être montré si dur envers elle avant son départ en Californie. Il n'avait nullement l'intention de renouer avec elle, il savait qu'il n'en avait pas le droit. Il voulait simplement s'assurer qu'elle allait bien, et peut-être voir Felicia. La fillette lui manquait ; en fait, elles lui manquaient toutes les deux, et il regrettait de n'avoir jamais dit au revoir à Felicia. C'était une mauvaise façon de quitter une enfant, il estimait qu'on n'avait pas le droit de disparaître ainsi, sans un adieu ni une explication.

On était en juin, et il faisait beau et chaud. La première grosse vague de chaleur de l'été ne s'était pas encore abattue sur la ville, et les gens semblaient de meilleure humeur qu'à l'ordinaire. Il appela pour savoir si Anna était chez elle, et une baby-sitter lui répondit qu'elle rentrerait de l'hôpital vers quinze heures. Aussi attendit-il jusqu'à dix-sept heures pour lui rendre visite, préférant ne pas la prévenir de peur qu'elle refuse tout net de le voir.

Il prit un autobus pour remonter Broadway, puis il s'engagea à pied dans la 102e Rue en direction de l'ouest jusqu'à l'immeuble d'Anna. Ce dernier paraissait un peu moins décrépi dans la lumière estivale, mais à peine. C'était toujours un endroit horrible, et à la pensée qu'elle était obligée d'y vivre, le cœur de Steve se serra.

Il s'apprêtait à appuyer sur le bouton de l'Interphone lorsque deux jeunes gens en jeans et tee-shirts s'approchèrent de lui. Ils paraissaient sur le point de lui poser une question. L'un d'eux marmonna quelque chose, et il se tourna vers lui en fronçant les sourcils d'un air interrogateur.

— Pardon, qu'avez-vous dit ? s'enquit-il.

Il pensait à Anna et avait passé si longtemps loin de New York qu'il en avait oublié de se montrer prudent.

— J'ai dit : file-moi ton portefeuille, trouduc.

Steve regarda les deux adolescents, ne sachant s'il devait obtempérer ou essayer de discuter avec eux, mais, alors qu'il hésitait, celui qui jusqu'alors n'avait rien dit tira un revolver de la ceinture de son pantalon. Steve remarqua alors que l'autre tenait un cran d'arrêt à la main.

— Du calme, je vais vous donner mon portefeuille, mais il n'y a pas grand-chose dedans.

Les mains tremblantes, il le sortit de sa poche et le tendit à celui qui tenait le couteau. Son complice, visiblement plus jeune, brandissait toujours son revolver et paraissait nerveux.

— Dépêche-toi, mec, on a pas toute la journée...

Le jeune au couteau attrapa le portefeuille. Steve, qui le regardait, ne vit pas son complice appuyer sur la détente sans un mot ; il sentit seulement une explosion de douleur dans sa cage thoracique. Il émit un son étouffé et appuya instinctivement sur le bouton de l'Interphone avant de tomber doucement sur les marches du perron.

Il était là, visage à terre, incapable de bouger ; aux alentours, l'une après l'autre, les fenêtres s'ouvraient, et il entendait des gens crier, loin au-dessus de lui. Mais déjà, ses deux agresseurs s'étaient enfuis, et personne ne les avait arrêtés.

Il avait conscience de voix dans le lointain et sentit bientôt des mains le soulever et le mettre sur le dos — puis plus rien. Incapable de lutter plus longtemps, il sombra dans l'inconscience.

Evanoui, il n'entendit pas les voisins d'Anna monter quatre à quatre l'escalier pour aller la prévenir. Tout le monde savait qu'elle était médecin ; quand elle descendit quelques secondes plus tard, sa sacoche médicale à la main, les badauds attroupés autour du blessé s'écartèrent pour la laisser passer. De son appartement, elle avait entendu le coup de feu, mais n'y avait pas prêté attention, croyant que le bruit provenait d'un pot d'échappement mal réglé. Comme elle s'agenouillait près de la victime, elle entendit des sirènes approcher : quelqu'un avait appelé une ambulance. Son regard se posa tout d'abord sur la blessure, puis sur le visage du patient, et c'est alors qu'elle réalisa avec horreur que c'était Steve. Elle comprit aussitôt qu'il était vraisemblablement venu pour la voir.

Lorsque les ambulanciers approchèrent, elle maintenait un bandage pressé contre la blessure béante. Elle leur demanda aussitôt de charger Steve sur un brancard avant de confier à l'un de ses voisins la garde de Felicia, restée dans l'appartement.

S'efforçant de recouvrer ses esprits, elle indiqua aux ambulanciers le nom de l'hôpital où elle travaillait, et ils acceptèrent d'y conduire le blessé. Steve était toujours inconscient et perdait beaucoup de sang. On lui posa une perfusion, tandis qu'elle maintenait la pression sur sa blessure. Pendant ce temps, des dizaines de questions se bousculaient dans sa tête. Que faisait-il là ? Elle n'avait pas eu de ses nouvelles depuis plus de trois mois et ne s'attendait vraiment pas à le voir.

Sa tension chutait rapidement lorsqu'ils atteignirent l'hôpital, mais par chance, Harvey Lucas était de garde. Anna lui expliqua en quelques mots ce qui s'était passé, ou du moins ce qu'elle en savait, et Harvey se précipita au bloc pour se préparer à opérer.

Anna demeura auprès de Steve ; le personnel du service de traumatologie était en train de prendre le relais des ambulanciers.

— Quelqu'un connaît-il son nom ? s'enquit une infirmière à la cantonade.

Ce fut Anna qui répondit.

— C'est Steve Whitman, déclara-t-elle, livide, sans le quitter des yeux.

— Que diable fait-il ici ? Je le croyais en Californie, observa une autre infirmière en découpant avec dextérité les vêtements de Steve.

— Eh bien, on dirait qu'il est là, rétorqua assez sèchement Anna.

Elle enfila une blouse chirurgicale à toute vitesse et suivit l'équipe au bloc.

— Il a un trou dans la poitrine grand comme l'Empire State Building. Bon sang, vous ne pouvez pas aller plus vite ?

— On se dépêche, on se dépêche...

Mais ils le perdaient, Anna le sentait. Ils atteignirent enfin la porte du bloc ; Lucas les attendait. Il avait déjà revêtu sa blouse, un masque, un bonnet chirurgical et des gants.

— Il s'en va, Harvey, lui murmura Anna avant de s'éloigner pour se laver les mains.

Elle aurait voulu rester auprès de Steve, mais elle tenait également à assister Harvey et devait impérativement pour cela stériliser ses mains et ses avant-bras.

Lorsqu'elle revint, la tension de Steve baissait toujours, mais il avait déjà été intubé. Il n'avait repris connaissance à aucun moment et ne se doutait pas que tous ses anciens amis luttaient pour lui sauver la vie.

— Que s'est-il passé ? demanda Harvey tout en s'efforçant de récupérer la balle.

— Je crois qu'il venait me voir, répondit Anna, les dents serrées. Quelqu'un lui a tiré dessus.

— Vous êtes une femme dangereuse, observa Harvey, qui n'arrivait toujours pas à trouver la balle.

Pendant ce temps, on transfusait autant de sang que possible à Steve pour le maintenir en vie.

— C'est un salaud, ajouta Anna tandis que des larmes coulaient sous son masque.

Elle finit par supplier Harvey de lui laisser la place.

— Je suis bonne pour ça.

— On me l'a dit, en effet.

Elle le remplaça et au bout de quelques secondes poussa un petit cri étouffé : elle avait trouvé la balle. Il lui fallut tout de même vingt minutes supplémentaires pour la déloger. La tension de Steve s'était stabilisée, mais l'hémorragie continua durant une heure. Et ce n'est que trois heures après leur entrée au bloc que l'état de Steve put enfin être déclaré stationnaire. Satisfait, Harvey laissa Anna s'occuper des sutures.

— Je crois qu'il s'en sortira, dit-il tandis qu'on conduisait Steve en réanimation.

Il s'arrêta et regarda Anna avec attention.

— Vous avez vraiment mauvaise mine, docteur Gonzalez.

— Merci, docteur Lucas.

A présent que tout était terminé, elle sentait ses jambes flageoler mais, refusant de se reposer, elle alla s'asseoir au chevet de Steve.

Deux longues heures s'écoulèrent avant qu'il ne bouge, et quand enfin il s'éveilla, il était encore groggy ; mais il la vit à côté de son lit et lui sourit.

— Anna ? Je venais te voir, murmura-t-il.

A son tour, elle lui sourit, les larmes aux yeux. Elle avait cru ne jamais le revoir, puis avait craint de le perdre.

— Que s'est-il passé ?

— Quelqu'un t'a tiré dessus.

— Sympa, ton quartier.

A travers ses larmes, la jeune femme lui sourit de nouveau.

— Que faisais-tu là ? demanda-t-elle, bien qu'elle devinât déjà la réponse.

— Je venais te dire au revoir.

— Tu as déjà fait ça il y a trois mois, lui rappela-t-elle.

Un instant, il ferma les yeux et sembla se rendormir, mais au prix d'un effort il souleva les paupières et reprit leur conversation.

— Je voulais voir Felicia. Elle me manque.

— Tu lui manques aussi.

Anna hésita puis décida d'oublier toute prudence et de lui dire la vérité.

— A moi aussi, même si tu es un salaud.

Il lui sourit.

— Je vais divorcer et partir dans le Kentucky.

Anna fronça les sourcils.

— Je crois qu'il a des hallucinations, confia-t-elle à l'une des infirmières.

— Je t'ai entendue... C'est vrai pourtant... divorcer... Kentucky... insista faiblement Steve.

— Ne parle pas tant... Tu t'expliqueras plus tard. Pourquoi ne dors-tu pas un peu ? dit-elle avec douceur, inquiète pour lui.

— J'ai mal à la poitrine.

— Arrête de te plaindre. Tu as eu un excellent chirurgien, rétorqua Anna en lui souriant.

— Qui donc ?

— Moi. Tu avais une balle grosse comme un œuf dans le thorax. Maintenant, dors avant que je te gronde.

— Je t'aime, Anna, murmura-t-il d'une voix presque inaudible.

Mais elle l'avait entendu, et elle se pencha vers lui pour souffler à son oreille :

— Moi aussi, je t'aime.

— Epouse-moi.

Il était encore sonné, mais elle sentait qu'il était sincère.

— Jamais, répondit-elle. Je suis allergique au mariage.

— ... Bonne chose à faire... bien pour Felicia... bien pour moi... pour toi... faire d'autres enfants... un bébé...

— Je n'ai pas besoin d'un bébé, si je dois m'occuper de toi. Tu es plus difficile que dix enfants !

— Anna... Veux-tu m'épouser ?

— Non. De surcroît, tu es bourré de médicaments. Tu ne sais pas ce que tu racontes.

— Si... et je ne suis plus marié... et je ne suis pas gay.

— De quoi parle-t-il ? demanda Harvey Lucas, qui venait prendre des nouvelles de son patient et avait entendu sa dernière phrase. Qui a dit qu'il était gay ? Il n'a jamais été gay.

— Non, mais c'est un salaud, répondit Anna avec fermeté après avoir jeté un coup d'œil à Steve.

Les effets de l'anesthésie se dissipaient rapidement et, satisfait, Harvey les laissa poursuivre leur conversation.

— Je croyais que tu étais parti pour toujours, dit Anna avec douceur.

— Moi aussi... Mais je suis de retour...

— Je vois ça. Pourquoi ne restes-tu pas ici ? Il faudra que tu m'expliques cette histoire de Kentucky, quand tu iras mieux.

Mais même drogué comme il l'était, il savait qu'il n'avait pas encore signé les papiers. Il se rappelait beaucoup de choses — sa séparation d'avec Merrie, son départ de Californie... Sa décision d'aller rendre visite à Anna... Puis il avait un trou, et ses souvenirs reprenaient dans cette salle de réanimation.

— Je t'aime, dit-il une nouvelle fois, bien décidé à la convaincre.

— Je t'aime aussi. Maintenant, repose-toi un peu. Je ne bouge pas. Je serai encore là à ton réveil, ne t'inquiète pas.

Cela faisait trois mois qu'elle pleurait chaque nuit en pensant à lui, et elle était follement heureuse de l'avoir retrouvé.

— Pourquoi ne veux-tu pas m'épouser ?

— Je n'en éprouve pas le besoin. Et je t'ai déjà dit que j'avais horreur des hommes riches.

— J'ai tout laissé à Meredith... Je suis pauvre à présent.

— Tu es fou, affirma-t-elle en lui souriant.

Il lui rendit son sourire avant de plonger dans le sommeil sous son regard aimant.

Harvey revint bientôt vérifier l'état du blessé et se déclara une fois encore satisfait. Il laissa Anna avec lui. Steve était entre de bonnes mains ; dans son malheur, il avait eu beaucoup de chance, cet après-midi-là. Une chance qu'il méritait, songea Harvey en s'éloignant de la salle de réanimation après avoir jeté un dernier coup d'œil à Anna qui, penchée sur Steve, lui tenait la main avec amour.

— Est-ce bien Steve Whitman ? lui demanda au passage une infirmière.

La nouvelle s'était répandue comme une traînée de poudre dans le service.

— Oui, confirma Harvey.

— Que fait-il ici ?

Tout le monde le croyait en Californie.

— Il récupère, du moins je l'espère. Comme ça, il pourra reprendre son poste, et moi, je pourrai enfin me consacrer à mes recherches.

— Alors comme ça, il revient ? demanda une autre infirmière.

— C'est bien possible, lui répondit Harvey Lucas

en souriant. Bien possible. Qui sait ? On a vu des choses plus étranges se produire...

Assise près de Steve paisiblement assoupi, Anna lui tenait la main. Etre là, près de lui, était tout ce qu'elle souhaitait, tout ce dont elle avait besoin. Peu lui importaient les promesses, les alliances, l'argent. Elle voulait simplement être à son côté. Et maintenant, il était de retour. Pour tous les deux, le cauchemar et la solitude étaient terminés.

“Une enfant battue”

(Pocket n° 11249)

Née dans une riche famille new-yorkaise, la petite Gabriella vit un véritable calvaire. Enfant battue par sa mère qui ne l'a jamais désirée, son cauchemar empire le jour où son père quitte définitivement le foyer familial. Abandonnée dans un couvent, Gabriella réapprend à vivre et à aimer auprès des sœurs. Quand la rencontre du jeune prêtre Joe Connors vient tout bouleverser…

Il y a toujours un Pocket à découvrir

Imprimé en France sur Presse Offset par

BRODARD & TAUPIN

GROUPE CPI

10484 – La Flèche (Sarthe), le 02-01-2002
Dépôt légal : janvier 2002

POCKET – 12, avenue d'Italie - 75627 Paris cedex 13
Tél. : 01.44.16.05.00